Divorare il cielo

逆光之夏

Paolo Giordano

[意] 保罗·乔尔达诺——著

杜颖——译

上海译文出版社

献给罗莎莉亚和米米诺，

献给安杰罗和玛格丽特，

献给他们的歌谣。

目　录

第一部分

伟大的利己主义者

一

　　那天晚上，我看到他们泡在游泳池里。三个人都非常年轻，也就是些大孩子，跟那时的我一样。

　　在斯佩齐亚的时候，我的睡眠总是被各种新奇的声音打断：灌溉设施的窸窣声，野猫在草坪上打架的声音，鸟儿没完没了地重复着单调的叫声。刚去奶奶家过夏天的那几年，我感觉自己几乎就没睡着过。我躺在床上，看着房间里的物件离我忽远忽近，就好像整间房子在呼吸。

　　那天晚上，我听到院子里有声音，不过我没有立刻起身，有时候巡夜的人也会来到大门口，在门上插一张纸条。但是，接下来我又听见了窃窃私语和压抑的笑声。于是我决定起身瞧瞧。

　　避开脚下地板上闪着蓝光的蚊香，我来到窗前，向下望去，我没赶上看到那几个男孩脱下衣服，却刚好看到他们中的最后一个滑进黑夜中的游泳池。

　　借着门廊的灯光，我能看到他们的脑袋，两个皮肤黝黑，另

3

外一个看起来是银白色的。除此之外，从我这里看去，他们几乎是一样的，都抡圆了胳膊划着圈，让自己浮在水面上。

空气中弥漫着安静的味道，日落后一切都已归于平静。其中的一个男孩浮躺在泳池中间。突然间看到他的裸体，我感觉自己的喉咙灼烧起来，虽然那还只是一个影子，也可能只是我的想象而已。他弯腰一跃，潜入水下。再探出头来的时候，他发出一声叫喊，那个银色脑袋的朋友在他脸上打了一拳，让他噤声。

"你打疼我了，蠢货！"翻身入水的家伙说，声音更大了。

打他的朋友把他按进水里，另外一个也压在他身上。我很担心他们会打起来，也担心会有人溺水，可是他们笑着分开了。他们坐在浅水区的泳池边上，湿漉漉的后背对着我。中间的那个男孩个子最高，他伸开双臂，搂着身旁两个朋友的脖子。他们小声说着什么，不过我只能偶尔抓住几个不相干的词。

有那么一瞬，我真想走下楼去，跟他们一起沉浸在湿润的黑夜之中。在斯佩齐亚所感到的孤独让我非常渴望与人接触，但是十四岁的年纪又让我对有些事没有勇气。其实我经常能远远地看到他们，一直以为他们是周围村庄里的孩子。奶奶总是叫他们"小农场的那些人"。

接着传来床垫弹簧的吱呀声。一声咳嗽。然后是父亲的橡胶拖鞋踩在地板上发出的砰砰的响声。我还来不及对着那几个男孩大喊，让他们快跑，父亲已经冲下楼梯，嘴里喊着看门人的名字。于是门廊下的灯亮了，科西莫在父亲出现在院子里的同一时刻也冲出了房间，来到院子里，他们两个人都只穿着短裤。

男孩们跳出泳池,抓起散落在地上的衣服。还有几件来不及捡,就留在地上,他们飞奔进黑暗之中。科西莫跟在后面追了过去,大喊着"我要杀了你们这些杂种,我要拧掉你们的脑袋",父亲犹豫了一下,也追了过去。我看到他捡起一块儿石头。

黑暗中传来一声尖叫,然后是踢打围栏的声音,有人说"不对,从那边下来"。我觉得自己心跳加速,就好像我也在逃跑,我也是那个被追赶的人。

过了好一会儿他们俩才回来。父亲握着左手的手腕,上面有一块儿淤青。科西莫凑近看了看,把父亲推向门廊背后。科西莫在进屋之前,又回头看了一眼沉沉的黑夜,夜色吞噬了闯入者。

第二天,午餐时间,父亲的手缠着绷带。他说是给喜鹊搭窝的时候碰了一下。在斯佩齐亚他就像变了个人,不一样了,短短几天他的皮肤就变得黝黑,讲方言的时候甚至连声音都变了,我好像根本就不认识他。有时我也想知道,他到底是谁:是那个穿着西装打着领带的都灵工程师,还是胡子拉碴光着膀子在家里游荡的这个人。不管怎么样,看得出来,妈妈只是选择嫁给这两个人中的一个,而另外那一个她压根儿就不想认识。那几年她从没踏上过普利亚大区的土地。每年八月初,当我和父亲照常驱车前往南方的时候,她甚至都不会从房间里出来跟我们告别。

我们静静地吃着午饭,这时听到科西莫的声音从院子里传了过来。

在门槛上,他像警卫一样带进来几个人,是昨晚那三个男孩。

一开始我只认出了个子最高的那一个，从他细细的脖子和脑袋的形状，他的脑袋有点长方形。不过我的注意力很快就被另外两个吸引了。其中一个皮肤很白，头发和眉毛都像棉花一样白；另外一个晒得黑黝黝的，胳膊上有抓挠的痕迹。

父亲说："啊，你们是来拿衣服的?"

个子最高的男孩用平淡的声音回答说："我们是来请您原谅的，昨天晚上不该闯进您的院子，还用了您的游泳池。我们的父母让我们给您带来这些。"说着，他举起一个口袋，父亲用没缠绷带的手接了过来。

"你叫什么名字?"父亲问，语气也稍微温和了一些。

"尼科拉。"

"他们俩呢?"

"他叫托马索，"他指着白皮肤的男孩，"他是贝恩。"

我觉得他们身上的衣服使他们感到局促不安，就好像那衣服是有人逼他们穿的一样。我跟贝恩对视了好一会儿。他那双乌黑的眼睛，间距有点近了。

父亲晃了晃手中的袋子，里面的瓶瓶罐罐叮叮咚咚地响了起来。现在想起来，他在那种情况下接受道歉还有些费力。

"没必要偷偷进来，"父亲说，"如果你们想用游泳池，说一声就行了。"

尼科拉和托马索都低下了头，贝恩却还盯着我看。在他们身后，院子里的白色有些耀眼。

"如果你们当中有人觉得哪里不舒服……"父亲犹豫着，表情

6

愈加尴尬，"科西莫，我们没给这几个孩子拿点儿柠檬汁喝吗？"

科西莫做了个夸张的表情，好像在问父亲是不是疯了。

"不用了，谢谢！"尼科拉很有礼貌地回答。

"如果你们的父母同意，今天下午你们就可以来游泳。"

父亲看了看我，好像是想征得我的同意。

就在这时，贝恩开口了："昨天晚上您用石头打中了托马索的肩膀。我们是犯了错，进入了您的私人领地，可是您也犯了错，而且更加严重，您打伤了一个未成年人。如果我们愿意，是可以控告您的。"

尼科拉用胳膊肘在他胸前怼了一下，当然他没有这个权利，只不过个子最高而已。

"我没做过那种事，"父亲回答说，"不知道你在说什么。"

我看到他弯腰捡起了一块儿石头，也听到黑暗中发出的声音，我当时并不知道那一声尖叫是因何而起。

"托米，请让加斯帕罗先生看看你的淤青。"

托马索向后退了一步，可是当贝恩的手指抓住他上衣的衣角时，他也没说什么。轻轻地，贝恩卷起托马索的衣服，露出后背：他的后背比胳膊还要白，苍白的肤色更加凸显了青紫的痕迹，跟杯子底一样大。

"您看到了吗？"

贝恩用食指按了一下那块儿淤青，托马索抖了一下。

父亲好像被人催眠了一样。科西莫马上插了进来，用方言对男孩们吼了些什么，于是他们鞠躬告辞了。

7

那时太阳正当空，贝恩转回头，非常严肃地看了看我们家。然后他说："我希望您的手能早日痊愈。"

那天下午刮起了飓风。短短几分钟之内，天空就被染成了紫色和黑色，那是我从来没有见过的颜色。

狂风暴雨持续了几乎一周的时间，那些云都是从海上来的，突然间就来了。一道闪电劈断了蓝桉树的树枝，另外一道引燃了水井上的水泵。父亲暴跳如雷，拿科西莫撒气。

奶奶坐在沙发上，读着口袋本侦探小说。反正是为了消磨时间，我让她也给我推荐一本来读。奶奶让我去书架上随便拿，每本都不错。我选了一本《致命游猎》，但是故事挺无聊的。

发了一会儿呆，我问奶奶对小农场的孩子们都知道些什么。

"他们在做什么？"

"我猜，他们在等着父母来接他们。或者别的什么人来接他们。"

好像是我破坏了她阅读的兴致，奶奶放下了手里的书："在这期间他们就天天祷告。他们是某种……邪教。"

当坏天气结束的时候，青蛙开始大举入侵。一到晚上，它们就跳进游泳池，尽管我们在里面加了氯，还是不能让它们远离泳池。青蛙要么成为剪嘴鸥的腹中餐，要么被机器的轮子碾碎。那些侥幸活下来的，就在泳池里从容地游着，其中有些成双成对，一只趴在另外一只的背上。

一天早晨，我到院子里吃早餐，还穿着睡衣睡裤，却见到了贝恩。他正拿着一个小网子追赶青蛙。每捉到一只就在空中画一个圈，然后倒进一只桶里。

有那么一会儿，我不知道是应该让他看见我，还是回楼上去换衣服，最后我还是走到他身边，问他我父亲是否付钱给他来捉青蛙。

"切萨雷不喜欢我们谈钱。"他艰难地回过头来对我说。他歇了一下又说道："十二门徒里有一个去见祭司长，说：'我把他交给你们，你们愿意给我多少钱？'他们就给了他三十个银币。"

我觉得他根本没有回答我的问题，不过我也不想再解释了。我看了看桶里：青蛙堆在一起，个个都在向上跳，不过塑料桶的桶壁太滑了。

"你打算拿它们怎么办？"

"放生。"

"如果你放生的话，今晚它们还会回到这里。科西莫会用氢氧化钠杀了这些青蛙的。"

贝恩抬起头，目光像闪电一样射过来："我会把它们带到很远的地方。"

我耸耸肩："我不明白你为什么做这么倒胃口的事，还一分钱都赚不到。"

"这是对我的惩罚，因为我未经允许就使用了你家的游泳池。"

"可是我记得，你们已经道过歉了。"

"切萨雷说我们必须要弥补自己的过失。只不过今天之前一直在下雨，我们没有机会。"

青蛙在水里快速逃窜。贝恩拿着小网子，耐心地跟在后面。

"切萨雷是谁?"

"尼科拉的父亲。"

"不也是你父亲吗?"

贝恩摇了摇头:"他是我舅舅。"

"那托马索呢? 他应该是你的兄弟吧?"

他又做了一个"不"的动作。上次他们出现在门口的时候，尼科拉说过"我们的父母"。不过很有可能贝恩并不想让我轻易了解，我也不想让他太得意。

"他的淤青怎么样了?"我问。

"抬胳膊的时候会觉得疼。那天晚上弗洛里亚娜用苹果醋给他敷了敷。"

"不过我还是觉得你弄错了，不是我父亲扔的石头。应该是科西莫。"

贝恩好像并没有听我说话，而是专心致志地在捕青蛙。他光着脚，穿一条褪了色的裤子，本来应该是深蓝色的吧。他突然对我说:"你真是个谎话精。"

"我是什么?"

"为了替你父亲开脱就冤枉科西莫先生。我不认为你们付给他的工钱里还包括了背黑锅这一项。"

又有一只青蛙被倒进桶里。那里应该有二十多只了，它们都一鼓一鼓的。

我想遮过刚才的谎言，于是问他:"你的两个朋友怎么没有来?"

"进游泳池是我的主意。"

我摸了摸头发,有点烫手。我本可以弯下腰,沾湿双手,打湿头发,可是游泳池里还有青蛙。

贝恩捞起一只青蛙,把小网子放在我面前,问:"你想摸摸吗?"

"我才不想呢!"

"我本来就赌你不敢,"他一脸坏笑地说,然后又好像什么都没发生一样,"托马索今天去监狱探视他爸爸了。"

他想看看我对这个消息有什么反应,我什么也没说。

"他爸爸用一只木鞋杀了他妈妈。然后想在一棵树上上吊,不过警察还是及时抓住了他。"

青蛙在桶里不安地跳着。那一堆黏糊糊的东西越堆越高。我有点想吐。

"这都是你编的吧?"

贝恩拿着小网子的手停在半空:"当然不是。"

终于,他抓到了最后一只青蛙,这一只可是费了他不少力气。他跪下来,以免把网子举得太高。

"那你父母呢?"我问。

青蛙还是逃了,一蹦就蹦到泳池最深处。

"该死!你看你干了什么?你手残吗?"

我也火了:"谁是手残,啊?什么词你在这儿瞎编乱造!又不是我弄伤了你兄弟,还是你朋友,还是什么乱七八糟的人!"

我转身想要离开，却第一次发现贝恩认真地看着我。他的脸上写着真诚的歉意，同时又带着一丝无辜。还有一点轻微的斜视。

"请接受我的道歉。"他说。

"你求我……"

我有一点激动，就像那天他从爸爸背后盯着我看的时候一样。我探出身去，想要看看那只青蛙到底逃到哪里去了。

"那些黑线是什么？"

"青蛙卵。它们到这儿来就是排卵的。"

"真恶心。"

可是他打断了我的话。

"是，真恶心。你们不仅仅在杀青蛙，还包括所有那些青蛙卵。每一个卵里都有一个生命。"

再后来我躺在院子里晒太阳，已经两点了，一天当中最晒的时候，我坚持不了多久。我穿过院子，翻过隔开院子与田野的石头堆。我找到了那几个男孩翻进来的篱笆墙，墙头的网弯了，向中间折了过去。外面，还是树，比我们家的高一些。我探出身子，想要看看小农场在哪儿，可是离得太远了。

贝恩离开的时候，邀请我跟他一起去埋捞上来的死青蛙。在太阳底下晒了好几个小时，他竟然一点儿汗都没出。

我让科西莫给奶奶的那辆旧自行车打打气，他还给车子上了油，锃亮地摆在院子里。

"你去哪儿？"

"随便转转，就在附近，沿着林荫道。"

等爸爸出门去见他的朋友，我也跟着出发了。

小农场的入口在田地的另一边，跟我们家正好相对，到那儿去需要转一大圈，除非像那几个男孩一样从田地中间穿过去。骑行在平整的柏油马路上，货车从我身边呼啸而过。我把随身听放在车筐里，耳机线有点短，我不得不向前弯着身子。

小农场没有真正的门，只有一个铁栏杆，我到的时候看见它是开着的。里面的羊肠小道边长满了野草，已经看不清哪里是路了，好像车子反复压过的地方就是路。我从自行车上下来，推着车步行向前走。又走了五分钟，我来到一栋房子前。

我之前也见过一些农场，不过这里还是有些不一样。它只有中间部分是石头的，其余的部分就像结在石头上的硬壳。我们家的院子里是铺贴平整的地板，而这里只是随便抹上的水泥，上面布满裂纹。

我把自行车撂在路边，清了清嗓子，想引起注意。没有一个人。于是我又向前走了几步，躲到藤架下面的阴凉处。纱门后面的房门敞开着，可是我不想进去。我靠在桌子上，对铺在上面的塑料桌布产生了兴趣，上面画着世界地图。我在那上面找都灵，没找到。

我重新戴上耳机，在房子周围转了转，从窗户向屋子里偷偷张望，不过因为是逆光，外面太亮，屋里很黑。转过身，我看到了贝恩。

他坐在阴凉处的小板凳上，弯腰朝向地面。这样的姿势让他的脊椎骨在后背的中间形成一道隆起。他身边是一堆堆的扁桃仁，数不清的扁桃仁，也太多了，就算我张开胳膊躺在上面都能陷进去。

他没意识到我来了，直到我站在他面前，但他没有一点吃惊的样子。

"扔石头那个人的女儿来了。"他嘟囔着。

一种堵心的尴尬从我胃里涌起："实际上，我叫特蕾莎。"

之前我们两个一起待了一早上，但是他一直都没问过我的名字。他点点头，不过好像对于我是否准时赴约一点儿也不在意。

"你在做什么?"我问。

"看不出来吗?"

他一把抓起四五个扁桃仁，剥掉壳，扔到身边另外一堆里。

"你要把这些都剥了?"

"当然。"

"疯了吧，这有成千上万了。"

"你可以过来帮帮我，而不是站在那里说闲话。"

"我坐哪儿呢?"

贝恩晃了晃肩膀。我盘腿坐在了地上。

我们一起剥了一会儿扁桃仁。我发现从他剥出的数量来看，他已经在这里坐了几个小时了。

"你太慢了。"他突然对我说。

"这可是我第一次干这活儿!"

"那又怎么样，你慢，仅此而已。"

"你跟我说我们一起埋青蛙的。"

"我说的是六点。"

"我以为已经六点了。"我撒谎了。

贝恩看了一眼太阳,活动了一下脖子。我心不甘情不愿地伸手又抓了一把扁桃仁。想要更快地剥壳,诀窍就是别怕果仁钻进指甲里。

"所有这些都是你摘来的?"

"对呀,所有的。"

"你要这么多做什么啊?"

贝恩停下了手中的活儿:"星期天我妈妈要来,她非常喜欢扁桃仁,不过在太阳底下晒干至少需要两天。然后才能剥壳,这可是最漫长的工作。所以我已经晚了。必须赶在明天剥完所有这些。"

我停了下来,我已经很累了,可是那一堆扁桃仁根本就一点儿都没见少。我活动了一下,想要吸引贝恩的注意,可是他的眼睛压根就没有离开地面。

"你喜欢罗克塞特乐队的新歌吗?"我问他。

"当然喜欢。"

不过我觉得这不是真的,他可能根本就不知道那首新歌,甚至根本就不知道罗克塞特乐队。

过了一会儿他说:"是你正在听的这首吗?"

"你想听听吗?"

贝恩犹豫了一下,放下了手里的扁桃仁。我把随身听递给他。他戴上耳机,在手里翻来覆去地看着这个机器。

"你得按播放键。"

他还在看，看了一边又翻过去看另一边，然后有些激动地把随身听还给我。

"算了。"

"怎么了？我跟你说怎么……"

"算了。"

我们又开始干活，再没有看对方一眼，也再没有说话，只有剥壳发出的声音，咔嚓，咔嚓，咔嚓，直到其他孩子来找我们。

"她在这儿干吗?"托马索从上向下打量着我，问道。

贝恩站起身来面对着他说："我叫她来的。"

尼科拉更和善一些，他把手伸给我并进行自我介绍，他以为我没记住他的名字。我默默回想那天晚上，到底是他们三个中的哪一个浮在游泳池里。就好像那晚看到的情景让我对他们三个有了一种偷偷的优越感。

接着托马索说道："那边准备好了，走吧。"然后没等我们就走了。

在橄榄树林中的一块儿空地上，有位先生正等着我们。他张开双臂对我说："过来，亲爱的孩子。"

牧师佩戴的圣带从他的肩上滑落，上面绣着两个金色的十字架，他的手里还拿着一本牛皮封面的小册子。他蓄着黑色的胡子，但是眼睛是浅浅的蓝色，看起来几乎是透明的："我叫切萨雷。"

在他的脚下挖了五个小坑，青蛙已经在里面了。切萨雷很耐心地向我解释他们在做什么："特蕾莎，一直以来，人们都会把死者埋起来。从那时起，人类就开始了我们现在的文明，也正因如此，我们的灵魂才得到保障，可以奔向一个新的所在。或者说奔向耶稣，这样灵魂的循环才得以圆满。"

当他说到"耶稣"的时候，在场的所有人都用手画了一个十字，接着又画了两个，最后亲吻自己大拇指的指甲。

就在这时，走过来一个女人，提着一把吉他，她摸了摸我的脸颊，好像早就认识我一样。

"你知道什么是灵魂吗?"切萨雷问我。

"不是很清楚。"

"你从没见过一株将死的植物吗? 比如说快干死的那种?"

在都灵，我们的邻居家里养了一棵盆栽的棕榈，他们出去度假没管它，于是它就在阳台上干死了。我点了点头。

于是他接着说："慢慢地，叶子卷了起来，枝条绵软无力，整株植物看着可怜巴巴的。生命放弃了它。当灵魂离开我们的身体时，也是一样的，"他把脑袋向我这边低了低，"但是还有基督教的教理没有告诉你的东西。我们不会死，特蕾莎，因为我们的灵魂会轮回。每个人身后都有很多次生命，之前也有，也许是男人、女人，也许是动物。包括这些可怜的青蛙。正因如此，我们想要把它们埋了。这不费什么事儿，不是吗?"

他满意地看着我，然后甚至没有移开目光便开口说道："弗洛里亚娜，随时可以开始了。"

刚走过来的女人抱起吉他。由于没有背带，她曲起一条腿，把吉他放在膝盖上。她就在这样不稳固的平衡中弹了起来。她弹了一首很甜美的歌,讲的是树叶和感恩、阳光和感恩,以及死亡和感恩。

过了一会儿,一段完美的和弦之后,男声也和了进来。切萨雷的声音,深沉而嘶哑,托起了其他人的声音。贝恩是唯一一个闭着双眼、微微抬起下颌的人。我想听他独唱,哪怕只有一小会儿。

突然间大家拉起了手。站在我左边的切萨雷把他的手伸给我。我不知道跟弗洛里亚娜怎么办,她还在弹吉他。我看到托马索把手指放在她的肩膀上,于是为了不破坏大家围成的这个圈,我也照做了,她对着我笑了笑。

弹到第三遍的时候,我也会唱几句了。也许他们重复了一遍又一遍就是为了这个。贝恩在哭吗,还是说他的头发留在脸上的阴影骗了我?

地上的青蛙僵硬干瘪,在那黏糊糊的肚子里是不可能装着灵魂的。我在想,对于切萨雷来说,它们的灵魂是仍在那里,还是已经飞走了?大家以各种方式为这些青蛙祈福,男孩们蹲下身子把它们埋进地上的坑里。"他们都是信邪教的人。"奶奶曾经说过。

在离开之前,切萨雷邀请我下次再来:"我们还有很多事可以聊,特蕾莎。"

羊肠小道上,贝恩握着车把帮我推自行车。"怎么样,你喜欢吗?"他问我。

我回答喜欢,主要还是出于客气。只是后来我才意识到,我是真的喜欢。

"'我并不因你的祭物责备你,'"他说道,"'你的燔祭常在我面前。'"

"什么?"

"'我不从你家中取公牛,也不从你圈内取公山羊。'"他重复着刚才切萨雷读给我们听的祷告词,"'山中的飞鸟,我都知道;野地的走兽也都属我。'"① 他念了"野地的走兽也都属我",这一句我最喜欢了。

"你都背过了?"

"有些赞美诗我背过了,但还不是全部。"他强调了后半句,就好像要为此请求原谅一样。

"为什么呢?"

"因为我没时间啊!"

"不是,我是问你为什么要背这些? 有什么用呢?"

"赞美诗是进行祈祷的唯一方式,是唯一让上帝喜欢的方式。"

"是切萨雷教你的?"

"全部都是他教的。"

"你们三个不上正规的学校吗?"

他把自行车从一块儿石头上压过去,链子摇摇欲坠。

"小心!"我对他说,"科西莫才收拾好的。"

"切萨雷懂的比那些你所谓的'正规'学校里教的东西多多

① 出自《圣经·旧约·诗篇》(50:8-50:11)。

了。他年轻的时候就是一个探险家，他在西藏生活过，一个人住在洞穴里，在海拔五千米的地方。"

"为什么住在洞穴里？"

"你想想看，有那么一刻，他甚至都感觉不到冷，即使不穿衣服也可以平静地待在零下二十度的环境里。他几乎什么也不吃。"

"真奇怪。"我满腹狐疑地说。

贝恩耸了耸肩膀："他就是在那儿发现了转世之说。"

"什么？"

"就是灵魂的轮回。福音书里很多地方都讲到这一点，比如《马太福音》。特别是在《约翰福音》里。"

"你真的相信吗？"

他非常严肃地看着我："我敢打赌，《圣经》你肯定一页都没读过。"

我们来到栅栏前，他猛地停下来，把自行车还给我，说道："你如果想来，还可以来。午饭后其他人都睡觉了，只有我一个人。"

现在我有时也会想，当初我为什么会回到小农场，是想要再次见到贝恩吗——这种好奇不可名状，抑或是仅仅因为斯佩齐亚这个地方太无聊？第二天下午我又去了，我帮他剥扁桃仁，我们总算是把那一大堆都剥干净了。

在普利亚的最后一天，我只用了一个上午就把东西都收拾完了，装好了行李。以前一想到要离开这里我就特别兴奋，但那一年没有。午饭后我蹬上自行车，骑向小农场。

可是，贝恩没在。我围着那栋农舍转了两圈，低声叫着他的名字。扁桃仁还在那里，都剥好了，只剩下不大的一堆。

我走到藤架下面，坐在摇椅上，轻轻地摇了起来。两只猫抻平了身体卧在一侧，热得昏昏沉沉。接着我听到有人叫我的名字。

"你在哪儿?"我问。

贝恩指引我看向二楼的一扇窗子，他小声地说："过来。"

"你怎么不下来?"

"我下不了床。我背疼，动不了。"

我想起他花了那么多时间弯着腰剥扁桃仁："我能上来吗?"

"最好别。你会吵醒切萨雷的。"

我觉得自己跟一扇窗子说话有点儿傻。

"我想给你一样东西。我今天晚上就要走了。"

"你去哪儿?"

"我回家，回都灵。"

贝恩沉默了一会儿，然后说："那祝你一路顺风。"

也许这个冬天会有人来接他，也许是他妈妈，那我就再也见不到他了。"这人啊，来的来，走的走。"奶奶曾经这么说。一只甲虫爬到我的脚边，我抬脚用凉鞋底碾死了它。他们会连这个也埋了吗?

我扶起自行车。当我骑到车座上的时候，贝恩又叫住了我。

"又怎么了?"

"你可以拿一些扁桃仁。带回都灵去。"

"为什么，你妈妈不要了吗?"

我故意使坏，而且很有可能我做到了。他好像想了一下。

"你拿走吧，"最后他说，"想拿多少拿多少。就放自行车筐里吧。"

我捏了捏车闸，犹豫着。然后我下了车，向那一堆扁桃仁走去。我也不知道自己要用它做什么，但肯定是不会吃的。我一把一把地抓起扁桃仁，装满了车筐。我在逃走之前，把随身听藏在了扁桃仁壳堆里，我在播放键上贴了一片彩色胶纸。

妈妈发现装扁桃仁的盒子时已经是二月份了，也可能是三月。她利用我去上学的几个小时帮我收拾房间。她总是喜欢挪挪这个，扔扔那个，腾些地方出来。她把盒子放在床上，我放学回来看到它的时候有一种很奇怪的感觉，就好像有什么非常重要的东西一直被我忽略了。我打开盒子，里面是空的。我伸出食指在盒底划了几下，那里积满了细细的灰尘，我舔了舔手指，把灰尘咽了下去。不是甜的，没什么味道，却让我想起贝恩，又看到他手里抓着果壳，那一天剩下的时间里我再也无法集中精神做任何事。

那天下午是个例外。开始那几年，每到初春，斯佩齐亚和小农场就都变得模糊了。直到八月，我要回去的时候，它们才清晰起来。我不知道对于贝恩和其他人是不是也一样。如果他们想我，肯定不会表现出来。就像如果我们再见面，不会贴面或者握手，也不会互相询问过去的几个月发生了什么。对他们来说，我不过是大自然的一部分，是随着季节出现又消失的一种现象，无需过多的思考和解释。

越了解他们，我就越明白他们的时间与我的时间在以不同的方式流逝，或者说他们的时间根本就是停滞的。他们每天早上都花三个小时学习神学，下午再花三个小时学习手工劳动，只有周日例外。这样的节奏即使在夏天也不会改变。因此我避免在午饭前到小农场去，我更希望自己不要出现在切萨雷的课堂上，他的课总能让我觉得自己是个傻瓜。他总是讲造物的神话，讲果树的嫁接——楔接或者劈接，讲《摩诃婆罗多》，所有那些我根本就不懂的东西。

有时男孩们会跟着他一起走远一些，一个一个去。他们坐在一棵大栎树的树荫下说话。其实，一直都是切萨雷在说，而贝恩、托马索或者尼科拉只是不断地点着头。有一天切萨雷对我说，如果我愿意，他也欢迎我去聊聊。我对他表示了感谢，但一直都没有勇气跟着他去树下坐着。

一年又一年，家人也接受了我这样的行为。高中一年级的暑假，还有二年级的暑假。父亲对此不再上心，他什么也不说，因为从邻居口中他能知道我在做什么，而且这比看着我整日闷闷不乐地在家里转悠好得多。我想，对于奶奶来说，也是一样的。

作为对小农场款待的回报，我总是做些自己力所能及的事。我会去摘豆角和西红柿，拔小路边的杂草，学习用干树枝做编织品。我笨手笨脚的，但是没人为此而责怪我。每次我编得一团糟的时候，贝恩和尼科拉都会过来帮我。他们解开我编的枝条，找到出错的地方，再第 N 次给我从头讲起：抓住这根枝条的一端，从这下面穿过去，然后放在中间，拉紧，就这样，再来试试。他们闭着眼睛应该都可以把那些树枝编好，能编几公里长，虽然这些东西也没什么用：每次一编好就烧了。我问贝恩他们为什么要浪费那么多时间去做这件事，他总是回答我说："为了谦卑。这只是一种练习。"

我现在还记得有一天晚上，我们大家都坐在藤架下面，一串串的紫葡萄挂在我们头顶。尼科拉正在生火，其他男孩子把用过的餐具拿到厨房去。我刚刚勉强吃了几口。小农场里的人都是素食者，而那时候的我几乎是不吃蔬菜的。但我宁愿忍饥挨饿也想待在那里，远离一切喧嚣，静静地待在贝恩身边，待在火堆旁。

切萨雷给我们讲故事，讲他二十岁时看到前世的故事。

他说："我前世是一只海鸥，也可能是只信天翁，总之就是在空中飞行的动物。"

我感觉大家好像都知道这个故事了，不过所有人还是专心致志地听着。切萨雷说，在那个清晰的梦境中，他被一股力量推着，一直飞到了贝加尔湖畔。他想在桌布上印的地图里找到那片湖。于是男孩们一把推开还堆在桌子上的东西，开始在各个大陆仔细地搜寻。

尼科拉第一个叫了起来："在这！在这！"

切萨雷为了奖励他，让他尝了一口烈酒。尼科拉得意洋洋地喝了一口，而贝恩和托马索则恶狠狠地斜眼看着他。尤其是贝恩。他死死地盯着桌布，盯着上面贝加尔湖的蓝色印记，就好像要一次记住那上面所有的名字。

接着弗洛里亚娜端来了冰激凌，一切又归于平静。切萨雷继续讲着他的前世，而且还加上了几个男孩的前世。我忘了他说尼科拉的前世是什么；托马索是只猫科动物，而贝恩的血液里还保存着某些地下的东西。轮到我了。

"你呢，亲爱的特蕾莎？"

"我？"

"你觉得自己曾经是什么？"

"我不知道。"

"试着去想象一下，勇敢点。"

大家都看着我。

"我什么也想不出来。"

"那就闭上眼睛。告诉我你看到的第一个东西是什么。"

"可是我什么也看不到啊。"

他们都很失望。我小声嘟囔着："很抱歉。"

切萨雷从桌子对面看着我，说道："我觉得我明白了，特蕾莎以前是长时间待在水里的动物。她学会了无氧呼吸。不是吗？"

"一条鱼！"尼科拉喊着。

切萨雷看着我，就好像要看透我的身体和我的时间。

"不，不是鱼。也许，是两栖动物。我们来看看我猜对了没有。"

男孩们明白又要进行一场比赛了，立刻就活跃起来。

"我数到三，你们开始憋气。谁坚持得最久，谁就胜利。"

他开始慢慢地数数，数到二的时候我鼓起了腮帮子，然后保持不动。我们互相监视，都憋住不笑，切萨雷从我们坐着的椅子后面走过，把食指放在我们的鼻孔下面，检查我们有没有耍小聪明。

最先憋不住的是尼科拉，他生气地站起身，转身进了房间。然后是贝恩。于是切萨雷就站在我和托马索之间，轮流检查我们两个。我的喉咙开始涌动，托马索呢，喉咙都憋紫了，看着很让人担心，最后他还是比我早一秒张开了嘴巴。

切萨雷递给我一杯烈酒，那是我赢的。我喝得太急，酒精的灼热感在我胃里炸开。大家都看着我喝，表情严肃，甚至可以说是庄重，就好像喝下这杯酒，我终于也成了这个大家庭的荣誉成员：小农场的第一个姐妹。我没告诉他们，我天天在泳池里练习憋气，那是我独自一人时的游戏。相信前世是件很让人着迷的事，我竟然跟这两年夏天开始在乡下大行其道的青蛙差不多。对，我可以选择要相信什么。在去那里之前，我不知道自己还可以做这样的选择。

也许我当时应该意识到，有种微妙的不满正伤害着一切，尤其是贝恩。我应该感觉到他因为那些从未做过、从未见过、从未体验过的事情受了多么大的伤害；他妒忌，因为我的生活在远方展开，而斯佩齐亚只是一段插曲。

那一年他借给我一本书。他说那本书非常打动他，仿佛说的就是他自己。我把书拿到手里反复翻看时，感觉到他用一种不同的目光看着我，就好像在他面前的是一块璞玉，而他正在评估这块石头是否值得雕琢，或者说是否经得起塑形，是否太过脆弱。

回到家，我把《树上的男爵》放在床头柜上。奶奶看见了。

她问我："学校让你放假的时候看卡尔维诺？"

"不是。"

"那是你自己选的了？"

"算是吧。"

"对你来说太难了。"

接下来的几个小时里，我走到哪儿都拿着那本书，院子里，泳池里，不过不知道为什么我一直都没有翻开。那天晚上，躺在床上，我想试着读一读，可是很快就走神了。

过了几天，贝恩问我是否喜欢那本书。

"我还没看完呢。"我说。

"那你看到大盗贾恩·德依·布鲁基那一段了吗？那是我最喜欢的部分。"

"好像还没有。可能快了吧。"

那时我们正走在乡间小路上。潮湿的夜晚，远处传来迪斯科的音乐。

"那秋千那一段呢？"

"好像也没有。"

"那你根本就没看！"他咆哮道，"现在就把书还给我！"

他在发抖。我求他把书再借我几天，但是他坚持要我去把书拿来还给他。之后他就走远了，紧紧缩成一团，连招呼都没跟我打。

他消失在夜色中，我感到浓浓的悲伤。每次快到最后的时候我都会这样。我总是不断地想：这是我最后一次穿泳衣，这是我最后一次看着猫咪靠近游泳池，这是我最后一次把小农场留在身后，这是我最后一次看着他。

最后一次看着他。

也许那天晚上，在我的悲伤当中已经掺入了某种不一样的情绪，一种强烈的情感。现在回想起来，问题就在于此：对于贝恩，我永远也学不会如何将悲伤与情感区分开。

第二年夏天。我十七岁了，贝恩在三月份的时候已经满十八岁。有一片芦苇丛，长在田野里，那里有地下水冒出来，水流再次被大地吞没之前汇成了一条小溪。贝恩在橄榄树林里走十多分钟，从小农场那边步行过来。他在一天中最热的时候把我带出来，那时候别人都在睡觉，从一开始这就是属于我们俩的秘密时光。

我们躺在地上，我闭着眼睛。突然，映在眼皮上的颜色变了，我以为是飘过了一片云，但是当我睁开眼，看见贝恩的脸就在我的眼前。他的呼吸有些急促，认真地看着我。我对他做了一个几乎觉察不到的许可动作，于是他低下头亲吻我。

那天，在我们亲吻的时候，我任由他的手指抚摸着我的脸和身体两侧，别无其他。在斯佩齐亚我们总是穿得很少，而芦苇丛也远离一切。我们每天下午都回到那里，越来越大胆地做出更多的尝试。

小溪边的地面十分松软，我觉得泥土粘在我的脊背上，我的头发上，还有脚边的芦苇上，而覆盖在我身上的贝恩，他的身体好像是黏土做的。我用一只手紧紧地抓住他脊背上的骨头，另一只手撑着地面，周围都是碎石子和小虫子。我时不时地抬头向上看：芦苇秆显得很高很高。

那个八月，贝恩仔细检查了我身体的每一道皱褶，一开始用手指，后来用舌头。有时我被激情冲击得意识模糊、筋疲力尽，甚至不知道他的头、他的嘴、他的手到底在哪里。我握住他火热的勃起，一开始，我得帮助他插入我的两腿之间，他好像因为害怕而僵住了。在那之前我从未与男孩发生过关系，那一年的夏天，他拿走了一切。

我用双手擦了擦汗。他对着我的额头吹气，想让我凉快一点，在他的气息中我感觉到了我们两个人混合的味道。他用大拇指沾上唾沫，清理皮肤上的泥点，又一片一片地摘掉头发里的树叶。每到这时我们总是感到尿急，于是就在旁边解决，我蹲着，他跪着。我看着我们的尿液在地上流淌，希望两条能汇成一条，有时真的会发生。然后我们就回到小农场去，不拉手，也不说话。

一开始我担心他会在栎树下单独聊天的时候，把这一切告诉切萨雷，但是那一年好像有什么事让他们之间产生了嫌隙。整个夏天，除了每天吃饭前的祷告，我没参加过一次别的祷告。没有歌声，没有课程。九月起，贝恩和托马索就要去布林迪西上学了，为即将到来的高中毕业考试做准备，尼科拉前一年就去了。

于是我们在小农场之外度过了很多时光。由于托马索皮肤的问题，我们总要等到凉快点的时候再出门，爬上弗洛里亚娜的福特车。在梅拉塔海滨有一小片港湾，我们躺在水泥地上，把那儿当作沙滩，虽然连一块儿毛巾都没有。随着不同的风向，水时而清澈，时而浑浊，但是大多数时候海面都平静如镜，远处是深蓝色，接近岸边的地方则是绿色。尼科拉和贝恩从最高的岩石上跳入海中。我和托马索在水里给他们计分。我们俩彼此并不交谈。有些深海小鱼在水里咬我的脚跟和脚踝，我晃晃脚，把它们赶走，可是过不了一会儿它们又来了。

贝恩和尼科拉向我们游过来。贝恩偷偷地用手托着我，手指在我泳衣的边缘摩挲，同时还在跟其他人聊天。

晚上我们去斯卡罗。有一群孩子已经占了灌木丛与海水之间平坦的岩石，就在废弃的螺旋形瞭望塔旁边。那儿有一辆房车，车身上画着玫瑰，周围摆着几条长条凳和几张桌子，音响里传出吱吱呀呀的音乐声，声音不大，想在上面跳舞的话最好穿上凉鞋，因为岩石里嵌着的化石非常锋利。贝恩他们认识那些人，一直在跟他们打招呼。而我几乎从头到尾都坐在一边喝着啤酒，有时候是一个人，有时候也会有烦人的陌生人过来搭讪。

有一天晚上，看到贝恩和托马索在狼吞虎咽地吃马肉三明治，着实吓了我一跳。我清楚地记得，切萨雷说过，吃马肉是严重违反诫律的。尼科拉在一旁一口一口地吃着他的炸薯块，一副无所谓的表情，好像对此已经习以为常。贝恩用手背抹去嘴唇上沾着的番茄酱，对尼科拉说："总有一天我要把你爸爸养的漂亮小母鸡也吞了。"尼科拉一跃而起，利用身高优势挑衅地看着贝恩。贝恩和托马索拿他开玩笑，乍起胳膊装小鸡。

快到午夜的时候，我们沿着爱神木树丛间的小路回到车上，每个人抓着前面那个人的肩膀。

回到我家的别墅，男孩们都下了车，把我送到大门口。"泳池在邀请我们。"我们开着玩笑说，看看有没有可能穿着衣服跳进去，还说我父亲会不会拿石头扔他们；不过我们不会真的跳进去。回到房间，我从窗户听见福特车发动的声音。我的头发上全都是海水晒干后留下的盐粒，一团乱麻一样，指间全是烟草的臭味，脑袋被啤酒泡得昏昏沉沉，而我，却从来没有那么幸福过。

后来我们已经不满足于芦苇丛。有张床的想法成了贝恩的执念。我问他到底有什么不同，他很含糊地回答我："总有许多其他东西应该尝试一下。"

但是我们不知道该怎么办：切萨雷一直都待在小农场，而我家的别墅里科西莫和罗莎当起了长期警卫。我们从头到尾把所有可能性都想了个遍。

此时，圣洛伦佐日①已经过了，暑热也不同往日，夏天的节奏越来越慢。周围的每一件事都向我们传达着紧急的讯息。

"我晚上过来。"贝恩一边说着，一边用指尖在我的肚脐周围画圈圈。

"来哪儿?"

"过来找你啊。"

"他们会发现你不在的。尼科拉总说他比别人睡觉都轻。"

"胡说，我才是睡觉最轻的那个。没事，尼科拉不是问题。"

---

① 每年的八月十日。

"那要是我爸爸听到我们的声音呢?"

贝恩转过头。他的眼睛离我的眼睛那么近,有点难以承受。

"我是不出声的,倒是你要小心了。"他说。

过了几天,我们才开始实施计划,那几天我们没去芦苇丛,因为贝恩太过专注于这件事的细节。我有些失望,不过没有告诉他。这只是那个夏天我没对他坦白的几件事之一,比如说,我也没有告诉他,我爱上了他。我用尽全力说服自己,他并不是把拥有一张床看得比跟我在一起更重要,虽然这种念头一直在折磨着我,尤其是每到下午的时候,当他只是牵着我的手,而不是拉着我去小路尽头的夹竹桃林那边的时候。

我们从一个隐蔽的角落仔细研究着奶奶的房子。"我可以把一只脚放在那块儿凸出的地方,然后爬到屋檐上,"贝恩说,"你试没试过那里撑不撑得住?从那儿我应该可以到窗台上,但是你得帮我。你一听到这个声音就过来。"他噘起下唇,发出鸟儿一样的叫声。

约定好的那个夜晚我们没去斯卡罗。贝恩跟其他人说他不想去,每天晚上都去那儿,就不能想点不一样的玩法吗?

"比如说?"尼科拉问他,有点儿不高兴。

"比如说买点儿喝的,拿到广场上去。"

他总能赢,我是说贝恩,于是我们就去了奥斯图尼。在圣奥龙佐广场上,小孩子们四处奔跑嬉戏,我们就坐在广场中心,圣人塑像的脚下。还有十几天就是这座城市的主保圣人节了,节日的彩灯早已就绪,贝恩让我们想象一下,如果小农场也装上这些彩灯该有多美。

我们买了一大罐啤酒，这种包装是最便宜的，更重要的是我们喜欢那种啤酒罐在大家手中来回传递的感觉，一边喝着酒，一边互相交换唾液。

"我爸问我，跟咱们在一起的还有没有其他女孩。"我说。

"那你怎么说？"托马索问。

"我就照实跟他说了。"

我背靠在尼科拉的膝盖上，腿搭在托马索的腿上，而贝恩的头靠在我的肩膀上。我比任何时候都更清晰地感觉到这些男孩就在我身边，我喜欢这样。而且还有那个秘密，我们那晚要做的事。

当我们来到停车场的时候，已经快一点了，中心的老城全被汽车包围了。这些车形成了一条延续的光带，在白色的城市周围流动。一群半大孩子站在我们的福特车旁，车顶上放着酒瓶。尼科拉跟他们说把瓶子拿开，可能有点不客气，但那几个人也好不到哪儿去，其中一个让他再说一遍，加上个"请"字。

贝恩把我挡在身后。我看到尼科拉拿起那些瓶子，一个一个地放到那些人的车上。他们集体发出一阵嘘声，嗤笑尼科拉的自作主张。贝恩站着没动，右边的胳膊张开护在我身前，不让我上前。

接着，一个穿着红色冲浪服和干净耐克鞋的男孩递给尼科拉一瓶啤酒。

"别紧张，头儿，来，喝一点儿。"

尼科拉摇了摇头，但是对方很坚持："就当是讲和了。"

尼科拉喝了一口，把瓶子递还回去。他打开福特车的车门。如果一切就这么结束，他会倒车离开，我们也会上车，汇入弯弯曲曲的车流，驶向斯佩齐亚，如果不是有个家伙指着托马索说："他们是把他给漂白了吗？"

尼科拉势如闪电般扇了他一巴掌，扇在脸上。那是我第一次看到这样打人的。我紧紧地抓着贝恩的胳膊，他站在那儿一动没动，就好像从我们刚一到那里他就预见了要发生的一切。

大家都愣住了。我数了一下，他们有五个人，年纪可能比我们要小一些，也没有尼科拉壮实。他们应该也感受到了自己的弱势，上来推了尼科拉一下，不过推得软弱无力，有些不得已而为之的意思，尼科拉连晃都没晃。他旋即以刚才的速度抓住对面男孩的肩膀，把他怼到车身上。尼科拉弯下身，小声对他嘀咕了句什么，我们谁也没听清。

旁边以步行速度经过的汽车车灯，一闪一闪地照着我们，不过没人停下来。我们钻进汽车，托马索和我坐在后面，贝恩和尼科拉坐在前面。

当我们拐到大路上，跟着车流排到最后，大家激动地欢呼起来。贝恩模仿尼科拉扇的那一巴掌，接着又摸了摸他脖子和肩膀的肌肉，壮得像个拳击运动员。

回到家，我在客厅看到奶奶。她开着电视睡着了。我轻轻碰了碰她的胳膊，她吓得跳了起来。

"你去哪儿了？"她揉揉脸颊，问我。

"去奥斯图尼。就在广场上。"

"奥斯图尼那边乱得一团糟。都是些粗鲁的游客。你想来点茶吗?"

"谢谢,不用了。"

"那去帮我泡一杯吧,乖。"

我把杯子端过来的时候,她还像刚才一样,一动没动,瞪大眼睛盯着电视。

"是那个黑黑的小子吗?"她头都没回地对我说。

杯子在小托盘上发出叮叮当当的声音。"什么?"

"对,就是那个黑黑的小子。还有另外一个,小男子汉,还挺可爱的。不过还是那个黑小子更有魅力。他叫什么?"

"贝恩。"

"贝恩,然后呢? 不是'贝尔纳多'这个名字的简称?"

"我不知道。"

她沉默了一下,然后接着说:"我试着回想自己在你这么大的时候在做什么。你知道吗? 我们也常去奥斯图尼的广场。他对你好吗?"

"好。"

"这就不一样了。"

"我把茶给你端到房间去吧,你可以躺床上了。"我提议道。

她跟着我上了楼梯。离开之前我对奶奶说:"别跟他说,拜托了。"

她对我笑了笑,算是同意了。来到走廊,我在父亲门前停下脚步,听见里面传出他沉重的呼吸声。

我洗了个澡，又过了些时间，这期间我脱下短裤式的睡裤，又穿上，还试了至少四件不同的短袖，一会儿躺在被单下面，一会儿又坐到椅子上，因为我怕贝恩不喜欢热乎乎的床。在芦苇丛里自然涌来的情愫，现在让我坐立不安。

　　三点了，我相信他不会来了。也许他没能出来，或者他忘了。我满脑子都是第二种猜想。是啊，今晚那一架让他忘了我们的约会。

　　没过一会儿，我就听见有什么声音。我猜是他踩在房檐上的脚步声。我待在原地，直到听见他的口哨声。他来了，我打开百叶窗，帮贝恩爬了上来。他立刻热情地吻住我。他满嘴都还是啤酒味，要么是没有刷牙，要么就是又喝了几口。他的手在我胸前摸索，一开始隔着衣服，接着就掀开了屏障。

　　"你怎么这么僵硬。"他一边抚摸着我，一边脱我的衣服，对我说。

　　"我怕他们听见。"

　　他离开我的身体，看了看墙边的床："你想睡在上面，还是钻进被单？"

　　"我不知道。"

　　"我喜欢睡在上面。灯呢？就开着？"

　　我们面对面跪在床上。他也脱了衣服。看到他在深夜赤裸的身体，以及一片乌黑的毛发中勃起的器官，一切都让我呼吸困难。

　　他还跟刚才一样，疯狂地向我靠过来，不过这一次我挡住了他。我跟他说这次来点儿不一样的，我们慢慢来。现在我们躺在床上，有大把的时间。他向后退了退，好像没听明白。于是我向他靠过去，让他躺下，然后把自己的膝盖放在他的腰间。

我在他的身上来回蹭，从肚子到双腿，前前后后，开始很慢，然后越来越快，直至感觉到我们相触的部分有什么东西挡住了我，一股热流迅速地涌上喉咙。这是我之前从未有过的感觉。

贝恩充满惊喜地盯着我，双手撑在床单上，就好像害怕打断我正在做的事。看着他这个样子，我又感到一阵颤栗。

之后，我的唯一印象就是我们做得太大声了，也许是我喊出了声，也许是他。我已经什么都意识不到了。

"这跟我之前想的一点儿都不一样，你甚至都没让我动一下。"他说。

"对不起了。"

"不，"他赶紧说，"这样很好。"

我的前额抵在他的锁骨上，我想睡了，可是感觉到他的肌肉还绷得紧紧的。

"现在我得走了。"他说。

我躺在床上看着他穿衣服。我并不为自己的裸体感到不自在，而是为自己在他准备离开回到小农场去的时候还想要他而难为情。

"你可以从门出去。"我说。

不过这时他已经爬上窗户，我走了过去。当我再从窗口向下望的时候，他已经滑下去半米了。

"你看到尼科拉有多厉害了吗？他保护了我们所有人。"

他把一只脚踩在墙面突出的石头中间，跳了下去。走到泳池边的时候，对我做了一个告别的手势，然后就跑远了。

第二天，父亲让我陪他去法萨诺见一位儿时的朋友。我不想去，不过前一天晚上做过的事让我觉得自己有愧于心，就答应了他。

父亲的朋友住在郊区，那里有一排排的独栋别墅，墙面都涂成黄色。他这位朋友非常胖，呼吸都困难，从我们见到他直到我们离开，他都没从沙发椅上挪动一下。他身边有一个跟我同龄的女孩，在他渴的时候给他端水，还要时不时从地上捡起总是掉下来的靠垫，也会突然起身去把百叶窗放下来几厘米，因为窗外的光线让父亲的朋友感到不舒服。她心不在焉地做着这一切，好像沉浸在自己的世界里，有时候她好像在听我们谈话，但也有可能根本就没听。我一直盯着她的双腿，从背带短裤里伸出的一双瘦瘦的、古铜色的腿。

父亲的朋友一直在咳嗽，用皱巴巴的手帕捂着嘴，还时不时地拿下来看看，好像在寻找什么痕迹。我说了一声，得到允许出去透透气。

没过几分钟，女孩也跟着我出来了。我正在墙根儿抽着烟。

"我这儿有大麻，如果你想来点儿的话。"她说。

她从胸前的口袋里拿出一个小小的塑料袋，问我要了一支烟，很熟练地把烟丝倒出来，放在一只手里握着。她的指甲涂了颜色，不过涂了应该有几天了。"你会装过滤嘴吗？"她问。在我做准备的时候，她把大麻和烟丝混在一起，然后轻柔地卷进烟纸筒里。

我们吸了几口。

"他病得厉害吗?"我问她。

女孩耸了耸肩,对着烟头吹了一口气,红色的火星一闪一闪的:"他快死了,我觉得。"

我跟她说了我的名字,还有点儿别扭地向她伸出了手。

"我叫维拉丽贝拉。"

"这名字真好听。"

她做了个鬼脸,有些害羞,露出两个小酒窝:"我原来还有个别的名字,不过我再也不想用了。"

"叫什么?"

她看了看旁边,拿不定主意。"那是个阿尔巴尼亚名字。"最后,她这么回答我,好像这样就够了。

我不知道说什么,担心自己是不是有点太八卦了,于是就问她:"你不去斯卡罗吗?"

"什么?"

"一个露天俱乐部,在海边。他们会放电影。还有一个酒吧,不过只卖啤酒和马肉汉堡。"

"好恶心。"

"是有点儿油。不过你很快就会习惯的。"

我们抽完烟,两个人都神清气爽。在我们面前是一排还没有完工的小别墅,跟父亲朋友家的房子一模一样。屋外的阶梯通向空洞的大门,窗户上也没有玻璃。四周全是用仙人掌围成的吓人的墙。

"你能给我点儿大麻吗?"我说。贝恩和其他几个男孩应该也会喜欢的。我们一直想买点儿,不过他们都没钱。"我买你的。"

维拉丽贝拉拿出小袋子:"拿着吧。我还有。"

她扔进嘴里一块糖,也给了我一块。接着我们回到屋里,她准备了一些桃仁露。一阵咳嗽声让她急忙走进主人的房间。父亲就在他身边,但不知该怎么才能帮助他。维拉丽贝拉对他说没关系,接着在那位先生的背上拍了几下,直到他停止咳嗽,然后用托盘把水杯端进厨房。余下的时间我一直低着头,就怕自己凭空笑出声来。

回家的路上,父亲很难过。他问我想不想在海边走走,或者去吃个冰激凌。我急着到小农场去,没几天了,而我竟在这儿浪费时间,不过我还是觉得不能让他失望。

我们来到圣萨比娜海滩。这里的沙子很紧实,渔船漂在岸边,起起伏伏。他搂着我。

"小时候,我和乔瓦尼常来这里钓鱼,"他一边说,一边随意地指着岸边,"我们总是提着装满鱼的桶回家。那时候还能钓鱼,还没有现在这些禁令。你钓到的就是你的。"

他把装冰激凌的蛋筒在手里转来转去,时不时舔上一口。

"我真希望有一天能回到这里来生活。你觉得怎么样?"

"我只想说妈妈不会同意的。"

他耸了耸肩。在大堤的尽头有一座没通电的旋转木马,木马上的座位都用铁链子圈了起来。

"乔瓦尼认识你朋友的父亲。"

"切萨雷?"

"不。另外那个男孩的父亲。贝恩，对吧?"

他从很近的地方盯着我看。难道是奶奶告诉他的? 我真希望他不要再说了，可是:"他们叫他'德国佬'。没人知道他后来去哪儿了。"

"贝恩的父亲已经死了。他跟我说过。"

父亲对我挤了下眼睛:"我看，他可不是个诚实的人。"

"我们回家吧，爸爸。"

"等一下。你不想知道为什么叫'德国佬'吗? 那个故事还挺有趣的。你从来没听说过盗墓人吗?"

我在历史书某一页的边框里看到过。我没说话。

"这附近的地下到处都是文物: 箭头，黑曜岩，古瓶的碎片。一般来说都是没什么价值的东西，不过也有例外。小时候我也收集这些东西。我刚刚跟你说过，那时候你找到的就是你的。可是对于'德国佬'和他的朋友来说就不一样了。他们来这里度假，却不到海边去，反而奔着考古遗迹去。说是度假，就那么一说。"

他用纸巾擦了擦嘴和黏黏的手指，然后团成一团，扔在地上。

"他们整晚整晚地挖。能装满一卡车的时候就拉走，运到德国去卖掉。他挖到过一些很漂亮的钱币。有一年，他开着奔驰来到斯佩齐亚。警察在找他。你知道他干了什么? 他一次性挖空了一个大墓，然后一走了之，再也没回来。这在斯佩齐亚引起了轩然大波，你能想得到。乔瓦尼说那时候大家都在谈论这件事。"

海鸥飞走了。它们大声叫着，不安地拍打着翅膀。

"咱们回家吧，求你了。"我弱弱地说。

虽然我不愿意承认，但那个故事还是影响到了我，好像父亲跟我说"德国佬"，跟我说古墓，是想让我离开贝恩。

当我再一次跟他来到芦苇丛，我无法全身心地投入。芦苇根扎着我的背，而且胳膊肘沾上的脏东西也让我心烦。我觉得有千万双眼睛在盯着我们。

一架歼击机划过竹林上方的大空。接着是一阵窸窸窣窣的声音，我猛地抬起身子，只看到芦苇秆在晃。我听见急促的脚步声越走越远。我告诉贝恩，可是他毫不在意。

"可能是只猫。也可能是你想象出来的。"

我们跟大家一起坐在藤架下面，像往常一样假装在等着其他人来一起玩斯卡特牌①。托马索不情不愿地跟我打了个招呼。我们都在花时间吸引贝恩的关注。

过了几分钟，切萨雷也来了。他对我心不在焉地笑了笑，然后转身对男孩们说："需要打扫一下鸡窝了。谁来帮我做？"

贝恩和托马索暗中交换了一下眼神，假装什么也没听见。尼科拉屈服了，说道："我一会儿就来。"

切萨雷又等了一下，然后在心里默认了，他走开了。

贝恩喊了一句"施耐德"，打出一手好牌。在他洗牌的时候，我想着他说出"施耐德"时的发音方式，还有所有那些玩牌时会

----

① 一种源自德国的纸牌游戏。

说的德语单词。这些词应该是跟他父亲学的吧，我心中暗自思忖。但是很快我就强迫自己赶走了这些疑虑。

那一年，我回家的日子刚好跟托马索十八岁的生日碰到一起。临走的前一天晚上我们决定大肆庆祝，好好消遣一番。

我们带足了钱。我在一堵矮墙后面脱下衣服，换上细带凉拖、春天时跟妈妈一起买的裙子和上衣。布料蹭在带着盐粒的皮肤上有些发痒。

我现在还记得那时候每个人的穿着：托马索穿着一件芥末黄的短袖 T 恤衫，贝恩的黑色短袖 T 恤衫上写着 ZOO SAFARI，这件衣服他十年后还穿着，尼科拉则穿着一件艳丽的衬衫。我还记得我的激动不安，每时俱增，因为想着第二天一早我就要离开了。

当我们来到斯卡罗，天空已然全部被染成玫红色。我把维拉丽贝拉给我的大麻拿给他们看，尼科拉想马上就试试，但是我们决定留到晚一点儿再试。他和贝恩为托马索准备了惊喜：把一瓶琴酒和一瓶菠萝汁拿出来放在一边。我们把两样东西倒进一个玻璃瓶。这种自制鸡尾酒很烈，喝了之后不到半个小时，我们就歪倒在躺椅上。天色就这样出人意料地黑了。

在中心广场搭建的大屏幕上放着一部黑白电影，演员好像都在一跳一跳地移动着。我很快就发现，托马索的生日让大家忘了我明天就要走了，而我却认为那天晚上一定要让贝恩当着大家的面吻我。不然我要带着什么回到都灵去呢？

我们避开人群去抽烟，每个人都对托马索的成年表示了祝福。我祝他早日找到女朋友，他说谢谢，但是笑得有些别扭。贝恩最后一个开口，他说："祝你学会从任何高度跳水。"

但他一直拒我于千里之外，心不在焉。他和尼科拉只为托马索的生日而干杯，还掐着胳膊把他举起来。菠萝汁喝完了，我们也不再往琴酒里兑别的。瓶子传到托马索手里，没再往下传。他灌了几口酒，喘不上气来。

贝恩决定我们应该爬到塔上去，他想给我看一样东西。尼科拉向后退了退，他说自己已经去过了，托马索不识趣地凑了过来，我想，他是不想让我和贝恩单独待在一起。

我们走近包围着那个废墟的带刺铁丝网。远处的灯光刚刚好能让人看清牌子上写的"禁止进入"。贝恩拔出一根固定铁丝网的小木桩，打开一个通道。还需要越过一片荨麻地，而我光着腿，我对贝恩说这样会刺得我浑身都是，但是他径直朝前走去。

楼梯从一米半的地方才开始有。我们爬上去，又走了十几级很陡的台阶，才来到塔的中心。瞭望窗口正朝着海面，但是只能看到一个四方形的黑洞。贝恩打开手电筒，"这边。"他说。

我们又来到一段台阶前，这次是向下走的。周围的墙上满是涂鸦，地上有一些碎玻璃，在我的凉拖鞋下嘎吱作响。汗滴开始顺着我的身体滑落。我求贝恩往回走，但是他说想带我去最下面。

"我不想去了，我们回去吧。"我带着哭腔说。

"我们就到了。你安静点儿。"

在我身后，能感觉到托马索呼出的酒气。我抓着贝恩的 T 恤衫，使劲儿地摇晃着，但他并没有停下脚步，继续向下走。

终于到了阶梯尽头。我们来到一间屋子，我说不出这屋子有多大，直到贝恩用手电筒三百六十度照了一圈。

"就是这儿。"

他用手电照了照扔在角落里的一张床垫。周围都是空瓶子和易拉罐，杂乱地丢在地上。贝恩弯下腰，捡起一个，给我看上面已经褪色的标签。

"你看这日期：一九七一年。你能相信吗？"

即便是在黑暗之中，他的双眸中也闪耀着兴奋的光芒。但是我对那个易拉罐一点儿兴趣也没有，对其他的瓶瓶罐罐也没兴趣。我想象着蟑螂在那片黑暗中爬来爬去，就在我脚边。

"我们走吧。"我恳求他。

他把易拉罐放回原处。

"有时候你真像个被宠坏的小孩儿。"

虽然我看不到，但能感觉到托马索在我背后笑。

贝恩飞快地回到楼梯，把我留在后面。我伸出双手摸索着，以防前面突然出现一堵墙，自己会撞上去。等我们来到塔外，我把晚餐吃的东西都吐在了荨麻地上。贝恩什么也没说，甚至没有过来帮帮我。他用大拇指按着手电的开关，一亮一灭。他冷冷地看着我，就好像在给我打分。他只在钻铁丝网的时候向我伸出一只手，但我没有抓他的手。

在这期间，斯卡罗已经到处都是人了。我们开始跳舞。我越来越觉得自己跟这个夜晚激动的情绪格格不入，但我还在挣扎，为了不让自己的低落破坏这最后的时刻。那晚响起的是罗伯特·迈尔斯的音乐，没有歌词，只有忧伤而梦幻的乐曲，我很希望有人能去换掉这音乐，或者干脆让它永无休止地响下去：我整个人都分裂了。

就在我们跳舞的时候，托马索冲向贝恩，用前额顶着他的肚子，开始抽泣。贝恩双手抓着他的头，弯下腰在他耳边说了些什么。托马索使劲儿摇了摇头，但身体并没有分开。

"你跟我来。"尼科拉对我说。

我们点了两杯啤酒。我在想，那些烟草跟所有这些酒精饮料混在一起会有什么后果，我在想，明天我将如何面对坐车回都灵的旅程，然后我又想，管他呢。贝恩和托马索还留在舞池里，不过托马索已经站起身来，他们俩互相搂着肩膀，就好像在跳一支慢舞。

"他今天怎么了？"我问尼科拉。

他垂下眼睛回答我："他只是有点喝高了。"

再过一个月，尼科拉就要去巴里市开始他的大学生活了。整个夏天，他有别于他人的优待——上大学的计划——让大家疏远了他。

"三点多了，"他说，"咱们得回家了，切萨雷一定气疯了。你父亲估计也是。"

托马索和贝恩远离人群，向海边走去，我看到他们坐在一块岩石上，然后仰面躺下，就好像在等着潮汐把他们带走。

"我们等等他们吧。"我说。那声音好像已经不属于我了。满是失望。

"别管他们了。"

尼科拉拉着我的胳膊想把我带走。我挣脱了，跑向贝恩。他的头和托马索的头靠得很近，但他们并没有讲话，而是仰望着漆黑的天空，仅此而已。

贝恩看到我，他坐起身来，带着温驯的表情，就好像一直在期待着这一刻。我们走开了几步，走到更黑的地方。

"我要走了。"我说，无法控制自己的痛苦，浑身颤抖。

"祝你明天旅途愉快。"

"这就是你要对我说的？祝你明天旅途愉快？"

贝恩看了一眼托马索，他还在那边一动没动。接着贝恩深吸一口气。那一刻，我觉得他还是自己的主人：烟草和琴酒都没能侵蚀他清醒的头脑，一刻也没有。

"回都灵去吧，特蕾莎。回到你的家、你的同学身边，回到你熟悉的生活。别担心这里会发生什么。等你再来时，明年，什么也不会改变。"

"你为什么不在大家面前吻我？"

贝恩点了点头，两下。手插在口袋里。他靠近我，抓住我的身体。

那不是一个深情的吻，也并不笨拙。相反，他一只手抓住我的身体靠向他，好像要跟他的身体合在一起；一只手在我的背上游走，抓住我的头发。我好像在吻一个其他什么人，一个我根本就不认识的人。就在那一刻，我想，那是一个很像吻的冒牌货。

"我想这就是你想要的吧。"他说。

托马索闭着眼睛，但即使是这样，他好像也横亘在我们之间。贝恩盯着我，并没有生气，那表情更像是不舍，就好像我已经坐在疾驰而去的车上，在车窗里后遥不可及。我退后几步，一直看着他，然后转身跑开。我把他和瞭望塔的废墟一起留在身后，还有被海水的泡沫打湿的岩石，沉默的大海，周围的一切，以及南方那冷酷无情的纯净夜晚。

我已经习惯了身处都灵，它比我离开时更加冷漠，过于宽阔的街道，白色的天空，像个塑料大帐篷一样让人喘不过气来。切萨雷曾经说过："最后，人类建造的一切都将成为一层尘土，一厘米都不到的尘土。我们如此渺小。只有上帝的思想能让我们获得价值。"在市中心的高楼之间，他的那些话不断地回响在我脑海里，一切看起来都那么虚幻、不真实。我知道，我的这种状态是暂时的，在一两周之内，一种介乎于饥饿和恶心之间的感觉，就会在我胸口形成一股旋风，横扫一切，所有东西都会恢复正常。每年都是这样的。但那一年，悲伤的情绪持续了更久。直到圣诞节的时候，我还在思念斯佩齐亚。

我的同学们一直都在狂欢。我们一个个地成为成年人，每个人的生日都变得无比重要。翁贝托·琼是第一个。他包下了军官俱乐部，另外还租了都灵城里唯二的豪华轿车。到达聚会现场之前，我们在车上喝着起泡酒。男孩穿着燕尾服，我们女孩穿着长裙。翁贝托跟他妈妈跳了一曲华尔兹，跟着我来到阳台。他说看到我独自一人，抽着烟，手里拿着一杯酒，就像一个消沉的公主。他还说口袋里有一些摇头丸。

第二天早上，那种魂游身外的感觉几乎让我无法忍受。如果我带着贝恩的扁桃仁，我一定会找出来，握在手里，去感受它们可能还在散发的热量，但是那些扁桃仁已经扔掉很久了。关于他，我什么也没留下，只有日复一日，越来越清晰的记忆，以及最后那晚我是如何强迫他吻我的窘迫。

六月来了，我的生日到了，父亲有些小心翼翼地问我想要怎么庆祝。我回答说我还想仔细地考虑考虑，不过后来我没再提过这件事，他也没有。就在我满十八岁那一天，在枕头里发现了一个信封，里面装着几张钞票，还有一张卡片，上面用钢笔画着一个大大的心，左右不对称，心形图案的中央写着数字十八。我把钱夹在法语词典里，然后一整天都在等贝恩的电话，但一直没等到。我是告诉过他日期的，甚至几周前我还在寄给他的一封信里写过，但是那封信，我也没收到回信。

我给奶奶打了个电话。当我问到贝恩、托马索和尼科拉的时候，她有些吃惊。她不断地重复曾经说过的那句话："来的来，走的走。"我觉得她是故意的。

期末考试的最终成绩公布在布告栏上，没有什么意外，但是我连这个都不想庆祝。七月，朋友们都去西班牙度假了，这是他们计划了好几个月的旅行，而我也终于可以全身心地倒数自己与斯佩齐亚重逢的天数。

我一个下午就花光了字典里所有的钱。我买了一件"香蕉月亮"牌比基尼，我把剩下的钱给了一个突尼斯男孩，换了一盒烟。回到家，我把烟藏在两块挖空的香皂中间，都是他教我的。前一年贝恩曾经许诺过，一切都将如往常一样。

　　过了巴里市，最后一段高速路，沿途都是苗圃。在围栏的另一边矗立着一排排棕榈树。那一直都是快到斯佩齐亚的标志。我不知道棕榈树还能卖，很难想象怎么把它们运到别的地方去。那一年，我看到棕榈树都被砍了，所有的，剩下的树干就像钉耙上的齿。我问父亲这是怎么了，他心不在焉地看了一眼。

　　"我也不知道，"他说，"可能是修剪了吧。"

　　我家别墅门前的两棵棕榈树也死了。科西莫解释说需要一台挖掘机来连根拔起。

　　"你来看，这些混蛋。"他说。

　　他让我们跟他到门廊，但只有我跟着去了。架子上堆满了各种工具，他从上面拿下一个玻璃罐子。罐底躺着一只甲虫，红色有毒的甲虫，长着一根长长的、弯曲的吸管。

　　"红色象鼻虫，"他一边说，一边在我眼前摇晃着那个罐子，"它们能钻进树皮，在里面产卵。一只象鼻虫就能产下成千上万的幼虫。它们从里面蚕食棕榈树，吃完一棵就去吃下一棵。都是从中国来的，该死的东西。"

　　在接下来的几个小时里，我尽一切努力控制着自己没有马上奔向贝恩。当天晚上我还是忍耐着，跟奶奶和爸爸待在阳台上，给他们讲这一年的学习生活，直到我自己都厌倦了自己的声音。我背靠着栏杆，但是一站起来帮忙收拾桌子上的盘子，我就向小农场的方向望去，在橄榄树树冠的那一边，闪烁着一个小亮点，黄色的，非常微弱，就好像是从无尽的天边发出的光。

第二天一早，天空像是盖上了一层棉絮。我曾经想象过，见到贝恩的时候应该是晴朗的一天，因此我有些遗憾。我对奶奶说要出去散散步，也许回去看看那些男孩。我在沙滩裙下面穿着"香蕉月亮"泳装，希望不会有人看出我在发抖，我的脑袋已经因为急不可耐而有些昏昏沉沉。在我的草编挎包里，装着那块藏着烟的香皂，我要马上拿去给贝恩，一方面是为了让他大吃一惊，另一方面也是因为放在家里太危险了，因为罗莎到处翻。

但是奶奶叫住了我："先吃早饭。"

一个美式牛角面包摆在桌子上，旁边是一杯牛奶。我犹豫了一下，然后坐在椅子边上，奶奶坐在我对面。我用手指掰下一块牛角面包，放到嘴里嚼了起来。

"好吃吗?"奶奶问我。

"你知道这是我最爱吃的。"

一会儿我还得再回到屋里去刷牙，还得浪费些时间。

"是啊，好好地品一品。这些在都灵是找不到的。"

桌子上放着一本书。我翻过来看了看封面。《克雷丽亚·格雷的线索》。

"你喜欢这本书?"我为了找个话题，问奶奶。

她做了个夸张的手势，说："我刚刚开始看。觉得还不错。"

"你总能猜到谁是凶手?"

"差不多吧。但是有时候这些小说也会蒙人，你知道的。"

在离我们几步远的地方，应该藏着一只知了，每次我稍微一动，它就突然不叫了，过不了一会儿便又开始那令人疲乏的叫声。

再远一点儿，科西莫正忙着摆弄浇水的设备。他交叉着双臂站在出水喷头中间。

我默默地嚼完了牛角面包，喝光了牛奶。以前奶奶从来不会坐在这里陪我吃早餐的，一般都是从远处用责备的眼光看我儿眼，因为我起床的时间总是没有规律。而这一次，她前一天晚上对我那么好，现在也是。她把书的封面折了一个角。

"你在小农场见不到他的。"奶奶终于说。

"嗯?"

有些面包屑沾在我的手指上，但是桌上没有纸巾。为了不弄脏沙滩裙，我在腿上抹了抹。

"贝恩。你见不到他。"

我把胳膊架到桌子上。虽然天阴着，光线还是很强，刺得我眼睛很难受。牛角面包油腻的味道开始从胃里往上返，我忍耐着。奶奶放下书，向我伸出手，我往后缩了缩。

"你还记得你向我打听他消息的那一天吗? 就是你过生日的时候。"

"记得。"

"我的确有一段时间没在小农场里看到任何人了。贝恩和另外那个男孩。"

"托马索？"

"不，不是托马索。约安。"

"没有人叫约安。"

"也许你没见过他。他是去年夏末时节来的。他们一直在这儿工作到十二月，他和贝恩，帮我们家摘橄榄。贝恩看起来非常瘦弱，你知道他每天有多少个小时抓着打橄榄的杆子吗，这让科西莫都感到吃惊。约安则负责整理树下的网子，把里面的橄榄都倒出来。榨出来的油很香。你也尝过了，当然，我给你们寄了一些……"

"然后呢？"

奶奶叹了口气。

"摘完橄榄就没什么事做了，于是我再没叫过他们。但是几个星期之前，我有些好奇，想知道他们怎么样了。贝恩曾经跟我说过，他有些数学问题，我当然自告奋勇要帮他，我觉得对他不闻不问是我的不对。于是我去了小农场。那时已经是七月了，我想。只有弗洛里亚娜一个人在，从她那儿我得知……嗯，发生了什么。"

我看见父亲从屋子后面闪出身来，看到我们在这儿，就又消失了。

"发生了什么，奶奶？"

"好像是贝恩犯了错，"她紧紧地盯着我，"跟一个女孩。"

我用食指把桌上的面包屑一个一个地沾起来，想都没想就送进嘴里，我吮吸着自己的手指。

"什么错？"

奶奶苦笑了一下："就是能跟女孩犯下的唯一的错，特蕾莎。他让她怀孕了。"

我猛地站了起来。椅子向后倒去，撞到石头上。奶奶吓了一跳。"我去看看。"我说。

我根本就没想到要把椅子扶起来。

"你不能去那儿。"

"自行车在哪儿？该死，你们把它放哪儿了？"

我看到铁栅栏关着，还上了锁。我把自行车扔到地上，从下面钻了进去。我注意到右边是一棵缀满黄澄澄果实的梨树，很多梨已经掉了下来，散发出一股腐烂的味道。

小农场里没有一个人。我坐在摇摇欲坠的摇椅上，没有摇晃。我等了一个多小时，我觉得。

所以贝恩让一个女孩怀孕了。

我看着猫咪沿着墙边走来走去。有些猫去年还没有。一只长着红毛的大猫盯着我看了很久。

贝恩让一个女孩怀孕了。为什么他没让我怀孕呢？

我听到汽车的声音由远及近，但是我一动没动。切萨雷和弗洛里亚娜穿着进城的衣服，他穿着一身蓝色的棉质正装，还打着领带，而她则穿着带有奇特图案的紧身衣。他们后面跟着一个小男孩，低着头，同样穿着正式，但是没打领带。切萨雷剪了头发。我应该迎着他们跑过去的，但我规规矩矩地待在原地。

"亲爱的特蕾莎，"弗洛里亚娜抓住我的胳膊，然后又伸直双臂，好像想要从头到脚看全我的样子，"我们去参加弥撒了。你等了很久吗？天气这么闷热。我这就去给你拿一杯凉茶来。"

"不用了，谢谢。"

我的心跳已经不受控制。我担心她能从我手腕的脉搏感觉到我的心跳。

"当然要了。来点儿凉茶清凉一下。我昨天做的。我用龙舌兰代替了糖，所以不用为身材担心。你还不认识约安吧，是吗？"

她很快消失在屋子里面。约安对我点头示意，什么也没说，然后他也走开了。切萨雷解开领带，热得直喘气。他从桌子底下拿过一把椅子，放在我的对面。

"我们找到的这个教区，"他说，"有点儿远，在洛克罗通多，但是那里的神父是我遇到的第一个没有那四个执念的人。他叫唐·瓦莱里奥。是个思想开放的人，我想他也很看重我。他在跟约安做一件了不起的工作。这位神父应该是个东正教徒，虽然他也并不十分清楚东正教意味着什么。总之他很愿意跟我们一起。我真想把他介绍给你，让你认识唐·瓦莱里奥。你是路过，还是说今年也会在这里住一段时间？"

他讲话的方式中有某种东西让我更加难受。切萨雷和弗洛里亚娜在见到我时表现出来的惊喜不温不火。有那么一瞬间，当他们靠近的时候，我甚至觉得他们见到我并不高兴。

"你这次可没遇到好天气，"切萨雷说，"直到昨天都还好，不过现在……湿度太大了。没有转好的迹象。"

"我是来看看贝恩的。"

为了不显得太没教养，我又加了一句："还有尼科拉。"

切萨雷用手掌拍着膝盖。"哦，尼科拉，我受主祝福的儿子！从他去上大学开始，就很少能见到他了。不过他真的很出色，我必须这么说。他参加了几乎所有的考试，除了私法。大家都知道私法就是个讨厌鬼。好几百页的东西要记啊。"

"贝恩呢？"

切萨雷好像没有听见。他正用蘸着唾沫的手指努力把衬衫上的一块污渍抠下来。他的胡子也没有了，这又是一个不同往年的地方。他的脸也圆了，干干净净的，好像带了一些孩子气。

"尼科拉还有四天就回来了，"他说，"他会在这儿待一个星期。我想他还得学习，他总说要学习，不过我肯定他会非常愿意见到你。"

弗洛里亚娜回到院子里，端着一杯凉茶。杯口有一圈白色的水垢，在其他时候这不会让我感到恶心，但是那一刻我决定不把杯子放到唇边。每一个细节都让我觉得是一种新的背叛：切萨雷的外貌；弗洛里亚娜没有跟我们坐在一起，而是立刻起身去两棵树之间搭的绳子上晾晒床单衣物；而那个新来的小男孩，约安，已经换了衣服，赤裸着上身悄悄溜走，到田地那边去了。

我曾经花了那么多时间梦想着小农场和他们所有人。

为了不第三次提起贝恩，我问托马索在哪儿。

"托米也长大了。现在在过他自己的日子。他在马萨夫拉工作，在一个富人度假区。叫什么来着，弗洛里亚娜？"他提高了声音，好让她听见。

"萨拉切尼海滨驿站。"

"萨拉切尼海滨驿站，对。也许建造这个度假区的人不知道，他们到底在萨拉切尼做了什么。"他冷笑着，为了应和他，我也笑了。

也许对他说一句话就够了：贝恩真的让一个女孩怀孕了吗？但是我觉得那会像一个响亮的巴掌打在切萨雷的脸上。我看着他靠在椅背上，沉重地呼吸着。

"我想我们可能不吃午饭了。太热了。不过你要想多待一会儿我们是很欢迎的。"

"他们在家里等着我呢。"

约安在什么地方敲打着扁桃仁树，让果子掉下来。能听到树枝摇摆的簌簌声，跟着是一阵下雹子的声音。切萨雷焦躁地揉搓着自己的脸："等尼科拉回来我会告诉他你在这儿。"

我不知道如何描述接下来的几天，以及我在那几天中的状态。就好像小时候害怕黑夜的那种感觉，我盯着蚊香看，直至感觉到整间房子在呼吸，它在膨胀、在收缩。没有什么理由再待下去了，除了希望贝恩回来的念头，然而这希望遥远而渺茫。但我还是决定等尼科拉回来。

我每天都花好几个小时泡在泳池里，或是躺在气垫床上。我从气垫床的一边轻轻划水，划向泳池的另一边，同时回想着那一晚他们几个泡在泳池里的情景。从那时到现在，泳池几经放空又注满，里面的水也用氯和抗藻剂反复处理了许多次，但或许还有贝恩的皮肤分子幸存其中呢。我沾湿双手，把水抹在肚子和肩膀上。

奶奶一直都像第一天那样关心着我。她离开沙发，到泳池边的小床上看书，在这里陪着我。她蜷缩在阳伞投下的阴影里，有一次她甚至穿上了泳装。她的腿——我已经好几年没见过她光腿了，松软而苍白——还长着褐色的斑点。那天下午她全神贯注，书一直合着拿在手上，就好像在思考什么事情，然后她下定决心转向我说："你知道你爸爸在遇到你妈妈之前，差点儿就结婚了吗？"

我抓住小扶梯，停止在水里转圈。

"他认识她时，就像你这么大。她叫玛利亚安吉拉。一个漂亮的姑娘。"

我从气垫床上滑下来，来到浅水区。

"他跟我说想娶那个姑娘，我着实吓了一跳。我不同意，但你爸爸非常固执，你了解他的。于是我们就达成了一个协议：他得先完成大学的学业，然后再娶玛利亚安吉拉。"

我努力尝试着勾勒女孩的样子，但是毫无结果。有一瞬间，奶奶转头看向别墅。好像有什么打断了她。她担心父亲在听我们说话吗？或者她还不十分确定要不要相信我？

"于是他去了都灵，上了都灵理工大学。一放假他就回来了，跑去找那个姑娘，但是一见到她，他就明白了，那个姑娘跟他没关系了。当天下午他们就分了手。那个夏天对所有人来说都很难熬。"

她伸直腿，翘起脚尖，像一把锄头。

"第二年，他认识了你妈妈。"奶奶语调平缓地说。

"她知道吗？"

"你妈妈？也许吧。不过我认为她不知道。"

"你觉得爸爸从来没跟她说过？"

"哦，特蕾莎！并不是说两个人结了婚就什么都说的。"

我从奶奶那里继承了饱满的手指甲和脚指甲。我不知道这算是美还是缺点。奶奶抱怨随着年岁的增长，指甲开始往肉里长。

"我只是想告诉你，"她接着说，"只有愚蠢的人才会相信，两个人之间的差距，只要有一方愿意，就会消失。你爸爸获得的一切，都是在浪费时间，浪费了那些本可以好好度过的时间。他和玛利亚安吉拉本可以幸福地生活在一起的，这几乎毋庸置疑。"

"有多幸福？"

"不幸。我说的是他们在一起会不幸的。"

"我觉得你刚才说的是幸福。"

奶奶摇了摇头。她用手抚平自己的大腿。

"你看，我这膝盖现在有多难看。"她一边评价着，一边像捏两个橙子一样捏着膝盖。

她抬起头对我微笑："对于其他人的生活总有太多的东西要去了解，特蕾莎，永远也没个头。有时候最好就不要开始。"

一天傍晚，尼科拉来找我。从窗口我看到他身边跟着罗莎，体型的对比让她看起来更瘦小了。我觉得她正在教他什么，尼科拉点点头，但我听不到他们在说什么，反正我也不感兴趣。我让他等了一会儿，穿好衣服，涂上睫毛膏。

我立刻就注意到他的行为方式有些不一样，一种精心研究过的规矩和得体。他从来就不是伙伴中最活跃的那一个，但是没有其他人的时候，他严肃的一面显得尤其突出。他提议出去走走，而我只想走得远远的，我恳求他。经过那几天，奶奶的别墅对于我就像一座监狱。

斯卡罗没有几个人，我们坐在空地中心的一张桌子旁。傍晚的海水激荡。尼科拉去点了两杯啤酒。他好像为终于能在我面前展示绅士的一面而倍感自豪，他很高兴能单独跟我在一起，而我却很烦。

很快我就后悔让他带我来这里。我们好像无法开始任何一种对话。

"你父亲说你在大学里学得很好。"我没话找话。

"他对所有人都这么说。但实际上我也就是普通而已。你想来巴里吗？我可以带你去，这几天里哪一天都行。"

"也许吧。"

他的手让我印象深刻，手掌很大，手背平滑。他的香水喷得太多了。

"你在那儿找到女朋友了吗?"我问他，想带他远离我们两个单独在一起的幻想，包括一起游巴里。

他神色黯淡："不算有吧。"

彩灯组成的花环在风中颤抖。天空中划过几道闪电。我在想，是不是跟去年夏天一样。

"你呢?"尼科拉问。

"没什么新鲜事。"

但是我不想让他觉得我太矫情。一直在等待一个再也见不到的人。于是加上一句:"只有一些小故事。"

"小故事。"他失望地重复了一句。

"他在哪儿?"

尼科拉咂了一口啤酒,平静地说:"我不知道。他消失了。"

"消失?"

"他走了。我早就注意到了,去年夏天他就有些奇怪。"

"并没有。"

我不明白自己为什么变得这么尖刻,就好像这一切都是他的错。

"怎么个奇怪法?"我问。

"他变得……我不知道。神经质吧。很坏,尤其是对切萨雷。"

我一直不理解尼科拉对他的父母以教名相称。

"切萨雷是很宽容的,"他说,"对于他来说,每个人都可以按照自己的方式去生活,只要不冒犯别人就好。但是贝恩……一直在挑衅他。尤其是从贝恩开始看那些书,而切萨雷把书撕掉的时候起。"

"什么书?"

"冒犯上帝的书,仅此而已。几乎每一天贝恩都会让切萨雷在桌子上看到一本这样的书,还标出最过分的部分,以便他一眼就能看到。"

尼科拉捡起一根掉在他肚子上的小树枝,用它在桌子浅色的表面划了几根竖线。

他犹豫了一下,接着说:"没有任何理由这样对待切萨雷。你知道切萨雷曾经跟我说什么?"

"什么?"

"他说贝恩的心被魔鬼碰过了。"

"魔鬼?"

"恶鬼,特蕾莎。切萨雷知道那恶鬼就住在他身体的某个地方。他每天都祈祷那个恶鬼不要苏醒,可是结果恰恰相反。"

"你真的相信这些事?"我气哼哼地说。

小树枝在他的手指间折断了,尼科拉扫兴地看着它,把那两截扔掉:"如果你了解贝恩,你也会相信的。"

我很了解他。在芦苇丛里,我们在一起,他用他的舌头以那样的方式滑过我的身体。

"只是切萨雷那么说,并不代表就是对的。"

"贝恩针对他是因为托马索走了。他说是切萨雷赶走的。但事实并非如此。成年人当然要离开小农场,去过自己的生活,这很正常。这是惯例。如果不是切萨雷,托马索可能现在还生活在监狱旁边的孤儿院里。而贝恩就是不肯原谅他。他们俩一直都跟连体儿一样。你还记得托马索生日那天晚上吗,他们哭的那个样子?"

突然间,我转头看向聚会那晚贝恩和托马索躺过的岩石。那里只有平整的岩石。再往前,是铁丝网和荆棘丛生的废墟,还有瞭望塔。好像有只动物在荨麻地里晃动。

"那女孩呢?"

尼科拉看着我,好像在猜我都知道些什么。如果我不提,他根本就不会跟我讲。他摇摇头,就好像关于这件事没什么好说的。

"谁啊?"

他把杯子端到嘴边,却发现已经空了。他有些不知所措。也许在他的想象中,这应该是一个不一样的夜晚。我把自己的啤酒推到他面前,那杯酒我几乎没碰过,他点头向我致谢。

"我只见过她一次,因为我一直住在巴里。她缺钱,于是……我不知道,也许还有毒品的问题。她怀孕以后,切萨雷同意在小农场里收留她。她无处可去。"

他看了一下我的反应。我努力表现得不动声色,想着那块为了装烟而改造成珠宝盒的小香皂,这项工程现在看起来真是愚蠢透顶,这些事从各个方向向我碾压过来。

尼科拉接着说:"她的名字很奇怪。维拉丽贝拉。"

我感觉自己在向后倒下去,赶紧抓住板凳。

"维拉丽贝拉。"我重复着。

"她是……"但是他说了一半就停了。

我头晕目眩,很可能面色惨白。

"她是什么?"

尼科拉把一只大手伸过来,伸向我的脸庞,捋了捋我前额的头发,轻柔地抚摸了我的面颊,那是一种我从未想象过的温柔。"我为你感到非常遗憾。"他说。

“我想回家。”

“现在？”

“现在，立刻。”

“随你吧。”

但我们还是过了几分钟才站起身。斯卡罗的人越来越多。端茶送水的姑娘靠在快餐车的窗台上，一副百无聊赖的样子。我和那姑娘对视了很久，越过尼科拉的肩膀，看到她眨着眼睛，好像在问我有什么好看的。

第二天一早，我对父亲说我要回都灵。他问我原因，就好像什么都不知道一样，而我，如他所愿，编出了想要回去准备开学的功课，跟卢多维卡一起学习的借口，而实际上卢多维卡正跟男朋友在福门特拉岛度假呢。父亲说让我独自一人坐那么长时间的火车，这件事根本就不予考虑，但是奶奶说服了他，午饭后，我们一起去了火车站，买了第二天晚上出发的城际列车车票。

我收拾好行李。时不时地，恶心的感觉迫使我坐下深呼吸。我跟罗莎生气，就因为她把牛仔裤扔进了洗衣机。不到一个小时，那条裤子就熨烫整齐，折好放在我的床上，放在行李边。

早上，我看到她和科西莫开车出去了。我不记得自己是突发奇想，还是在黑夜的焦躁不安中精心策划的。我拿了门廊仓库的钥匙，走近摆放工具的架子，抓起那个放着红色象鼻虫的罐子。然后我骑上自行车，一路奔驰，来到小农场的时候几乎喘不上气来。

我看到切萨雷跪在地上，正在水井周围忙碌着。他穿着一双高腰靴，戴着橡胶手套。约安站在他身边，靠在一把铲子上。水井里散发出一股恶臭。

我把装着虫子的罐子放到切萨雷的鼻子下面，对他说："这个，给这个东西也要办个葬礼吗？"

他呆呆地看着我。

"怎么样？"我又追着他问，"这里也应该有个灵魂，不是吗？我们得埋葬它。"

他慢慢地站起身，脱下手套："当然，特蕾莎。"他缓缓地说。

我希望所有人都能来，包括弗洛里亚娜和尼科拉。切萨雷用食指挖了一个小坑，我们把红色象鼻虫放进去。他高声朗读着赞美诗："我们经过的日子都在你的震怒之下，我们度尽的年岁好像一声叹息①，"接着弗洛里亚娜在没有吉他伴奏的情况下唱了起来，她的声音无法抗拒，让我的泪水涌上眼眶。

坑被填了起来，我发誓一切都结束了：我不会再让对贝恩的执念从心里吞噬自己。

之后，我跟尼科拉在田间散步，我们两个都沉默了很久。

"我要走了，"我说，"我想我不会再回到斯佩齐亚了。"

我想了一下，再说下去对他会不会太残忍，但我还是说了："我已经没有任何理由回到这里来了。"

我们沿着一堵坍塌了一半的干裂的墙走着。我看到一朵开在

① 见《圣经·旧约·诗篇》（90：9）。

墙缝里的刺山柑花，我停下脚步，摘下花，在指间转了两圈，然后扔到地上。

翻过一个小山坡，我很意外，我们来到了芦苇丛。

"我们为什么来这儿？"我问。

尼科拉把手撑在一棵橄榄树的树干上，低头看着大地，这并不是我和贝恩躺过的地方，那地方要靠右一些。

"我问你我们为什么来这儿？"我又问了一遍，激动不安的心情掐住了我的喉咙。

"贝恩和托马索都是我的兄弟。也许他们更加亲密，形影不离，但我总还是他们的兄弟。"

"那又怎样？"

"我们三个分享一切，"他盯着我的眼睛，"所有的一切。但是贝恩从来不愿意分享你。他总说你是他的，不容商量。"

他把手插进头发。小溪的水悄悄流过，发出低低的汩汩声，谁知道这溪水是从哪里来的呢，谁又知道它消失在哪里。"我要去赶火车了。"我说。然后我转过身，匆忙向小农场走去。尼科拉并没有追我。

当我已经走远，我看到他还是以同样的姿势站在那里，面朝芦苇丛，一只胳膊无力地垂在身旁，另一只张开撑在树上，他还想要窥探贝恩和我拥抱在一起的影子，也或许是贝恩和维拉丽贝拉的影子吧，是任何一个躺在那片土地上的人，而我却幻想那里只属于我。

火车上，我透过留着油手印的车窗看向外面一排排的路灯，然后是一长段漆黑的乡村之路，以及标示着站名的站牌，这些地方我从未听说过。我们应该在阿布鲁佐大区了吧，或许已经到了马尔凯大区，这时开始落雨，很快车窗玻璃就模糊不清，车厢里的湿度上升，令人窒息。我想小便，但是我没有站起来。我好像瘫痪了一样。我从未体验过如此痛彻心扉的感觉，就好像被注射了大剂量的毒药。想象着贝恩和维拉丽贝拉在一起，那个画面我想了一遍又一遍，直到天亮也没能停下来，直到平原上升起昏暗的太阳也没能停下来，我意外地清醒，一直清醒。

高中的最后一年我无休无眠地学习，因为我不知道除了学习还能做什么。那是唯一可以避免大脑在一瞬间奔驰几千公里，带我回到斯佩齐亚的方法。我跟尼科拉通过几次信，都是些索然无味的话，他的信是这样，我的也是。后来我就不给他回信了。

我睡觉的时候，头脑里还会盘桓着一样的画面。三个男孩跳进游泳池。我们四个一起在奥斯图尼的中心广场，周围全是灯光。芦苇丛，还有我筋疲力尽地回到父亲身边，他只想再听一遍《星星留下》，而我却不知道如何掩藏我的忧伤。早晨，妈妈发现我趴在写字台上，她抚摸着我的额头叫醒我，然后需要好几个小时，头颈的僵硬感才会消失。

每隔一天的晚上我就会去市游泳馆，在泳池里游到筋疲力尽。每次从游泳馆出来抽的第一根烟都有一股奇怪的味道，像是烧过的塑料，每次都让我感到不可思议。

毕业会考我拿了最高分，得到很多表扬和认可。没人知道真正的我是什么样：一个学霸，却在努力忘记跟一个男孩两年前的恋情，那个男孩让另外一个女孩怀孕了，然后就消失了。

八月，父亲独自一人去了斯佩齐亚。他走的那天早上我没有起床跟他告别。之后的几天我一直在找借口，最后一个电话也没给他打。

我决定在他回来的时候什么也不问，但是他来到我的房间，带着长途驱车留下的满身汗渍。我正在看 MTV，里面放着《悄悄地》的音乐短片。

"今年比往年更热。"他说。

"我听说了。"

"今年这旱情，就连老人都说没见过。不过应该对橄榄树有好处。"他坐到我的床上，"我到海边去了几次。大海很美。平静、光滑，闪着迷人的反光。海水跟汤一样热乎乎的。在小农场……"

我转向电视，装作专心致志的样子，但是父亲并没有走。短片中的三个主角正在把一家汽车旅馆的房间搞得乱七八糟。

"你能不能把电视关一会儿？"他说。

我开始找遥控器。不过我没关电视，只是把音量调到最小。

"我刚才要跟你说，小农场里一片荒芜，还挂着一个'出售'的牌子。"

我问他切萨雷呢，声音很小。

"他走了。我问了村里的人，但是没人知道具体消息。他们，一向都过着与世隔绝的生活。"

父亲说"他们"的时候语调怪怪的，就好像在说一群外星人。

"他想卖掉那个地方可不容易。房子只能拆了重建。说实话，我都不知道能不能重建。我相当确定那里有很大一部分是违建。所以，谁会买那么一块地呢？你奶奶说他们往里面搬石头就搬了好几年。"

他终于站起身来，拍了一下鞋子，掸掉上面的灰尘。

他交给我一个小纸包，我看出那是一本书。

"奶奶很遗憾今年没有见到你。"

我试着勾勒那座荒芜的小农场，紧闭的门窗，"出售"的牌子。看着父亲走出我的房间。

《悄悄地》画面还在无声地播放着，已经是尾声了。我关了电视，拆开奶奶给我的纸包。里面是一本书，玛莎·格里姆斯的《寻宝》。真可笑，我想。我翻都没翻，就把它放到了书架上。

二

很多年过去了，也许只剩下我和托马索还记得那些年的夏天吧。我们都已经是成年人，三十多岁了，只是我仍然不知道，我们到底是朋友，还是正好相反。总之，我们一起度过了生命中一段漫长的时光，也许是最重要的时光，共同的记忆越多，我们也就越相像，越亲密，这是我们双方都承认的。

我已经很久没见到他了，只有一次例外，一天晚上，我不宣而至，找到他家，他把我撵了出去，而我气昏了头，把贝恩发生的一切劈头盖脸地砸给他。二〇一二年的圣诞夜我出现在他在塔兰托的公寓里，我坐在床边，他蜷缩在床上，烂醉如泥，胳膊轻微地颤抖着。他的状态极为糟糕，已经不能照顾女儿了，因此打电话给我，我是唯一一个他能求助的人，也是唯一一个，在那一晚像他一样孤身一人的人。

快十一点的时候，阿达在沙发上睡着了，我走进那个锁着的房间，托马索睡在里面。他醒了，好像知道我要他还我人情：我要一次性地知道所有关于那个女孩的真相，维拉丽贝拉，虽然迟了十五年。

他盯着床单卷起的边，垂头丧气，寻找合适的字眼开始跟我讲述。美狄亚，他的狗，卧在床尾，昏昏欲睡。只有对面的床头柜上亮着一盏灯，这灯会一直亮到黎明，亮到我起身的那一刻，到时候从前无从知晓的所有事都会在我脑袋里恼人地嗡嗡作响。

沉默许久，托马索开口说道："学院，真是个野蛮的地方。"

他艰难地从牙缝里挤出这几个字。他的皮肤，由于喝了那么多酒，呈现出灰白色。

"什么学院？"

"就是在我父亲被抓之后他们把我送去的那个孤儿院。"

"这跟现在有什么关系？"

我坐在这儿不是想听什么孤儿院的。我们之间有更重要的事悬而未决，那是关于贝恩、尼科拉和切萨雷的事，那是我们在小农场一起度过的最初几个夏天，还有维拉丽贝拉，那个时不时就会在我的生活中冒出来的名字。

"对于我来说，一切都是从那里开始的。"

"好吧，"我回答道，强忍着心中的不耐，"你接着说吧。"

托马索抬手按了按苍白的脸颊。在继续开口之前，他按了两次，就好像在为感受到自己的身体而震惊。

"那儿总是臭气熏天，令人作呕，尤其是走廊里。汤饭、尿骚，还有消毒水，每天不同时段不同的气味。因此，每次坐在长凳上等待的时候，我总是呼吸着自己的皮肤，从胳膊弯儿里寻找一口新鲜的空气。"

他的声音越来越清晰，就好像他的肺、他的喉咙和他的口腔都在慢慢地从眩晕中苏醒。

"我妈妈常说，我对气味太敏感了，就是因为我有白化病。她对我的一切都是这套说辞：'你有白化病。'不过那时候她已经不能这么说我了，她已经死了。"

他匆匆地瞥了我一眼，想看看我的反应，不过我并没有感受到他的痛苦。也许我也曾经为他感到难过，但是已经过去很久了。现在我只想让他继续。

"我在看见他们之前就已经感觉到他们来了，从气味。我是说切萨雷和弗洛里亚娜。香皂味儿，糖果中的薄荷味儿，还有一丝残留的屁味儿。我有点发抖，我感觉。现在想起来觉得一切都很正常：你只有十岁，一直在等着有陌生人来接你走。弗洛里亚娜坐下来，她摸了摸我的手，却没有抓起来，切萨雷站在旁边。我没有把鼻子从胳膊弯儿里挪开，所以我没有直接看向他们，只是看着切萨雷的影子，从地面爬到墙上。他摸了摸我的下巴，我不得不抬起头来。切萨雷那时候还留着小胡子，每当他激动的时候就会用手指梳理胡子。他在告诉我他的名字时就这么做了。不过我早就知道他的名字，在那之前社工就跟我说过弗洛里亚娜和切萨雷，他们给我看了张照片，他们俩相拥站在一面黄色的墙壁前。'两个虔诚的人。'一个社工这么对我说。

"'你看他，'切萨雷对弗洛里亚娜说，'你不会想到大天使米迦勒吗？就是圭多·雷尼画的那个。'然后他又转向我，低声对我说：'大天使米迦勒可是打败了可怕的恶龙呢。我想把整个故事讲给你听，托马索。不过一会儿在车上我们有的是时间。现在，去收拾收拾你的东西吧。'

"不过，在车上，他没有接着讲故事。只是告诉我他们的家就建在大天使的轨迹线上，就是那条大天使从耶路撒冷来到圣米歇尔山所走过的路线。也许他要说的整个故事就是指这个吧。

"我使劲儿想要记住去他们那里的路，是朝着我父亲所在的方向走的，但是周围没完没了地都是一样的树和干砌的矮墙，我已辨不清方向。当我们从汽车上下来的时候，我觉得自己与世隔绝。

"'我来处理这些行李，'切萨雷说，'去找你的兄弟吧。'

"'我没有兄弟，先生。'

"'你说得对，是我太着急了，原谅我。以后你自己决定怎么称呼他们。不过现在，赶紧去吧，他们应该就在附近。在那片夹竹桃后面。'

"我穿过一片灌木丛，在橄榄树林里转悠了一会儿，一开始并没有离开那座房子太远，然后我越走越远。我还傻傻地想着逃离那里，回到没几步远的孤儿院去。我不习惯乡下的生活。我正要往回走，听到有个声音在叫我：'下面那个！'

"我原地转了一圈，但是没有看见任何人，只有一排又一排的树。

"'桑树这儿。'有个声音说。

"'我不知道哪棵是桑树啊。'

"沉默了一阵子，我听到有脚步声。贝恩从树荫里钻了出来。

"'这就是桑树,看到了吗?'他说。

　　"我走过去,树下光线很暗,很凉快。一架梯子通向树枝间搭建的一座小房子。他打量着我。他碰了一下我的脸颊,然后说:'你好白啊,看起来很虚弱。'我回答说我一点儿都不弱。他爬上梯子,我跟在他后面。

　　"在小房子里,盘腿坐着的,是尼科拉。

　　"'你看到了吧?'贝恩问他,他却只是瞥了我一眼。

　　"'至少这个家伙敢爬上来。'

　　"说实话,我觉得那座小房子并不怎么稳当。我问是不是他们搭的,不过他们没理我。

　　"'你会玩儿斯卡特牌吗?'尼科拉问我。

　　"'我会玩儿扑克。'

　　"'那是什么玩意儿?坐吧,我们教你玩儿斯卡特。我们二缺一。'

　　"他们把规则胡乱地列出来,开始给我讲。那个下午我们没再说别的,只是打牌。后来他们说祷告的时间到了。在学院的时候我也祷告,因此并不为此感到奇怪。但是我没想到他们的祷告是如此不同。我们依次从梯子上下来。穿过那片夹竹桃,看到藤架下面亮起了一盏没有灯罩的灯。贝恩把一只胳膊搭到我的脖子上,我没反对。我从来没有过兄弟,而且在那天之前我并不知道自己是如此渴望这种兄弟情。"

　　托马索停顿了一下。我感觉到在他唤醒第一天到小农场的回忆时，一种平静慢慢地遍及他的全身。我了解那种感觉，那是一种危险的舒适感，每一段与那里相关的回忆、与切萨雷相关的回忆都会引起那种危险的感觉。

"他的目光照亮了一切，"托马索接着说，"包括小农场和周围的土地，尤其是我们这些孩子。上课时你只要不小心叹出一口气来，切萨雷就会紧紧地拽住你的胳膊，用不可动摇的语气和你说'跟我来，我们聊一会'。

"在那棵栎树下，他甚至会等上半个小时，等你说出一句话，或是表现出任何一种迹象。对于十岁的孩子来说，这样长时间静静待在一个成年人身边是无法忍受的。每当这时，我总会想到坐在餐桌那边的其他人，他们饿着肚子，等着我们一起共进午餐，我并不知道切萨雷想让我做什么。但他就那么等着，一直等着，他半闭着眼睛，像是在打瞌睡，虽然他的手还搭在我肩膀上。后来，突然间就有一句话从我嘴唇间冒了出来，就像冒出一个口水泡。切萨雷点点头鼓励我。于是，其他的句子接二连三地脱口而出，倒豆子一样从头倒到尾。在那之后，他开始滔滔不绝地讲。他会讲很久，像是从一开始就明白我会对他坦承一切。我们一起祈祷着主的仁慈和智慧，然后我们和其他人汇合，之后的几个小时里我感到轻松而纯净。

"桑树上的小房子像是我们唯一的庇护所。那里枝繁叶茂，所以躲在树上的时候，切萨雷看不到我们。他走到树干前，在树下问：'一切都好吗?'他从木板的缝隙偷偷往上看，但我们已经用在存储工具的仓库里找到的一块布，把木屋的底部包了起来。不一会儿切萨雷便没了耐心，走开了。有时候，我觉得是自己让小木屋开始腐坏的。至少有一点是千真万确的，那就是我教会了贝恩和尼科拉说脏话，都是我在孤儿院的食堂听到的。他们轮流重复着，体会说脏话带来的快感。在翻我的包时，他们找到了一部完好的电子游戏机，他们开始兴奋地打游戏，一直玩到没电。我记得有段时间，我们挑战吃小农场里的各种树叶、树根、浆果，以及一切种子和花朵。我们兴奋地想着谁会是第一个中毒的。我们把桑葚汁灌进嘴里，让嘴巴感觉不那么苦。

"有一天下午，贝恩在柴堆附近找到了一只受伤的野兔，我们把它带回小木屋。它用那双玻璃般明亮的眼睛打量着我们，眼神中充满痛苦。一股焦躁的情绪在我们中间弥漫开来。'杀了它！'贝恩说。

"'那样我们会下地狱的。'尼科拉回答道。

"'不会的，它是献给上帝的祭品。托米，把它提上来。'我抓住野兔的耳朵，碰到了它结实的软骨，那软骨长得有点奇怪。在指尖，我感到它的心脏跳得飞快，也可能是我的心脏。贝恩打开一把剪刀，在野兔的脖子上划了一刀，但下手实在太轻了，没能划开。那只兔子抽搐了一下，差点从我手中逃走。

"'快割！'尼科拉吼道。此时他的双眼充满愤怒。

"贝恩抓着野兔那只没受伤的脚倒提起来，野兔被倒挂着，身子看起来特别长。他合上剪刀，像一把匕首般将剪刀插进野兔的脖子。还未完全刺穿，我在脖子的另一边看到了顶在皮下的刀尖。贝恩拔出剪刀的同时，暗红色的血液流了出来，野兔还在挣扎。

贝恩握着剪刀僵在原地。此时的野兔看上去像是在恳求贝恩尽快用剪刀结束它的生命。尼科拉用胳膊肘顶开贝恩，用剪刀刺穿了那个洞，然后猛地张开剪刀。一股鲜血飞溅到我脸上。我们将野兔埋在了离家尽可能远的地方。贝恩和我用手刨着洞，尼科拉则在一旁放哨。几个小时后，我们将野兔埋在挖好的洞里，还用两根木棍搭了个十字架，戳进那堆土里。对于这一切，切萨雷什么也没说，但那晚在读《利未记》的一段话时，他意味深长地停顿了一下：'骆驼，因为倒嚼不分蹄，就与你们不洁净；兔子，因为倒嚼不分蹄，就与你们不洁净；猪，因为蹄分两瓣，却不倒嚼，就与你们不洁净。这些兽的肉，你们不可吃；死的，你们不可摸，都与你们不洁净。'① ”

"与你们不洁净，"托马索重复道，接着他又小声嘀咕了一遍，"不洁净。"

托马索双手合十，盯着什么东西出了神。

"但设法弄到那些杂志的是尼科拉，"过了一会儿托马索接着说，"有时弗洛里亚娜会派尼科拉去城里买东西。贝恩无法忍受只有尼科拉有那种特权。他知道尼科拉通常会用口袋里剩下的钱去买个冰激凌，但他嫉妒的根源并不是那些冰激凌，而是尼科拉和弗洛里亚娜之间那种默契的约定，而且切萨雷对此也睁只眼闭只眼。弗洛里亚娜总有数不清的办法去偏爱尼科拉，而不是我们。

---

① 见《圣经·旧约·利未记》（11：4 - 11：8）。

这对我来说并不重要，也不构成大碍。而且，我每个月也有一次进城去见我父亲的机会。而贝恩，他是唯一一个从未踏出那座村庄边界半步的人。每次当我或者尼科拉短暂外出后回到小农场时，贝恩都恨不得用眼神揉碎我们，虽然他嘴上总是说：'外面？来，我们听听看，外面究竟有什么东西能吸引我呢？'

"尼科拉看中了书摊上摆的那些杂志。可他也就只是瞄了一眼，至少他是这么认为的，卖报的人却让他拿上几本：'你来选两本吧，当我送给你。'尼科拉准备溜掉，但卖报人坚持道：'别怕，我不会告诉你爸的。'

"我们在小屋里讨论了很久之后才翻开那些杂志。我们决定每天只看两页，这样罪过似乎会小一些。我们说了很多，说到这是我们之间谁的错，还聊到了戒律和原罪。切萨雷平时教给我们的信仰就是这些。也许不是，这只不过是在他想传递给我们的信仰中，我们能理解的那一部分。

"然而我们并没有遵守每天只读两页的约定。当天下午，我们把几本杂志前前后后都翻了个遍，满怀不安和渴望，没有嬉笑，就好像在直视地狱的深渊。那个时候我就知道自己在盯着一些不该看的细节，我跟我的兄弟们不一样，我仔细研究了那些照片，不过他们并没有发现。

"贝恩和尼科拉脱下短裤。当时正值六月初，桑葚把小木屋的地板染成了紫色，还有我们的胳膊肘和膝盖。

"'还有你。'贝恩对我说。

"'我不要。'

"'还有你。'他又重复了一遍。于是我顺从了。

"我们没再管那些杂志。我们不再需要它们了，也不会再有其他的杂志了。我们只要看看彼此就够了。那天，晚饭的时候，我们都表现得非常羞涩，这让切萨雷感到莫名其妙。

"跟我们住在一起的还有其他男孩，我们总是弄混他们的名字。切萨雷强迫我们和他们一起玩，但我们总是远离他们，而且不允许他们中的任何一个爬到树上来。反正他们只住了短短的一段时间，一天早上，他们没有任何征兆地消失了。

"最终，搭在桑树上的小木屋对我们来说变得太小了。几个冬天过去了，受侵蚀的先是木屋的地板，接着是固定用的绳子。最后一个上树的是尼科拉，他发现了一个嵌在树枝间的马蜂窝。由于害怕，他向后倒去，脚下的那块木头又绊住了他，就这样他摔到了地上，还摔碎了锁骨。那时我们总说要搭一个更宽敞的新窝，或许还可以搭在好几棵树之间，再用一座座有藏式风情的小桥连起来，可时间比我们长得还要快。转眼就到了一九九七年九月……"

托马索开始静静地扳着指头算起来，他算得很慢很慢，仿佛这笔计算需要他那被酒精泡过的脑袋用尽所有力气。一个我还是想逼着他往下说，而另一个我却想干脆让自己沉迷在他的回忆里——那些他关于小木屋最初生活的回忆——去找回那份我也曾熟悉的温暖。

"不对，那时候还是一九九六年，"他说道，"是一九九六年九月。尼科拉去了布林迪西市的高中读文科，上高中的最后一年。为了让自己赶上课程，他在旁边的小镇佩兹迪格雷科的一位老师那里上私人家教课。为了让他更好地集中精力，尼科拉不再和我们共用一间屋子，他搬去了切萨雷用来放油画的那间屋子。那间屋子总是锁着，切萨雷对自己的画一向都不够自信。尼科拉说，有一次切萨雷把他的画挂在玛蒂娜弗朗卡的集市上卖，在听到一位过路人的评价后，他就再也不想把它们展示给任何人看了。但实际上，我们已经闯进那个房间很多次了，而且早已知道他的画主题总是很单一：点缀着红色花朵的一片草地，草地上还长着一些橄榄树，画面最前边的那朵花还比其他的高很多。那朵高大的罂粟花就是他自己，切萨雷，很明显，不是吗？但我现在也不知道自己当时是不是真的明白这些。

"就这样，尼科拉拥有了崭新的课本，一本归他独有的英语词典，还有一本拉丁语词典，而我和贝恩还得继续翻那本已经被用到散成了三部分的书，书上的字几乎看不清了。尼科拉不允许我们碰他的课本，他说那些书都很贵。

"早晨尼科拉和弗洛里亚娜一起开着福特车出去，午饭后他带着邮包回来。尼科拉不用再去田里干活了，因为他下午得学习。这样一来，他的活儿就都分给了贝恩和我，而尼科拉则独享了本属于我们的一部分课程。无论如何，似乎连切萨雷都不怎么愿意和我们待在一起了。他会给我们一些写作的主题，然后就把我们扔在一边很久，而且经常忘记看我们写的东西。

"接着就有了电脑。厨房的桌子上摆着两个大箱子，它们看上去犹如图腾般神秘。技术员用一把小刀划开了箱子，取出两个被塑料泡沫包裹着的东西。在切萨雷家度过的这些年让我戒掉了使用电子产品的习惯，我们甚至连一台收音机也没有。而如今，突然之间，我们竟然有了台电脑！就在我们家里！

"'放我房间里。'尼科拉对准备在墙上装插座的技术员说道。

"贝恩跳了起来：'凭什么？'

"贝恩堵着技术员不让他过去，还差点绊了他一跤。

"当他明白无法阻止技术员的时候，又问：'那我们可以用吗？'

"切萨雷戴上眼镜，埋头辨认盒子上的那些小字，但对他来说那些字犹如天书，这一点从他皱起的眉毛所表现的担忧就看得出来。

"'我们能不能用？'

"切萨雷深吸了一口气。他无所畏惧地直视着贝恩，也许，这是从我认识他到现在第一次，他的声音有些犹豫，他说：'电脑是属于尼科拉的。他的老师……'他顿了顿，接着说道，'别急，也会轮到你们的。'

"弗洛里亚娜靠在厨房的楼梯上，双唇紧闭地看着她的丈夫，我明白了，那是他们一起做出的决定。

"与此同时贝恩几乎要哭出来了，电脑，那个在此之前谁也不曾想过会拥有的东西，那个让人无法抗拒想要得到的东西，装在了家里唯一禁止其他人出入的地方。

"'这是什么道理？'贝恩问道。

"没有人回答他。技术人员正在接装电线。

"'这是什么道理，切萨雷?'贝恩又问一遍。

"就在那一刻，在这问与答的间隙，他们之间有了某种裂痕。切萨雷说道：'不可贪恋人的妻子；也不可贪图人的房屋、田地、仆婢……①'他的话被一阵摔门声打断。

"后来，贝恩在房间里向我控诉：'这不公平。他们已经给尼科拉腾出一个房间了。'

"'尼科拉比我们大嘛。'我说道。

"'就大一岁。'

"我无法让他明白，对我来说，这样甚至更好。现在，每当我在深夜里从和父亲在一起的噩梦中惊醒的时候，就能注视着熟睡的贝恩，而不用害怕被人暗中窥视。我还能靠近他的床边，在他的呼吸声中让自己平静下来。

"'对你而言，就算尼科拉去上学，而我们还被囚禁在这里也没关系吗?'他不满地对我说，'你压根儿什么也不想学，对什么也不感兴趣。'

"但那并不是真的。在黑暗中和他聊天，抑或只是一起静静地倾听夜雨过后房檐上滴落的水滴：这些我都感兴趣，比我曾经拥有过的一切都要美妙。可是为什么他就不能也对这一切感到心满意足呢?

"'你觉得他们是用什么钱给尼科拉请的私人家教?'贝恩还在

---

① 见《圣经·旧约·申命记》（5：21）。

这个问题上打转。

"'不知道。用弗洛里亚娜的工资?'

"有东西打在了我脸上:是一只团成一团的袜子。我把袜子回扔给贝恩,但没能瞄准方向。

"'那你觉得他们是怎么买下这台电脑的?你太天真了!'

"'还是用弗洛里亚娜的工资吧?'

"'你得想想切萨雷是收了钱才让你留在这儿的。'

"我不想让贝恩再说这些了。保障金,在委托抚养的表格中是这么叫的。那时我觉得被'保障金'刺了一下,觉得自己就像挂上了价码牌的全新毛衣。

"'那又怎么样?'我说。

"'所以我妈妈也会寄钱给切萨雷,你以为呢?虽然他是我妈的哥哥。她每个月都会寄钱给他。而他在用这笔钱。'

"通过影子,我知道他在床上坐了起来。

"'明天起我们就罢工吧。'他说。

"'什么意思?'

"'就像《树上的男爵》中写的一样,逃到树上去。'

"'你想得美。切萨雷会马上让我们下来的。'

"当然,如果是他让我做的话,我会去做的,我随时都可以为他做一切事,包括永远也不回到地面上。

"'对,我们就像树上的男爵那样,'他继续说着,像是已经在自言自语了,'我们怎么做完全取决于切萨雷的态度。从明天起再也不上课。再也不做祷告。再也不干活。'

"我翻了个身，面朝着墙。很多年前的一个晚上，我们为了看流星睡在了那间小木屋里。临近清晨时的空气又冷又潮，我们紧紧地靠在一起，但那也解决不了问题。后来我们赤着脚回了家，我的脚趾踩到了一只黏糊糊的大蜗牛。切萨雷给我们拿了几杯冒着热气的洋甘菊茶暖身子。他对我太好了，比其他任何人都好。我不该忤逆他。

"'你在听吗?'贝恩问。

"'罢工。'我小声说，考虑着该用什么腔调。

"第二天我们去栎树下集合诵读赞美诗。只有在早晨切萨雷才允许我们穿长衫。他总说，早上醒来的时候我们更纯洁。

"切萨雷读了些《以西结书》里的东西，我什么也没听进去，走神了。一切都过去了，我欣喜地默念着。昨晚是睡意让贝恩迷失了本心。

"切萨雷让他在《马太福音》中找关于'客西马尼园'的部分。弗洛里亚娜给他递去《圣经》，贝恩打开了它。《圣经》中的字句他总比我们找得快，甚至已经比切萨雷都快了。他打开书放在面前，深吸一口气准备开始读，但没有发出声音。

"'来吧。'切萨雷鼓励他说。

"贝恩匆匆望了一眼天空，随后目光又落在书上。

"他合上书说道:'我是不会读的。'

"'你不读? 为什么?'

"他的两颊突然变得通红。我希望他千万别在此刻重提电脑的事，如果他那么做，连我都会觉得可笑。但切萨雷还是明白了。

他放下抱着的双臂，拿走了贝恩手里的《圣经》。他把书递给我。

　　"'托马索，今天早上你来给大家读，帮帮忙。'

　　"橄榄树环绕在我们四周。我们真的像是聚集在客西马尼园的一群门徒。

　　"'《路加福音》?'我轻翻着书页问道。

　　"'是《马太福音》。'切萨雷纠正我，'第二十六章三十六节。'

　　"我找到了那一节。贝恩在等着看我的忠诚。但无论如何他应该还是会原谅我的。是的，对他而言这些迟早都会过去的。他臀部下粗壮的小腿在不停地晃着。

　　"可是他喊道:'不要读!'

　　"他说那句话的时候没有傲慢，只有恳求。

　　"'托马索，我们都等着听你读呢。'切萨雷催促我。

　　"'耶稣同门徒来到一个地方，名叫客西马尼……'

　　"'不要读，托米。'他更小声地说。他知道我是站在他那边的。

　　"我放下了书。切萨雷拿起书，耐心地递给尼科拉。尼科拉开始读了，结结巴巴地，由于窘迫而把句子都变得细碎，没有一句完整的。他还没读完，贝恩就突然一跃而起。双手交叉到脑后，卷起长衫，从上面把它脱了下来。他像扔抹布一样将长衫扔在地上，只穿着内裤。他呼吸急促，从起伏的肩膀可以看得出来。他看起来如此无助，如此愤怒。

　　"空气中只有风吹树叶动的声音。我也弯下腰，脱下长袍，只是我比他笨拙多了。切萨雷已经不看我们了。他闭着眼唱起了

《哈利路亚》。到第二节的时候，尼科拉和弗洛里亚娜和了进来，他们也垂下眼睛，像是在拒绝看我们光着身子、毫无信仰的样子。贝恩破坏了我们组成的圆圈，他向房子里走去。我跟在他后面，但每一步好像都伴着尼科拉和他父母的赞歌对我的控诉。走到一半的时候，我回头看了看他们，他们坐在树下。我就这样停了几秒钟，悬在他们三个和贝恩之间，突然分裂的两个家之间，而他们当中的任何一方，都不是我真正的家，一刻都不是。

"我们这场罢工一直持续到夏天开始的时候。第一个星期切萨雷还心存希望，觉得这只是一场任性的闹剧，很快就会过去。他坐在藤架下，把书整整齐齐地摆在那里，时不时地瞥我们一眼，但他的目光让我觉得想吐。没过多久，他厌倦了，便也不再等着我们过去了。

"切萨雷莫名其妙地咳嗽起来。有一天他咳了很久，也很厉害，于是我背着贝恩偷偷端给他一杯水。他接过水杯，抓起我的手，紧紧贴在胸膛上。

"'爱是不完美的，托马索，'切萨雷说，'你明白这一点，是吗？每一个人类都是不完美的。如果你能把他引向理智就好了。'

"我把手抽开了，留下他一个人。从那以后，切萨雷再也不找我帮忙了，彻底不再烦我们了。他仍接受贝恩和我坐在餐桌上，也还是会给我们的杯子里倒上水，再加入一滴红酒调色，我们早已习惯了这种喝法。但我们看起来依然像是外人。我们不再交流，也不再唱歌。

"直到有天晚上尼科拉失控了，他扑向贝恩给了他一记耳光。

贝恩并没有反抗，而是慢慢地转过脸，让尼科拉再打另一边。他甚至面带一丝嘲讽的微笑。切萨雷挡住了尼科拉的胳膊，强迫他为自己的行为道歉。弗洛里亚娜扔下吃到一半的饭菜，起身从厨房离开了，在我的印象里她从没这么做过。

"'还要多久啊？'我们躺在床上的时候，我问贝恩。

"'需要多久就多久。'

"我们在一起的时候并没有停止做祷告，但都是偷偷地做。他会凭记忆引用宗教经典中的片段，尤其是一些赞美诗，有时候也会跳过一些寡淡又磨人的祷词。但是在那几周里，他又冒出了一些新念头。不止一个夜晚，我睁开眼睛发现他正站在窗前，听着远处聚会传来的喧闹声，望着地平线那边听不到声响的烟花。他想到那里去，无论以什么身份。

"'你不必害怕，'他背对着我说，'我来照顾你。'"

托马索喝了点水。吞咽的时候他露出痛苦的样子，讲了这么多，喉咙是该冒烟了。

"后来棕榈树都被砍了，"他接着讲，"在农夫们中间流传着寄生虫还会侵害橄榄树的说法，因而砍掉棕榈树是一种预防措施。小农场本来也有棵棕榈树，每年都会结出黏糊糊的不可食用的枣子。切萨雷总是日复一日地想，这些枣子能做什么用。他绕着树转圈，仔细地观察它。他从不觉得植物有真正的灵魂，但面对那些高大的植物时，他也常常怀有一种本能的敬意。七月，热浪袭来。西洛可风卷着尘土打转。我不知道切萨雷是否觉得这就是他所期盼的信号，还是他害怕东南风会从南边带来寄生虫。但有一天早上，我们听到了电锯的嗡嗡声，从藤架下面我们看到他把梯子架在棕榈树上，自己站在梯子的最高处。一枝一枝地，他把树冠都锯了下来。锯完树冠，他开始锯树干。锯齿割在树皮上，有几次我忍不住紧紧闭上眼睛，觉得那把电锯就要从他手里飞出去了。

　　"贝恩把拳头放在桌子上说：'他搞不定的。'

　　"但切萨雷最终割开了树皮，从那里不费什么幼儿就可以锯开一个口子。棕榈树的上半部分立了一小会儿。接着向锯口对面折过去，倒在了地上。

　　"他把一节绳子从下面穿过树干。再把绳子缠在腰上，猛地拖了一下棕榈树的尸体。他想找块空地把它烧了。被拖了几米，他突然叫了一声，双膝跪地，已经精疲力尽了。'我们得去帮帮他。'我说。我的心跳已不受控制。当我们冷漠地在藤架底下看着他时，我真担心他的腰身会折成两半。我朝他走了一步，但贝恩拉住我的胳膊说：'还没到时候。'

　　"切萨雷又站起身来，把绳子从骨盆到肩膀绑了个结实，又像一头公牛一样反身去拉树干了。树干跳了一下，他又摔倒了，并且猛烈地咳了一阵。

　　"'他会受伤的！'

　　"贝恩好像突然醒过来一样。我们向切萨雷走去。贝恩伸出一只手帮他站了起来，接着用手轻轻地擦了擦他前额的汗水。

　　"'你会让我们像尼科拉一样去上学的吧？'他说。

"'贝恩，你想要些什么？'

"切萨雷的声音里充满了痛苦，不仅仅是因为过度的劳累和剧烈的咳嗽。

"'你会让我们去上学的吧，'贝恩一边重复，一边抚过切萨雷身上被绳子勒出的那条红色印记。

"'我为你祷告了很久。日日夜夜地祷告。希望上帝降临，照亮你的心。贝恩，你还记得《传道书》吗？你明白得愈多，就愈感到痛苦。'

"贝恩继续帮他擦着脖子和胸口的汗水；他的动作那么温柔，连我也想得到同样的待遇。

"'你会的，是吗？'

"切萨雷动了动他那被风吹得干裂的嘴巴。'如果这就是你想要的。'切萨雷小声嘀咕道。

"但贝恩并没有停下来，至少现在还没有。'你会让我们和尼科拉一起出去吧，'他接着说，'包括晚上，只要我们想出去。而且你得把你收到的养活我们的钱分给我们一部分。'

"切萨雷好像被什么东西穿透了。他说：'你想要的是这个？钱？'

"'你会这么做吗？'贝恩坚持道，说着他已经背起了绳子。

"'我会。'

"'托米，你去车库，再找根绳子来。'

"当我在那些农具中翻找的时候，不禁问自己贝恩是否明白，还是说只有我意识到了：切萨雷到底有多爱他，虽然切萨雷不能对弗洛里亚娜承认这一点，对他自己也不能，甚至对上帝都不能，可是比起其他任何孩子，比起他自己的亲生儿子，他最爱的就是贝恩。虽然贝恩只与他共享了一部分的血缘，但他们有着完全相同的灵魂，根本就是一个模子里印出来的。而切萨雷和尼科拉之间却完全没有类似的东西。对于一位父亲而言，爱另外一个孩子胜过自己亲生的孩子，这是无法容忍的错误。而对于亲生儿子来说，发现自己在父亲心里只是第二位的，也是残酷的审判。

"那天之后，他们休战了，重新建立起某种常态，但一切又都和以前不一样了。如今，在祷告牵手的时候我们会有所保留。弗洛里亚娜也公开地对我们发脾气。现在我能肯定她向切萨雷提出过将我们两个都送走，切萨雷应该是拒绝了。一天下午，当我们在收番茄时，我看到弗洛里亚娜盯着一只熟透的番茄，随后把它握在手心里捏爆了。

"我和贝恩把桑树上的小木屋拆了。现在我们的诺言只存在于栅栏外的世界。

"我们三个人开车出去冒险的第一天下午是往南走，直到莱乌卡城，我们就想看看到底能走多远。我们沿着灯塔走，贝恩觉得好像看到了阿尔巴尼亚的轮廓。返回的途中，我们在马利耶城附近错综复杂的小路中迷失了方向。

"晚上我们到处去找聚会。斯佩齐亚从来就什么都没有，当然，我们也不怎么露面。有一天晚上，我们循着歌声一直开到阿耶尼镇，那里正值节庆。小摊前飘起带有动物油脂味道的炊烟。贝恩和尼科拉捏住了鼻子，要不是被人群、活动和奏乐的乐队吸引，他们应该会立刻逃离那个地方。烤肉的香气让我觉得有点饿了。其实我每次见父亲的时候，都能吃到肉，而其余的时间我也一直在渴望，不过他们没有人知道。

"贝恩应该是从我的眼神里捕捉到了什么。'我要吃。'他带着贪婪说，而现在这种贪婪越来越经常地主宰他。

"'不要!'尼科拉想要制止。

"但是贝恩已经转身朝在铁板上翻着烤肉的女摊主走了过去。

"我只吃了一个夹肉的小面包，但贝恩还想吃一个，然后再吃一个，就像是发了毒瘾一样。油渍粘得嘴唇和下巴上都是。

"尼科拉被吓到了，最后根本就没玩儿好。'你们真是凶残可怕。'回去的路上他跟我们说。"

托马索专心致志地让双手的指肚相对，小拇指对小拇指，无名指对无名指，就好像在测试自己的清醒程度。他接着平静地说道:"然后我们到了斯卡罗。"

托马索把手指捏得咔咔作响，美狄亚立刻直起身来，它伸过鼻子闻了闻他的手，又舔了舔。托马索心不在焉地在床单上擦了擦手。

我给他一点时间缓口气，同时我也在试着想象他们三个，托马索、贝恩和尼科拉，在那些夏夜里，他们像流浪汉一样，循着歌声第一次来到斯卡罗。

但是当托马索继续讲下去的时候，没再从那个夜晚讲起了。

"除了出去游荡和吃肉以外，对贝恩来说还有一份突如其来的自由，那就是只要他愿意，就可以到奥斯图尼的市政图书馆借阅所有他想读的书。我们谁都不理解他的那种执念。一吃完饭他就躲到屋子里，倚在墙上看书，整个人都沉浸在书中。这时我就悄悄地溜进尼科拉的房间。电脑不是买来打游戏的，但是也有一些程序自带的小游戏，还有一些就要感谢新认识的小伙伴了。我们每次只玩一个游戏，没有游戏手柄，我们就用鼠标轻轻地点，很怕吵醒睡在隔壁房间的切萨雷和弗洛里亚娜。有一关叫'波斯王子'，我们一直打不过去，一堆骨头会重新组成一个骷髅，阻止我们过关。我们轮流被干掉。有一天，在我等着尼科拉败下阵来好接着他玩的时候，窗外的动静吸引了我。我从窗户里看到了你们。"

托马索瞥了我一眼。

"你看到了我们?"

我明白他指的是什么，倒不是说我知道是具体哪一天，并不是，但我知道他说的是那些属于我和贝恩的下午时光，那是我们的秘密光阴。

"你们当时正穿过农场和夹竹桃林之间的那片荒地，"他说，"我看得很清楚，贝恩肩胛骨突出的古铜色后背，你呢，就看得更清楚了，你穿着一件橙色的沙滩裙。尼科拉什么都没看到，他好像还沉浸在游戏中。我正要告诉他往外看，但有什么东西阻止了我。我看见你们消失在树丛中。那边什么也没有啊，只有橄榄树和隐蔽之所。"

"'你来。'尼科拉对我说。

"'什么?'

"'该你了。去搞定那该死的骷髅。'

"'你继续玩吧。我不想玩了。'

"我回到房间。我躺在床上,但一闭上眼睛,我就会看到贝恩和你一起走在干裂的土地上。我跳起来,下楼出门。我向窗口看了一眼,尼科拉没有离开游戏。一只蜥蜴从我面前爬过,爬到树干上。我站在桑树下,我以为你们在那儿,但发现并不是这样时也感到一丝安慰。我对自己说,或许你们去了灌木丛。我从一棵树的树荫底下走到另外一棵树下,因为我得保护自己的皮肤不晒太阳。我当时几乎已经确定找不到你们了,却看到一个身影站在芦苇丛中。我走过去。是切萨雷。他在盯着芦苇丛看什么,我感觉到他厚实的胸膛在颤抖。他只穿着短裤和拖鞋,应该是这样从房间里追出来的吧。我正要喊他,但他一下子转过头,朝我跑过来,芦苇随着他的奔跑而摇曳。

"切萨雷朝我跑来,切萨雷,看到他奔跑很奇怪,因为他是一个从来不奔跑的人。切萨雷看到我时吓了一跳。我们俩差点儿就撞上了,就差一秒。他的激动在阳光下显露无遗。他用一只手遮着脸突然朝右边拐去,我的右边。

"但我还是不明白在那片碧绿色的芦苇丛里藏着什么。直到我看见你们俩从小树林里走出来,你们看上去小心翼翼,就像我从尼科拉的窗口看到你们时一样,但是又有点怪怪的,乱糟糟的,精疲力竭,好像合谋做了什么坏事,又好像刚刚一起在湖里游完泳回来。我一直躲在一棵橄榄树后,你们没有发现我。"

托马索的声音越来越弱，当他不出声的时候，我觉得是寂静完全湮没了他的声音。难道我们俩都在为年少时发生的事情感到羞愧吗？或许是吧，但我现在只想他继续讲下去，把芦苇丛的平静留给我和贝恩。他没有资格进入我们的回忆。

他清了清嗓子。

"之后几个小时里，我和切萨雷都避免碰面，不得已相遇时也会互相避开对方的眼神。我感觉周围的一切都背叛了我：你和贝恩，还有躲在芦苇丛里的切萨雷，以及即将前往巴里开始新生活的尼科拉。

"晚饭的时候，切萨雷花了更长的时间做祷告。他握着弗洛里亚娜的手，紧闭双眼，他闭得太用力了，以至于当他再次睁开眼睛的时候，太阳穴上的血管都泛白了。他在裤子口袋里摸索着什么，然后掏出了一张折好的纸。

"'我想给你们念一念这段训诫。时隔多年我至今仍然记得。'

"他在开始读之前好像瞟了我一眼。可能吧，我现在也记不太清了。

"他念道：'天父不是冷漠无情的。当我们向他祈求时，他会怜悯我们，他理解我们的情欲，他也温柔多情，但他至高无上的伟大和崇高让他必须避免如此。'有那么几秒钟，他就那样待着，我们坐成一圈，他站在中间，他有点犹豫。

"然后他接着说：'我们也会温柔多情，所有人。我们所有人。有的时候我们无法抵御它。所以我们就要像耶稣一样，但是……'

"他又停下来，看起来愈发疑惑了。

"'时候不早了，我们吃饭吧。'

"他坐下来，画了一个十字。这是第一次，也是唯一的一次。

"我知道切萨雷是为我选了这条教义。他是在为自己辩白吗？他是在向我道歉吗？他可能想象不出我跟他的关系有多牢固。或许其他人爱他是因为他们认为他是完美的，但我不是。我爱他，仅此而已。

"那天晚上在斯卡罗，我躲在快餐车后面，喝得酩酊大醉。我不记得是怎么回家的了，但我至今还记得在房间里贝恩走到我的床边，把一只手放在我的额头上，然后问我要不要喝柠檬汁，而我告诉他让我自己待一会儿。

"早上，切萨雷示意我到栎树下，坐在他旁边。他坐在长椅上，心情不错。他穿着长袍，用手指敲了敲旁边的空座。

"'我起得很早，'他说，'我半夜就起了，那时候你们这些年轻人才刚回家吧。我去了尼科拉的房间，然后又去了你们那儿，我很久没这么做了。你们睡着的时候我看了你们一会儿。看着天真纯洁的睡眠真是一件很神奇的事。你们还是天真纯洁的镜子，虽然你们已经不觉得自己是孩子了。你们还是，是的，就算你们脸上已经长出了胡茬。'

"事实并非如此。我脸上的小胡须就像女孩子嘴边的绒毛一样，只在逆光的时候才看得清楚。

"'我现在还常常想起我和弗洛里亚娜去接你的时候。我记得我对弗洛里亚娜说，这个孩子注定要有特别的未来。'他将了将衣角，把长袍的下摆铺在膝盖上。在栎树下，我们小孩在被提问之

前是不可以说话的，所以我一直保持沉默。'就好像昨天一样，可实际上已经……几年了？'

"'八年了。'

"'天啊，八年了！再过几天你就成年了，在我们这个社会，从任何角度来说你都是一个男人了。但我怎么觉得我们刚刚聊过这个话题了。'

"'我觉得也是。'

"'所以，托马索，你也明白，是时候去寻找出路了，你应该走自己的路了。'

"我感觉自己的身体就像泄了气的皮球：'我想在这儿待到毕业。也就是说，等我拿到毕业证书。'

"切萨雷拍了拍我的肩膀，说道：'嗯，当然，也有这个可能。如果我继续做你的、你们的导师，当然。但是你们也得去正规的学校上学，是不是？不用担心，我明白你的想法。上帝也会体谅你的，或许就是上帝安排的呢，因为上帝对你们有完美的规划。我们是谁啊，怎么能违背上帝呢？仔细想想，像你这么大的时候，我正在准备我的第一次旅行呢。我身无分文，但还是一路搭顺风车去了高加索。'"

在长凳上怎么坐都不舒服，我想这也算得上是它吸引我们的一个原因吧。但是切萨雷说，你们就是因为没耐心才会让自己的肌肉一直在动。

"'现在你也要去真正的学校了，作为一个成年人，你不应该继续留在这里。我和一个老朋友聊过了，他叫纳奇。他在马萨夫

拉有一片地。那地方很好，在我看来都算得上富饶了，的确是一个迷人的所在。'

"'从这儿到马萨夫拉坐公交车要一个多小时。'

"切萨雷笑着回答我：'但那边还有一所学校，你觉得怎么样?'接着，他突然间变得很严肃。我仿佛有看到了他昨天的样子，就是那一瞬间他呆在我面前的样子。

"'咱们就这么说好了。下个礼拜你就可以搬走了。他们会很欢迎你的，而且纳奇保证了工作不会很辛苦。你白天工作赚钱，晚上可以去城里上学。'

"我问道：'弗洛里亚娜知道吗?'我觉得或许她还能劝劝切萨雷，让我再在这里待一段时间。

"'哦，去马萨夫拉就是弗洛里亚娜的主意。她不说我都没想到。'

"'那其他人呢?'我低声问道。

"'过段时间我们会跟他们说的。我们一起说，如果你愿意的话。现在把你的手给我。'

"我有气无力地伸出手，他拉起我的手，紧紧握住。我想这是不是就是我最后一次感受他指尖的汗水了。有些该说的话就在嘴边：'我不会跟任何人说起我看到的一切，我向你保证!'但是在栎树审判员般的枝条之下，切萨雷是不会接受这种话的。

"'我们来为你的新生活向上帝祈祷吧，'他说，'愿上帝一直与你同在。'

"但是我并没有祈祷。我朝房子的方向看去：尼科拉坐在摇椅上，贝恩晃着摇椅逗他玩儿，西红柿和洋葱的枝叶爬到了墙上。地上放着一把闲置的锄头。我不能相信我的生活就这样结束了，猝不及防，又一次。"

我说："所以你就这样开始在海滨驿站工作了吗？"

但是托马索没有回答我。他的表情僵在那里："是弗洛里亚娜送我去的。当看到热带泳池，还有小桥和巨大的喷泉，我简直无法相信。一切都那么奢华。"

托马索深吸了一口气。

"我到那儿的第一天，纳奇想知道我家里发生了什么变故才被寄养在切萨雷家。我简单跟他说了说情况，然后他说：'上帝啊！为什么一个男人会对他妻子做那样的事？'听他这么说我就明白了，这里离小农场有多么遥远。那里不会有人如此口无遮拦。并不是说纳奇对我不好，但他和切萨雷不一样，我很快就感觉到了这一点。他永远都不会像父亲一样。我去夜校报了名，但是连第一堂课都没去，纳奇也从来不劝我去上课，也许他根本就没有发现。我开始叫他'纳奇先生'，日子就这样过着，直到……"

直到出事的那天晚上，我心想。我想托马索也想到了，所以他停了一下。不过也许在他心里不会称之为出事的那天晚上。谁知道他心里会用什么词来称呼那一天呢。

"那时候我就住在客房里，"他接着说，"夏天要不停地接待客人，秋天要忙着秋收，我们七八个人一起睡在一个房间里，住的是上下铺。没有纱窗，所以夜里打蚊子的声音此起彼伏。每当蚊子咬了我的胳臂和脖子时，我就想起在小农场里连最小的动物都不许杀。听到蚊子的嗡嗡声我反而能感到一丝轻松。纳奇发现我什么都不会做，我从没清理过泳池，不会餐桌服务，只懂得打理花草的一些事，于是他把我介绍给科琳娜。他告诉我需要跟在科琳娜身边一段时间，'需要一段时间，'他这么说，但我不知道他想说的是不是这么久。"

托马索笑了笑。然后他拽了拽被角，把自己裹得更严实了。我觉得他这样做，是为了掩饰内心的恐惧。

"科琳娜跟我说的第一件事情：'你看起来像《银翼杀手》里疯狂的复制人。'她不像在开玩笑，她是认真的，甚至冷冰冰的。等科琳娜走开几步，纳奇在我耳边悄声说：'你不用什么都听她的，也别太相信她。她是个瘾君子。'

"科琳娜教我在餐厅的桌子之间走动时，如何保持肩膀向后打开，以及在给客人上菜时如何微微躬身。在一次次的练习中，科琳娜总是扮演客人，非常刁蛮的客人，想尽一切办法来羞辱我。她说：'杀手，你要习惯这些。就因为你是倒酒给他们的人，他们理所当然地觉得自己比你更高级。'

"她向我展示怎么开红酒，怎么嗅瓶塞，怎么倒酒，后来我都学会了，甚至做得比她还好，然后她变得很不耐烦，宣布课程结束。

"我第一次穿上工作服是十月份的事了。有一位女演员在海滨驿站举办婚礼，我并不认识那个演员，但是她似乎迷失在混乱的场面里了。我看到她什么也没吃，就悄悄端给她一小盘切好的水果。我对她说:'至少把这个吃了吧,要不然您会撑不住的。'她对我笑了笑,露出完美漂亮的牙齿。

"在厨房里,科琳娜抓住我的肩膀:'你为什么要那么做?'

"'为什么做什么?'

"她一脸埋怨地模仿我:'至少把这个吃了吧,要不然您会撑不住的。'

"'我做错了吗?'

"她转了转眼睛,说道:'杀手,你真是个蠢货。能不能打起精神来做事。'说完,她朝我的肚子打了一拳,打得很重,就像小男孩之间开玩笑那样,但是我怀疑这只是她想和我有肢体接触的一种手段。

"婚礼很晚才结束。我们回到更衣室的时候夜已经深了。科琳娜已经换好了衣服,但她还是坐在椅子上一直看着我,我换外套、衬衣,甚至是裤子时,她都没有回避一下。

"她问:'有个地方你要不要去看看?'

"我看了看墙上挂的钟表。

"她说:'怎么了,你很累吗?那就算了。'她起身准备离开。她说话总是那么咄咄逼人。但我不会反驳她。

"我说:'好吧。'

"在昏暗的灯光下我跟着她转过各个房间,一直走到地下室门口。我说道:'这里我来过,就这个地下室。不过总是锁着。'

"科琳娜在牛仔裤口袋里翻了翻,摸出一把钥匙。

"'当当!'

"'你怎么会有这里的钥匙?'

"'一个以前在这儿干活的人给我的,'她打开门锁,推开了一条缝,没有发出一点儿声音,'杀手,你要是敢把这件事告诉纳奇,我就宰了你,我发誓,说到做到。'

"我们来到机器和钢罐之间。

"科琳娜命令我:'你坐那儿去。'

"'坐地上吗?'

"'你还那么多讲究呢?'

"我看着她摸黑在一个钢罐后面翻找着什么。她翻出了一个杯子,然后从钢罐底下的龙头那儿接满了酒。她一口就把那杯酒干了,然后又接了一杯。她问我:'你一直给那些客人倒酒,难道就不想也来一杯?'

"'这是什么?'我问道,端起杯子的时候我才发现那根本就是一个剪下来的塑料瓶底。

"'葡萄酒原汁。'

"我尝了一口。科琳娜怂恿我:'喝完,现在我们想喝多少有多少。'

"我慢慢喝着,在黑暗中我能感觉到她在打量我。等我把瓶底递还给她的时候,她问我:'我原本以为你们这些耶和华的见证人是不允许喝酒的。'

"'谁跟你说我是耶和华的见证人了?'

"'大家都这么说的。'

"'我不是。'

"她转过头来，看着我的眼睛说：'你想是谁就是谁，这些和我没关系。'

"我回敬她：'他们也说了你的一些事。'

"她把头伸过来，和我的脸贴得很近，好像想咬掉我的鼻子，而我却既不敢往后退也不敢转身。她低声问我：'杀手，你很怕我吗?'我愣在那里一动不动，直到她揶揄地笑着转过身。她继续说：'他们爱说什么就说吧。他们就是好奇，眼红。好了，现在你可以问我一个问题。你想知道什么？比如我以前是不是真的吸毒？是不是和别人共用注射器?'

"'我对这些不感兴趣。'

"'他们都对这些事感兴趣。他们都想知道我是不是和别人混用注射器，我从哪儿来的钱买毒品。人们都喜欢想象一些奇怪的事。杀手，你也这样吗?'

"'不是。'

"我再也不敢直视她。她突然间用手搂住我的脖子。或者说是抚摸，很轻地抚摸。

"她说：'要是他们都像你一样就好了。'

"接着她起身又接了一杯葡萄酒原汁。在寂静的黑夜里，我们两个人传递着酒杯，来来回回。

"后来我开口问她：'你去过雅加达?'

"科琳娜低头看看，把下巴抵在运动衫上。她告诉我：'我没去过。我爸爸送给我的，有一次我跟他说我喜欢硬石餐厅，然后从那时起他每到一个城市都会给我带一件回来。五大洲的我

都有。'

"'他是个外交官,'她有些不耐烦地说,'十三岁之前我去过……看看我是不是还记得……'她伸出手指数着,'俄罗斯、肯尼亚、丹麦,还有印度。不过都只住了几个月而已。'

"她说的那些地方在小农场的桌布上用不同的颜色标着,我都见过。我好像看到整张桌布在我眼前展开。

"科琳娜摆弄着运动衫上凸起的黄色圆圈。她说:'我在三年前告诉爸爸我喜欢这些,而他到现在还一直给我带。我去健身房的时候会穿。'

"她把剩下的酒喝完了,又不知第几次地站起身来。但就在她准备拧开龙头的时候,突然犹豫了片刻。她对我说:'教你一个更快就能嗨起来的办法吧。起来。快,起来!爬到上面去。'

"我照着她说的做。我顺着罐子旁边的梯子往上爬。等我爬到顶时,科琳娜告诉我怎么打开密封口。'头往后伸,要是一开始喷出来的气体进了你的眼睛,你就瞎了。慢慢吸气。'

"我深吸一口飘出来的气体,感觉就像脸上挨了一巴掌,差点儿没一头栽进罐子里去。那种感觉非常奇妙,就像那次我和尼科拉偷喝弗洛里亚娜存的陈酒一样,但是那时的蒸馏酒与这次不可同日而语。我直起身子,还在大口地喘气,最后我也不知道自己是怎么下来的。但是我记得当时我在大笑,笑得很大声,科琳娜不得不用手捂住我的嘴巴。但即便如此也没能让我停下来,所以她伸出双臂抱住我的头,按进她怀里。我们摔倒在地上,紧紧地抱在一起。

"'够了！你会把大家都吵醒的！'

"我隔着她的运动衫和胸前粗粝的'硬石餐厅'字样喘息着。我整个人很亢奋，但我很怕被她发现，于是挣脱了她的怀抱。

"'你失控了，杀手，'科琳娜说着让我离开了，'天知道你是从什么奇奇怪怪的星球来的。'秋去冬来，阴雨连绵。葡萄藤的叶子开始枯萎，在雨中纷纷落下。有时候我独自在葡萄园里散步，走出老远的时候，我开始唱歌。我的雨靴陷进泥里，而我在挂着水滴的枝条之间唱起《神的羔羊》和《圣母经》，心里想着贝恩。有时我会收到贝恩的来信，但是我不知道要怎么给他回信。回信中，我讲了女演员的婚礼，讲了我的新工作以及我学得有多快，还有一点其他的事情，我写的那几行字比起他的显得那么幼稚。贝恩不厌其烦地给我写信，但是好像也察觉到了我憋出封信不容易。想想挺可笑的：那时候已经有手机了，而且我们相距不到五十公里，却还靠写信来保持联系。

"他在信末总是问同样的问题。我花了点时间才搞明白，那些问题不是问我的。'托马索，你一直都相信吗？如果不逼你，你还相信吗？晚上呢，你还祷告吗？祷告多久？'

"但是突然有一天，上帝从他的信里消失了。消失得无影无踪。我想问他发生了什么，但我依然没有勇气。我很为他担心。我知道，这个世界上最深重的孤独，就是那些曾经相信过、又放弃信仰的人所感受到的孤独。我从没有遇到过任何一个人，能像贝恩那样对信仰坚定不移。就算是切萨雷也一样，跟贝恩一比，他好像也带着一些犹疑。

"是学校。是外面那些人。九月，贝恩参加了布林迪西理科高中毕业班的入学考试。我从他的信中得知，他背了一段《变形记》，让考试委员会的老师们目瞪口呆。切萨雷曾经很深入地给我们讲过奥维德，因为他觉得奥维德的作品里蕴含着转世投胎的超前意识。我们在栎树下激烈地探讨这一话题，但贝恩是唯一一个能背诵全篇的人，一句一句地背。他有自己的一套学习方法，他必须把要学的东西囫囵吞下，装进他那有些神经质、好像永远也填不满的身体。学完了拉丁语，他还要学数学。贝恩无法在黑板上写出他听到的概念。正弦还是余弦？之前并没有人给他讲过这些内容。一个数学老师对贝恩说：'科里亚诺先生，我们这里是理科高中。之前没有人跟您说过吗？'

"最后，他被安排在三年级的班里上课①。年纪差了两岁，让他在同班同学之中像根野生芦笋一样孑然独立。班里的孩子们都是在布林迪西市长大的，贝恩和他们的成长环境完全不同。我从小在那里长大，所以我了解那些人，但是贝恩并不了解他们。他们欺负贝恩。我能看到，贝恩尽量用话语和他们周旋，就像耶稣坐在寺庙的圣师中间一样。'我很生气，我替他们感到遗憾。'他在信中这样写道。他总是喜欢用'我替他们感到遗憾'这样的说法，甚至跟他们也这么说。

"'别跟他们搅到一块。'我恳求他，但他根本不听我的。

"他们是如何折磨贝恩的我无从得知，究竟是只有两个人欺负

---

① 意大利的高中为四年制。

他，还是五个，还是一伙人，这些我都不知道。贝恩坚信只要有足够的耐心他就会获得最后的胜利，到最后那帮家伙终究会疲倦的。可事实是，贝恩放弃了，几个月后，既是因为那帮孩子，也是因为一些老师没有给他机会，有太多的东西他从来没有学过，或者说有太多的东西他学的跟他们讲的不一样。一月份的时候，贝恩给我写信：'学校不适合我，对我来说自学更好。'接着他打起精神在信里扯了一些不相干的事情，他说切萨雷在小农场新收养了一个小孩，叫约安，说这个小孩特别沉默，特别胆小。他们一起在你奶奶的园子里收橄榄。贝恩说：'今年的橄榄比往年的都要饱满。'但是悲伤让他词不达意。在信末，有一刻他敞开心怀，向我诉说了他的失望：'我特别想你。我每天还在祷告，但大多数情况下我不知道为什么而祷告。'

"我给他回信：'去跟切萨雷聊聊，你要相信他，他能理解，也会帮助你的。'

"很快我就收到了贝恩的回信，信里只写了一行话：'是切萨雷把你赶走的。我和他之间再也没有任何关系了。'

"为了不引起大家的怀疑，贝恩还是和往常一样每天早晨出门，但他不坐公共汽车而是抄近路步行到奥斯图尼。他在市政图书馆待一整天。他决定要按照字母顺序，读完那里所有的藏书。这才是他最擅长做的事，就像想要模仿'树上的男爵'，计划着要在树上度过一生一样；就像他当初说服我们尝遍小农场里各种植物的种子、树根和树叶一样；就像他带着我为电脑而闹罢工一样。

"他为这个读书计划坚持了三个月，那几个月里他不怎么给我写信，偶尔写来也总是跟他读的书有关。

"他读到了 G 开头的书，甚至更多，但最后贝恩跟图书管理员成了好朋友，而且听从他的建议放弃了这个计划，接受了对方的一个全新建议。

"'他给我介绍了几位以前从来没听说过的作者。托马索，你知道有多少事情我们都不知道呀！我现在开始怀疑一切，一切！从根子上。仿若重生。'

"贝恩跟我说那个图书管理员是无政府主义者，虽然这对我来说意义不大，或者说根本没有任何意义。'我们正在读麦克斯·施蒂纳①的作品。每一页书都让我大开眼界。兄弟啊，我们之前都生活在黑暗之中。'

"他在心里反复回味着从那本书里得到的、盘桓在头脑里的感悟。他说那本书叫《唯一者》，后来我才发现这并不是那本书的全名，不过贝恩不再关注我知道什么，或者说这对他来说并不重要了。甚至签名时他也开始使用'伟大的利己主义者'。他在一页纸的中间，大大地写上：'我们的使命是向天进击！'他还写道：'我们必须要，改天换地！'后来他什么都不和我说了，意识到这一点，让我感受到前所未有的孤单。在他长久的沉默之前，我收到了最后一封信，信中有一句话，总结了他学到的所有内容：'托马索，并不是我无法祷告。现在我明白了。错的并不是我。上帝只是一个平淡无奇的谎言。只有活着的人才真正掌握真理。'"

---

① Max Stirner（1806—1856），本名约翰·卡斯帕·施密特，德国哲学家，其著作影响了后来的虚无主义、存在主义、后现代主义及无政府主义，尤其是个人无政府主义。

托马索抬起头："还在这儿呢，那本书的影印本。"

他指了指我左边的一个地方："在那儿，那个书架上。"

我站起来，起得太猛了，感觉到一阵眩晕。同时美狄亚也警惕地抽了抽鼻子。它看我朝书架走去，就又趴下了。书架上的书都倒向一边。

他说："书脊上是……"

"我找到了。"

书的全名是《唯一者及其所有物》。任何一件属于贝恩的物品都能让我感到温暖。我把书递给托马索，他随手翻了几页。

"你看这些划线的部分。实际上，他在每一行下面都划了线。"

他小心翼翼地摸着那本书，就好像在抚摸圣物一般。然后他合上了书，把它横着放在床头柜的角落。

他说："我感觉我的头要炸开了。"

"你用吃点药吗？"

"我的药好像都过期了。你那儿有药吗？"

"没有。"

"真是倒霉。"

他揉了揉前额。等他放下手，额头上留下几条红色的压痕。然后他又开始说，但时间又倒回去一些，就好像我根本不存在一样。

"跟科琳娜一起去地下酒窖已经成了一种习惯。下班之后我们常去。我们能聊很长时间，轮流用那个瓶底喝着酒，然后再一起爬到酒罐上。那个时候，一切都变得混沌。我还想继续往上爬，科琳娜就拽着我的脚后跟制止我。她跟我说'好了，杀手，你不要命了吗？'但是我根本就不听她的，我大口大口地喘着气，嗓子里火烧火燎的，直至自己变得轻飘飘的，像里面喷出来的酒蒸气一样。到最后科琳娜总是重复同一句话：'你失控了。'这句话就像一个信号，预示着我们要分别了，否则，我们就不得不到别的地方去，去做我不确定自己能不能做得来的事。我总是第一个顺着阶梯爬出酒窖，然后接下来的几天我们会相互保持距离。

"有一天晚上纳奇把我叫去。'工人们说你玩儿牌。'他对我说。他两只手交叠搭在书桌上，而我则把手背在身后。

"'不是真的。'

"'别跟我撒谎，托马索。我知道每个人都需要放松一下。'

"纳奇从抽屉里掏出一副纸牌，问我：'你会玩哪种牌？'

"我告诉他：'斯卡特，桥牌，加纳斯塔，我都玩。还有司寇帕，但是我玩得不太好。'

"'工人们说你们打扑克牌。'

"'嗯，对，也玩扑克牌。'

"'托马索，我说了你别想骗我。你知道黑杰克吗？'

"我犹豫了一下。

"'就说你知道还是不知道。'

"'您是说二十一点吗？'

"那是我爸爸教给我的。所有的打法都是我爸爸教的。只有斯卡特不是，那是贝恩和桑树上的小屋教给我的。

"纳奇说：'二十一点，你想怎么叫就怎么叫吧。'

"'那我会。'

"他把那副纸牌朝我推了过来，牌都是新的，牌面光洁且富有弹性。'洗牌。'

"我用传统的手法洗了牌，纳奇盯着我的手看。

"'不是这样洗，'纳奇说，'用美国范儿。'

"我把牌平分成两沓，放在桌上，让他看了看。

"'你会把某张牌一直放在最上面吗？'

"'那是出老千。'

"'就说你会还是不会？'

"我给他演示了一遍，我能做到，但是有一张牌从我手里滑了出去掉在地上。我低声说了句对不起。

"'真笨，'他说，'手又慢。不过孺子可教。每个星期五晚上都会有几个朋友来找我。我们都喜欢玩几把。我额外给你一天的工资。台面上赢的钱你还可以分一成。我们就这么说定了吧？'

"我们就这么说定了。我那一周的星期五就开始了，以后每个星期五都做。如果他们想打扑克，而又三缺一，纳奇就借给我钱让我跟他们一起玩。但是大多数情况下，他和他的朋友们更喜欢玩黑杰克。他们几乎都不怎么说话，烟却不断地抽，还把尊美醇威士忌当水一样喝。我喜欢这份工作，我喜欢看他们冒冒失失地伸手摸牌却被我拦住时，脸上流露出的那副惊恐的表情。黎明时分，他们排队去厕所，大大咧咧地在厕所里方便，甚至连门都不锁。我没有一丝困意，或许是因为我没有喝酒，或许是因为打牌一直对我有一种特别的吸引力。

"当他们摇摇晃晃地离开大厅时,我把房间收拾整齐:绿色的桌布叠好放进抽屉里,筹码放在盒子里。我把烟灰缸倒掉,酒杯洗好。在回宿舍之前,我要先走到葡萄园那边。那个时间只有野生动物还醒着。

"我把那几个晚上赚的外快和平时省下来的工资放在一起,也存下了一些钱。有一天,我口袋里揣着皱皱巴巴的几张票子,去了马萨夫拉的商业区。我来到一家修车行,他家门口的人行道上摆着几辆摩托车,看起来破破烂烂,但这不重要。我给老板看了看我手头有多少钱,问他我能买哪一辆摩托车。

"他满腹狐疑地问我:'那个,你有驾照吧?'

"我又给他看了看钱。如果他还不能接受,我就去别家看看。

"'也对,这不归我管。'于是他拿起钱,在手指间过了一遍,点了点。都是些小票子,面额一万、五千的,就像从烟草店里抢来的一样。他肯定就是这么想的,我觉得。

"他指了指:'那辆可以卖给你。一辆'阿达拉大师'。车没问题,一切正常。'

"我正在适应新生活。白天正常上班,周末晚上洗牌,其余几天晚上跟科琳娜一起,现在我还可以骑着我的阿达拉出去,在周围转转。我可以一直这样生活下去。我本可以一直这样生活下去的。

"然后突然有一天,贝恩出现在院子里,他脚踩着黑色的行军鞋,裤子上都是泥巴,好像刚刚穿过一片泥地。看到他,我更紧

地握住手里的篮子手柄：'你在这儿干什么？'

"我把篮子放到地上。我想去拥抱我的兄弟，但又想等他先来拥抱我。但他只是停在原地说：'我来救你的，拿上你的东西，咱们走吧。'

"'走？去哪？'

"'我会告诉你的。现在你赶紧收拾。'

"这时纳奇来了，我向他解释贝恩是我的一个朋友，他看向外面的空地，没看到汽车，于是问：'你是怎么过来的？'

"'走来的。'

"'从哪里走来的？'

"'塔兰托车站。'

"纳奇突然笑了起来，但当他意识到贝恩并不是在说笑的时候又止住笑声。他说：'我现在知道你是谁了，你是切萨雷和弗洛里亚娜的外甥。他们总形容你像个原始人。'

"他坚持让贝恩留下吃饭。那也是我唯一一次在他家吃饭，只是他一直在和贝恩聊天。

"'带这个年轻人去休息吧，'他离开饭桌时说道，'他都快站不住了。还有你，替我向弗洛里亚娜和切萨雷问好。'

"一听到隔壁房间传来电视的声音，贝恩就突然起身，将剩下的面包用餐巾纸包起来，还有他盘子里的剩菜，他给我一个眼神，催促我照他那样做。他又打开冰箱，抓起几罐可口可乐和一排四联装的酸奶，藏到运动衫下面。

"'你在做什么？'

"'只拿这些。还有这些。'他一边说一边又拿了一盒鸡蛋。

"'我们不能这么做，贝恩!'

"'没有人会发现的。这种东西这里有的是。'

"我们偷偷溜出纳奇的房子，然后回到我住的地方。贝恩停在门口审视着我的房间。我指着房间和他说：'我的床在那儿。'但他似乎并不感兴趣。

"'走吧。'他说。

"'我不能回农场。切萨雷很清楚发生了什么。'

"'我们不回农场。'他迈出一步，却好像差点儿跪倒在地。随后他紧紧抓住门框。

"'你怎么了?'

"'就是后背特别疼。我在这儿坐会儿。'

"不过他躺了下来，横躺在两张连接在一起的床上。他望着天花板，沉重地喘息着。毛衣卷起了几英寸，我突然意识到他有多瘦。

"'发生了什么事，贝恩?'我问道。

"'他毁了我所有的书。'

"'谁?'

"'切萨雷。'

"他停顿了一下，但我知道他已经恢复了。'一天晚上，他走进我们的房间，把书都从书架上扔下来。他大喊着你玷污了这座房子! 然后他从地上捡起一本并开始一页一页地撕。我没有立刻拦住他，我像是被催眠了一样，也许是我想看他到底会做到什么地步。他把那些书一撕两半,一本接着一本。但那些书都不是我的,是图书馆的。然后我清醒了。我试图把他手里的书抢回来,但是他不愿意松手。他说:我这么做都是为了你,贝恩,让上帝来拯救你吧!他打了我一耳光,然后手里拿着撕了一半的书看着我,四周弥漫着一种可怕的气息。'

"他的左眼角滑下一滴泪。我躺在我兄弟的身旁,我们的头靠得很近。他把脸转向我这边。当他再次开口说话时,我感受到他苦涩的呼吸:'从那天晚上起我们就不说话了。我对自己发誓再也不跟他说话了。'

"我们没再说话,而是互相握紧了双手,不再言语。

"在摩托车上他搂着我的腰,一会儿又把耳朵贴在我的肩膀上。他伸出一只胳膊,张开手好像要抓住迎面而来的流动的空气。装满剩余食物的塑料袋像蝴蝶一样迎风飞舞。

"我从来没有骑那么久的车。当我们快要到达斯佩齐亚时,我感觉双臂酸痛。但是贝恩说:'继续朝着大海前进,我们要去斯卡罗。'

"'现在是春天,那里没有人的。'

"'我们就去那里。'

"我们沿着奥斯图尼山的环山路行驶。我沉醉于这座城市的景色,仿佛之前已经完全忘了。我松开刹车,我们顺着下坡直抵海岸。我们骑着阿达拉来到丛林的入口,接着我们步行前进。这条路几乎伸手不见五指,但贝恩信心十足地前进。他转向塔楼。贝恩拔起周围的栅栏,走进一片荨麻地。他打开手电筒开始在墙上胡乱照：'你还记得怎么做吗？'他首先爬上去。然后他拿着手电筒往下照，这样我就能像他一样爬上去了。我的膝盖被一块突出的地方擦伤了。一切都正如我记忆里的夏天那样，只是外面没有令人安心的音乐声。在一片寂静中，塔楼里面仿佛有幽灵出没。快到底的时候，一束光照向我们。

"'我们在这儿。'贝恩说。

"我正要回答他说我知道，却发现他不是在和我说话。房间里点着一个电灯笼，还有尼科拉和一个女孩。他们坐在床垫上，女孩双腿交叉，尼科拉则伸直了腿。

"'嗨，托马索。'尼科拉说，好像他也出现在这里面并没什么好吃惊的。

"'他就是第三个吗？'女孩问道，但她既没有起身，也没有向我伸手问好。她伸出手臂指着塑料袋问：'你们带了什么？'贝恩把袋子扔到垫子上，女孩疯狂地在袋子里面翻来翻去。'你没拿巧克力棒吗？'女孩问。

"'那个就是吧，'贝恩含糊地说道。然后，他转向我：'维拉丽贝拉喜欢巧克力棒。如果你能弄到，下次拿点儿吧。'

"'那个，他不留在这儿吧？'尼科拉说。

"'不，他喜欢他待的那个地儿。那里修剪过的橄榄树看起来就像是摆设。'

"维拉丽贝拉说：'电视上的女演员真的会去你那儿吗？'

"我点点头，但我还是感觉有点晕晕乎乎的。

"'那她们什么样？胸大吗？'

"尼科拉在一旁窃笑。

"'她们也就是普通人。'

"'什么？你不喜欢那些女演员吗？'维拉丽贝拉说。她用发箍把鬈发盘在头顶：'她们都比我漂亮得多吧？'

"贝恩说：'维拉丽贝拉是一个月前来到这里的。你会以为进到这座塔里，不会有任何人，最多只有几只老鼠，但是……'

"'真的有老鼠。'女孩确定地说。

"贝恩没理会她。'但是我进来的时候，差点儿吓死了。维拉丽贝拉睡在一片漆黑之中，我拿手电筒照了照她。她醒来看到我，一点儿也不害怕，一点儿也不。'

"这时他也坐到了床垫上，和女孩靠得很近。我是唯一一个还站着的人。

"维拉丽贝拉狼吞虎咽地喝完一罐酸奶。她不顾形象地舔着酸奶罐。一股霉味，这就是这地方的味道。贝恩把一只手放在她的腿上，靠近大腿根的地方。只要他张开手指就能碰到她的腹股沟。她打开另一罐酸奶，喝了一点，然后递给尼科拉。'这儿没地方再多装一个人了。'

"可能贝恩更用力地把手在她腿上按了按。

"'我已经告诉过你他不会留在这儿。'

"我感到头晕，需要坐下来，但是垫子上只剩下很小一块儿地方，我又不想坐在地上。

"'你睡在这儿?'我问贝恩。

"'想睡就睡这儿了，'他回答说，'我们可以按自己的想法去

生活。'

　　"尼科拉笑了笑，他的牙齿在灯光的照射下闪闪发光。他有点不太一样，一种异常的兴奋。

　　"'你全身都是白的？包括那下面吗？'维拉丽贝拉问道。

　　"'那里更白呢。'尼科拉回答她。

　　"'所以他就是那第三个人。'她又说了一遍。

　　"贝恩打开一个装剩菜的包裹，油已经渗透餐巾纸。'你们都拿去吃了吧。'他还说着，其他人就都伸出手扑上去。

　　"'那你睡这儿吗？'我问尼科拉。

　　"'只要第二天早上没课。'

　　"'我们可以按自己的想法去生活。'贝恩又说了一遍。然后，他从一堆破烂里拿出了一个随身听。

　　"'从头开始听吧！'维拉丽贝拉说。

　　"贝恩把磁带转了一面。音乐开始了，但声音有些走调，因为磁带已经很旧了，喇叭的声音也很小。维拉丽贝拉站了起来，向贝恩伸出一只手，另外一只手伸向尼科拉。他们俩听话地站了起来，开始摇晃身体，他们几乎粘在一起。尼科拉把鼻子贴在她耳后的头发上，也许给了她一个吻，她感觉有点痒，缩了缩肩膀。

　　"她用脚尖碰了碰我受伤的膝盖。

　　"'你还在等什么？'

　　"贝恩拉着她的一只手放在自己的肚子上，另一只手放在她的头上。我靠近维拉丽贝拉，她把我拉向她。尼科拉和贝恩为我们让出了一点空间。我闻到她头发的味道，还有剩余酸奶的味道，酸酸的，来自她嘴里。其他两个人围在我们周围。

"'我得……'我嘟囔着，但这也是我用尽一切力量能说出的词了。

"贝恩在我耳边低语：'没人再命令我们。'

"然后有人脱去了我的衣服，也许是我自己做的。当音乐声撞击着墙壁的时候，我们一个接一个地脱光了衣服。我们都瘫倒在床垫上，一片混乱。

"我发现我的脸离维拉丽贝拉的乳房很近。尼科拉，就在我身边，他正吮吸着她的乳房，我觉得我也应这么做。贝恩来到我们中间，我们的每一寸身体都贴在一起，他和我，有那么几秒钟我感觉自己完全是麻痹的。

"我们轮番用嘴向维拉丽贝拉发起进攻，好像在喝泉水。有人，也许是她自己，拿起我的手放在她的下面，在那里，我感觉到我们四个都赤裸着，十分兴奋。我任由自己被引领着，挪动着，然后引领我的那只手移开了，于是我继续盲目地摸索着，直到我碰到了贝恩。当我紧紧握住他的禁忌部位，一下子惊慌失措起来，虽然这是我无数次幻想过的场景，我曾经以为这永远不会发生。但他根本没有发现，我们已经融为一体，或者他发现了，但任由我这么去做了。我知道如果我们两个人单独在一起的话，他是不会允许我这么做的，但是在那儿，在塔楼里，百无禁忌。

"在分开之前，他朝我笑了笑，我也重新恢复了呼吸。至于尼科拉，我只看到灯光下他光滑又宽阔的背泛着蓝色。他的脸依然埋在维拉丽贝拉的胸前，女孩的呼吸越来越沉重，她双臂撑开，睁大双眼，闪闪发光地望着上面。她好像没有一点儿力气，好像已经无力反抗，好像我们三个就是一只变形的巨兽，长着很多头、很多腿和很多手，在她的身上和身体里移动，让她呻吟。

"有一刻，我看向她望着的地方，但是只有灰色、破旧的天花板。我幻想着墙那边的世界，荨麻地、被浪花磨平的礁石，以及无处不在的黑夜。但这一切在塔楼里都不复存在。我们安全而孤单，谁也找不到我们。我希望一切都不要结束。"

突然，我们又回到了当下：两个成年人，平安夜，还有在墙的另一边熟睡的他的女儿。他向后仰起头。本能地，我看向天花板的同一个点，但那里什么都没有，除了灯光投射的光圈。但他看的不是那儿，我知道。

我在椅子上换了个姿势。我感到一种恶心，恶心和难以置信，还有一些不愿坦白的东西：我是因为没能跟他们一起待在塔楼里而嫉妒吗？有一瞬间我想告诉托马索不要再说了，把剩下的内容都留在他自己心里吧。现在这一切又有什么用？但是他又缓缓直起了身子，我只能让他继续。

"我对自己说，这是错的，我们做的那些事都是错的，是不道德的。但每次只要一有空我就会回到那儿。虽然我们四个都在的情况并不多，四个，也许五个。是的，最多五个人，"他又说，"也许是六个人。一做完在海滨驿站的工作，我就骑着阿达拉，穿过玛蒂娜弗朗卡扑向海边。我想要以最快的速度到达塔楼。

"'肯定有个女孩。'纳奇在我第 N 次向他请假离开的时候这么说。我没有回答。无论如何这也不算是个谎言。'幸福的年纪，你们这个年纪，'他又补充说，'无法复制啊。'然后他从口袋里掏出五万里拉说：'带她来餐厅吧。'

"我用这笔钱买了意大利面和培根，还有巧克力棒和两瓶原产地葡萄酒。我们在斜坡旁边用露营炉子煮面，这样至少有一部分烟能散出去。塔楼之外，白天越来越长，对我来说也越来越难熬。我现在更喜欢塔楼里无边的黑暗和冷冷的灯光。

"那天晚上，我们抽了水烟，是尼科拉在巴里的跳蚤市场从一个杂货商那里买来的。我们吸着烟，浑身都是烟味。然后我们一起玩中国的手影戏：尼科拉比了一只狗的形象，贝恩比了一只老鼠，我比了一只蝙蝠，维拉丽贝拉比了一只孔雀。我们的手影动物在墙上彼此掠过，互相戏弄。但我们，比手影动物还要糟。

"有一天，在接待会上，科琳娜抓住我的袖子。我差点打翻开胃菜的托盘。

"'所以你是再也不想去开酒罐了？'她说。

"'不。我是说去。怎么了？'

"'你再也没来过酒窖。'

"'我只是有点累。'

"'你总是去哪里？'

"'没去哪儿。'

"客人们已经脱掉了鞋子，在草坪上走来走去，穿梭于铁树之间。

"'他们说你在佩兹迪格雷科有个女朋友。'她说。

"'你相信吗?'

"'我为什么不信呢?'

"她无法抑制自己的不满。

"'不是那样的。'我轻声说。

"'反正我也没理由对此感兴趣,对吗?'她小声说。然后她盯着我的眼睛说:'对吗,杀手?'

"她在墙上两块石头之间的裂缝中按灭了香烟。'随你便吧。'然后她走过我身边,撞了下我的肩膀。托盘真的打翻了。托盘上的小杯子盛着腌在粉色酱汁里的大虾,这会儿洒了一地。我把没有完全打翻的杯子规整了一下,分给客人们。

"后来我把剩菜都包裹起来:肉丸、帕尔马干酪茄子块和裹面糊炸的蔬菜,虽然包在餐巾纸里会破坏它们的味道,让它们变得又软又凉,但无论如何我们都会吃。

"那是六月,属于斯卡罗的季节即将开始。已经有桌子和长凳堆放在海边的礁石广场上,朝向大海的是粉红色的酒吧车。

"我爬上塔楼,走下楼梯,没有打开手电筒,摸到的都是掉粉的墙壁。

"'炸的,'我边说边把背包从肩膀上卸下来。然后我又说了一遍,因为没有人回答我。

"我先是注意到尼科拉。他坐在床垫上,头埋在双手之间。他没有转过身来看我。一只飞蛾在灯上拍打着翅膀。天知道它是怎么进到下面来的。贝恩仰躺在地上,双手交叉在胸口。我从背包里拿出装着剩菜的小袋子,在他眼前晃了晃。

"'让他一个人安静下，'尼科拉说，'他背痛。'

　　"贝恩没动，闭着眼睛。如果不是确定他已经很久都不那样做了，我肯定会以为他在做祷告。但是今天想想，也许他当时真的是在认真地做祷告，只为那一次。

　　"'维拉丽贝拉在哪儿?'没有人回答我。实际上，没看到她我还感觉挺轻松的。这一次，就我们三个人，像过去一样。我看看贝恩，他正在用手指按压胸口。

　　"'都是因为这湿气，'我说，'湿气渗进了你的骨头。'

　　"'你有多少钱?'尼科拉问道。

　　"我在短裤口袋里掏了掏，对着灯光打开钱包：'一万五。你用来干吗?'

　　"'你还有别的钱吗?'

　　"'我总是给你们带吃的。'

　　"其他人都没出过钱。尼科拉把每个月父母给的生活费都花在巴里的生活和汽油费上了，贝恩和维拉丽贝拉根本什么都没有。

　　"'那家伙不是给你钱打牌吗?'

　　"'我不打牌。我是庄家。'

　　"这时我才注意到尼科拉的眼睛湿湿的。我告诉他我有多少，不过不是真实的数字，大概只有一半，他听了再次把头埋到两手之间。

　　"'你们要钱干什么?'

　　"没人回答。飞蛾停在最明亮的地方，好像在跳动。最后贝恩对着天花板疲惫地说：'来吧，尼科拉，告诉他。'

"'为什么你不说?'

"'你们要钱干什么?'

"'我们好像搞砸了,'尼科拉说,然后他出乎意料地大笑起来,在这个藏身所里,'闯大祸了,是的。'

"他突然收住了笑声,开始颤抖。飞蛾又开始紧张地飞行,擦过我的脸。

"'她怀孕了。'贝恩的声音从地板上传过来。

"当尼科拉冷静下来时,他流泪的眼睛映入我的眼帘。'是你的吗?也许这个孩子生出来连眼睫毛都是白色的。'他再次发出歇斯底里的笑声。

"贝恩慢慢坐起身来。他盘腿而坐,试着转了转肩膀。他说剧痛折磨着他,从太阳穴开始,沿着两个分支一直延伸到脊柱,一直到腹股沟。有时这种疼痛甚至会持续一个星期。这个你也知道。

"'我们出去吧。'他说。

"我扶他站起来,然后爬上楼梯。那里少了几级台阶,我们就滑了下去。我们穿过杂草,坐在酒吧快餐车的轮子上。贝恩缓慢而清晰地说出几句话。

"'有这样一位医生,'他说,'在布林迪西。他能在无人知晓的情况下做任何事。但他说要一百万里拉。'

"我又问了一遍维拉丽贝拉去哪里了。尼科拉又哭了起来。贝恩冷漠地看着他。

"他接着说:'现在我们有二十万里拉。'他动了动嘴巴:'弗洛里亚娜下周还会给尼科拉这么多。还有你的钱,加起来差不多五十万里拉。"

"尼科拉有些惊慌失措：'你们还记得切萨雷说的话吗？啊？你们还记得吗？'

"我担心如果他继续这么大声喊，会有人听到我们的话，但是一千米以内都没有人，只有壁虎蹲在灌木丛里，只有螃蟹钻在岩石缝里。

"贝恩抓住他的胳膊，但他挣脱了。'在孩子出生之前把他杀死，会发生什么事你们还记得吗？'

"'你现在的行为一点儿都不理智。不存在轮回，没有惩罚，也没有神。我们已经谈过这个了。如果你读过《唯一者》……'

"'闭嘴！都是因为那本书我们才沦落到这个地步！'

"'鱼。'我自言自语。

"切萨雷告诉他们，某些部落会把死亡的新生儿扔进溪流中，因为他们还没有灵魂，没有灵魂就不会转世。把他们喂给鱼，这样灵魂就可以在那里找到他们。

"'我们会倒霉的。'尼科拉啜泣道。

"怠慢客人的人会转世为乌龟，切萨雷说。杀死大型动物的人会转世为疯子。吃肉的人会转世为红色的动物、瓢虫或者狐狸。偷窃的人会转世为爬行动物。杀死一个人就会转世成为最可恶的生物，这也是切萨雷说的。然后他说：向上帝祷告，让他怜悯你们，不停地祷告以获得他的宽恕。

"'我有二十万里拉。我先前撒了谎。在海滨驿站，我有二十万里拉。'我说。

"'那我们就有六十万里拉了。还差四十万。'

"'也许是二十四万，我不知道。我得数数。'

"尼科拉跳了起来。'你们没听到我说的吗？你们什么都不记得了吗？上帝会厌恶我们！上帝已经厌恶我们了！'

"贝恩再一次平静地回答说：'如果你对这个解决方案不满意的话，我们还有第二方案。'

"尼科拉环顾四周，他慌了。他走到离我们几步之遥的地方，停了下来。整个人茫然若失。

"'你看到了吗？'贝恩说，'世上只有我们。伟大的利己主义者。没有什么上帝会诅咒我们。'

"他的冷静比尼科拉的绝望更让我害怕，但也许正是背部的僵硬让他看起来不可撼动。他用力补充说：'切萨雷告诉我们的一切都是谎言。人类的生命只是……'尼科拉突然冲向贝恩，开始愤怒地摇晃他。

"'切萨雷是我的父亲，我的父亲，你明白吗，你这个杂种？你才是个骗子，贝恩！看看你让我们落到了什么田地！'我抓住他的脖子，直到他为了摆脱我而不得不放开贝恩。当我松开手时，他咳了起来。

"'我们会凑齐剩下的钱。'贝恩回应道。

"那一刻，我们突然感到疲惫不堪。我看着一望无际的礁石，就在那时我看到有个人影站在岸边，影子只比周围的颜色深了一点点，离得很远。维拉丽贝拉。

"旁边最近的是去年夏天我们跳过舞的沙地。但谁还记得呢？

突然，跳舞的时间结束了，所有的美好，整个青春，都瞬间结束了。

　　"夜晚是为了睡眠的：这也是切萨雷说的，他在给我们的房间关灯之前，在我们进入黑暗之前，总是重复这句低声的祝福。夜晚是为了睡眠的。但我们没有，我们不想睡。所以我们听到他的脚步声在走廊上渐行渐远，然后我们打开手电筒，爬上贝恩的床。在那只木筏上我们继续游戏，直到很晚，我们孩子的游戏，每个游戏都很单纯，不过也是每天晚上的冒险游戏，每天晚上越来越危险的游戏。

　　"突然，我看到礁石上的人影跳了下去。跳进水里的声音几乎听不到。我喊：'她跳海了！'身体却动弹不得。

　　"贝恩和尼科拉突然转身开始朝着岩石奔跑，喊着维拉丽贝拉的名字。然后我也跟了上去。我们三个人站在礁石边大声喊叫着。海浪拍打岩石，激起泡沫。幸运的是有一点月光，尼科拉指着水中的一处说：'那儿！在那儿！'

　　"但他没有勇气跳下去，贝恩跳了，他都没有看下面是什么就跳了下去。

　　"'天哪！'尼科拉喊道。

　　"我也跳了下去。水很冷，我喘不过气。我碰到了海底的东西，我重新探出水面游向贝恩，与此同时他已经抓住了维拉丽贝拉，并拉着她钻出水面。

　　"然后尼科拉也加入了我们。我们抓着她，直到她说：'好吧，你们放开我！你们放开我！'

"我们向着岸边游去，互相帮着爬上岩石。海浪把我打回海里两次才爬上岸。

"我冷得发抖。维拉丽贝拉说我们必须把衣服脱了，不然会得肺炎的，我们听了她的话，把衣服都脱了。然后她告诉我们靠近一点儿让她暖和些，我们也听了她的。她笑了。'我吓着你们了，是吗？'说着，她用手、嘴唇和头发将我们皮肤上的水滴擦干。我发现自己跪在锋利的岩石上，然后平躺下来。恐惧使我们兴奋。我看向上方，有人遮住了我的脸。一轮明月，也可以看到许多星星。

"第二天，尼科拉在布林迪西大教堂前等我。'把摩托放这儿吧，'他说，'我们走路去。'

"'你为什么不坐上来？'

"他不屑地看了看我的阿达拉。'我不会坐这玩意儿的。'

"'如果留在这里，会被人偷的。'但他已经走了。我熄了火，推着阿达拉在他后面吃力地跟着。我们沿着海岸公路走。大白天，我们两个单独在一起是件很奇怪的事儿。突然，尼科拉说：'我又想了想。贝恩在那个藏身之处待的时间比我们都长，而且长得多。'

"'这是什么意思？'

"'没什么。只是他和维拉丽贝拉待的时间最长。这是事实。我们不在的时候，谁知道他们做了什么？'

"'我们也有参与，尼科拉。'

"'我确定不是我的。'

"'其实你并不能这么说。'

"他侧身看了我一眼。'反正你总是护着他。你甚至看不出他已经变成了什么样。'

"'他变成什么样?'

"'一个狂热分子,他就是这样。而且只是为了激怒切萨雷。'

"'是的,可切萨雷……'

"尼科拉突然停了下来,我差点撞到他。'切萨雷怎么了,嗯?你们总是跟他过不去。他收养了你们,养活了你们。没有切萨雷,你们现在……'但是他没有说完。

"'切萨雷撕了他所有的书。'

"'他所有的书?他是这么跟你说的吗?两本书。只有两本。'

"'两本。'我轻声地自言自语。我试着回忆在海滨驿站的宿舍里与贝恩的对话。

"但两本还是一百本有区别吗?

"尼科拉说:'你不知道他是怎么对待切萨雷的。总是当着他的面说渎神的话,总是嘲笑他。贝恩应该为这一切付出代价,是他挑起的。'

"就在这时,我们到了那个地址,在老城的一条街道里。有一家的阳台上,一棵粗大的植物枝叶旁逸斜出,缠绕在栏杆上,就像动物的触角。尼科拉拿出他折在口袋里的纸条,确认了一下门牌号。

"'在这,'他说,'你敲门。'

"'为什么是我?'

"'快敲门,混蛋!'

"一个老妇人开了门，什么也没说，向后退了两步，露出一道门缝。她看起来很疲惫，指了指沙发，然后坐在旁边的扶手椅上继续看电视，是下午时段的综艺节目。我对纳奇编了个借口，还是关于那个并不存在的女朋友。看着电视屏幕上的女演员，我第一次满怀遗憾地想起海滨驿站。想起科琳娜。

"'过来，'一个男人的声音在我们身后响起。

"他蓄着浓密整齐的胡须，戴一副透明边框眼镜。他把我们推到厨房里。'那女孩在哪儿？'

"'她今天没来。'

"'所以我是要给你们中的一个人看病？'

"'我们没想到……'尼科拉说，但随后他因为不好意思而沉默了。

"'几个星期了？'

"'没几个星期。我们想。'我像个傻瓜一样回答着。

"'你们谁是孩子的父亲？'

"这次我们都沉默了。医生转向水槽，从水龙头里接满一杯水，一口气喝完。然后他把杯子放回洗涤槽，没有冲洗。也没给我们拿任何喝的东西。'我明白了，'他低声说，'未成年人，是吗？'

"'她十六岁。'

"'尽快把她带到我这儿来，明白了吗？'他说话的时候看起来很疲惫，又很厌烦。能够听到隔壁房间里从电视机中传出来的说话声。整座房子里有种老年人独有的气味。'手术费要一百五十万里拉。'他说。

"'我们听说是一百万。'尼科拉突然激动起来。

"医生露出一抹意味深长的笑:'你们不知道孩子的父亲是谁,你们甚至不知道是哪个星期开始的。可是你们知道价格,是这样吗?对,价格是不一样。如果做不成,我可以退给你们一百三十万。只收诊疗费。'

"'如果做不成,会怎么样?'尼科拉重复了一遍。

"'医生。'我说。

"'怎么了?'

"'手术怎么做?'

"他盯着我看了几秒钟,然后转身拉开抽屉,拿出一把刀。他举起来向我展示,并将锯齿状的刀刃抵在桌面上划了一下,好像要刮掉什么东西,一层锈蚀。'现在清楚了吗?'

"尼科拉的脸失去了血色。

"'是你们干的,'医生说,'不是我。'

"回到斯卡罗我们都忘了要吃饭。从外面传来的音乐声也变小了。维拉丽贝拉拿着一片纸用打火机点着,然后任由它在手指间燃烧。火焰很快燃尽,但那是我在塔里见过的最亮的光,虽然只有几秒钟,却完全照亮了我们震惊的面容。

"我们又算了算钱:九十万。我已经拿出了所有的存款。

"'我们永远凑不够这笔钱。'尼科拉说。我担心他再次紧张过度。

"'你可以借点钱。'贝恩说。

"'哦，是吗？跟谁借？'

"'你的大学同学。那些人，他们会有钱的。'

"'那你怎么不去呢？你一直待在这里发号施令，却该死的什么事都做不了。'

"贝恩笑了笑说：'我看学习法律对你的口才很有帮助么。'

"维拉丽贝拉大笑起来。那天晚上她穿着一件露脐背心。她把光着的脚丫伸向房间中央，伸向尼科拉，在他的大腿上摩擦，然后抵着他的腹股沟。

"尼科拉抓住她的脚，仿佛要捏碎它，猛地推开。'你疯了。'

"那时贝恩转过来看着我。他的背痛没有改善也没有恶化，但他不再抱怨。现在他的注意力都在维拉丽贝拉身上，担心她要不要喝点什么，担心她是不是舒服。他也没再回农场，以免让她独自一人留在这儿。我不知道切萨雷和弗洛里亚娜是怎么想的，不知道他们是不是担心得要死，他从来都不说。他把塔楼腐烂的底部当作他的新家。他没有睡在床垫上，而是挨着维拉丽贝拉躺在地上，好给她腾出更多的空间，而他痛得快断掉的后背贴着地板。

"'你得想想办法，弄到剩下的钱。'他说。

"'怎么弄啊？'

"'在海滨驿站，他们应该还有些钱。'"

"'你是想让我去偷吗？'

"他坐在我面前，消瘦，苍白。'如果头一天晚上有很多客人，你就从收款机拿些钱。不要太多，给里面多剩点儿，不要引起怀疑。机灵点儿。如果有必要，你得多做几次。'

"'贝恩,'我喃喃地说道,'不。求你了。'

　　"他屁股滑向床垫。他坐到我身边,把我的头靠在他的肩膀上,在我的耳朵和脖子之间抚摸着。'可怜的托马索,'他说,'我们都会为你所做的事非常感激的。'

　　"'贝恩……'

　　"他轻轻拍了拍我的后颈。'你知道的,不是吗?'

　　"我以为这样的感觉会让我哭泣,但实际上一滴眼泪也没流。所有的崩溃都悄悄发生在心里。

　　"在栎树下,曾经发生过的一幕好像跟现在没有任何关系,切萨雷给我们上过一节关于戒律的课。'在我以外,你不可认识别神'①:主向摩西首先提出了这条戒律,但是为什么呢?切萨雷问。为什么偏偏是这一条优先于其他在我们看来更加重要的戒律呢?比如说不能杀人这条戒律。切萨雷依次看向我们。我们都沉默了。于是他像往常一样给我们解答:因为当主在我们心中被取代的时候,其余的一切都会随之无底线地崩塌,急速坠落,没有停歇,其他所有法律都会被破坏。当主在我们心中被取代的时候,绝无例外地,我们会走向死亡。

　　"我现在还记得那段时间去监狱看我爸。会客室里除了我们俩和一个狱警之外再无他人,爸爸坐在桌子对面,桌面空无一物、光可鉴人,这样的桌子每个房间都有一张一模一样的。我们都静静地坐着,汗流浃背。我们连手都没碰过,在他入狱之前一直都

---

① 见《圣经·旧约·何西阿书》(13:4)。

是这样。有时候我觉得他也想碰碰我，觉得他也愿意伸出手来，但他不允许自己那么做。也许是我想让他那么做，过去不想，现在我倒是愿意让他拉着我的手，握在他的手心里。

"'你能端稳盘子了吗？'他问我。

"'一次能端三个了。如果有人帮我把盘子放上来，四个也行。'

"'四个。要是我就都摔碎了。'

"每次我去找他的时候，他总是穿着同一件衬衫，一件格子衫，最上面两个扣子总是解开的。脖子上挂着一个细长的银色十字架晃来晃去。

"'你不开心。'他说。

"'我挺好的。'

"'是因为那个女孩儿吗？那个你在马萨夫拉认识的女孩儿?'

"我低下头。他轻轻地松开双拳，惨白的手指恢复了血色，但随后他又攥紧了拳头。

"'爸爸，可能是我让她怀孕了。可能是我，也可能不是我，但我也在场。虽然我想要的是别人而不是她，但是我当时也在那儿。'

"他好像凭直觉猜到了什么，说道：'不要担心，托马索。你，不会像我一样的。'

"然后狱警走近了桌子。他没有提醒时间到了，也没指一下墙上的钟。我们三个对整个流程都已经习惯了。我先站起身。爸爸有些激动，但好像搞错了原因。

"第二天海滨驿站的花园装饰一新，那里到处都是夸张的粉色和白色。我帮着园丁整理了黄杨木篱笆，最后又检查了一遍餐桌：放在最底下的衬盘和银制餐具，垂到地面的桌布中央都摆着一捧鲜花。我还检查了每个座位上是不是都摆上了折成天鹅形状的餐巾。弗洛里亚娜教的一些小活计出人意料地管用，餐巾让纳奇十分满意。大约下午四点的时候，聚会开始热闹起来。孩子们在院子里玩耍，音乐响了起来，来客们被一道厚厚的帘子分成两拨，有跳舞的，有喝酒的。烈酒不包含在费用里，因为纳奇就是在酒上赚钱的。科琳娜和我轮流为他们服务。自从那次吵架以后，我们一直都不说话。在混乱之中我打开收款机，抓起一把钞票塞进裤兜里。

"聚会的主角是个八岁的女孩儿，早上她第一次领圣体，现在开始拆礼物。所有人都围在她身边，我乘机再次把手伸进收款机。我环顾四周，发现科琳娜正从玻璃窗的另一边看着我。她没有摇头，也没有任何表示，只是盯着我看了好一会儿，让我明白她知道我干了什么。然后她便走开去了院子里。

"到了客房我把钱掏出来，都被汗水浸湿了。我当时没有数，直到那天晚上确认自己安全地到了塔楼里面，我才和兄弟们一起清点了数目。由于我当时是闭着眼睛抓了一把，所以偷到的钱比预期的要少些。而尼科拉则决定向他的几个朋友借一些。现在我们一共有一百二十万里拉。

"灯笼的电池快没电了，灯光忽明忽暗。

"贝恩问：'下一次宴会是什么时候？'

"'一周后吧，我想。'

　　"'你就不能多拿点儿么？'尼科拉忍不住说道。

　　"'那样他们会发现的。'

　　"'如果我们再等下去，医生就做不了了。他说的。'

　　"维拉丽贝拉的样子有点吓人。她有时候会吐，尽管我带来的东西她几乎都没吃。我也不知道她有多少天没洗过澡了。

　　"'你们都过来，'贝恩说，'所有人，都过来。'

　　"我走近他，我一向听他的话。他僵硬地站着，歪歪斜斜地靠在墙上。维拉丽贝拉紧贴着他，对尼科拉吩咐道：'你也过来。'

　　"'我不，'他反驳道，'你们难道不明白吗？'

　　"'过来。'维拉丽贝拉坚持说。

　　"尼科拉走了过来，好像突然间屈服了，蹲下身子，把头夯在腿上。

　　"'我们已经分开太久了。'贝恩说道，好像想把我们所有人都紧紧地抱在一起。

　　"就在这时，我说：'我要去找切萨雷。'

　　"'你要跟他说什么？'他问道。

　　"'我要去找切萨雷。'我又说了一遍。

　　"大家默默接受了这个提议。在我们几个人的身体之间，维拉丽贝拉摸索着寻找我的手。现在每个人都和其他人挨着了。这不就是我们之间的游戏吗？把所有人的肌肉以及神经紧密地连在一起，然后观察她的里里外外，她的每个方面。我感受着她极其脆弱的手腕上有节奏的脉搏，不禁会想她内心的跳动和这里的跳动同步吗？

"我实在告诉你们：这些事你们既做在我这弟兄中一个最小的身上，就是做在我身上了……①

"但是没有神，所以也不会有什么审判。电灯快没电了，灯光闪烁不定。

"当我醒来的时候，我们还像之前那样挨在一起。但灯已经灭了。维拉丽贝拉的呼吸拂过我的前臂，尼科拉轻咳着发出些声音。我把脸从贝恩的大腿上抬起，上面满是我的或是他的汗。我小心翼翼地从交错着的腿和胳膊间抽出身来，匍匐着爬到楼梯处。当我再出去的时候，如往常一样惊讶地发现：塔楼外面的世界还在。

"那几天我开了太长时间的车，沿着海岸来来回回，因过度转动而发热的橡胶把手留在手上的条纹印痕好像永远都不会消褪。不过乡下星期日早晨的空气新鲜，令人活力倍增。还没到八点我便到了小农场。

"我离开那个地方只有十个月，就已经觉得自己像个外人似的。木柴杂乱地堆放着，树木丛杂，菜园里的黄瓜藤四处蔓生，而我现在已经习惯海滨驿站修整平齐的花园了。我希望只看到切萨雷一个人醒着，但并非如此。他正跟弗洛里亚娜以及那个保加利亚小男孩一起在藤架下面吃早饭。

"'托马索，天哪！太惊喜了！这个时候来啦。过来，和我们坐一起，你也吃点早饭。约安，去搬个椅子到桌子这儿来，乖。

_____

① 见《圣经·新约·马太福音》(25：40)。

136

好孩子，你从哪里冒出来的啊？'

"他紧紧地拥抱了我，我再次感受到他的身体，那种和别人不一样的温暖，那股让人安心的剃须膏的香味。我坐了下来，弗洛里亚娜碰了下我的手，然后递给我一盘切片面包。

"'在上面抹点黄油，'切萨雷建议道，'这是我们在阿普鲁齐庄园外面的农场买到的，你看，那个农场离这儿只有一公里，而我们以前一直都没注意到，是约安无意间从它前面经过时发现的。多少事情就在我们眼皮子底下而我们却没看到！农场里有些令人惊喜的牲畜，白白胖胖的奶牛。'

"我用刀切了块黄油抹在面包上，我当时快饿死了，没注意到黄油随着每分钟温度的上升在变软。

"'再抹点儿黄油吧。再撒点儿糖，在上面。你这个年纪的孩子吃点儿黄油和糖没事儿的。而我就得多注意了，可是我又能怎么办呢？我一直很贪吃。'他看着我咬下面包然后嚼着，笑着说：'当然，谁知道你在海滨驿站都习惯了哪些美食呢。纳奇有什么好消息吗？自从去年夏天我就没跟他聊过了。'

"'一直都忙着，'我说，'办婚礼还有些别的事儿。'

"'现在人们都这么做，宴会一定要办得大。弗洛里亚娜和我那时候都是自己准备好一切，就在这儿。当然那也不是新郎在婚礼前去修剪指甲的年代了，你懂我的意思。'他朝我挤了挤眼。

"'我得跟你谈谈。'我说道，发出的声音比预想的要僵硬一些。

"'我在这儿，托马索。我在听你说呢。在做弥撒前我们还有

半个小时的时间。'

"我看了看弗洛里亚娜，她正抿着嘴。坐我右边的约安还在狼吞虎咽地吃着涂满黄油的面包。

"'我需要和你单独聊一聊。'

"切萨雷站了起来。'当然可以。那去我们的老地方吧，你看呢？'

"我们朝着大栎树走去，我在他后面落了几步。我曾希望他不要把我带到那儿去，我开始专心地回想贝恩说的话：切萨雷给我们讲的事情，没有一件是真的，一切都只不过是虚假的、束缚人的把戏。这个世界上只存在我们。我坐在褪了色的长凳上，看上去就像一块普通的木板。

"'你愿意我们先一起祷告吗？'

"我的头不受控制地点了点。他半闭着眼睛，用富有节奏的声音背诵了《圣经》中的第一百三十九首诗篇：'耶和华啊！你已经鉴察我，认识我。我坐下，我起来，你都晓得，你从远处知道我的意念。我行路，我躺卧，你都细察，你也深知我一切所行的。'

"诗里的话让我有种突然的顿悟。我没有做好准备，但还是尽量守住这份感觉。多年来，作为小农场里唯一一个对上帝所说的话无动于衷的人，我一直深感惭愧，并怀疑自己没法跟我的兄弟们一样深入地体会那些话，我经常坐在大栎树的树荫下向切萨雷吐露那种不确定感。他每次听完都给出一样的答复：没有人会祈祷，托马索，你的意愿就已经是你的祷告了。

"'是什么烦恼让你大清早这个点儿就到这里来了？'他终于问

我了。

"我喘了口气，然后跟他说：'我需要些钱。'

"切萨雷挺直肩膀，蹙起眉头。'这我可没想到。我承认，的确没想到。我想纳奇应该给你发了工资。是不够吗？需要的话我可以跟他说说。'

"'我要六十万里拉。'我说。我不知道为什么说出这个数额，其实一半就够了。但是忽然间我记起和切萨雷的最后一次谈话，那天就在这儿，他把我赶走了。

"他鼓了鼓腮帮子，顿了顿：'这个我的确没想到。'他又重复了一遍：'难道是你闯了什么祸？'

"'那是我的事儿。'

"这么多年来我从没敢用这样的语气跟他说过话，我甚至都不敢想。但切萨雷并没有因此而生气。

"'你们真是让人看不懂，你们这些孩子啊，'他说道，'对我来说真是个谜。难道是我们的贝恩惹了祸？好久都没看到他了。他越是长大，我就越弄不懂他。'

"如果当时他看着我的眼睛，肯定能读懂我心里所有的真相。所以我目不转睛地看着石头和草丛。我挑明了威胁他：'如果你不给我，我就把所有事情都告诉弗洛里亚娜。'藏在我们头顶树叶里的鸟儿发出啾啾声，打破了突如其来的沉默。

"'你要和弗洛里亚娜说什么，托马索？'切萨雷低声问道。

"'你知道我要说什么。'

"'不，我不知道。'

"我深吸了一口气：'说你在芦苇丛里偷窥贝恩和特蕾莎。'

"我没看他，又去看着石头和草丛。

"'我真为你感到难过，托马索。'

"'六十万里拉，星期五晚上我来拿。'

"我决定说完就立即起身，但腿上的肌肉不听使唤。我待在那儿，就像以前一样等着他说结束。

"'所以你是在威胁我。你已经变成这样子了。'

"'星期五晚上。'我又重复了一遍，终于站起身来。

"我头也不回地朝着我的阿达拉走去。摩托车的撑脚架特别死，我笨拙地抬起来，转了半圈重新回到羊肠小道上，直到这时我才从反光镜里看了看切萨雷。他还在那儿，在高大的栎树下，睁大了眼睛发呆。我觉得他就像贝恩说的那样，是个战败者。但是，在回去的路上，我越是加速逃离，风就越猛烈地拍在我的脸上，满是羞愧。

"当我回到海滨驿站的时候，外面正在下雨，大白天黑得像是晚上。进了宿舍我一眼就看到了科琳娜的杯子，那个塑料的瓶子底，放在我床铺中间。我拿了起来，一开始还没明白是怎么回事。杯子里闪着光的是酒窖的钥匙。

"我再次冲到外面。穿过宴会大厅，也顾不上鞋底踩在大理石上会留下脚印。在更衣室里我打开科琳娜的衣柜：空的。锐步牌运动包不见了，制服不见了，她存的糖果也不见了。我未经许可便进了纳奇的办公室。他抬起头疑惑地看着我：'好像有人出门没带伞啊。'他玩笑着说。

"'科琳娜在哪儿?'

"纳奇做了个轻蔑的手势。'走了。'

"'走了是什么意思?'

"'她是个瘾君子,我记得警告过你。像她这样的人是没有希望的,他们从来都不会变。'

"淋湿的 T 恤贴在背上,我不禁打了个冷颤。纳奇叹了口气。

"'她想从酒吧的收款机拿点儿钱。今天我还说,谁知道她干过多少次了。不过只有昨天缺的钱多到让人没法不怀疑。'

"'她跟你说的?'

"纳奇又一脸困惑地看着我。

"'听说过瘾君子会认罪吗? 不过我问她的时候她也没否认。我跟她说要么还钱要么就立刻走人。显然她选择了离开。'

"'科琳娜不做那种事了。'我用微弱的声音说着。

"而纳奇又开始查看他之前在看的文件。

"'至于她还会不会干跟我也没关系了,'他看了看手腕上的表,'两个小时了。当初雇她是看在她爸爸的情面上。跟你的情况有点像。'他耸了耸肩,好像觉得这样的巧合很有趣。'现在你去把自己擦干。我们不能把那么多马缨丹移栽到这种土里,这可不行。既然你身上都已经湿了,不如去把灭蚊药在草地上洒一遍吧。那些该死的蚊子有水就会产卵。'

"暴风雨停了,但又继续席卷远方。穿透云层的第一道阳光总是那么刺眼。罐子上的肩带弄伤了我的肩膀,里面的灭蚊药晃来晃去,让我一下子失去平衡。灌木丛、花丛和草丛里到处都洒了药。我甚至没想到我正在进行一场小屠杀。我面前出现了切萨雷的脸，他一遍又一遍地问我：你现在都变成这样了吗？

"晚上我躺在床上，把科琳娜的告别礼物放在嘴边，用嘴唇蹭着杯子的边缘。在这满是雨水和过错的一天快结束的时候，我发现自己开始想念她。

"在随后的一个星期里，不用上班的时候，我就躺在床上看着窗口杏树枝上的红点儿。我寻思着切萨雷这会儿是否在做祷告，祈求指引，也在想我是否真的能做到把威胁要说的话告诉弗洛里亚娜。我要怎么说呢？如果计划失败了，我内心盘算着，我还是会去纳奇那儿偷钱，然后我就会被关进监狱，像我爸一样。我乐于陷入自己那些英雄主义的幻想，然后我又觉得恶心了。

"周五我去了小农场，奇怪的是内心非常轻松。我把阿达拉停在围栏那儿，然后走了进去。梨树上的梨已经变黄了。已是黄昏，多年以来，我一直以为自己在黄昏时分不可能在这片长方形土地以外的任何地方生活。

"我敲了敲门，切萨雷请我进去。我还以为会看到他一个人在里面，但这一次弗洛里亚娜还是跟他一起坐在桌边。他让我坐下，给我倒了点酒，但我没要。弗洛里亚娜一声不吭，连招呼都没跟我打。

"'那么你是回来拿钱的吧。'切萨雷说。他看我没回答，继续说：'难道不是吗？'

"'为什么我们不出去呢？'

"但他没回答我的问题。'我没法儿给你那些钱，托马索。我很抱歉。我跟弗洛里亚娜聊过，我把事情都告诉她了。你知道吗？我得感谢你。要不是你想要代劳，我也不会有勇气说出来，还要长久地背负着这个包袱。羞耻让我们每个人都变得更糟。'

"'你就是个贪心的小杂种！'弗洛里亚娜忍不住骂道。

"切萨雷拍了拍她的胳膊让她冷静。她闭上眼睛，低声念了句什么以赎救刚刚蹦出的脏话。然后她说：'现在你也有一个可以赎救的机会，托马索。告诉我们发生了什么，或许我们能帮帮你。'但我一点儿都不想待在这儿了。我跑出房间，然后穿过院子，来到小路上。我骑上阿达拉离开了。

"到了斯卡罗，我毫无戒心地进入塔楼。在藏身处，我发现贝恩和维拉丽贝拉睡着了。他们一直这样打发时间，一直待在下面让他们觉得很累。电灯亮着，可能是尼科拉想办法换了新电池。我猛地拉开贝恩那脏兮兮的 T 恤。他费劲儿地睁开双眼。

"'托米。'他叫了声。

"'他不会给我们钱了。'

"他的嘴唇干裂，呼出发臭的气息。我摸了摸他的额头。'你发烧了，贝恩。'

"'没事儿。拉我起来。今天我的背不太听使唤。'

维拉丽贝拉侧躺在垫子上继续睡着。

"'你有零钱来两瓶啤酒么？'贝恩问我，'我想来点儿。我还想出去待会儿。'

"但在我们决定要不要出去之前又在塔楼里待了一会儿，我们可能低声说了些什么，也可能什么也没说。可以肯定的是我们只待了一会儿，最后，在我拉着他发烧滚烫的身体帮他站起来时，切萨雷出现在屋里。仿佛黑暗造就了他的身影。

"'贝恩。'他喊了声。

"贝恩想推开我，但差点儿摔倒在地上。

"我扶住他。'你为什么把他带过来？'他用满是悲伤的声音问我。

"'我没带他来。'

"'让我帮帮你，贝恩，'切萨雷说着向我们走近了一步。他搂着我兄弟的腰，贝恩放弃了抵抗，让他搂紧自己，我想他已经昏过去了。

"'请你原谅我。'切萨雷在他耳边低声说道。

"一定是约安藏在某个地方，在我慌忙离开的时候他跟着我来到了这里。一到斯卡罗，他就通知了切萨雷。现在切萨雷就在这儿，而贝恩伏在他胸前抽泣。

"我们已经没必要解释维拉丽贝拉的存在了，那会儿她已经醒了。切萨雷什么也没问，只是说了句：'你们都跟我走吧，我会照顾你们。'他弯下腰抚摸着她惊慌的面孔说：'还有你。来吧。'

"于是我们都乖乖地跟着他，先爬上第一段楼梯，又爬了第二段。他一手扶着贝恩，一手扶着维拉丽贝拉从荨麻丛中穿过。在离开这里之前，我把我们筹的钱放进口袋里。

"我们从斯卡罗的男孩儿女孩儿中间穿过，有人跟我们打了招呼。我们上了福特车，切萨雷一路沉默地开到小农场。也不是，他只说了一句话，转向维拉丽贝拉说了句：'你会喜欢上我们要去

的地方的。'

"那会儿我想：他已经知道了。

"这个计划好像比我想的还要大，尼科拉和弗洛里亚娜一起在农场等着我们。到这会儿我才想到也有可能是尼科拉告诉切萨雷去哪儿找我们的。真是怪了，我竟从没想到他。如果切萨雷从谁那儿知道了真相，那个人应该就是尼科拉。至少他在藤架下面给我丢了个意味深长的眼神，那个眼神我记得很清楚。

"弗洛里亚娜给斯佩齐亚的医生打了电话，请他来给维拉丽贝拉看一看，请他立即过来。

"贝恩、尼科拉和我从家里走了出来，把维拉丽贝拉留给他们照顾。我们一直走到橄榄树林的中央，尼科拉爆发出来的怒气一股脑地针对我。

"'你都跟他说了什么？你这个混蛋脑子里都在想什么？'

"'他什么都没说，'贝恩替我回答，'至于维拉丽贝拉的事儿，他应该是自己搞明白的。'

"'你们得放过我，朋友们。我求你们了，放过我吧。你们想要什么，我都给你们。'

"尼科拉苦苦哀求我们。恐惧让他的脸都扭曲了。

"贝恩让他安静，语调非常坚定，于是他不吱声了。

"然后贝恩继续说道：'我们得决定谁是孩子的爸爸。医生来了肯定要问。切萨雷和弗洛里亚娜也会问。'

"'不是我。'尼科拉抽泣着说。

"贝恩四处细看了看，在寻找什么东西。'来，咱们这么办，'

他说，'我们每个人找块石头，就像这样的。然后朝着那些树扔过去。谁扔得最近谁就承认自己是孩子的爸爸。'

"'你是彻底疯了吧！'尼科拉抗议道。

"'如果你有更好的建议我可以听你的。没有吧？我想就没有。那我们找石头吧，差不多大的石头，就像这样的。'

"我找到了我的石头，用大拇指把上面的土擦了擦。'那如果搞错了呢？如果孩子的爸爸不是那个输掉的人呢？'

"'真相已死。'贝恩面无表情地回答我说，'它只是单词表上的字母，一个单词，一份我可以使用的材料。'

"'那如果维拉丽贝拉不同意呢？'

"'她已经同意了。但我们得发个誓。'

"'什么誓？'

"'一旦结果确定了，我们几个谁都不可以再提这件事儿，不可以再提塔楼的事儿。不跟别人说，我们之间也不要说。永远都不说。'

"'行。'我应道。

"'你们得说：誓死不说。'

"'誓死不说。'尼科拉发誓。

"'誓死不说。'我也发誓。

"'尼科拉，从你开始吧。'

"他呼出肺里的气，又深吸一口，然后弓起背把石头扔了出去，扔得很高很远，石头落在了第三排或第四排的树那边。我勉强能看到个点儿。那块石头反弹了一小下，然后就消失不见了。

"'现在到你了，托马索。不，你拿这个吧。'他递给我一块不一样的石头，这块石头更光滑。

"'如果你帮他，那就没意义了。'尼科拉提出抗议，但又立马不吱声了。他很清楚我不可能扔得和他一样远。当看到石头只落在二十几米远的地方，我想问这次扔的能不能不算。我一向不擅长这种比赛。但我一直听从贝恩的决定。就在那个下午，在桑树下，我第一次感觉到想反抗他。

"到现在我也不知道他是不是故意这么做的。不知道他是不是因为背疼和发烧，或者说那纯粹只是个失误。我不知道。但我们发过的誓言让我不能问他，所以后来的日子里我都没问。

"贝恩把手举到头顶，似乎钉在了那个位置，然后他松手扔出石头。石头只落在离得最近的橄榄树那儿。我们三个人都默不作声了。我们看着那个石头的落点，就像很久以前我们看着插进野兔墓穴的木制十字架。

"然后贝恩说：'我猜就是我。'

"我们回到农场，贝恩走近维拉丽贝拉，她正盯着面前的空盘子。他把一只手放在她肩上，她并没有反抗，但这个举动足以让弗洛里亚娜和切萨雷明白发生了什么，他们也很清楚结果是什么，我们中是谁该承担这个错误。

"切萨雷给贝恩拿了张椅子，放在维拉丽贝拉身边。随后开始做我们谁都没想到的事情。他出去了，过了一会儿拿了个盆回来，我们以前就用这个盆盛着甜瓜放在阴凉处。他在洗脸池那儿接满了水，放在贝恩和维拉丽贝拉面前的地上。他脱去他们的运动鞋、袜子，然后把他们的光脚放到水里。

"'您要做什么？您看多臭啊！'她笑道，但看切萨雷一脸严肃便马上不吱声了。

"切萨雷挨个地擦洗他们的脚，直到都洗干净了。他们的四只脚干干净净地靠在一起，就像一对新人的脚。维拉丽贝拉用脚晃了晃盆，盆里的水溅了点出来。我们都笑了起来。紧张感消散了，就像脏东西溶解在水里。但还需要有人帮我们做决定。

"然后切萨雷用布擦干他们的脚。他跪在地上太久了，得抓着桌面才能站起来。

"'我知道你们脑子里在想什么，'他说，'不过是恐惧让你们产生了那些念头。现在你们要打消那些念头。这个孩子将会出生。你们都像这样握紧双手，和我一起祷告吧。'

"医生半小时后到了。他在房间里给维拉丽贝拉诊断，说她营养不良。他让她好好休息，还开了一些药。第二天切萨雷和贝恩要带她去专家那儿做B超。我和尼科拉还待在小农场，待在厨房里，但我们已经像是两个旁观者了。

"过不了几个小时，我就得回萨拉切尼海滨驿站的草地去剪草，所以我走了。从阿达拉的反光镜里我看到农场变得越来越小，逐渐变成了个小点儿，然后就消失了。"

托马索的声音里充满了疲倦，又或许是充满了回忆。

在那个漫漫长夜里，他讲着，我听着，他占了双人床一半的空间，而我坐的椅子让我觉得越来越不舒服，在他讲述的时候我

148

们没有几次目光交错。我们都喜欢盯着床罩的一角，盯着衣柜里露在外面的衣服，盯着美狄亚湿漉漉的鼻子。但是现在我无法把目光从他身上移开，不停地想他是如何把一切隐藏在这张苍白的面孔之下，而且藏了这么长时间。还有贝恩，他又是怎么做到的呢？但这些话都卡在喉咙里。我把他杯子里最后一口水喝了下去，想象贝恩和维拉丽贝拉的双脚靠在一起放在盆里，想象他默认了自己是孩子的父亲，他们俩的孩子。然后还想象贝恩和维拉丽贝拉在塔楼里，想象切萨雷在橄榄树之间，想象那些狂欢。

狂欢。

"后面发生的事情都是尼科拉告诉我的，在电话里说的，"托马索继续说道，"有个服务生过来叫我去接电话，当时我正在摘四季豆。"

他叹了口气："很可能维拉丽贝拉听说十几片夹竹桃叶子是个合适的剂量，足以导致孩子流产，但不会让她死掉。尼科拉跟我说她在喝泡了夹竹桃叶的水之前，还加了点糖。喝完她就出去了，一直走到芦苇丛。好几个小时后才被找到，是约安发现的。急救车来的时候她还有呼吸，到医院的时候也还有呼吸，但是晚上就去世了。贝恩知道后就逃回了塔楼，但切萨雷和弗洛里亚娜没再去找他。

"几个星期后你来了。尼科拉把你带到斯卡罗的那晚，我一直和贝恩在一起。我们待在塔楼附近最暗的地方。你一直背对着我们，但有一瞬间你转过身来。你好像朝我们所在的方向看过来，就是我们俩待的地方。我记得当时我还在想：难道她闻到了空气里我们的气息？那时候，只要我们摇摇手，你就能发现我们。事实上，贝恩朝着亮处向前走了一步，但我拉住了他。发生的不幸还不够多吗？后来你又转回去看尼科拉了。

"秋天的时候切萨雷和弗洛里亚娜也离开了农场。他们离开的时候只装满了福特车的后备厢，其他东西都原封不动地留在那里。甚至连小路的铁栏杆都没拴上。好像维拉丽贝拉的死对那片土地施加了永远的诅咒，好像切萨雷做的所有祷告都不足以洗涤那份罪过。至于约安，我不知道最后他怎么样了。"

托马索沉默了几秒钟，似乎是要给我片刻时间来深入地吸收他所讲述的事情。

接着他又说："她用一根绳子把自己的手腕绑了起来。就是我和贝恩那次用来拖棕榈树干的绳子。这样她就无法在堕胎完成之前本能地跑去求救。我不知道她从哪儿学的那种打结方式，并不是大家常用的方法。她吐了自己一身，就那么绑着自己。她好像在喝下泡了夹竹桃叶的水后就立刻开始抽搐了，但是毒素几个小时后才到达心脏。心跳逐渐减慢，几乎停止，然后又再次狂跳起来。尼科拉是这样转述给我听的，原话是约安告诉他的，说维拉丽贝拉的身体太轻了，他毫不费力就抱起了她。他抱着她跑回了家，把她轻轻地放在摇椅上。当弗洛里亚娜扒开她眼皮的时候，发现她已经翻白眼了。贝恩就在那儿，看着，独自一人，带着他的利己主义。"

托马索从床头柜上拿起那本施蒂纳的书。翻开来。

"我前不久才读了这本书。无聊透了。又无聊又混乱。也许是我不够聪明，看不懂吧。但是我在书里找到了我们在橄榄树林里扔石头时贝恩说的那句话。"

他翻着书，找到了那句话。

"'真相已死，它只是单词表上的字母，一个单词，一份我可以使用的材料。'这就是贝恩说的那句话，但是你听听它最后说的是什么：'真相是一种材料，就像草也有好坏：但它是好还是坏，由我来决定。'草也有好有坏。这难道不像是某种征兆吗？这让我震惊。"

"这只是很普通的一句话。"我艰难地开口，连说话都费力。

"是啊，你肯定是对的。"

他把书放回到床头柜上，又盯着它看了一会儿。

"我们三个都还守着曾经发过的誓言。关于维拉丽贝拉我们再也没有提起，不仅没跟别人说过，我们之间也再没说过。至少在今天晚上之前都没说过。"

第二部分

驻扎地

三

　　奶奶过世那年我二十三岁。在那之前，应该是在我不再回斯佩齐亚过暑假的第四年夏天结束的时候，我又见到了奶奶，也就见了那么一次：她来都灵做喉部检查，也可能是耳朵的检查。她在宾馆住了两晚，不过有天晚上来我家吃晚饭，她和妈妈尽量热情地聊着天，但并没有什么实质性的东西。走的时候，她问我是否喜欢爸爸捎给我的书。可我几乎都不记得那本书了，但为了不惹她生气，我说记得。

　　"那我会再给你寄几本读读。"她对我承诺，不过她后来肯定也忘了这回事。

　　没人知道奶奶在什么时候养成了早晨去海边的习惯，父亲也被蒙在鼓里。

　　"二月！二月份去海边游泳！"他怒气冲天，"你知道二月份的海水有多冷吗？"

　　母亲扯了扯他外套的袖子。当时父亲正在发抖，那样子让人害怕。

一位渔夫看到一具尸体不断地被拍打在吉内普里湾的礁石上。我知道那个小海湾，整个下午我眼前都是奶奶的尸体狠狠撞在礁石上的样子。人们捞起她的时候，她已经被海水泡了好几个小时，脸上和手指的皮肤变得皱皱巴巴，双膝被海底的小鱼啄得面目全非。

父亲决定当天就赶回去。车上没人说话，我在后座睡着了。当我们回到斯佩齐亚时已是第二天黎明，整个村子都笼罩着一层雾气。

我昏昏沉沉地在别墅的院子里闲逛，嘴里散发着一股恶臭味儿。我走近被布遮住的游泳池，池子中间留下一圈闪着光的水垢痕迹。泳池边上围了一圈浸了水的垫子，我踩了踩其中的一只。每样东西都有股被抛弃的味道。

我走来走去，就这样到了晚饭时间。我还能认出奶奶的一些学生，如今他们有些已经长大成人，而另一些则由母亲领着。他们谈论着奶奶，称她为"老师"，他们轮流坐在奶奶以前常常坐的长沙发上，转身向我父亲低声吊唁。

窗开着，一阵狂风夹着冷空气吹进屋里。棺材敞着放在屋子中央，我并没有靠近，对我而言，只看着刚好露出来的那双脚就够了。罗莎给来客端上烈酒和丰盛的甜点，科西莫靠墙站着，他合着双手，看起来备受打击，妈妈在和他小声交谈。

突然，妈妈扔下科西莫朝我走了过来。

"过来。"说着她用一只手臂搂过我。

她把我带进我的房间，房间里什么都没了。去年夏天过后，房间里就空无一物了。

"你知道这儿有份遗书吗？"

"什么遗书？"

"别对我说谎，特蕾莎。想都别想。我知道你们之间有个特殊的协议，你和她。"

"可是我从没给她打过电话。"

"这座房子，她留给了你。还有所有的家具和那片地。还有门廊，里面住着的科西莫和他那个让人受不了的妻子。"

我并没有立马明白她说的一切，那份遗产，科西莫，还有那些家具。我只是为那张重新定做的床感到吃惊，突然有些感动。

"好好听我说，特蕾莎。你快把这个房子卖了，别听你爸的话。这只是栋老房子而已，四处渗水，科西莫已经准备买下它了，你别管，让我来处理这事吧。"

第二天就是出殡的日子。斯佩齐亚的教堂太小，容纳不下所有的人，人们都聚在门口，光透不进来。在葬礼尾声，本堂神甫走近我们的桌子，他紧紧握住我的手。

"你就是特蕾莎吧。你的奶奶经常说起你。"

"真的吗？"

"你很吃惊吗？"他笑着问道，接着摸了摸我。

我们一直将棺木送到公共墓地。在爷爷的墓旁已经挖好了一个新的墓穴，周围还有几位先祖的墓，不过对于他们，我一无所知。当掘墓人开始用锹刀整理墓穴，棺木被升降机抬起的时候，爸爸又在一旁啜泣起来。我转过头，移开了目光，就在这时，我看到了他。

他站在一旁，藏在一根柱子后面。看到他的穿着我有些吃惊，明显感觉到我们长大了。他穿了一件深色的外套，里面，可以看到领口处有领带打的结。贝恩。和我的目光相遇时，他用食指摸了摸眉毛，我不明白那个动作是出于尴尬，还是在表达什么我无法破译的密语。接着，他迅速转身走向教堂边上的小礼拜堂，消失在那里。当我再回过头来，棺材已经吱吱扭扭地被推入墓室。我头脑里一片混乱，心不在焉，甚至都没再去想奶奶，一刻也没有。

人群逐渐散开，我小声跟妈妈说我得晚点回家，我想去和几个人打个招呼。我在墓地里徘徊，走得很慢。当我回到门口时，他们都走了。于是我又回到墓地，只有掘墓人还在那里，他正在给大理石板密封。我朝教堂里看了看，贝恩不在。一股无法抑制的焦躁涌上心头。

我几乎是跑着回到乡下的。我并没有回到奶奶的别墅，而是朝小农场的方向赶去。门口的栅栏敞开着。沿着小道一路跑来的感觉仿佛将我的身体拖入童年的回忆，那一直存在于我的内心、等待着我的记忆。我还认得一切，每棵树，每块石头上的每个裂缝。

我看到贝恩和其他人一起坐在藤架下。在最后一刻，我还是犹豫了，贝恩虽然看到了我，却没有鼓励我走过去。但没过多久，我还是和他们坐在了一起。贝恩、托马索、科琳娜、丹科还有茱莉亚娜：我和他们一起度过了生命中接下来的几年，那绝对一段最美好的日子，但同时也是苦难降临前的序曲，只是当时我一无所知。

贝恩用平淡的口吻介绍了我，说我是老师的孙女，住在都灵，有段时间常常回这里来过暑假。除此之外，他什么也没说。他的每句话都让我觉得我们似乎从未亲密过，他和我。但他起身给我拿了把椅子。托马索小声哀悼着奶奶，并没有看我的眼睛。一顶羊毛帽盖住了他浅色的头发，他的脸颊因寒冷而变得通红，看着他紧张地抖腿，我一直有种感觉，他并不希望我在那里。

桌子上摆着几罐啤酒，茱莉亚娜从塑料袋里倒了些开心果，分到每个人手里。

"我知道小农场正在出售，"为了打破沉默我说了句话，"但你们并没有买下它。"

"买？是你告诉她的吗，贝恩？"丹科问道。

"我没和她说任何事。"

"很抱歉让你失望了，特蕾莎。我们并没能买下，我们都没钱。"

"科琳娜应该有钱，"茱莉亚娜反驳道，"她只要给她爸爸打个电话就能搞定，不是吗？"

科琳娜朝她竖起了中指。

"所以是你们租的？"

这次他们都高兴地大笑起来。只有托马索还一脸严肃。

"看来你在私有权这方面还真是循规蹈矩啊。"丹科说道。

贝恩匆匆地瞥了我一眼。他陷进椅子里，双手插在外套口袋里。

"我想我们现在可以说是非法侵占吧，"他有点吃力地解释着，"虽然切萨雷可能已经知道我们在这儿。可他现在对这个地方一点兴趣也没有了。他如今住在莫诺波利市。"

"我们是非法占有，所以这里没有供电，"科琳娜说道，"这才是最烦人的。"

"我们有发电机。"丹科反驳道。

"发电机每天就开一个小时！"

"梭罗还住在一座结了冰的湖边，那里也没通电，"他接着说，"至少这儿的温度从未低于十度。"

"真遗憾梭罗没有我这样长及屁股的头发。"

科琳娜起身走向托马索，他带着椅子往后退了退，让她坐在自己腿上。"我现在快要冻僵了。使劲儿地搓搓我，"科琳娜蜷缩在他怀里对他说，"不要像只该死的小猫，我说了要使劲儿！"

茱莉亚娜从毛衣上摘下了什么东西，说道："其实只需要拿一根长电线接到国家电力公司的电缆上就行了。"

"对此我们已经讨论过了，"丹科回答，"我记得我们也投票表决过，但如果他们发现我们动了电，会赶我们走的。而且过不了多久他们就会发现。"

科琳娜冷冷地看了看他说："你能别再往地上扔果壳了吗？"

"它们是可——降——解——物，"带着一丝挑衅的微笑，丹科又朝背后扔了一个果壳。

茱莉亚娜似乎在盯着我，但我不敢转头看她。我慢慢地把啤酒瓶拿到嘴边，试图克服这种心虚的感觉。

"说了这么多，你在都灵做什么呢?"她问道。

"学习。上大学。"

"学什么?"

"自然科学。我想成为一名海洋生物学家。"

丹科轻笑起来。科琳娜抽出插在衬衣口袋里的手，朝他胸口打了一下。

"特蕾莎前世就生活在水下。"托马索低声说道。

科琳娜翻了个白眼："噢，不! 别再玩前世、上辈子那种愚蠢的游戏了。"

"你也喜欢马吗?"丹科问道，他又恢复了严肃。

"我对所有的动物都感兴趣。"

我注意到他们的眼神交流，但谁也没有说话。随后丹科说："很好。"就好像我刚刚通过了一场测试。

大家沉默地喝着酒，几分钟过去了，科琳娜挠着托马索的耳背折磨他，我问："尼科拉呢?"

贝恩喝了口啤酒，把酒瓶重重地放到桌子上："他在巴里过着好日子。"

"现在他应该已经毕业了。"

"他离开学校了，"他越说越沮丧，"他自己愿意去当警卫。看起来，这也更好地反映出他的性格。"

"什么警卫？"

"是警察，"茱莉亚娜抢着说道，"你们在都灵都怎么称呼警卫？"

托马索说："已经两年了。"

"左！右！左！"丹科一边说着，一边僵硬地甩着胳膊，"举起警棍！像野人一样攻击！"

"我不相信警察会这么干。"科琳娜说道。

"警棍他们肯定是有的。"

茱莉亚娜点了一根烟，把烟盒丢到桌子上。

"又抽一根？"丹科恼怒地问道。

"才第二根而已。"

"好吧。也就才又一个十年花在这些合成渣滓上。"他接着说。

茱莉亚娜长长地吸了口气，故意朝他吐了个烟圈。丹科无动于衷地看了她一眼。

接着丹科对我说："你知道一支香烟降解要多久吗？差不多十年。问题在于过滤嘴。就算你像茱莉亚娜那样最后把它弄碎，也改变不了什么。"

我请她给我一支烟。

"小农场规则第一条，"她说着将烟盒推到桌子中央，"在这儿你永远不必征得同意。"

"忘记私有权的概念。"丹科补充道。

"如果你做得到的话。"茱莉亚娜结束了这个话题。

科琳娜说："我饿了。我跟你们说，我可不想午饭接着吃开心果。今天轮到你了，丹科，动起来。"

他们又开始自顾自地聊天，似乎忘记了我的存在。我朝贝恩挪了挪，低声问他是否愿意送我回家。他想了一会儿，站起身。我们离开的时候，谁都没有注意到。

就这样，我们又一起走上了孩提时走过的那条小路。冬日的乡下不同以往，显得更忧郁了些，我有些不习惯。相反，八月的红土地尘土飞扬，充满了生命力，被一片片茂盛而鲜亮的草地覆盖着。贝恩一句话也不说，所以我开了个头："这套衣服很适合你。"

"衣服是丹科的。可是你瞧，有点太大了吧?"

他翻了翻袖口，袖边被安全别针往里别了一截，好让袖子看起来短一些。我笑了。

"你为什么不在葬礼结束后等等我?"

"最好别让那些人看到我。"

"谁?"

他没有回答，而是一直盯着地面。

"当时人太多了，"我说道，"我真想象不到。奶奶一直都是独自生活的。"

"她是个慷慨的人。"

"你怎么知道?"

贝恩竖起衣领，又放下来。就好像穿着那件外套会吸走他很多能量似的。

"有段时间她会辅导我学习。"

"我奶奶吗?"

他点点头,继续沿着小路走了下去。

"我不明白。"

"当时我想考上四年级,但最终我放弃了。"

贝恩叹了口气,加快了步子。"我不再上课,而是在乡下农场给科西莫帮忙。"

"你住在哪儿?"

"住这儿。"

"这儿?"

我感到一阵头晕目眩,但贝恩并未发觉。

"得知切萨雷和弗洛里亚娜离开后,我就决定回来了。我在斯卡罗的塔里住了一年。我带你去过一次。"

他就住在那儿,在小农场里,我一直都是这么想的,的确也是这样,和维拉丽贝拉还有他们的孩子一起。我应该是想到了诸如此类的事,当然也在问自己,他们这会儿在哪里——"贝恩似乎闯祸了……"——但我不能说出来。

"我并不知道这一切,"相反,我低声说着,"奶奶从没跟我提起过。"

贝恩看了我一会儿说:"真的吗?"

我点点头。感觉有些虚弱。

"很奇怪。我以前一直以为她跟你说了。我一直认为你没兴趣再来了。"

停顿了一会，他接着说道："或许这样更好些，对你来说更好些。"

"她为什么没告诉我，该死！"

"冷静点。"

我冷静不下来，我感到一阵歇斯底里，我一直重复着为什么为什么为什么，直到贝恩抓住我的肩膀。

"冷静点，特蕾莎。来，坐一会儿。"

我靠在一堵风干的墙上，艰难地呼吸着。贝恩耐心地在我身边等着我。然后他弯下腰，摘下一片叶子，在双手之间揉搓，贝恩把叶子搓成了泥，拿到我鼻子附近。"闻闻。"

我吸了一大口，但我闻到的并不是植物的气味，而是他肌肤的味道。

"这是锦葵，"他又嗅了嗅说道，"有助于放松神经。"

我们坐在墙上，看了看那片碧绿而寂静的乡村。我平静下来，但伴着这种安静，一股强烈的困意向我袭来，还夹着一丝遗憾。

"那时她已经去游泳了吗？"我问道。

"我有时会陪她去。我在沙滩上坐着。她会一直游到深海区，我只能看到她露出的脊背和红色的泳帽。当她回到岸边时，我张开毛巾等着她，而她则会说，你不知道自己错过了什么。她总是这样说。"

突然间，我渴望能一直这样看着他，碰触他，我被内心萌生的这种欲望吓了一跳。我把手臂伸到他的手臂下，靠在他怀里。

"你压到我了。"他说。

我猛地把手缩回夹克。我有什么资格那样粘着他不放呢？

"我没说停下来。只是想说别抓那么紧。"

我还是把手放进了口袋，起身重新开始往前走，而且比刚才走得更快了，就像是要逃离那个通向软弱的入口。我们眼前的景色突然变了样。我们来到一片广阔的树林边，那些树比橄榄树还要低矮，没有叶子，白色的花朵在树枝上绽放。

"就是这儿。"贝恩说道，仿佛他一开始的目的就是把我带到这儿。

"这是什么？"

"扁桃仁树。我想你从没见过吧。今年它们很早就开花了。而如今寒冷可能会毁掉一切。"

我们走进果园，高跟鞋的后根陷入柔软的土壤中。

"如果你想要，我摘一朵给你。"

"没关系。在这儿看看就好。"

"你还记得当年你在一堆扁桃仁里留给我的那个随身听吗？在塔楼的日子里，我时常感觉自己很孤独，每当这时我便会听你的随身听，我总是从头听到尾，直到它没电。"

"那些音乐糟透了。"

贝恩看着我，好像有些不可思议："那些音乐棒极了。"

几分钟之后，我们突然就站在了别墅的栅栏前。我有些辨不清方向，也许是刚才太兴奋了吧，也许是因为刚刚发现的一切，或者仅仅是因为那个让我的内心躁动的地方。

"你什么时候回去？"

"今天。一会儿就走。"

他点点头。我觉得高速路也就一千公里吧。在都灵有太多东西等待着我：大学的课程，考试季，其他课程，还有亟待选题的论文。一切都将一如既往。就在这时，贝恩抬起了头，他轻眯着眼睛，那感觉和我还是个小女孩的时候看到的他一模一样，我第一次遇到他的时候，我们分别站在大门的两边。是我，我几乎可以肯定，是我探身过去亲吻了他的嘴唇。

"为什么？"在顺从地接受了我的吻之后，他坦诚地问道。他脸上挂着一抹忧郁的笑容，这让我更难过了。为什么？因为从我去农场找他而他不在的那天起，我便不想要任何其他东西了，仿佛自那以后一切都停止了。有时候，我也许已经忘记了这种欲望，但并不意味着它不存在了，它依然鲜活，原封不动。

但我并不承认，而是说：

"你有孩子吗，贝恩？"

他朝后趔趄了一小步。侧过身子。

"不，我没有孩子。"

"是那个女孩吗？"

我没有力气说出她的名字。

"没有任何女孩，特蕾莎。"

我相信了他。我身体里的每个细胞都想相信他。我们再也没说起过那件事。

"你去哪儿了？"进家门的时候妈妈问我，"你爸爸想立刻出发，离开这里。可怜的人，他都没能睡一会。我来开车吧。罗莎为我们准备了点面包，我们在车里吃。"

客厅里的一些东西不见了：银色相框、一只花瓶，还有象鼻形状的挂钟。门口放着一个打开的包，在里面我看到了闪着光的黄铜。母亲挡住了我的视线。

"检查一下你还有没有其他要拿的东西。"我又回房间往行李箱里装了几件衣服。从窗户里我瞧见父母和科西莫、罗莎一起站在院子里，车门敞开着。父亲抬头朝我的房间看过来，但他也许没能看到我。我感觉有些呼吸困难。于是我坐在床上，一旁放着已经锁好的行李箱，我就那样静静待了几分钟。在那极短的时间内，我做出了一个不算决定的决定。我轻飘飘地走下楼梯，双脚似乎都没碰到台阶。

"你的东西呢？"我母亲问道。

"在楼上。"

"没拿下来？你醒醒啊！"

"我要留在这里。"

父亲突然转过身，但还是母亲接着说："你在说些什么？行动起来！快！"

"我要留下。待几晚。罗莎和科西莫会招待我的，不是吗？"

守门人点了点头，有些不敢相信。

"你准备留在这干什么呢？能告诉我们吗？"母亲催促道，"科西莫已经把暖气都停了。"

"你也已经见到他了。"父亲接着说道。

他的语气里没有一丝愤怒，只是疲惫极了。奶奶去世后，他已经好些天没睡了。

"你们在说谁?"母亲坚持问道，"你快要把我逼疯了，特蕾莎。我警告你。"

但我已经没在听她说话了。她一点儿也不熟悉这个地方，她不懂，也永远不会懂。而我的父亲，他很了解。因为我们两个人对斯佩齐亚怀着同样的感伤。

"你见到他了吗?"

我不敢面对他的目光。

"上车，特蕾莎。"

"就待几晚。然后我会坐火车回都灵的。"

"我们现在就走!"

守门人看着我们。父亲一只手靠在门上。他的眼睑发紫。

"你知道的。"我几乎悄悄地说道。

他转向我。一瞬间他的眼睛瞪得更大了。

"你知道他在那儿，可是你从没跟我说过。"

"我什么也不知道。"他反驳道，语调里夹着一丝不安。

"你怎么知道的?"

"我们走吧，玛薇。"他对妈妈说道。

"你要把她留在这儿? 你疯了吗?"

"上车，我跟你说了。"

他急匆匆地握了握罗莎和科西莫的手，小声叮嘱了几句，接着坐到了驾驶位。

"我在家等你。最多两天。"

他发动车子，但好像突然又改变了主意。他在座位上挪了挪，从裤兜里掏出钱包，他拿出一沓钱，数也没数就递给了我。

没过几秒他们就离开了，只剩我和守门人留在院子里，我们四周的村子一片寂静。

最好等到明天，我对自己说，别马上回去，否则他会以为我是为了他留下的。但奶奶的房子里空无一物，我实在待不住了，只剩下焦躁，就这样，两个小时后，我又回到了小农场。

他们所有人都在外面，围在一个奇怪的东西四周，看起来像是一把倒放着的铝制伞。

"让我们来看看你能不能至少猜出这是什么。"丹科说道。又见到我时，他甚至都没表现出一丝惊讶。

"是个卫星天线。"我试着猜道。

"我已经告诉过你了！"科琳娜喊道，"不可能有天线。"

"再猜一次，加油！"丹科催促我。

"一口大锅?"

茱莉亚娜露出轻蔑的神态。

"是个小火炉。"托马索说道。

科琳娜变得不耐烦了："告诉她！"

"这是种进步，特蕾莎。一种创新与尊重环境相结合的产品。它是个太阳能聚光器。"

显而易见，夏天的时候如果在中间放一个鸡蛋，只需要太阳光就能把它烤熟。

"可惜现在是二月。"科琳娜说。

看着我不那么热烈的反应，她又取笑说："你看到了吗？对特蕾莎来说这就像是在胡说八道。丹科甚至问都没问我们，就拿公共资金买下了它。"

"我并不觉得是在胡说八道。"我不确定地回答说。

"或许我们可以直接把它退回去。"托马索建议道。

"你试试看。"丹科威胁他道。

贝恩正看着我，但眼神和早上不一样了，就好像他突然想起了什么。

"所以你留下了？"他低声问道。

丹科宣布到重新开始工作的时候了。他挥着双臂驱散我们。

"你要来菜园帮我吗？"贝恩问，我同意了，即使我并不知道他说的是什么。

"这里没有夹竹桃吗？"我们走出房子的时候，我问道。

"两年前的夏天我们让它们干死了，"他说，"它们需要的水实在太多了。切萨雷在这些事情上轻率得令人难以置信。他认为不杀死任何生命就足以拯救我们。"

"从什么中拯救我们？"

贝恩看了我许久。"如今我们的水资源几近枯竭。你知道从这里的自流井中抽水会发生什么吗？"很明显，我并不知道。"地下水会被抽空，并且会被海水填满。如果继续这样下去的话，这块地将会变成一片沙漠。我们需要做的是能源再生。"这个词他说得铿锵有力："能源再生"。

我突然想到，如果没有电，那么井也不能用了。每当祖母切断电流，水龙头里便什么都流不出来了。

我问他们是怎么做到的，他转过身来边走边认真地回答我。

"如果地上的水不能用，要从哪里才能取水呢？"说着他指了指天空。

"也就是说你们用的都是雨水？"

他点了点头。

"你们喝的水也是雨水吗？可那不会满是细菌吗？"

"我们用大麻纤维过滤。如果你想看的话，我晚点会展示给你。"

与此同时，我们已经来到桑树旁。我几乎认不出它了，因为它变得光秃秃的。周围长满了植被，乍一看似乎失控了：树苗、各种杂草、朝鲜蓟、南瓜、花椰菜。

"这儿更适合用手干活，"贝恩说着弯下腰，"我们得把这些东西都锄掉。"

他抓起一片腐烂的叶子，把它扔在身后。"我们得在这儿干一堆活，我一会儿回去把手推车拿来。"

"你们怎么把这儿弄成这样？"我在他身边跪着问道。我有点不情愿这样做，因为这是我唯一的牛仔裤。

"弄成什么？"

"菜园，一团糟。"

"你错了，其实每样东西都井然有序，设计这个菜园足足花了丹科几个月的时间。"

"你是想说，是你们选择把这些树和其他东西搞成这样的?"

"说话的时候别忘了捡着点树叶。"贝恩看着我的手说道。他深吸了一口气，接着说:"夏天的时候这棵桑树可以遮荫，我们修剪是为了让它最大程度地生长和伸展。这周围是用来固定氮的果树和豆科植物。"

"你说话的口气像个专家。"

他耸了耸肩:"这一切都归功于丹科。"

树叶底下的土地很暖和。现在裤子的膝盖部分已经脏了，我不妨放松些。每次我都会抱起更多的叶子，将它们扔进那堆落叶里。

贝恩说:"我们基本上已经可以自给自足了，很快我们就能把多的收成拿出去卖，你别看现在这里一片荒凉，到了夏天就会大丰收的。"

我慢慢重复了一遍:"丰收。"

"是的，丰收。有什么问题吗?"

"没有问题。我只是忘记了。"

"什么东西?"

"忘记你说过多少遍这种话了。"

他点了点头，但似乎还是没太明白我的意思。

我问:"为什么我们现在要抱走这些树叶?"不知道为什么，我就是很想笑。

"最好在春天之前把地面的覆盖物都清理掉。这样才能使热量传到大地。"

"我猜是丹科说的。"

我本想打趣他一下，他却很认真地回答我道："是的，就是丹科说的。"

我们沉默了半个小时。我发现贝恩还像小时候一样，根本就没有问过我分开这些年的生活。仿佛那些发生在远离他和这棵桑树树干之处的事情，对他而言根本就不存在，或者说无关紧要。但是这样也挺好。能待在他身边，在田野之中搜寻，呼吸着潮湿的空气，我就很满足了。

我在小农场一直待到黄昏，在那吃了晚饭，每时每刻都告诉自己我下一秒钟就离开。我们吃了科琳娜做的鸡蛋西葫芦馅饼，饭菜实在是太淡了，但是我不敢说出来，因为好像还挺合大家的胃口。我没有吃饱，但是菜已经没了，我只能继续吃面包，感觉茉莉亚娜一直数着我吃了几口。

一天中唯一一个小时的电在吃饭的时候用完了。我们走到壁炉旁，除了炉火发出的光以外，就只剩蜡烛可以用了，还有几支已经半截融在地板上。我们紧紧地靠在一起，身上盖着毯子，尽管这样还是觉得冷。即便如此我也没有想过离开，离开贝恩，离开大家，离开映照在所有人眼中的点点星火。

八点钟的时候丹科抖掉毯子，说到点儿了。大家都起身动了起来，几秒钟过后，就剩我自己还坐在那里了。丹科居高临下地看着我问道："你也和我们一起去吗？"

我还没来得及问是去哪里，茉莉亚娜就说吉普车上坐不下了。但是丹科就像没听到一样。

"特蕾莎，你来得正是时候，今天晚上有行动。"

"什么行动？"

"到车上再跟你解释吧，你得换上黑衣服。"

有一会儿大家昏昏沉沉，几乎都要睡着了，而现在却有一场冒险。

我更加困惑了，说道："我只有一套丧服，但是我放在别墅里了。"

茉莉亚娜说："只能穿着黑衣服去，特蕾莎，相信我，你最好待在这里。"

她抚摸着我的脸颊，但是丹科打断了她："茉莉，别说了。我们已经说过了。"

科琳娜抓住我的胳膊。"过来，我们楼上的柜子里有衣服。"

我们三个女孩子上楼去了，科琳娜在一堆皱巴巴的衣服里翻找着，那些衣服皱得就跟抹布一样，茉莉亚娜在脱衣服。

我问："这些衣服是谁的？"

"我们的。是我们大家的衣服。这些是女生的衣服。"

"你们衣服都是混着穿的吗？"

茉莉亚娜冷笑了一声："嗯，是的，就是混在一起穿。但你别担心，都是干净的。"

这时，科琳娜拿出了几条黑色紧身裤，她把衣服都丢给我让我试一下，接着又给了我一件和她穿的那件差不多的运动衫。

她一直盯着我看，就连我脱毛衣的时候也没挪开视线。

"你的胸真是丰满啊！茱莉，你看到没？你的胸要是有她的四分之一大，就不至于看起来像个男的了。"

我不敢说其实我并不喜欢那些紧身裤。我妈妈说我的身材穿不了紧身的衣服，而且我还很怕冷。

茱莉亚娜说："别再看了，反正我们也不是去走秀。"

我们三个女孩子和托马索坐在吉普车的后排，四个人挨在一起很挤。托马索紧盯着高速公路外的一片漆黑。

我问："我们要去哪里？"

丹科告诉我："去福贾。"

"但是到那儿最少得需要三个小时吧。"

丹科平静地说道："差不多三个小时。你最好先睡一会儿。"

但是我并不想睡觉。我接着问他们问题，终于丹科决定告诉我他们所谓的"行动"是什么。他讲得很小声，我不得不竖着耳朵听。他说在圣赛韦罗有个屠马场，全欧洲的马匹在经过长途跋涉之后，都被送到那里，一路上不吃不喝。那里宰杀马匹的方式也极其残忍。

丹科说："将马分尸之前，他们会先朝它的脖子开一枪。看上去是快速死亡的屠宰方法。但其他的马看着发生的一切，等待着自己的宿命，变得很不安。屠宰场的工人们用木棍抽打马匹，让它们静下来。特蕾莎，那就是我们要去的地方，是噩梦一般的地方。"

"那我们到了之后，要做些什么呢？"

丹科在后视镜里冲我笑了一下，说："去解救那些马啊。"

我们在后半夜到了屠马场。紧张使我毫无困意，我一直听着车里音响中一成不变的爵士乐。我不太确定跟他们到那里是不是明智的选择。

我们在一个有树木遮挡的地方下车，然后沿着田地的边缘往前走。借着点点月光，将将能够看清脚下的路，不至于摔倒。

我悄声问贝恩："他们能看见我们吗？"

"这样的事情从来没有发生过。"

"那如果发生了呢？"

"不会发生的。"

我们能够看到远处的屠宰场，灯塔照亮了前面的广场。

丹科指着那边说："他们就在那里。"

让人意想不到的是，贝恩把手放在了我的脖子上，对我说："你在发抖。"

栅栏门的锁头很轻易就打开了。我们沿着围墙往前走。隔着紧身裤薄薄的布料我能感觉到夜晚的湿气。有那么一瞬间，我似乎用在都灵的熟人的眼睛看到了我自己。我现在做的都是什么啊？但是在纠结中我也感到了无拘无束的喜悦。

我和茉莉亚娜被安排盯着屠宰场主人的房子。那里门窗紧闭。

只有我们两个待在一起的时候，她问我："所以，你和贝恩在一起过吗？"

我告诉她："是的。"尽管我自己也不确定我们算不算真的在一起过。

"你多长时间没见过他了?"

"很长时间了。"

我们听见他们手忙脚乱地用钳子撬锁的动静和骂人声,这把锁比栅栏门上的那把更结实,不容易打开。

"你和丹科在一起了吗?"

茱莉亚娜挑了挑眉说道:"偶尔吧。"

突然,我们听到咔嗒一声,接着又听到铁链掉落在地上的声音。我们快速转身,看到大门已经被打开了,警报器嗡嗡地响着。

房间里的灯一下子全亮了,一盏,两盏,三盏。贝恩和其他人都不见了。

"呆子,快跑啊。"茱莉亚娜拽着我的胳膊冲我喊道。

借着昏暗的灯光我跑进屠宰场。丹科、托马索和科琳娜打开了马圈的门,喊着让那些马逃跑,拍打着马背赶它们走。我如梦初醒,开始跟他们一起赶马,但是马儿们根本不动,它们只是甩了甩蹄子,警报器的声音使它们受到了惊吓。

科琳娜喊道:"他们要来了。"

然后托马索做了件大事。晚些时候,他在车上跟我们解释说:"我用钳子拧了一匹马。"每个人都很兴奋,在回去的途中,大家七嘴八舌地聊着。

马儿被拧了之后开始往门外跑,顿时一片混乱。其他的马也相继跟着出去的那匹马往外跑,彼此撞在一起。我躲在大圆柱后面以防被奔驰的马儿踩伤,直到贝恩来到我身边。谁知道他是从哪里冒出来的呢，从那团移动的鬃毛和马腿里出来的吧。

我们紧跟着前面的人跑了出去。广场上有一些人，但是他们还没决定是要拦我们还是拦那些马，这为我们争取了一些时间。我们穿过田野。我看到丹科和科琳娜跑在最前面。

因为有枪声响起，马儿受到了更大的惊吓，但一直在原地打转。它们在屠宰场门前四处逃窜，我们已经没有时间再把马匹往外赶了，只有某些人明白了这一点。

人们已经放弃追赶我们，他们中的一个人关上了栅栏门，另一个人在后面追着逃跑的马匹。我们欣赏了几秒钟那幅自由的画面。

托马索喊道："我们做到了！"我从来没有见过托马索这个样子。

返程途中，我们已经没有那么兴奋了，有些人已经睡着了，满头大汗地倚在旁边人的肩上，我把头靠在贝恩肩上，为了不把我吵醒，整个过程中他一动没动。

我梦见那些被放走的马匹结成一队，它们在光秃秃的树林里奔驰，扬起滚滚尘土，就像是驰骋在天空中一般。全是黑色的马，我不是仅仅看着它们，甚至不仅仅是它们中的一员，不止于此：我是它们全部。

早晨，我被贝恩轻抚我面颊的动作弄醒了。空气中还残留着夜的气息。我隐约记得昨晚我们一起在厨房喝酒，记得托马索和科琳娜离开的情景，接着是丹科和茉莉亚娜，也有可能是丹科和茱莉亚娜先离开的，记得我和贝恩独处的情景，我们情不自禁地上了楼，去了他的房间，然后倒在他冰冷的床上。

我清楚地记得后来发生的一切，记得他对我做过什么，也记得我对他做了什么，激情点燃了我们，如此强烈以至于我感到浑身酸痛。接着我们平静地进行了第二次，这一次冷静了许多。我们把芦苇丛中不可告人的姿势都重复了一遍，彼此身体的记忆是如此美妙。

现在，贝恩帮我把额前的头发整理好，他把我的刘海从中间分开，想把它弄成我们在一起的最后一个夏天里我留的那种发型。

他说："大家都下楼了。"

我刚刚睡醒。嘴巴里的味道使我感到尴尬，或许贝恩也闻到了。

"现在几点了?"

"七点，天才刚刚亮。"他一边把头发往耳后捋了捋一边微笑，就好像终于找到了自己想要的东西一般。他说道："洗漱的水是冷的，抱歉。我去给你烧些热水吧。"

我认真地盯着他看。和他这么近距离地待在一起让我感到心碎。

我说："我得走了。"

贝恩赤裸着从床上起身，站在窗前，他还是那么消瘦，瘦到让人担心。

"那你还等什么呢? 起来收拾啊。"

"你这样会生病的。快到床上来。"

"希望你喜欢昨天的消遣。"

我拾起散落在地板上的衣服，夹在胳膊下，离开了房间。

几分钟后，我听见了他和茉莉亚娜的说话声。我在床头柜上摸索着手机。为了省电我在下午的时候就关机了。这里的信号不好，但也能正常使用，我一打开手机就看到十多条消息，都是爸爸发的。一开始他只是简单地问我在哪里，然后变得越来越着急，最后终于发了火。在最后一条短信中，他只写了句我真是没有良心。

慌乱中我赶忙给他回短信解释道："对不起，我手机没电了，我要在这待到明天，我保证明天就回家。"我把短信发了出去，片刻之后，手机响了。

大家平静地重新接纳了我，就好像我一直住在那里一样。虽然壁炉已经点燃，但屋里比昨天晚上还冷。科琳娜递给我一杯咖啡。我认出那是弗洛里亚娜的餐具。

丹科说："太好了，特蕾莎终于来了，至少你可给我们当裁判。"

托马索抿紧嘴唇说："我可不信。"

托马索坚持今天的天气不适合种菊苣，因为现在是在新月。我试图向他说明根据月相决定农业种植是没有科学依据的。

托马索打断说："农民在下弦月的时候种植菊苣已经有一千多年了，一千多年了，你觉得你知道得更多？"

丹科很兴奋地站起来说道："好了，我知道。我就知道迟早要说到传统。遵照传统，就在十多年前，人们还把油倒在头上以消除罪恶呢。遵照传统，人们除了互相残杀什么都做不了。"

说完之后，他轮番看向我和托马索。

他对我说："我很高兴你笑了，如果这不是我们第十多次讨论这个话题的话，我也会笑出来的。"

托马索反驳道："如果喜欢的话，可以把它称为'实践'。"

"听我说，首先，你说的那些善良的农民没有一个是从物理学专业毕业的。"

科琳娜打断他说："你也还没毕业呢。"

"我只差写论文了。"

"我知道有些人就是写不出论文。"

丹科提高音量继续说："其次，我到现在还在期待你能给我一点科学的理由。所幸，现在特蕾莎来了，不是吗？或许在自然科学方面，他们教给了她一些我没学过的关于月亮的知识。"

我耸了耸肩。我喝着咖啡想，他不是真的需要一个答案，这只是他们想让我融入其中的小游戏而已。

他接着问我："所以呢？"

托马索紧紧盯着我看，仿佛在思索什么。

我说："如果我没有记错的话，老师说月光比太阳光更具穿透力，这更有利于植物生根发芽。但是我也记不太清了。"

托马索跳起来，指着丹科喊道："耶！"

丹科在椅子上挪动的样子就好像在抽搐。

丹科说道："更强的穿透力？穿透力是什么鬼？我真是掉进巫师的老窝了。继续这样下去的话，我们有一天要跳祈雨舞了。特蕾莎，我原本对你的到来抱有很大的希望的。我把你视为我最后的盟友。可你呢，你相信月亮那一套，相信穿透力。"

茉莉亚娜说道："看起来她确实对穿透力更感兴趣。"她的话一下子让气氛凝固了。

我尴尬得几乎昏过去，既不敢看贝恩，也不敢看其他人。她接着说道："怎么了？我连笑话都不能说了吗？"

吃完早饭之后，我们帮托马索在温室里种菊苣。先用手捏一个土球，然后再随便把它丢进花盆里，我觉得这种方法很奇怪也很费事。

贝恩认真地跟我解释："这样做是为了模拟风的作用。"他似乎不再生气，只是悲伤。

最后，托马索在裤腿上拍了拍手，说道："这些幼苗不会长大的，所以下回你们得听我的了。"

事实证明托马索的判断有误。那些菊苣长大了，他们准备把菊苣幼苗移栽到菜地里时，我还待在小农场，初夏菊苣开花的时候我也在小农场。在我和爸爸的最后一通电话里，他向我保证，如果我不回家他不会再跟我说一句话。

除了爸爸以外，我对从前的生活、对都灵，没有任何留恋，我没有跟妈妈解释过，也没有跟任何讯问我消失原因的人说起过。因为他们根本不理解。重要的只有晚上和贝恩躺在一起，白天在他的怀抱中醒来，睁开眼就看到他惺忪的睡眼，在只有我们两个人的房间里，在那里只看得到树木和天空。只有性，让人盲目的、眩晕的性，在最初的几个月里，我们就像着魔一般沉迷其中。

还有一点让人欣慰的是我终于交到了几个真朋友，或者应该说是兄弟姊妹。我肯定需要些时间适应旱厕，适应没有个人隐私，适应限时供电，适应有异味的水，还有各种值日：轮流打扫卫生、做饭、清理垃圾。但是我已经记不清那些困难了。我只记得我们在空闲时坐在大藤架下，一边喝酒一边玩牌的日子。

另一方面，我们以"无为"的态度种地，我们不费心提供大自然本来就有的东西。我们想要理解大自然的智慧，并且物尽其用。我们想要再生，再生在那片土地上被粗暴消耗的一切。

年复一年，丹科带领着我们，同时也在观察我们。有一次，他对托马索的性格进行了一番很复杂的分析，从坏习惯开始，比如说他总是在一瓶果酱还没有吃光之前就又打开一瓶新的。我对这事儿不太了解，或者说我根本不知道。但我看得出托马索有点儿慌张。科琳娜站出来维护道："现在你连我们怎么搞那些瓶瓶罐罐也管吗？你真是个变态。"

把他讲的片段串连起来，我好像看到了他和茉莉亚娜刚来到小农场时的情景。

贝恩独自一人在这里待了差不多一年，在那段时间里他偶尔会帮奶奶干活儿，换取私下课程。后来托马索决定来找贝恩，一起来的还有科琳娜。

"我们正经历困难，"他们这样描述那几个月的生活，"所幸后来丹科和茉莉来了。"

他们是在布林迪西市中心认识他们俩的，因为那里的超市打折下来会更便宜，所以贝恩和大家都去那儿买东西。关于那天下午的事情有几种不同的说法，每个人的版本都各不相同，我到小农场的头几个月就已经把这些版本都听了个遍。在超市停车场的偶遇已经变成了一个传说，在某种程度上，对我来说也是如此。

"是一见钟情吧。"茱莉亚娜是这样描述的。

茱莉亚娜、丹科还有其他一些我记不清名字的人在超市入口处做纠察员。他们在出口处拦住了贝恩。"让我看看你包里有什么？"丹科对贝恩说道。

托马索和科琳娜都已经准备要走了，却被他叫了回来，顺从地打开袋子。翻着他们的袋子，丹科问道："你们为什么要买这些东西？我看你像是好人。我能问问你们是干什么工作的吗？"

"我们自己给自己工作。"贝恩回答道。

"然后呢？"

"就是自己工作，就这些。"

贝恩的回答使丹科感到惊奇。他告诉贝恩为什么塑料袋包装的奶酪是有毒的，为什么塑料袋本身就不是好东西，以及在数千英里外的摩洛哥种植的那些西红柿将怎样毁掉整个星球。

"他们只是他妈的西红柿。"科琳娜总是在这个时候激动地打断他们。

"我有一个提议，"丹科对贝恩说，"如果你感兴趣的话，明天来这里。或者你会告诉我我的提议没有意义，你还是喜欢接着做自己的事情。如果你来了，我有东西给你。"

那天晚上，在小农场里，贝恩什么都没有吃。当他回到布林迪西的时候，只有丹科在停车场等他。他给他带了一本《一根稻草的革命》，这本书不是他的，是他那天早上现买的。

后来他们就总是见面，贝恩邀请丹科到小农场来。丹科还没有清晰的规划，但是他已经在想了。他和那些致力研究新型农业的人保持联系，他们大多数都是像他一样的大学生。他看到了托马索的小菜园，他觉得它很有前景。他就是这样来到小农场的。

在那之后，我也来到了小农场。

现在，丹科几乎每晚都会给我们读那本书，书里写道："这根稻草看起来轻飘飘的……但是它强大到足以颠覆国家，颠覆世界。"

读完之后，我们求他再从头读一遍。我们都非常喜欢那本书的前几章，经过一晚上的思考之后，福冈正信终于找到了想做的事情；我们也都觉得书中讲述种植水稻的部分非常无聊，想让丹科跳过去，因为有谁会在普利亚这里种水稻呢？但他说不可以，非要把所有章节都读完，不然我们就会错过重要的信息。事实上，他只是想验证我们对那项事业的忠诚。

当讲到四大法则的时候，我们会开玩笑似的齐声念道："不耕地，不施肥，不除草，不用农药！"虽然嘴上在开玩笑，但我们对此深信不疑。

我们觉得自己是先锋，是变革的先行者，每一刻都充满希望。

我们还做了另外两件事情。第一件就是，在夜里，我们悄悄埋伏在一个非法垃圾站，披着黑色床单，吓唬那些来丢垃圾的人。

但是最让我们感到愤慨的是那些草坪，度假小屋门前的英式草坪，修剪得十分完美，却又显得突兀。在小农场里，我们不得不节省每一滴水，即使是在最炎热的六月，我们的菜地也只能靠土地里的潮气获得水分，有时候我们任由庄稼干死，因为本该如此。但那些只是用来做装饰的草坪却能够获得充分的滋养。

我们一直在关注着卡罗维尼奥的度假小屋，我们知道到现在还没有人租下那栋房子，只有一个农夫会每周过来几次检查情况。但是机房连个锁都没有。我们都觉得把灌溉控制装置毁掉太暴力了，但是茱莉亚娜坚持要那样做，于是丹科小心翼翼地用螺丝刀把它拆了。我们卸下主板，把它弄坏了，然后重新盖好主机盖。都做完之后，机器看起来跟我们来的时候没什么区别。

两天之后，我们又回去看了一次。草坪都泛黄了，大概再有一天的时间，草就会全部干死。但是那个农夫好像发现了问题，及时处理好了一切，我们第二次去看的时候，花洒正在不断地往外喷水。草坪已经恢复生机。

日子一天天地过去，我们没再进行太多的行动。也许是因为之前的行动都不太成功，也有可能是因为我们对小农场的计划倾注了越来越多的心思，对农场周边的事情也就不太关心了。如果我们改变不了外面的世界，至少可以改变农场里的小世界。

茱莉亚娜想办法弄到了"超级臭鼬"①的种子，托马索把它们种在了房子后面的隐蔽处，周围被香茅丛遮挡着。这些种子

---

① 一种大麻。

长势非常好，开出沾满黏液的花。我们把花在阴凉处晒干，然后和烟草混合在一起。这些东西卖给布林迪西的一个熟人，能赚一些钱。但是我们一点儿都不贪心，我们从来没想过要发财。

"'超级臭鼬'给我们带来的不是钱，而是知识。"丹科一直是这样说的。

然而，金钱像是一种污染。我们越是鄙夷金钱，越是花更多的时间去讨论金钱。我们进一步缩减开支，我们投票决定喝更便宜的啤酒，但是在短短几个月之内，吉普车的电池又第二次坏了。

科琳娜说："它就是个废物！"

丹科说："说话注意点啊，'威利斯'可是参加过第二次世界大战的。"

接着，我们刚换了吉普车的电池，一个星期之后，茱莉亚娜前磨牙的牙套就掉了，我们不得不去找一个愿意接受分期付款的牙医帮她看牙。

只有托马索一个人有固定工作。他每天早上骑着小摩托去萨拉切尼海滨驿站上班，经常是深夜才回来。有时实在太累了，就在那儿睡了。他的工资全都用于我们的开销，一到发工资的日子他就直接把钱给丹科。他从没有抱怨过什么。

八月，干海带堆满了瓜切托塔的沙滩，小螃蟹从沙子里爬出来，然后又不见了。我们偷偷钻进一片游客禁行区，反正我们也不是游客，况且那些限制是拦不住天才的。

丹科提议："我们轮流在大家面前脱衣服吧。不过不是大家一起脱衣服，那样太简单了。一次就一个人。"

"你别指望我在你面前脱衣服！"科琳娜说道。

丹科很平静地说："你以为你脱了衣服有什么啊？有什么可神秘的？我们每个人都能想象到裸体的样子。除了一堆骨头，还能有什么。"

"好啊，那你就继续想象吧。"

"科琳娜，这只是你身体的感觉罢了。他们让你觉得在那层几厘米见方的合成布之下有绝对的隐私。那只是你思维局限的象征。根本就没有绝对的隐私。"

"丹科，说得明白一点吧！你就是想看我的胸。"

"不，我只是想让你摆脱偏见，你们大家都一样。"他一边说着一边脱泳裤，一直褪到脚踝。他就这样逆着光赤裸裸地站在我们面前，时间长到足够我们看清他性器官上淡红色的毛发。

"科琳娜，看我，"他恳求道，"你们看我啊，别害怕。我对你们没有什么可隐藏的。如果我能剖开肚子，给你们看我的内脏，我也会照做的。"

然后，我们照着他的样子，一个接一个地脱掉了衣服，男孩们先脱，然后是女孩。解开后背的带子时，我的手都在发抖，是贝恩帮我解开的。最后，我们的衣服散落在海带上，就像苍老的皮肤一般。

但是尴尬没有随着时间的流逝得到缓解，反而愈演愈烈。最后我们跳进了蓝色的大海。

"我们就这样在沙滩上奔跑吧。"茱莉亚娜兴高采烈地叫道。

"别人会报警的。"

"如果我们跑了，就什么事儿都没有了，"丹科说道，"不过我们要在一起，别让任何一个人落单。"

我们抓起衣服，爬上礁石，然后跳到沙滩上，就像原始人一样，沙滩很长很长，摆满了遮阳伞。我觉得要是跑到对面的话我会窒息的。

游泳者撑起手肘好看清楚我们，孩子们在窃笑，甚至还有一阵阵口哨声。他们都跑得很快，科琳娜和茱莉亚娜在最前面，像鸵鸟一样优雅。当我和其他人拉开一段距离时，我听到了一个男人的议论，但没有分辨出他的脸。几个月后，当所有事都急转直下，我又回想起他说的话："可怜虫，"他说道，"谁知道他们脑子里装的是什么。"

九月，科西莫出现在小农场。他从农用车上卸下两个装满清澈液体的罐子。贝恩邀请他坐下来，我倒了点儿酒给他。他们的关系看起来客气而冷淡，就好像彼此的好感不足以抹去第一次碰面的记忆，院子里的追逐，还有爸爸在黑暗中盲目扔出的石子。

科西莫摆手拒绝了酒。"我给你们带了乐果①，"他说道，"像这样的夏天会有很多苍蝇，篱笆附近橄榄树的果子已经有了虫眼儿。"

"真是太客气了，"丹科说道，"但是您还是把罐子拿回去吧，

---

① 一种有机磷杀虫剂。

我们不需要。"

科西莫傻眼了:"你们已经杀过虫啦?"

丹科两手交叉:"不,先生,我们不用杀虫剂浇我们的树。在这儿,我们宁愿不用杀虫剂,还有除草剂和所有这类植物病害治疗药剂。"

"但是如果不用杀虫剂的话,苍蝇会毁掉所有橄榄。这种事我也遇到过,橄榄油会失去味道。"

他没办法完全掩饰自己的羞怯,接着说道:"所有人都在用它。"

贝恩一定感到了我同样也很不自在,因为他赶紧到科西莫身边拎着手柄把罐子抬起来并说道:"您考虑得很周到,谢谢。"

但丹科的命令像箭一样从背后戳中贝恩:"把它们留在那儿,贝恩。我不想这种垃圾进入我们家。"

贝恩搜寻着朋友的目光,好像想告诉他这只是出于礼貌,它不会让我们损失什么,我们把它们拎进来然后不用就好,但丹科面无表情。于是贝恩退后一步,低声说道:"不管怎样,谢谢。"

我们侮辱了他。科西莫,一个头发花白、皮肤粗糙的农民,被一群自负的孩子羞辱。科琳娜专注于把指甲下的东西抠出来。茱莉亚娜在用打火石取火,她紧握的拳头里闪过一簇微弱的火花。

"等等,我来帮你。"贝恩说着再次弯腰要搬罐子,但这次是科西莫用粗暴的动作阻止了他。

"我一个人搬就可以。"

将罐子放回原处后,他调转了方向,轮子下溅起一些泥,他从小路离开之前责备地看了我一眼。

"没有必要那样对待他。"我在他走远后说道。仍然可以听到农用车颠簸前行的隆隆声。

"你真的想用那些东西来拌沙拉吗?"丹科说,"是有了好的口感,但那东西是致癌的。如果他不小心弄到井里了怎么办,这可是杀虫剂!但愿他和他妻子会喝!"

"他只是想要帮助我们!"

"那就再试一次,你会更幸运,科西莫。"丹科愉快地说道。

他希望有人附和他,但茉莉亚娜是唯一一个露出微笑的。

他再次变得严肃起来:"只要还能在超市买到,他们就会继续使用 DDT 农药。他们到处散布化学垃圾。他们甚至不知道里面到底是什么。当我说'植物病害治疗药剂'时你们有没有看到他的脸?他甚至不知道这个词!"

"那我们怎么处理苍蝇?"托马索问。他走到最近的橄榄树边上,摘下一把仍然很小的果实,把它们倒在桌子上。"有幼虫在里面。"

丹科摸了摸橄榄说:"把蜂蜜和醋以一比十的比例混合在一起。有机农业,多年来都是这样做的。苍蝇被蜂蜜吸引,然后醋可以杀死它们。总的来说,就是一个陷阱。"

我们决定当天下午就干。我们装满了五十个塑料瓶,将它们悬挂在树枝末端的不同高度。在工作结束时,小农场仿佛被装饰一新,像在等待一场聚会。晚霞折射的光芒照亮一个个圆筒,看起来像一盏盏灯笼。

晚餐后，丹科赶紧让我们收拾桌子。他拿来一块长方形纸板和一罐上次用剩的油漆。

"你这么写，"他边说边递给我一把刷子，"农场。未受任何农药污染的土地。"

标语牌子用铁丝固定在栅栏门的正中心，那里原来挂着"出售"的牌子。这块牌子会在那里待很久，很多年，因为阳光和雨水慢慢褪色，每过一季便更加模糊，更加不合时宜，甚至有些虚假。

陷阱里满是苍蝇。整个秋天，这些瓶子装满又倒空了好几次。橄榄油大丰收。我们收完自己的土地，也为其他人摘橄榄。我们到市场上揽活儿，用优惠一半的价格打败了专业合作社的竞争。我们北到莫诺波利，南至梅萨涅。丹科从几个老朋友那里弄到一辆拖车，而托马索修好了切萨雷的脱叶机。当我们早上七点就这样出现在地里的时候，看起来一定奇形怪状、破衣烂衫。我总能从雇我们干活的人眼中读出这样的想法：这些家伙从哪里来？但是，我们年轻、团结、精力充沛，在一天结束时，经常能得到额外的小费。

如果不下雨，我们会坐在树下吃午餐，吃在家里准备好的三明治。如果雇主不在旁边，茉莉亚娜会拿出一根风笛，这样等我们重新开始干活的时候，就会既轻松又愚蠢，笑得停不下来。丹科算了一下，到秋天结束时，我们将收获至少一百吨的橄榄。

我们用赚来的钱（没有我们之前期望的那么多）买了二手蜂

箱和蜜蜂。经过激烈的讨论，我们决定把它们安置在芦苇丛附近，因为这个地方离家足够远，不受北风影响，而且我们还可以利用天然的水源来养花。但是第一批蜜蜂不到一个星期就死了，遵照以往的习惯，在丹科冰冷的目光下，托马索和贝恩挖了一个坑把蜜蜂的尸体埋了进去。但没有人祷告，只有更加激烈的争论，关于我们到底做错了什么。

最后贝恩设法弄到一份奥斯图尼图书馆提供的可持续养蜂手册，我自告奋勇负责学习，然后教其他人如何照顾农场。效果还不错。丹科每天早上心满意足地把勺子插进盛有棕色蜂蜜的罐子里时都不忘表扬一句。有段时间，茱莉亚娜嘲讽地叫我"蜜蜂仙子"。

二月，我们庆祝我来到农场一周年。我搬来的那一天，也就是在小路上拖着那辆塑料轮子手推车的那一天，被指定为纪念日。当丹科在做感人的演讲时，我难以相信已经过去了一年。

那天晚上我们喝了很多酒，贝恩多少吐露了一些秘密。他说当他一个人睡在斯卡罗的塔楼里时，有些夜晚海涛声大得让他无法入睡。然后他会戴上我给他的随身听耳机，把音量开到最大，这样他会再次感到安全。

"不要说了，"我在他说话的时候默默地祈祷，"至少为我们留点秘密。"但他没有停下，因为在农场里即使是记忆的私有也被废除了。

"我反复听着每一毫米的磁带。"他声音嘶哑，嘴唇上还沾着黑色的酒渍。

"什么磁带？"丹科怀疑地说道。他不喜欢有人这么长时间地把其他人的注意力吸引走。

"一盘有很多歌的磁带。我一直不知道歌名，是什么，特蕾莎？"

"我不知道，"我撒了谎，"它只是一盘歌曲合辑。"

贝恩没有停下来，他被情绪淹没了。

"有首歌是我最喜欢的。我听完，然后又倒回去，再听一遍。我已经记住确切的秒数，能够按住按钮准确地倒回到这首歌。"

他半闭着眼睛，一脸毫无防备的幸福样子，哼着旋律，从到农场的第一个夏天起，我从没有听到过他唱歌，我希望他继续唱下去，但是科琳娜跳了起来："我知道这首歌！是那个女孩。但叫什么？特蕾莎，帮帮我！"

"我不记得了。"

丹科突然发出一阵爆笑："哦，对，就是那个弹钢琴的红头发女孩！"

我觉得托马索在看我，而我在看贝恩，我暗中祈祷，祈祷他能说点儿什么，祈祷他在他们毁掉一切之前阻止他们。

他保持沉默，甚至没有回应我的目光。当丹科说："多么感人的故事！"我看到他咽了咽口水，然后给了他的新兄弟、新的最高领导，一个充满顺从的尴尬微笑。

春天，我回了都灵，这也是唯一的一次。贝恩很反对这次行程，但我必须这么做，我太久没有见到父母了。当他意识到不能阻止我时，就警告我说："别听他们的留在那儿。我会计算每一小时，每一分钟。"

在火车上，这种恐惧更深了。在都灵下车时我几乎确定父亲会使用暴力，他会打我，然后像锁瘾君子一样将我锁在家里，用科琳娜的父母对她使用过的那些粗暴手段。我沿着车站前行，穿过"新城门"的回音大厅，我已经不太习惯人群，一想到要见父亲，我的腿都软了。

但没有。他根本没有露面。妈妈说这样更好。

"你在期待什么，特蕾莎，一个欢迎派对？"

非常奇怪，就我和她两个人共进午餐。我看看她身后的早餐饼干盒，这个铁皮盒子一直放在架子上，里面肯定还装着多利亚公司的雪莲花饼干：爸爸把它们摆在小拇指上，每边三个，然后表情滑稽地吞掉，我小时候觉得有趣极了。

有几次，我试着开始讲述农场的事。我想告诉妈妈，我们买了一些鸡，现在每天早上都有新鲜的鸡蛋。也许下一次，我会带来一些，还有桑葚果酱。我想让她知道我们已经存了足够的钱买太阳能电池板：从下周开始，我们每天每个小时都有电——清洁和免费的能源，就像我们想要的那样。我真的很想告诉她，因为我想向她倾诉有时丹科的长篇大论让人心烦，让我感到沉闷和不知所措。

而且我想跟她谈谈贝恩，尤其是贝恩，如果她哪怕就一次好好地听我说，她会喜欢上他的，也许就能说服父亲停止这种荒谬的愤怒和冷战。所有他现在看来离经叛道的事都会显得正常起来，因为对我来说一切都是很正常的。但我最后一句话也没有说。我吃得很快，然后就回到房间里。

我的房间：舒适又如此孩子气。挂在墙上的照片已经很久没有看到了，大学的书仍然堆放在桌子上。我能就这样抛下他们吗？或者这只是我父母的另一条隐含讯息？整个房子布满了感情陷阱：蜂蜜吸引苍蝇，醋杀死苍蝇。

我洗了很久的澡，期间还被丹科的声音打断，他指责我浪费。他越来越经常在我脑海里说话，就像一个新的意识，严厉又无情。但是温暖的水和薰衣草的香气，让我的身体沉浸其中。

我光着脚，头发裹着毛巾，我把玛莎·格里姆斯的那本书从书架上拿了下来，就是奶奶多年前让父亲带给我的那一本。我坐在地板上，肩膀靠着衣柜，前后翻动书页，沙沙作响。在书籍正中，我找到了一张贴纸。我认出这是奶奶的笔迹，在学生的练习本边沿写评语的那种笔迹：

亲爱的特蕾莎，我一直在回想。那天你是对的。我在游泳池边和你说话时，我把"不幸"这个词跟它的反义词搞混了。

字条背面继续写着：

在我一生中，看到很多人都犯了同样的错误。我不希望它也发生在你身上，至少不是由于我的错误而发生。我在农场看到了你的贝恩。我觉得你应该知道这件事。不过，要保密哦。爱你的奶奶。

看完之后我哭了，但更多的是愤怒。为什么她没有选择用更简单的方式与我沟通？她是在读了这么多侦探小说以后觉得自己也变成了那些角色之一吗？但我也是因为始料未及的巨大慰藉而哭泣，因为奶奶并没有背叛我，因为她留给我的这些话，尽管发现得太晚了，却是她对于我所选择的人生送上的祝福。

很快，我觉得回家这件事荒谬透顶。我在那个房间里还能做什么？那里充满了以前那个我的利己主义，我和在那儿长大的那个人已经截然不同，我必须尽快回到小农场。

我问我母亲要了她最大的行李箱，我保证会还给她。"寄还给你。"我补充说，担心她误会我还会回来。

我穿上不会让我在科琳娜和其他人面前尴尬的衣服，我避开了名牌。第二天，我上了返程的火车，松了一口气。我现在已经属于斯佩齐亚了。事实上，离开农场回到北方的只是我的幽灵。没见到父亲也没关系，这正是他想要的。我试着通过阅读奶奶的小说分散注意，但还是思绪万千。最后我放弃了，望向车窗外，直到天黑。

我们终于有了电。我们还有一台拖拉机，用来将鸡载到需要施肥的土地。我们一年四季都有蔬菜，而且水源几乎自给自足。我们有一只太阳能锅用来炒鸡蛋，现在还有了一只小陶瓷圆筒，用来更好地净化雨水，这是丹科发现的日本人的发明。

但或许我早就应该注意到表面下暗潮涌动的无声竞争与敌意。茱莉亚娜和我几乎不怎么说话。本能的反感一开始就没有化解，相反，除了激化矛盾她也没有做过什么：一年多过去了，她依然把我当作闯入者。丹科变成了我们的头儿，他的这种身份越来越稳固。但大部分人，也就是说除了贝恩之外，对于他的权威都在崇拜和不耐烦之间摇摆不定。

但是，最令人担忧的是科琳娜和托马索。他们生活在一种愤怒和病态的依恋中。托马索越来越频繁地在萨拉切尼海滨驿站过夜，科琳娜则拒绝加入我们的晚餐。她把自己关在房间里直到早晨，独自一人，也不吃饭。

一天，已经是八月底了，我们正在洗早餐杯，一切突如其来。

"你们做了几次，你和贝恩？"她突然问道。

我明白了，但还是呆滞了一会儿。

"什么？"

"一星期多于一次？或者更少？"

她一直固执地盯着叠放在一起的杯子。

"大约是这样。"我说道。

"是这样吗？一星期一次？"

比这更多，我正要回答，但是我发现她很痛苦。

"是的。"

科琳娜转过身，反应很激动，从桌子上拿起一把勺子，然后砸向杯子。

我鼓起勇气说："托马索有很多工作。"

"你在做什么，安慰我？该死的你认为你是谁？"

她双手握住水槽的边缘。

"无论如何你至少可以减少噪音，你们两个。真恶心！"

她把水龙头开到最大然后又迅速关上。

"茱莉亚娜那个混蛋！让她自己洗，她的杯子。我和她说了又说，不要把烟头掐在里面。这个鬼地方的所有人都烂透了！"

还有一次我们聚在藤架下吃早餐，只有托马索不在。我们听到有人大叫，三声，越来越近。

贝恩第一个站起身来。他跑到房子后面，穿过橄榄树林，好像疯了似的。他有一个明确的目标，好像他确切地知道发生了什么，好像他已经看到了一样。

丹科就跟在他身后，我也是。科琳娜眼睛比平时睁得更大，她的表情很空洞，在她起身前的一瞬间感觉像是要瘫痪了，她跑在我们后面，贝恩后面。

而茱莉亚娜一点也没有动，直到我们支撑着面目全非的托马索再次出现。而那时科琳娜正歇斯底里地大哭，贝恩仍然穿着养蜂人穿的纸制工作服，从头到脚都是白色的。

我们发现托马索跪着，一大群蜜蜂在他头顶旋转，嗡嗡鸣叫，他仍然坚持挥动手臂驱赶它们，直到昏倒在地上。他穿着一件半袖红蓝格子衬衫，扣子解到肚脐。蜜蜂并没有放过他，它们迷失了方向，好像不相信自己击败了如此巨大的生物。

贝恩阻止我们靠近。他去工具棚，跑着过去，当他再出现时，身上穿着纸质工作服。他把粘在托马索头发、衣服和身体其他部位的蜜蜂驱赶走。

在他们身后，就像一幅背景，有彩色的蜂箱和沙沙作响的芦苇丛。我想在科琳娜尖叫时塞住她的嘴巴。

贝恩架着托马索的胳膊拖向我们。他的皮肤看起来都膨胀了，好像蜜蜂已经钻进他的身体内部并想要挤出来。他现在仿佛有两个鼻子，十层眼皮，嘴唇也变了形，在浑身的肿包之间，乳头已经分辨不出。茱莉亚娜仍然站在原地，看到托马索的样子，她的脸扭曲了，让我们每个人都害怕起来，刚才有一会儿，我们几乎忘了害怕。

我开车去奥斯图尼的医院，完全顾不上红绿灯或是行人优先。科琳娜坐在我身边，盯着前方，她的眼睛睁得越来越大。她不再哭了，但也不说话。贝恩和丹科已经把托马索放在后排座位上，茱莉亚娜留在车外看着我们离开，电光石火之间，她把切面包的刀递给丹科和贝恩。大蒜！带上大蒜！贝恩命令大家找大蒜，茱莉亚娜茫然地转了一圈，最后还是设法找到了。贝恩用刀背刮着托马索的皮肤，想要把蜇刺拔出来。丹科剥了一瓣大蒜，不过他说："你确定吗？我觉得这是农民才干的蠢事。"

"来回擦就行了，闭嘴。"

托马索被叮了多少下？二十？三十？"五十八下。"医生告诉我们。头发和耳朵里面也被叮了。还有蜜蜂被困在内裤里，在床上，当他们把托马索的衣服脱光时，蜜蜂像得到了解放似的四处乱窜。但这件事是贝恩后来告诉我们的，因为他是唯一一个跟着担架进入急诊室大门的人。他还穿着纸质工作服。

与此同时，我们在外面忙着为这个事故说谎。不，我们没有养殖蜜蜂。这需要许可证，我们当然知道……

托马索在清理排水槽的时候遇到了一个蜂窝……一个特大号的蜂窝，我们从未见过这么大的……

他们告诉我们脱离危险时已经过去了几个小时，但是注射了镇静剂，托马索必须留在观察室。我们一整个白天和晚上都待在等候室，在氖光灯下，我们坐在用螺栓固定在地板上的塑料长椅上。

当一切都结束了，我们再次一起坐在藤架下，丹科抨击托马索："鬼知道你该死的想做什么？"

"它们是突然飞出来的。"

"原来是它们自己出现的！不要开玩笑了，托米。你没把手伸进蜂箱吗？你想干什么，嗯？"

"我没把手伸进蜂箱里。"

"你的衬衫扣子是解开的。"

"够了，丹科。让他一个人待会儿。"贝恩说道。他的声音又变得强硬，就像还是个半大孩子时，在我家门口反驳我父亲时一样。丹科顺从了。

我们还要继续摘橄榄，几公担几公担地摘。总是在下雨，网上都是泥土，靴子上也是泥土，甚至我的头发上都沾着泥土。房子里总有股臭鸡蛋味儿，没人知道为什么。被迫待在室内让我们变得不耐烦和不友好，我们总是感到疲倦，越来越累了。

贝恩在床上躺了十天，他的背痛又复发了。他不刮胡子，任凭它们疯长。"你在模仿丹科吗？"我害怕地问他。

"不，这是为了把你的气味留在里面。"我不知道他是认真的还是想取笑我。

那一年，丹科的陷阱失败了。也许是苍蝇之间互通了消息。经过激烈的争论，我们投票决定购买乐果，但为时已晚。产量很低，橄榄油的质量也很差，卖了不超过三十升，甚至我们自己也不愿意用它。

如果说虫害是必然的，那光伏电池板就是另一回事了。

一天早上，我们醒来时发现停电了。当丹科去检查设备时，他发现薄板上被涂了混着泥的胶水。我们想了几个小时是谁在搞破坏。因为抢了别人在乡下的活儿干和到处低价贩卖收成，我们在周边树了不少敌。

从前的发电机没法启动，我们也没太努力去修。我们第一次陷入无法战胜的沮丧。

科琳娜神经紧张。托马索花了差不多一个小时才让她平静下来，而她继续对他重复道："你能负责吗？你要让我湿着头发在大冷天里站多久？"

那天晚上，贝恩把我带到我们的房间并告诉我："我们要向科西莫求助。去找他，问他我们是否可以连接到他的配电盘，直到故障解决。我们会支付他超额的费用。"

"他永远不会接受。你还记得我们是怎么对待他的吗？"

"他不会拒绝帮你的忙。他是那么敬重你奶奶。"

我请求他："不，贝恩。别让我去。我求你了。"

"托马索会陪你一起的，"他说着有些粗鲁地抚着我的脖子，好像我是一只动物，"但最好别让丹科知道。"

我决定一个人去。一定是哪里着火了，空气里有股燃烧的气味。我喊着科西莫和罗莎的名字，从我站的位置几乎看不到门房，但他们应该能听到我的声音。

在这样安静的夜晚，甚至可以听到蟾蜍在草坪上跳来跳去的声音，没有人回答。

围墙太高了，我爬不过去。我重新回到农场，沿着边界走，来到了男孩们多年前非法闯入的地方。我把脚伸向栅栏的网格之间，网在我的重量下摇摆。放在裤子后袋中的手电筒无谓地照亮天空，我翻到了另一边。

我敲了敲门房的门，是罗莎开的门。她拉了拉长袍的边缘，低头审视着我，然后让我进去。科西莫正坐在单人沙发上看电视。当他看到我时，他迅速地整理起稀疏的头发，他的头被椅背磕到了。

我向他解释了光伏电池板的事，但没说是有人故意弄坏了它。我问他能否允许我们暂时用他的电。解决问题需要时间。

"这里的一切都是您的，"他郑重地说，"但是电缆需要延伸数百米。"

"操控板的电缆应该足够了。如果不够我们会和其他电缆接在一起。"

他用出乎意料的善意眼神看着我。"您长成了一个有本事的女孩，"他说道，"地窖里应该还有几米的电缆。"

"谢谢，我们会付钱给你。"

我准备离开，但科西莫抓住了我的手。

"现在是时候决定如何处理别墅了，特蕾莎。罗莎和我继续维护着别墅，但如果没人住，它还是会荒废掉。我们也不能再免费这样做下去了。"

"好吧。"我回答说，但这只是因为我想回到其他人那里。说话间，罗莎准备好一只装有果酱罐的篮子。

"是用我的方式做的，"她说，"希望您也喜欢。"

科西莫陪我一起走到门口。

"那些男孩，"他说着走到栅栏边，"特别是那个卷毛的……"

"丹科。"

"这本来和我没有关系。但是你是个好姑娘，特蕾莎。他们是不同的。他们的成长是没有根基的。迟早会有一阵风摧毁他们，带走他们。"

但科西莫并不知道我们所知道的东西：安稳种植在盆中的植物，虽然长根遍布，却不适应土壤。只有那些拥有自由的根须、在冬天能够连根拔起的植物做得到。像我们一样。

"明天早上我们带着电缆过来，"我说，"你什么都不用操心。"

他点点头。在半明半暗中他看起来似乎更苍老了。

"晚安，特蕾莎。"

几天后，我告诉其他人我是别墅的主人。他们没有像我预想的那样生气，但是有些奇怪的难以置信。他们沉默了一会儿，然后丹科问："他能给多少钱，科西莫?"

"十五万欧元。"

"这幢房子值更多的钱。"

"我相信这是他所有的钱了。"

"这是他的问题。"

"什么意思?"

但茱莉亚娜绕开了我的问题："还要多多少，丹科?"

"至少两倍，差不多。"

"你现在也是房地产专家吗?"科琳娜挑衅道。

丹科没理她。"它是有些荒废，但很古老。而且它周围，有多少公顷土地，三公顷?"

我摇了摇头。我不知道。

"他给我们送了电。"我说。现在我知道他是什么意思了。

"我们已经付给他电费了。"

"但是，是我承诺给他的。"

"你觉得现在这种情况下承诺有用吗?"

我向贝恩看去，想得到他的支持，他却说："如果你奶奶真想把房子留给他，她当初会那么做的。"

"那我们之前所有关于废除私有财产的讨论呢?"

丹科同情地朝我笑了笑。"你可能在某些方面有误解，特蕾莎。公平地生活和像傻子一样生活是有根本的区别的。我们不是那种任凭别人利用的笨蛋。"

激动的情绪正在我们之间传开，我察觉到了。

"特蕾莎把她的宝贝看得特别特别地紧。"茱莉亚娜低声说道。

直到今天,我也说不清他们是怎么参与到后面的事情中去的。我当时一定很无助,也很困惑。但我们联系了一家奥斯图尼的房产公司来看别墅。房产公司的人在拍照的时候问了一些我不知道怎么回答的问题,罗莎笔直地站在门口,好像突然有人不让她进入自己已经住了四十年的房子。科西莫没有出现。房产经纪问我打算怎么处置这些家具,它们已经有些破旧了,可以考虑批量卖了。然后他还想看一眼看门人的房间。

房产公司收到了科西莫的报价:十六万欧元。我们在小农场讨论要不要接受这个价格时,一位米兰的建筑师出价十九万欧元。

"我们投票吗?"贝恩提出来。

所有人都看着我,所以我说:"当然得投票了。"

几个星期后我在公证处见了建筑师。他递给我一份合同,因为我得在上面签名,他说:"您祖母的别墅非常气派,放弃它一定很不容易。我向您保证我会遵照它的风格让它焕然一新。"

"谢谢。"我低声说道。

贝恩陪我一起去的,但他不想进去,便在一家酒吧等我。

"这是块受到恩赐的土地,"建筑师说,然后他抬起头,把视线从合同上移开,继续说道,"关于那两个看门人您有什么要跟我说的吗?他们是靠得住的人吗?我想把他们留下来。"

但几天后科西莫和罗莎就走了。又过了一个星期,警察来到了小农场。一个只比我们大一点儿的女警官,发尾从帽子里露出来，她说收到了关于我们违规在此逗留的举报，我对此一点儿都不惊讶。我们还能期待别的什么呢?

我和托马索看着她从外套内侧的口袋里掏出一个笔记本，翻了几页。

"据我所知你们有六个人，是这样的吧? 我希望你们都能集合过来。"

当我们都聚集在藤架下面后，她让我们提供证件。

"要是我们拒绝呢?"茱莉亚娜轻蔑地说。

"那么你们需要跟我们去趟警察局接受调查。"

于是我们成对地上楼去房间翻找能证实自己身份的证件，无论如何，我们都属于这个文明社会。

"他们会逮捕我们吗?"和贝恩独处的片刻，我问了他。

他吻了吻我的额角:"别说傻话。"

女警官逐一登记下我们的身份资料。她那个更为年长、少言寡语的同事那会儿却走开了。茱莉亚娜紧盯着他，想方设法地让他远离种着"超级臭鼬"的角落。为了引开他，她从地里拔了个生萝卜让他吃，最后还是茱莉亚娜自己吃了萝卜，可能为了表明她这么做一点儿都不可笑。

比等待更糟糕的是，我意识到这个地方，一个对我们自己来说充满惊奇的地方，对两个陌生人来说却没什么可大惊小怪的。

女警官问我们谁有这块地的占有权。贝恩站出来:"是户主允许我们待在这儿的。"他说。

她又翻开了笔记本。"您是指贝尔帕诺先生吗?"

"他是我叔叔。"

自从我到了这儿，这是头一回再次听到他承认和切萨雷之间的血缘关系。

"今天早上我已经和贝尔帕诺先生通过了电话。他不知道有人住在这里。他说房子正在出售中，所以应该是空着的。是你们自己换了门牌吗？"

"这里从来没有什么门牌。"丹科撒谎道。

女警官把他说的记在了笔记本上。我暗自想，她在报告里不会写对我们有利的话。突然间，我感觉自己正面对着父母的责备，这种责备仿佛从都灵一跃来到这里。

"你们至少有搜查证吧？"茉莉亚娜尖酸地问。

"我们不是在搜查，小姐，"女警官平静地回答，"不管怎样，即便我们有搜查证，也不是必须向您出示，情况就是这样。"

"这里面有误会，"贝恩打断道，声音清晰，"你们让我和我叔叔说，我会证明给你们看。"

"贝尔帕诺先生要求一周内腾出房子，否则他会起诉。"

她把笔记本放在桌上。之后她说话的声音温和了些，好像愿意站在我们这一边："大家都听着，我们有一些照片。有证据表明你们违规使用从高压电缆引出的电流，同时违规使用了光伏电池板，而且如果我朝那个方向走过去，"她指着的方向确实是对的，"大概会发现没有登记的蜂箱以及大麻种植园。"

"说种植园就夸张了。"托马索不小心纠正了一下。所有人齐刷刷地看向他。

她假装没听到他的认罪。

"我的建议是，希望我们一周后回来，这里已经没有人了。"

她瞥了一眼贝恩，似乎突然被什么击中了。那会儿科琳娜溜回了房子，抱了两罐蜂蜜出来，把它们放在警察面前的桌子上。

"既然你们已经知道这么多了。这是我们自己产的百花蜜。"

"现在你想用蜂蜜贿赂他们吗？"丹科问道，他吓呆了，"你真是个笨蛋。"

女警官却说："我知道它们肯定是最好的，但我们不能收。"

然后她又看了看贝恩。"我记得您，"她说，"我们谈过那个女孩儿，就是在这儿，对吗？"

她说着，我却充耳不闻：刻意地、固执地不听。

"您记错了，"他盯着她答道，"我们从没见过。"

几分钟后藤架下面又只剩下我们六个人，我们站在房屋的墙壁旁边，周围都是我们的地，但所有这些东西突然间不再属于我们了。

贝恩拿了六瓶啤酒放在桌上，但没人伸手去拿。

"你们都别这样子了。"

"说得好像跟你没关系似的。"丹科反驳他。

"我们有特蕾莎卖别墅的钱。我们能把切萨雷的小农场买下来。它正在出售，不是吗？什么花招都不用使的。"

"切萨雷会要多少钱呢？"丹科怀疑地问。

"我们给多少他就会要多少。尤其是卖给我们。"

"我不觉得你这个叔叔会把你放在心上。"

我在签了合同后便宣布这笔钱属于我们所有人，然后接受大家的热烈欢呼，过后，贝恩把他的脸埋在我的后颈，跟我说："我为你感到自豪。"但是，那天之后，大家用钱更加省了，仿佛一下拥有这么多钱反而让它变得神圣起来，好像所有人都因为这笔本不属于自己、却能改变我们之间一切的财富而悄悄害怕起来。

贝恩提议投票来决定买不买小农场：让这块地真正地、永远地属于我们。

我举起了手，但是除了贝恩我是唯一举手的人。

"所以呢？"他追问道，"这是什么意思？"

这时，科琳娜决定拿起一瓶啤酒，她用打火机的底部焦躁地撬开了瓶塞，喝了一大口，然后把酒瓶攥在手里。

"我们得跟你们说件事儿，"她说，"我们本来想挑个别的时间说的，但从现在的情况来看也只能这么做了。我和托米要走了。我怀孕了。"

她举起酒瓶，就像打算说一段悲伤的祝酒词。托马索面如土色。

"你是怎么怀上的？"贝恩仿佛在做梦。

"还需要我解释吗？"

但是贝恩没空发觉那种讽刺味儿，因为他完全沉浸在柔情里。

"怀孕了！这真是个天大的消息！你们不明白吗？一个崭新的时代来了。我们会有孩子。特蕾莎、丹科、茉莉亚娜……你们明白不？我们也得抓紧时间了。让我们的孩子们一起在这里长大。"

他为瞬间想象到的田园生活激动不已。他搂住托马索和科琳娜的肩，同他们拥抱在一起，然后亲了亲他俩的脸颊。

"怀孕了！"他又说道，一点儿都没察觉托马索快要哭了。

"有几个月了？"丹科问道。

"五个月了。"科琳娜回答道，挨个儿看着我们。

贝恩还没消停下来。"你们还有什么要告诉我们的，嗯？现在没必要投票了。我们买下这块地，然后把它变成孩子们的天堂。他们会有那么多的叔叔、阿姨，还有兄弟。"

科琳娜耸了耸肩膀。

"你没听见我说话吗？我说我们要走了，贝恩。是要离开。你觉得我会让我的孩子在这儿长大吗？为了什么呢，为了得上结核病吗？"

他花了几秒钟才弄明白我们从一开始就清楚的信息，托马索软弱的肩膀一直耷拉着。

"你们要走了。"他说着。

科琳娜开始拨弄耳环。"我爸妈在塔兰托帮我找了个公寓。这样我离他们近一些，他们能过来帮帮忙。房子不是很大，但是在市中心。"

"那我们呢？"贝恩问道。

科琳娜失去了耐心。"我的神哪，贝恩！你脑子缺根弦吧？"

但他不再理她，他凝视着他的兄弟，等着对方回看一下他。他低声叫了托马索的名字，接着又更大声地叫了他，但托马索动都没动。

于是他又坐回到我旁边，默默地喝光了啤酒，然后转向丹科："这么说现在只有我们四个了。"

丹科吐了口气。"把这块地买下来太荒唐了。你没看到它都变成什么样了吗？土质已经变差了。我们得玩命干活儿。"

"你在说什么呢？我觉得你们今天都疯了。这里有菜地，有母鸡、蜜蜂，什么都有。"

丹科摇了摇头，好像在内心跟什么做着斗争一样。

"还有警察，贝恩。我不想跟他们扯上关系。还有，你看那些控电板最后成了什么样子？还有那个狗屁科西莫？这里并不欢迎我们。"

"我们一开始就没觉得自己会受欢迎啊！"

我抓住了他的手。天气很冷，他的手指在微微发颤。我便紧紧握着它们。

丹科用手掌蹭了蹭牛仔裤。"你觉得呢，茉莉？"他接着问道，"我知道是时候离开了。"

她的弹舌很好地表明了她的想法，她觉得离开再好不过。贝恩一动不动地面对着他们的"叛变"。

然而丹科还有话要说："我认为平分别墅的钱是不对的。无论如何，那是特蕾莎的钱。但我们每个人都该得到点什么，对吧？就当作补偿金。我们都在这儿干了活儿，也都投了钱。你觉得呢，特蕾莎？是你提出来这钱归大家共有的。显然，现在情况有变，你可以食言，但……我们都有贡献，就这样。"

尽管他很努力，但还是无法保持他惯有的条理分明，那种学术研究教给他的所谓客观。

"我提议要离开的人拿两万欧元，其他什么都不可以带走。每个人拿两万，"他赶紧补充道，"剩下的留给贝恩和特蕾莎。大概十万欧元，应该够买下小农场。"

"你是现在才这么想的吗?"贝恩从未用如此严厉的语气对他说过话。

"有什么区别吗?"

"你是现在才这么想的，还是你早就已经算好了账，丹科?"

他叹了口气。"贝恩，我们甚至都不是财产所有者。"

"你竟敢给我上道德课。"

丹科冷哼了一声。"就当是你想的那样吧。那么特蕾莎，你同意还是不同意?"

"特蕾莎同意。"贝恩替我回答。我仍然紧抓着他的手。

"好。那么随便你们怎么想，让我们为世界增加了人口干杯吧? 但是得来点像样的酒。"

贝恩主宰了剩下的时间。他和每个人干了杯，包括丹科。我们都假装在庆祝一个新的开始，一个新生命，或许是其他什么，谁知道呢，但是每个人心里都知道这次干杯意味着结束:那些一起在藤架下面度过的夜晚结束了，可能彼此间的友谊也结束了;模糊的梦结束了，除了贝恩，我们从来没人觉得能认真实现这个梦，然后将它延续下去。

那几天里贝恩像中了毒般焦虑不安。他总是跟托马索待在一起，再次分离折磨着他们，和多年前在斯卡罗的那晚一样。但这一次，他们做得有些不同，他们一起散步。只有一次，我撞见他们在菜地里甘蓝的大叶子间相拥，但我不像以前那样感到嫉妒，只是为他俩感到难过。

我们几个女孩儿分着衣服，没有争执。本来属于某个人的衣服，现在倒变成另一个人的了，好像我们只是将玩具混在一起，就像三个小女孩的派对。我们互相交换衣服作为礼物，还开玩笑说科琳娜再也穿不下这些衣服了。

最先离开的是丹科和茱莉亚娜。他们直奔南方，但也不清楚具体去哪儿。在塞得满满当当的吉普车前，丹科最后一次建议贝恩跟他一起走。在他回答之前我屏住了呼吸，害怕分别的痛苦会让他答应下来。相反，他握紧了丹科的手说："如果离开这儿，我会死的。现在我知道了。"

在距离警察给的最后期限还有两天的时候，这里就只剩下我和他两个人了。我们坐在大栎树下面的长凳上。已经很久没人来坐着了，因为下面只容得下两个人。贝恩紧靠着我。乡下是如此安宁，一切都好像静止了，让我们觉得自己是这片土地上最后的人类，或者是最初的人类。他应该也跟我想得一样吧，因为他说："亚当和夏娃。"

"但是缺棵苹果树。"

"切萨雷认为实际上那是棵石榴树。"

"那么我们也有了。"

他的胸膛上下起伏着，然后他的手很轻柔地顺着我的手臂往上伸，仿佛想在袖子里找个通道似的，直到衣服卡住了他。

"明天我们去他那儿吧，"他说，"我们去给小农场报价。"

"那我们之后就一分钱都没有了。"

"那又有什么关系呢?"

我看着地面。我意识到从今往后农场的活儿就都落在我们两个人肩上了，这让我有些丧气。如果在我内心深处的某个角落，仍然幻想着重新开始学习，重新像以前一样生活，像嫁接树枝那样将过去和现在重新连结在一起，这一刻我意识到了，那是不可能的。这里只有贝恩、我和小农场，其他别无他物。我才二十五岁，我不知道能否这样生活下去，我也不想知道。那一刻我比任何时候都更爱贝恩，好像突如其来的孤独让这种感觉蔓延开来，并最终占据了我整个身心。

所以，当他说："我们必须要个孩子，就像托马索和科琳娜一样。"——不是"我想"或是"我们可以"，而是"我们必须"，仿佛没有别的方法了——我确信他是对的，于是我回应道："那我们就来做吧。"

"今晚吗?"

"现在。"

但我们过了几分钟才决定起身，进屋然后上楼。在这静默无声的几分钟里，我们坐在大栎树下，看到一个小女孩出现在面前，是我们的小女孩，但不知道为什么是女孩，她跳了几步，在草丛中摘了一株蒲公英递给我们。这只是幻象，后来我们甚至都不肯承认看到过，但我确信，正如我今天依然确信的那样，我们看到她活生生地出现在面前，而且我们两个人看到的一模一样。因为在那些年里贝恩和我之间是这样的：彼此间说的话越来越少，但我们仍然能够一起看到那些可见之物，并能在默契中幻想出无形的事物。

四

我发现贝恩在农场一面朝北的外墙上画着什么。深色的笔触，他用修门时剩下的棕色上光剂涂抹着，在粗糙的白石灰上尤为显眼。早晨已经很冷了，到处都是露水。我把毛衣领往上拉到下巴处。

"是的，这是个男性生殖器。"他都没转过身来就很肯定地说道。

"我觉得，"我努力不表现出惊奇，"在房子的墙上画个巨大的男性生殖器，邻居们应该会很喜欢。"

"有人把这叫作赎罪。"

我这会儿才注意到地上放着一本有插图的书，肯定是他从奥斯图尼图书馆借来的，贝恩有时候会在下午消失，就是去了那里。他正在照着上面的图画画。

我凑近了他，把他的画和图片对比了一下。贝恩的画太刻板了，跟原图比更像个小男孩的生殖器。

"所以我们又回到巫术那一套了吗?"我问道,并把一只手搭在他的肩上。

他微微一笑。"我刚刚还想不妨试试。吸引一些仁爱的神明过来。为了我们的事业。"

我们的事业:幻想中的女儿,现在我们的每次谈话、每种思想以及每个愿望都关乎她。自从我们第一次想象出女儿的那天下午起,已经过去快两年了,那天下午我们跟着这个幻象上了楼,进了我们的房间,好让美梦成真。

我们已经在楼上为她准备好了房间,之前是托马索和科琳娜的房间,再之前是切萨雷和弗洛里亚娜的。贝恩用橄榄树的树干做了一个摇篮,但摇篮是空的,放在同样空荡荡的房间中央。

"你可以来帮帮我,"他说,"你比我画得好。"

我拿着漆罐和刷子,试着修改它的轮廓。贝恩在我身后仔细地看着我画。

"这样就好多了。"最后他说道。

"天知道他们会怎么想。"

"他们想什么不重要。再说,会有谁呢?这里从来没人来。"

这是真的。甚至连托马索和科琳娜现在都不来了。自从他们有了阿达,就困在了由科琳娜的父亲资助的阁楼上,半夜起床哄孩子让他们精疲力尽,但又比谁都心满意足。我们起先经常去找他们,但当怀不上孕这件事仿佛变成了一种慢性病之后,我们就不太愿意去了。但即使我们决定不去塔兰托承受这种嫉妒,仍然会从电话中得知阿达的消息。阿达抓着小床的围栏站起来了。阿达摇着手说你好。阿达在摸自己的乳牙。

丹科和茱莉亚娜也很少出现了。所以只有我们，贝恩和我，拥有这片土地，仍然年轻，但令人难以置信地沮丧，竟然沉迷于一个异教图腾。

我说："或许这个会奏效。"

"希望如此。"

"或许我们需要去看医生，贝恩。"

他突然转向我。"什么医生？"

"也许有问题，我的问题。"

"不存在任何问题的。我们只需要继续尝试。"

他握住我的手，我们进了屋，然后我去做早饭。十一月，已经有椋鸟来偷吃橄榄了。远远地，我们听到猎人的枪声。我从窗户里看到鸟儿受到惊吓，张开黑色的扇形翅膀扑腾了几秒钟，然后又收了回去，好像什么都没发生一样。

墙上的画没有起作用。月经还是如期而至，每次都让贝恩更加失落和恼火。我已经到了藏卫生巾的地步，但他总能察觉到，晚上，当他的胸贴在我背上想要进来时，我跟他说不行，甚至没转过身。他便又躺到床垫上，开始计算还有几天才能继续尝试。

首先变化的是性事。之前我们很疯狂，而现在贝恩仿佛以一种军事行动的方式搜索着我里面的那个点。之前，高潮之后他都不会让我有片刻安宁，他会用手抚摸我，直到我的肚子不受控制地缩起来，而现在他会立即出去，好像不愿扰乱整个生理过程。

之前我们会放空自己，疲惫不堪地挨着躺在一起很久，而现在他要求我抬起盆骨，立十分钟。他会看着手表计时。"不要太高了，"他纠正我，"就是这样，从膝盖到脖子呈一条线。"在冰冷的房间里露着肚子让我浑身发抖，我很想让他给我盖条床单，但我没跟他说，因为害怕他发现我在哭。

我们不认识能够帮到我们的专家，我们甚至一个医生也不认识，所以我们去了斯佩齐亚的酒吧查电话簿。我们抄下了四五个在布林迪西的妇科医生的电话号码，并环顾四周，好像所有人都知道我们正在做什么。

我们回到小农场去打电话。贝恩让我从那几个医生中选一个打过去。我在大栎树和房子之间来回走着打电话，向医生解释了我们的状况以及尝试失败的这几个月。我大声地说着话，内心一直模糊不清的担忧变得明确起来。医生问了我一些问题，这些问题在接下来的几个星期里变得很正常，但在第一次通话中，每个问题听起来都像是一个具体的指控：我们的年龄（二十七岁和二十八岁），既往病史（无），我的月经特征（有规律，量大），异常流血状况（无），我们停止避孕时长（快两年），还有我们直到现在才打电话有没有特别的原因。

不管怎样，最后他说，他不负责生育能力方面的治疗，让我记下一个叫圣菲利斯的同事的号码，我们可以报他的名字去见圣菲利斯医生，但圣菲利斯医生不在布林迪西市，而在弗兰卡维拉丰塔纳。

于是我又从头开始打电话，更从容，但底气更不足，同样的问题，同样的回答，以几乎同样的顺序，我仍然在大栎树和房子之间来回走着，贝恩陪在我身边，把每个字都记了下来，默默地鼓励着我。

第二天我们便去了圣菲利斯医生那儿，穿戴整齐地坐在候诊室里，好像成功取决于我们给别人留下的印象。候诊室的墙上挂着一幅女性生殖器官图，上面的黑色线条标出了器官的名称：输卵管，子宫颈，大小阴唇。候诊的还有另外两对夫妇，其中一个是挺着大肚子的孕妇。两个女人都对我善意地微笑，可能看出我是第一次到这儿来。

圣菲利斯让我躺在小床上，他戴上乳胶手套，跟我说放轻松点，然后敲了敲我的臀部。

"您多久没看过妇科医生了，夫人？"

"有几年了。我记不得了。"

他移动着探条不停地跟我说话。但他记下的唯一关于我们的信息，或者唯一让他好奇的信息便是我们住在乡下。他说他在城外也有座房子，但那是在伊特里亚山谷最显贵的地方，占地九公顷。挖掘自流井是个挑战，因为海拔很高，他在第三次尝试时才成功获得了清水。一共花了近一万五千欧元，真是一大笔开销。我希望贝恩不要评论水井和含水层，我看到他在极力克制自己。幸亏圣菲利斯转而谈论榨油，他强调他亲自监督。他问了我们橄榄油的酸度，说他的油酸度更低。

"你们多久发生一次关系？"当我们再次坐到办公桌前时他问道，"你们不会想到有多少夫妇来到这里说：'医生，我们已经试了一年了。'然后我问他们：'你们一年做几次呢？'他们说：'至少五六次！'"

他笑了起来，就像说了个笑话，但又立刻收起笑容，也许是因为我们俩都一脸严肃。

"我这么问你是因为经过初步检查，夫人的情况都很正常。"

"每天。"贝恩说。

"每天？"医生瞪大了双眼，"一年多来吗？"

"是的。"

圣菲利斯做了个鬼脸。他摆弄着一个放大镜，然后又把它放好。他转向我："这就需要好好检查一下了。"

"可能是什么情况呢？"贝恩问道。

"可能是您精子活力弱或量少，也或许是既弱又少。也可能是夫人卵子的问题，虽然并没有子宫肌瘤。最坏的估计，可能是子宫内膜异位。不过在没有全面检查之前，这样谈也没什么意义。"

他填了些检查单，填了很久。贝恩一直盯着他的手。

"等你们都检查好了再过来。"他把单子递给我的时候说道，"我没有标上精液检查这一项，因为您可以在我们这里做。精液采集安排在周二，这里有说明。"他又加了一张表格，"共计一百三十欧元。你们可以确认一下，其他地方也没有更好的价格了。"

"问题能解决吧，医生？"当我们站起来后，贝恩问道。

"当然可以呀。我们都已经进入第三个千年了。几乎没有什么医学不能解决的问题！"

在弗兰卡维拉市中心被照亮的街道上，人们从商店里进进出出，有的走进酒吧去喝开胃酒。有个货摊在卖橘皮蜜饯，我让贝恩买一袋，但他说："我们下馆子去！"

我们从没有这样单独在一起过，只有我和他。我莫名地有些激动，好像根本没准备好。

"所有检查费还没交呢。"

"但你没听到圣菲利斯说什么吗？没有什么是解决不了的。我们很快就能有孩子了，我们该庆祝庆祝！我早该听你的来看看了。你选个地方吧。"

我在广场中央转过身，像个第一次见到城市的小女孩儿一样，惊奇地看着点亮的路灯以及巴洛克风格的建筑。

"那个吧。"我指了指。

我欣喜若狂地紧抓着他的手臂，就像初次约会一样，虽然我们从没约过会。我任由他把我带进餐馆。至少在那个晚上，我们就像一对热恋的情人，跟所有人没什么两样。

所有昂贵的检查结果都是：什么问题都没有。不仅昂贵，而且痛苦：比如看到贝恩钻进浴室自慰排精，然后几分钟后手中拿着乳白色精液样品出来。他的精子没有任何问题，数量很多，而且很活跃。至少表面上没有任何问题，我的黄体酮、催乳素和雌二醇的水平，包括 LH（黄体生成素）、TSH（促甲状腺素）、FSH（卵泡刺激素），这些我仍然不知道含义的缩写的数值都没有问题。但我还是没能怀孕。好像有什么事情，也就是圣菲利斯医生想到但又不敢提的事情，让我和贝恩无法成功。

"别管这些了，"医生凝视着办公桌上展示的报告说，"想想授精周期问题就能解决。"

然而，首先，必须进行卵巢刺激。需要严格的作息时间表和管理表：圣菲利斯有一张预先印好的表格，并给了我一个鼓励的微笑。

与此同时，贝恩决定重建桑树上的小屋，就在它原来的位置。他说，孩子会喜欢的。他谈到的这个计划，好像它有绝对的优先权一样。我想让他理智些，并提醒他说我们的女儿在四五岁之前最好不要爬那棵树，但没有用。贝恩把木板运到农场，然后消失几个小时去寻找易弯曲的树枝来制作屋顶。

事实上他无法忍受什么也做不了，就等着我用促排卵的方法产生更多的卵子，更多更多，直至达到极限。当他带着做父亲的梦想展翅翱翔的时候，我则被沉重的肚子、坚硬的乳房、一夜之间出现在大腿上的橘皮组织死死按压在地面上。

"别看着我。"晚上脱衣服的时候我对他说。

"为什么不能看？我一直都是看着你的。"

但我知道，他会忍不住用眼神剖析我，记录每一次的恶化。

"别看着我就行。"

他负责注射，他很熟练，很久之前弗洛里亚娜教过他那些手法。他总是把药丸拿在手心里，另一只手端着送药的水杯。他的关怀安慰着我，但同时也让我感到厌烦。这让我越来越喘不过气，越来越没有欲望。

"我宁愿接受治疗的人是我。"他带着复杂的情绪说。

"然而并不是，"然后出于懊悔，我补充道，"你吃点维生素就

225

够了。"

圣菲利斯为他开了改善精子质量的处方。我怀疑那是否真的有用，但贝恩小心翼翼地接过它们，就好像我们的整个"事业"都靠它们了。

有一天，尼科拉出现在小农场。我们已经很久没联系了。关于他的唯一消息是与在弗洛里亚娜的简短会面时得到的，那是在几年前，我们为了卖地的事儿碰了一面。她当时说得很简略：他很好。我没再敢问下去。

尼科拉正巧在我刺激卵巢疗程的中途到了，当时是五月，那是一个美妙的星期天早晨。他从一辆亮锃锃的跑车里走下来，他自己仿佛也发着光：他穿了一双皮鞋和一件洁白无瑕的衬衫，领口微微敞着，露出古铜色的胸膛。他比我上次见他时强壮了，壮些更好，我想着。不再像孩提时那样总是笨手笨脚、闷闷不乐的。如今他更像切萨雷了，有着同样发达的肌肉，这甚至让他显得更聪明。

我在脑海中想象自己不修边幅的模样：头发绑着，看起来有些脏。穿着贝恩的运动短裤，我常穿着那条裤子在菜地里干活，额头上浸满了汗，腋下的汗水也清晰可见。每一寸皮肤都渗透着促性腺激素。

"我希望没打扰到你，"他说道，"我从这边经过。"

"只有我一个人。"我回答他说，他大概以为贝恩也在。

尼科拉朝四周看了看，他把双手托在臀部，脸上洋溢着一丝幸福的神情。"切萨雷说我会发现一切都有点不一样了，但我并不这样觉得。至少这把摇椅还在。"

"别坐在上面，有些不安全。我们把里边修了修。花园也翻新了。我给你拿些柠檬水吧，喝吗？"

我从外边回来的时候，尼科拉坐桌边，拿手机编辑着短信。他拿起杯子，一口气将那杯柠檬水喝完了。我又给他倒了一杯。

他一脸兴奋地指了指房子边上。那张画着生殖器的壁画已经在那儿很久了，以至于我都忘记了。我们涂了一层白漆遮盖，但是油漆一干就又现出了黑色的轮廓。

"这是个赌约。"我解释说，脸红了起来。

"我想，应该赌输了。"尼科拉说道。

我在他面前从未感到尴尬。尴尬的总是他。但当我们成年后，无形中有些出乎意料的情况发生了，反了过来。越往前走，久别重逢的人对我而言便越发成了一种折磨。

"你一直都在当警察吗？"我问了他一句，只是为了不再胡思乱想。

"警员贝尔帕诺，为您服务。"他向我展示衬衫上的金色小胸针。

如果当时丹科在那儿，那一定会嘲讽他的。

"那你喜欢吗？"

尼科拉将杯子转了半圈，我记得小时候他就常做这个动作。

"我觉得自己一直都是听命行事的那种人。三个人当中大概我是最循规蹈矩的。可能因为我年纪最大吧。"

他讲话的时候，似乎觉得自己与贝恩和托马索之间的联盟仍然存在。他知道他们从未提起过他吗？这正是我与尼科拉的共同之处：就算已经为时过晚，我们却仍保持着忠诚。

"你知道吗，因为武器的原因，切萨雷一开始并没有干到底。但后来他明白那些武器几乎没什么用。关键在于得有某种理想。"他停顿了一下，像是在思考自己刚刚说的话。接着他摇了摇头。"我并不是为他所谓的那种自由而生。那么你呢？你喜欢在这儿的生活吗？"

我抱住双臂放在胸口。

"很难说。待在乡下，卖着农产品。就这么两件事。但我确实无法想象另一种不同的生活。有时候我有种很奇怪的感觉，感觉自己像是某种风景。和那些植被、动物一样，有点像你父亲说的那样。"

我为什么要向他倾诉这一切？

"你们应该时常来城里一趟。我家里也有间客房。我很乐意介绍斯黛拉给你们认识。"

"她是你的女朋友吗？"

"我们已经结婚两年了。但我们不住在一起。"

他在等待我接受邀请，或是拒绝他，总之他在等那个答案。贝恩和我一起去巴里，去他家拜访。

"你会介意吗？"他问道。

"什么？"

"介意有斯黛拉在。介意我们在一起了。"

我拉了拉椅子说道:"为什么要介意?"

"没错。当我知道你和贝恩在一起的时候我并不开心。"

"我为你感到高兴,"我说,"你想要些饼干吗?"

我正在尝试弄杏仁粉。它们并不真的好吃,但的确体面。

尼科拉平静地等着我把它们端上桌。他从盘子里拿了一个,还没等咬就碎了。

"它们太脆了,我知道。"

他笑了笑。"掌握技巧就好了。"

时间过去很久,我们已经没什么话题可聊了。不,并不是这样的。关于过去,我们还有很多话可说,那些我们在这同一张桌上打牌的日子,那些从小时候起就将我们联系在一起的复杂而模糊的吸引力,那时他送给我的珊瑚手镯,我从未戴过却仍然保存着,还有我不再回复他信件的原因。但这些都太危险了,我们彼此都感觉到了。

"贝恩和我想要个孩子。"我说道。

毫无防备地,这句话从我嘴里蹦了出来。我不由一阵耻辱。

"我正在接受治疗。服用一些荷尔蒙。"

"很抱歉。"尼科拉低声说道。

心里的情绪全部涌了上来。泪水从眼睛里流了出来。"每种检查都已经做过了,但就是没能怀上。"

我让他有些尴尬。他有些难过,也许甚至感到懊恼。

"我的一位同事患了静脉曲张。所以……"

"贝恩来了。"我打断了他。

尼科拉从椅子上转过身去。他向贝恩挥了挥手，但并没问好。我们看着他走在小道上。我的眼泪继续往下流着，我控制不住，出于某种原因，我也并不想控制。我只是用手腕擦了擦眼泪。

"你为什么在这儿？特蕾莎，是你邀请他来的吗？你为什么来了？"

我站了起来，抓着贝恩的手。"他过来看我们。我们已经很久没见面了。我给他倒了些柠檬水。"

尼科拉用有些复杂的表情看着我们。

贝恩显得异常焦躁不安："你为什么在哭？你们都说了些什么？"

他的双眼紧盯着尼科拉问道："到底说了些什么，啊？"

"什么也没说。"尼科拉回答道，他和贝恩对视着。

贝恩绝不会原谅我把治疗的事情告诉尼科拉的。

"你得离开，"贝恩威胁说，"这里已经不是你家了。我们已经买下它了，你听懂了吗？走开！"

尼科拉慢慢地站了起来。将椅子好好放回桌下，目光重新扫视四周，仿佛是想抓住最后一刻感受小农场的光彩。

"见到你真好。"我在最后说道。

他搂过贝恩的肩抱了抱，和他贴了面。他轻轻地捋了捋贝恩的胡子，就好像他从未见过这么长的胡子。贝恩一动不动地站着让尼科拉这样做。随后尼科拉上了车。他按了两声喇叭，倒车离开。

我拿起盛着柠檬水的壶，但不知道该做些什么，便又将它放回原处。

"你为什么要这样对他?"

"他无权来这里。"贝恩说道,现在他已经坐下了,双眼紧盯着什么也没放的桌子中央。

"你们是兄弟。而如今你和托马索表现得就像是当他不存在。"

他用指甲刮着塑料桌布。

"像他那样的保安应该远离这个地方。"

"你像个罪犯一样把他赶了出去。你才像是个保安!"

贝恩低下头:"别冲我发火,求你了。"

他的声音让人丢盔弃甲,如此温柔,还用了那样的词,"发火"。我的怒火瞬间消失了,取而代之的是柔情的汪洋,一点点填满我的心房。

我坐下来,把手放在桌子上,头靠在手臂上。贝恩的手指马上轻轻掠过我的头发。

"我们都很累,"他说道,"但很快一切都会好起来的。"

他的手指有节奏地按摩着我的发根。我闭上双眼,五月末的阳光照在眼皮上,乡村一片寂静:我就这样让这一切包围着我,像是一个崭新的约定。

七年级时,家庭医生烧掉了我大脚趾下的一个疣。在开始之前他说,我们现在来给这个小女孩烙个漂亮的记号。父亲紧握着我的手,重复着说让我别往下看,接着和他说话。那是我经历过的唯一一次临床手术。因此,在取卵细胞的那天,我在屏风后慢慢脱下衣服，穿上粗糙廉价的纸制手术衣，贝恩和圣菲利斯正你一句我一句地交谈着，我的身子不断地颤抖，就好像手术室突然被冷空气席卷。

不过整个过程很短暂。医生不断评论着他在我被麻醉的盆腔里进行的神奇捕捞。那是一种安抚的方式，可我宁愿他保持沉默。我看到护士戴着口罩，亲切地对我微笑。那是个和我年龄相仿的女孩儿，她大概从没有过这样的经历。一段时间以来，我将女性分为两类：容易受孕的人，和像我一样的其他人。

"九个！"圣菲利斯大喊着，把探头递给了她。

"九个什么？"贝恩问道。圣菲利斯脱下手套，在空中伸展了一下指头，接着在文件夹里乱写了些东西，贝恩被一连串行云流水的动作吸引住了。

"九个卵泡。我们的卵子足够了，够生一窝孩子了。做得好，特蕾莎。"

他像第一次一样，隔着床单轻拍了一下我的屁股。在手术之前他就已经直接叫我的名字了，因为如今我们是盟友，他和我正在这场战役的最前线。

下一场战役会在实验室的显微镜镜头下进行。在我们看不见的地方，在完全无菌的环境中进行着无声的性交，贝恩的精子将和我的卵子结合在一起。而剩下的则顺其自然，即使我平时不怎么用这个词，"自然"，至少不会在圣菲利斯面前提起。因为在一次扩张手术中他对我发了火："自然？特蕾莎，你觉得怎样才算是自然的？我们穿的衣服是纯天然的吗？我们吃的菜是纯天然的吗？

噢，当然，我非常清楚你们自己种菜，你们上次带给我的菜很棒。那也许是因为你们没有用农药或者类似的东西，但如果您觉得这样您的番茄就是纯天然的，那么请原谅我的坦率，这很天真。几百年来，这片土地上已经没有什么纯天然的东西了。一切都是人为的结果。一切。您知道我跟您说的是什么吗？我们应该为此赞颂上帝，即使它并不存在，因为否则我们仍会死于天花、疟疾、鼠疫和分娩。"

贝恩并没有反驳这番话，甚至过后都没有。我心里在想，他是否还记得福冈正信谈到的关于医学和医生的部分。不，福冈正信已经不存在了，被当父亲的欲望撕得粉碎，被对圣菲利斯和他的医术无条件的信任撕得粉碎。

在诊所外，我在取完卵后有些支撑不住。我从昨晚开始就什么也没吃过，甚至连一杯医生嘱咐的加糖的茶都没喝。贝恩一直扶着我，怕我倒下。

"都怪那些药。"我发着牢骚。

他在人行道中间吻了我一下，周围人来人往，没人了解我们发生了什么。

"都结束了。"他承诺着。

那天晚上，我的确觉得轻松了许多，我正在从局部麻醉中恢复，感觉双腿慢慢又属于自己了，前些天的疲惫消失了，虽然我并没有停用荷尔蒙。想到孩子，我便振作起来。也许他已经诞生在显微镜下，很快便会进入我体内。

第二天，圣菲利斯的助手叫我们去工作室。她并不想说原因。

我们把煮到一半的熟杏酱扔下，压碎的一半水果还流着汁儿。在前往弗兰卡维拉的路上，我们都觉得那个令人沮丧的电话不是个好兆头，所以谁也没说一句话。

圣菲利斯心情不错，充满活力，但他告诉我们在二十四小时前收集的九个卵母细胞失去了活性，那些看起来如此有前途的卵泡空了，连一个受精卵都没能存活。

一如既往，我的理解力远没跟上他说的话。我问道："但是怎么可能会这样呢？"与此同时，我感觉到圣菲利斯所说的那种空，在我的肚子、胸口和喉咙蔓延开来。

"一切都是有可能的。"

他眯着眼紧张地抽搐了一下，然后有些惊讶地睁开了眼。在开口说话前，他重复了两次这个动作："这就是统计学的问题了，特蕾莎。但我打算改变治疗方案。先排除曲普瑞林，听说那会不太好受，不如我们试试果纳芬和乐瑞。我给您开过乐瑞吗？不，实际上并没有。让我们稍微增加一点剂量。"

"另一种刺激？"问的时候我已经哭了。在那几周里我丢人地轻易就会哭出来。"有可能发生"，在那页说明上这样写着，我一遍又一遍地看着那行字。

"打起精神来，夫人！"医生惊了我一跳，声音中有一丝紧张，"有时候必须付出一点牺牲才能取得好结果，我说得对吗？"

他又重复道："我说得对吗？"

贝恩替我点了点头。

然后我们回到了大街上，弗兰卡维拉的街角成为关于那段时间的所有记忆的背景。诊所入口旁边有一家蔬菜水果店。店主总是站在外面，靠在门框上，盯着进进出出的人。天晓得他是否知道发生了什么。

"我不知道我能不能做到。"我对贝恩说。

"你一定能做到。"

他带着我走向药房的方向，因为我们需要新的药，新的改变自然的方式，无论那是什么，去做自然可能不愿去做的事。

第二个卵巢刺激周期像是场大屠杀。肚子、臀部、背部、小腿，我的每寸肌肉都难受极了。我几乎起不了床，我的房间变成了一间乡村医务室，我几乎闭门不出：盒里装着旧药和新药，拆开的一次性注射器包装，到处堆积的玻璃杯，杯底残留着圣菲利斯在电话里给我开的头痛冲剂。

贝恩无法面对这种混乱。白天，他独自一人在田间干活儿，我担心他的脊椎承受不住，那我们就真的完了。在忙碌间隙，他把头伸进房间，问我有没有好一点儿。他从不问我怎么样了，只是问有没有好一点儿，他会被答案吓一跳，接着就消失了。到了晚上，筋疲力尽，为了给我腾出尽可能多的空间，他躺在床边入睡。

有天晚上，我抽筋抽得很厉害，所以我把他叫醒了。他不知道该做些什么。他下楼端了一盆开水回来，好像我就要生孩子了一样。我冲他大喊了几句，于是他又消失了，端了一盆冷水回来。他用衬衫的一角沾了点水，给我擦了擦额头。

"别像这样咬牙切齿。"他求着我。

我告诉他也许我会死，他开始惊慌地摇头。

"你不能，"他重复着，"你不能。"

他想叫辆救护车，但他得先走到小路尽头，然后再接着往前走，一直走到与柏油马路的交界处，那段时间他必须留下我独自一人，没有别的办法。

他用拳头捶着大腿，仿佛试图将痛苦转移到自己身上。我叫他停下来。突然间，我被一股巨大的平静和遗憾包围着，并不是为了我自己，只是为了他，为了他那因为害怕而痛苦欲绝的表情。

最后我睡着了。当我睁开眼睛时，阳光充斥着房间。贝恩还在一旁。他采了些山萝卜花，把它们插在一个盛着月桂枝的罐子里，放在床头柜上。他抚摸着我的头，我滑了一下，靠他更近些。

"我已经和圣菲利斯聊过了，"他说，"你必须立即停止治疗。"

他不敢看着我。

"还剩六天。"

"必须暂停。"他重复道。

"我昨晚有些精疲力尽。很抱歉。但现在我好些了，我确定。"

贝恩摇了摇头。他的世界已经天翻地覆。我看着他因为缺乏睡眠而泛红的眼皮，他的胡子太长了，卷成一团，挫败感似乎给他身体的每个部位都压上了重担。

那天夜里的磨难留给我的只剩下这种异常的清醒。也许我也曾梦到一些东西，尽管只剩模糊的回忆。"不是你的错。"我说道。

他没有转过头来看我，他的肩膀僵硬了一会。

"你不需要……"

"有另一个解决办法,"他打断我,"圣菲利斯想向我们解释一下。你穿好衣服,我们去找他。"

"我跟这家诊所合作很多年了,"医生告诉我们,"它在基辅。你们去过那儿吗?那是个迷人的城市,花费很少。"

他在等着我们摇头。

基辅。

"我在那的同行,费德科博士,在生育领域评价很高。他能够解决,怎么说,传统助孕手段无法解决的难题。眼下,我必须得说这正是你们的情况,尽管你们还很年轻。夫人可能患有空卵泡综合征。说实话这种病很少见,但并不是罕见至极。无论如何,我们无法确定,因为您无法耐受卵巢刺激。我说得够清楚吗?"

他专注地看着我,似乎在等待我否定这一点,承认昨晚的痛苦是种夸大其词,一种装腔作势。

"没错,"他接着说,"我们承担不起过度刺激的风险。因此只剩人工授精这样的方式了。"

"所以孩子就不是我的了。"我慢慢说道。

贝恩不大明白。他看了看我,再看向圣菲利斯,接着又看了看我。他没有读我这几周读过的一切。他仍抱有幻想:这只不过是加速进程的一种方式,它是无害的,就像他的维生素一样。

"说的是什么话,特蕾莎,"圣菲利斯合上手说,"大家一开始都有这种想法。但您知道您在周围看到的孩子里有多少是这样受孕的吗？去问问那些母亲，他们是不是她亲生的孩子。"

他靠近我。

"孩子属于怀胎十月生下他们的人，属于抚养他们长大的人。你知道最近的研究都说了些什么吗？一些美国人发表在《柳叶刀》杂志上的研究表明，胎儿具有多到难以想象的孕妇的特征，即使它跟她拥有不同的遗传基因。难以想象。"

"为什么会有不同的遗传基因？"贝恩问道，他越来越困惑。

我和圣菲利斯都没有回答。我被"孕妇"这个词吸引住了。

"反之，您知道会发生什么吗？在很多年后，他们又回到这里和我说：医生，我的儿子很爱我，而且比起他父亲，他更像我。而我会说：这有什么可惊奇的？我没对您这样保证过吗？关于捐赠者，我们会尊重你们提出的所有主要参数要求：身高，眼睛和头发的颜色。这个女孩将会和她长得一模一样，即使你们从未见过捐赠者。相反，如果你们想要一个长着红色头发，或是很高，抑或很漂亮的孩子，那么我们也会帮忙寻求合适的捐赠者。我的一位病人坚持要一个黑白混血女孩，我们满足了她的需求。那个牛奶咖啡色皮肤的小女孩现在已经上学了。"

像是在从产品目录里挑选，我想。所有这一切简直无法想象。

圣菲利斯转向贝恩接着说："而关于乌克兰人，要调整一些认识。每个人都会立即想到俄罗斯人，但并不是这样的。他们没有斯拉夫人的特征，他们和我们更像。"

他靠在椅背上，等待着我们提问。但我们都六神无主，不想再说话了，因此依然是他打破了沉默："我希望不是因为宗教方面的顾虑。因为在这种情况下，我也有充分的理由拿来和你们解释。可以这么说，一些以色列的正统犹太教徒也去费德科的诊所，还有穆斯林。虽然很难想象他们也会有生育问题。"

"这是违法的吗?"我问道。

圣菲利斯撇了下嘴。

"您想让我怎么说呢? 改变人们的想法是需要时间的，尤其是在这里。如果您问我要是您子宫里有了一个漂亮健康的胚胎会怎么样，会不会有人来抢走它。当然不会有人这样做。因为孩子在谁肚子里就属于谁。除非她来找我想再捐一个卵子，不然那个时候她可能已经忘了在基辅的旅行。"

他张开双臂在转椅上转来转去。

"但是，你们想过从前这一切都不存在吗? 我们生活在一个瞬息万变的时代。"

然后他详细地解释了流程和时间。采用新的激素疗法，比之前更加温和，"不是什么难事"。最大的好处就是，我现在只用做一个"躯壳"。

一个躯壳。

我又放空了一会儿。我对乌克兰的了解有多少呢? 我只知道切尔诺贝利的事故。这还是我妈妈跟我说的，她说因为奶牛受到了核辐射影响，所以不再买鲜奶了。我想象着铁灰色的天空下荒芜的村庄和广阔无垠的田野。

贝恩屁股坐在椅子边上往前蹭，他对圣菲利斯的学问深信不疑，完全同意他的建议，就像被施了魔法一样听他的话。

"我们想办法尽量省钱，"医生最后说道，"八千欧元足够了。当然不包括住宿费和路费。"

但是八千欧元已经远远超出我们的存款了。我们最后的钱都花在了没有成功的人工授精手术上。现在我们连一千块都没有。

我和贝恩互相看着对方，这是会面以来我们第一次看着对方。那一瞬间我们忘却了担忧，只是一心想着弄钱的事，至于是否接受的决定，它对不对，光不光彩，已经无关紧要了。我们根本不需要考虑那些。归根结底，我们也没有其他选择。

八千欧元。还要加上机票钱、酒店钱和在基辅吃饭的钱（几乎要在那里待一个星期，要等我的生理期和医生的安排，采集精液，冷冻精子，还有其他一些复杂的检查，然后就是等胚胎成熟，注入我的体内）这样下来花费就得到一万欧了。短时间内我们凑不到这么多钱。靠卖东西赚的那点钱，我们得干两三年，而且说不定小农场还需要钱，农场里的东西不是这坏就是那坏，要是赶上冰雹、霜冻、鼠害的话，收成也指望不上了。

医生说我们已经进入第三个千年，这个时代瞬息万变。男人和女人们在基辅安静的房间里穿着无菌服、戴着无菌手套，就能够拥有自己的孩子。但是我和贝恩仍生活在一千年以前，和现在差得远了。我们还停留在靠天吃饭的阶段呢。

我们听说在佩兹迪格雷克有个放贷的人，但他的名声很糟，是放高利贷的。我们放弃了这条路。

我给爸爸打了个电话，没有告诉贝恩。尽管联系很少，但也一直是我给爸爸打电话。我们不再僵持着了，但仿佛还是生活在彼此无法触及的世界。我从他的声音里听出了震惊，但很快他又恢复了平静。

"你能借我点钱吗？"我开门见山地说道，"等我们收了橄榄之后就还你。"

"你需要多少？"

"一万欧。我们要修房顶。"

我自己都感到震惊，我能这么快就把谎言编好。我听见他在电话那边的叹息声。

"还要交你的大学学费，"他说，"缴费通知已经送到家里来了。"

"学费不用交了。"

我轻微地喘了起来。激素治疗之后我的身体还没有完全恢复。

"爸爸，现在我们需要钱来修房顶。"

"你奶奶房子的房顶好着呢。"

"对不起，爸爸。这件事情我已经跟你说过了。"

"你别想着从我这拿走一分钱，也别跟你妈妈要。我早晚会知道的。"

爸爸把电话挂了。我呆在原地几秒钟，徒劳地举着听筒。我有一种奇怪的感觉，突然间我觉得小农场周围的土地在扩张，朝各个方向扩张了几百千米，只剩我和贝恩孤零零留在这片荒凉的土地中央。

我们躺在床上。绝望让我把一切都告诉了贝恩。贝恩没有像我担心的那样生气，也没有像我以为的那样说爸爸的坏话。相反，他一言不发，紧闭着双眼似乎要摆脱一个愈发成熟的想法。随后他紧抿着双唇笑了笑。在某种意义上，是我给了他这个主意。

"你的父母是正经人，"他说道，语气里没有一丝恶意或嘲讽，"他们尊重传统。所以我们得找到一个让他们无路可退的解决办法，用体面的方法。"

"有这样的方法吗？"

"当然有。你想不到吗？"

"我想不到。"

"特蕾莎，嫁给我吧。"

即使是在那么荒唐的情况下，即使贝恩是随意说出那句意义重大的承诺的，既使他根本就没有想过这句话承载的意义，而只是想着后面更重要的事，但还是让我的脸上泛起红晕，很快就遍及全身。

"贝恩，我们之前一直说婚姻是一种社会性的束缚。我们就是这么和丹科说的。"

我很担心我骨子里那个传统的女孩因为突如其来的求婚而表现得仓皇失措。好像活生生的丹科就在房间里，审视着我微妙的情绪变化一样。

贝恩掀开被子，半裸着身子，头发乱蓬蓬的，跪在床上。

"如果我们结婚的话，他们就得送我们一份礼物。"

"你想靠我们的婚礼来赚钱吗？"

"特蕾莎，就只是一个聚会而已。我们用白色的丝带把树装饰一下。然后我们就能去基辅了，起床，快起床，特蕾莎，行动起来吧。"

我掀开被子，站在床上。贝恩就这样跪在我面前。从上往下看，他细长的双眼显得更有吸引力了，我想，那双眼睛是多么适合说出并重复这样的誓言啊。但是这一次是真的，带着属于曾经那个少年——虽然我们现在仍旧年轻——的全部恐惧与希望，说出："加斯帕罗·特蕾莎，你愿意嫁给我吗?"

我抬起他的头，靠在我身上，他的耳朵贴在我的肚脐上，在那里他能听见我心里隐藏多年的答案，听它从一直在等待一切降临的腹腔中涌出："我愿意，胜过这个世界上的一切。"

这只是权宜之计，只是一场演出、一场骗局罢了，没有什么特别的意义。但是我对那场婚礼完完全全当真了。我们彼此交换的结婚誓词使得基辅的旅行都显得黯然失色，可怕的事情都退到幕布之后。我不去想那些，我努力不去理睬那些事情。这是几个月以来，我第一次重新体会到幸福。

原本我们打算邀请的宾客还不到五十人。尽管他们都很大方，但是只有这么多是不够的。我们开始想办法邀请更多的人。首先是不太亲近的亲戚，接着是那些差不多都要忘了的人。还是不够。增加的宾客主要都是我这边的。我在脑海中挤出一个名字，我告诉贝恩：瓦雷托一家。

"他们是谁?"

"是我的朋友。以前他们偶尔也会来奶奶家吃晚饭。我和他们的女儿一起去过夏令营。好像叫吉内拉还是贝内德塔。"

"那好，把她也加上。她有男朋友吗?"

"我们就写邀请你们。"

我不确定这样到底行不行，但是贝恩坚信大家都喜欢聚会。尤其喜欢参加婚礼。

确实就像贝恩说的那样，要来的人很多。我们邀请了两百来人，尽管举办婚礼的地方很远，通知得又很仓促，也差不多有一百四十个人答应来参加婚礼。婚礼是在九月份吗？是的，我们准备热闹地办一下。也有人表现得不怎么惊喜，毕竟大家都这么长时间没见面了……我告诉他们这些年来我时常会想到他们，这样一通说下来我自己都信以为真了。他们听了之后很感动。婚礼是在教堂举行吗？不，我们办世俗仪式，贝恩和我都不太信教。

接着我就说到更加微妙的问题了：我们不想收礼物的，我们确实什么都不缺。但我们一直梦想远途旅行，具体去哪里还没想好。我们会准备一个箱子，你们可以把准备的东西放在里面。

接下来，我开始赞美普利亚大区美妙的风景，九月的阳光和大海。至少这一点我们是没有说谎的。

贝恩很痛快地答应了也邀请切萨雷、弗洛里亚娜和尼科拉来的提议，好像突然间忘记了他们之间的恩怨。

"还有我们的邻居，"实在想不出别人的时候，他说道，"还有那个买下别墅的人。"

"那个建筑师？我就没再见过他。"

"那你去找找他啊。"

于是，我装了满满一篮子蔬菜来到别墅门口。

我看到铺着瓷砖的地方扩大了一些，院子里的每一棵树都被一个小花坛围着。门房已经变得认不出来了，被一道长长的不透光的玻璃窗封死，午后的阳光直射在上面。再没有发霉的斑点，也没有脱落的墙皮。我暗暗问自己，奶奶是否会喜欢这样的房子。院子周围砌了一道两米多高的围墙用于保障安全，这堵墙把游泳池圈了起来，也隔绝了外面的村庄。

"因为晚上的时候我会有点儿害怕，"建筑师在院子里迎接我，跟我说道，"我很容易受到影响的。"

"希望我没有打扰到你。"

"恰恰相反，我正希望哪天你能过来看看我把这幢房子变成什么样了。特蕾莎，你是叫特蕾莎吧？我叫里卡尔多。"

"我记得的。"

我把那一篮子菜给他。给住在这里的人送这种东西当礼物显得多么幼稚和突兀啊，但是里卡尔多很惊喜地接过菜篮，把它放在阴凉处，然后开始用手机拍照，他花了点儿时间寻找最好的角度。

"这个位置拍出来的颜色最好，"他说，"我要把这张照片发博客。"

"您过会儿可以尝尝这些蔬菜。"

"你说得对，我一定会尝的。"

他带我参观了别墅内部，一开始的尴尬也稍有缓解。房间还和原来一样，但是从前堆放杂物的地方现在已经被收拾出来了。奶奶以前一直坐的雕花扶手椅没有了，对于这一点我有些难过。

"我来是想邀请您参加我的婚礼，"当我们走到门口的时候，我说道，"我这么来有点过分了。"

"去你的婚礼，真的？"

"你毕竟也是我们的邻居啊。"

他说他会考虑的，随后又改口说，他很高兴并且一定会去的。我沿着院子往回走。我没有跟他说礼物和那场还没有决定目的地的旅行，也没有说箱子的事。所以，在某种程度上，我的任务失败了。但是里卡尔多对我的到来表现得如此坦率和感谢，我不愿意撒谎欺骗他。

我在院门外摘了两株草，回小农场的路上，我试着把它们编成一个小王冠。我回忆着弗洛里亚娜和男孩们教我的步骤，还没成功就厌倦了。

贝恩把我父母的反应猜得很准。尽管在电话里他们没有立马表示同意，但过后他们就会明白过来，同从前一样，他们已经没有办法反对了。第一通电话半个小时之后，妈妈就又给我回了电话，甚至还有一点激动。

"我们一起去买礼服吧，"她说，"你就别想劝我了。我绝不会在那儿买衣服。你爸爸已经去给你买机票了。"

妈妈的那些话只是再次表明了我选择了怎样不体面的生活。远在我来这生活之前她就已经如此讨厌这个地方。但是此刻，她专断的声音让我感到安慰。我一声不吭，不让她发现我的脆弱。

她继续说道："如果他愿意，可以一起来。但是，他肯定是不能看到礼服的，那样的话不吉利。"

噢，妈妈，你知不知道我们已经多么不幸了！怎样不幸才会迫使我们做出这种事情。我心潮起伏，想要把一切都告诉她。但是我和贝恩做的关于去基辅的第一个决定，就是要绝对保密。除了我们和圣菲利斯医生之外，不该再有人知道这个秘密，否则我们的女儿将永远不会完全属于我们。

我没让贝恩陪我去都灵。我相信他不会接受这样的安排，也害怕如果他真的去了，我没办法处理好他和我父母之间的关系。

礼服的布料是如此轻薄和精美，穿上的时候，我不得不小心翼翼，既不敢用手碰它，又怕不小心踩到它。礼服正面是十字绑带，两条丝带在背面系成一朵花的样子。没有披肩，我后背的一大部分都是露在外面的。妈妈说，你年轻，可以穿这样的衣服。店员还说我的肩胛骨很完美。

和妈妈在一起的下午过得飞快，想抓都抓不住，就像是小时候家里吃晚饭和在床上睡觉的时光一样。

礼服将会在二十天之内邮寄到斯佩齐亚。我决定不告诉贝恩，即便他问我礼服的价格，我也不会说实话。如果用买礼服和鞋子的钱去基辅的话，至少够我们走一千来米的花销了。

几个星期之后，我陪贝恩去挑他的礼服。我花了好大力气才劝动他，有一套礼服是必要的。他坚持穿他自己的衣服也能凑合过去，或者穿丹科那件在我奶奶葬礼上穿的丧服，再不然就找托马索借一套衣服穿。我想尽了一切办法劝说他，我对他发誓我是不会跟一个穿着丧服的人结婚的，穿服务员制服的也不行。

我们去的是梅萨涅城外的一个商业中心，周围都是厂房，在店里，贝恩倔得就像个孩子。他从店员手里拿过一件外套，恶狠狠地看了一眼价签，然后摇了摇头，连试都没试就把衣服还了回去。他一直这样，店员都不知道要怎么给我们推荐了。

"我们就不能少花点钱买礼服吗？"他几乎是央求地说道。

"两百欧！"他艰难地克制着语气。

"贝恩，你也得穿的。"

"你根本就不是想让我穿衣服。你就是想打扮我而已。"

突然间，我感到很累。我去椅子上坐着了。尽管开着空调，但还是热得让人难以忍受。店员给我拿了点水喝。

我整个人苍白、沮丧，像个局外人一样待在那里，这副样子应该惹怒了贝恩，他什么话都没说，从柜台上拿起那件两百欧的蓝色礼服，径直走进试衣间，几分钟之后，贝恩穿着那套衣服走了出来，但是裤子一直拖在地上，上衣敞着穿在身上。当他伸开双臂原地转圈的时候我能隐约看见他棕色的乳头。

他让店员再给他拿一件白衬衫、一双软皮鞋和一条领带。领带的颜色很浮夸，但是为了不影响他的兴致，我什么都没有说。贝恩结了账，我们离开商店，走出商业中心，来到一眼望不到边的停车场，要被七月的大太阳烤化了。

贝恩和丹科一起从镇子里弄来一些节日彩灯，还有三个白色拱门，拱门很大，内部装饰精美，他们装了一百多个圆形小灯泡，一个挨着一个，同时点亮那些灯泡足以照亮小农场的夜晚。他们把灯安得很近，就像是祭台后面的装饰屏，需要用绳子和其他固定的东西才能把拱门吊起来装好。

我没有问他们是从哪里弄来的那些东西，也没有问桌子、板凳、桌布，还有挂在树枝上罐子里的十几根白蜡烛是从哪里来的。肯定都是丹科弄的。他在整个普利亚都有熟人，他肯定是找他们帮忙了。

不知不觉地，我们就这样忙到了婚礼那一天。我和贝恩匆忙赶到奥斯图尼市市政厅前的台阶，人们把大米撒向我们，我挽着贝恩的胳膊，这时我已经是他的妻子了。稻谷壳挂在我的头发上，在妈妈早上给我梳好的发型上蒙了一层细粉。

之后，我们步行走过小农场前的小路。夕阳的余辉把我和贝恩的影子拉往两个方向，拉得很长很长，一直延伸到最前面的那几棵果树上。就这样，我们两个和小农场终于融为一体了。

客人们分成了几堆，跟着我们往前走，时不时有人追上来给我们拍照。托马索一个人留在小农场负责指挥合作社临时过来帮忙的服务生和厨师。

终于，黑夜带走了最后一束阳光，那一百多个灯泡为我们照亮了夜晚。

"这儿从没来过这么多人。"切萨雷抚摸着我的脸颊说道。

"希望你不会介意。"

"怎么会呢？"

"因为你一直把这里视为宁静的所在。"

他又抚摸了我的脸、我的脖子，要是别人对我做出如此亲近的动作，我一定会逃掉，但是跟切萨雷不会。婚礼当天他的出现，让我十分安心。

"我一直把这里视为神圣的所在，"他纠正我说，"我想不出更好的话语来赞美它。"

他对我笑了笑，想要看透我表情背后的心思。

"我跟你说过你前世是两栖动物，你还记得吗？"

我当然还记得，让我感到惊讶的是他居然也记得这件事。

"好了，今天我更确信这一点了。特蕾莎，你可以适应不同的生活。你既会在水下呼吸，又会在陆地上呼吸。"

只要一句低语，我就可以告诉他即便在那样的嘈杂中依旧压得我喘不过气的秘密。

我们想要偷一个孩子。我们想要偷一个属于我们的小女孩。

我感觉到秘密呼之欲出的危险。切萨雷向我投来鼓励的眼神，但我还是摇了摇头。

"谢谢你能来。"我说道。

"别逃。我想给你介绍一个人。"

我跟着他走到藤架下。切萨雷拍了拍一位女士的肩膀，她有一头散开的黑色长发，穿了件蓝色裙子，纤细的腿露在外面。

"这是我的妹妹，玛丽娜。他是贝恩的妈妈。我相信你们从来没见过吧。"

但是在切萨雷开口之前我就明白了。从她那双紧盯着我的细长眼睛就看出来了，和我丈夫的一模一样。如果说我有什么没搞清楚的地方的话，就是我以为她是他姐姐。她的腿边站着一个小孩，抱着她的大腿。玛丽娜脸色微红。

"贝恩和我说过不要带他来，但我现在怎么办？"

"他很乖。"我说道，没有再看那个孩子，但贝恩一直向我隐藏着的生活的另一面瞬间被展示出来，对这个母亲和弟弟的新家庭，他从来没有提及，写在邀请名单中又除去。因此，只留下被笔划掉一部分的痕迹，同时存在和缺席。如果命运从一开始就眷顾我们，那么这个同母异父的弟弟只会比我们的女儿年长几岁。

"玛丽娜很高兴见到你。"切萨雷说。

但她已经弯下腰低声对孩子说在陌生人面前要表现得更好。

"您以前来过这里吗？"我只想说些什么。我记得那堆扁桃仁。贝恩失望的等待。他的背也因为一直弯腰剥扁桃仁而出问题。

玛丽娜点点头。"我喜欢你戴在头发上的花。"她说。

我希望她说些别的赞美。直到几分钟前我才认识她，突然间她成了婚礼上最重要的客人。

但她看起来有些尴尬。她说："我们什么时候走，切萨雷？"

"吃完蛋糕就走。"他温柔地回答。

然后，孩子跑了出去，在丛林中奔跑，仿佛为了逃离这场谈话。玛丽娜跟在他身后，边追过去边向我道歉。切萨雷带着一丝微笑回应了我的目光，他也转身离去。

我和不同的人交谈，即使不明白那些笑话我也一直保持微笑，我四处走，确保每个人的舒适，所有人都能吃好喝好。

我不时地用目光寻找贝恩，我看到他也被其他客人包围，太远了。但我不会被距离影响。我愿意享受这一切，每个瞬间。

科琳娜从一群高中同学中间把我带走，他们正带着偏见问我关于小农场的生活。

"你父亲正在大吵大闹，"她说，她的脸因愤怒而有些扭曲，"他抱怨葡萄酒很差，没关系，好吧，味道是不好，但也不是他攻击托马索的理由。他指责托马索为了掩盖这种味道，所以要给它加冰。"

我们到了饮料桌那儿，父亲正对着托马索发作。他抓住我的肩膀。

"你来了，感谢上帝，我们需要拿点其他葡萄酒，特蕾莎。这个看起来像毒药。坦伯尼刚刚吐了，吐在花丛那儿。"

坦伯尼是他的办公室经理。我的父亲特别在意这个刚刚从市政府调来的家伙。

"我们还有其他的吗?"我问托马索。

他摇了摇头。

"但是你们怎么会想到拿这样的东西出来!"

"也许只是因为瓶子，爸爸。"

"我已经尝过三次了。三次! 这个混蛋就一直这么傻笑着看我!"

"你看到了吗?"科琳娜厉声说，好像这是我的错。

托马索说:"您要我做什么呢，加斯帕罗先生? 我有一个主意，给我那个箱子，"他是指盛旅行基金的箱子，"也许我能够成功地把水变成好酒。如果我没有做到，您可以像从前那样扔石头砸我。"

我看到父亲跳过桌子去抓他，我从未见过他这么激动，但幸运的是音乐家们到了，他们也是丹科的朋友，不知道从哪儿来的，也不知道带来了什么结婚礼物（虽然贝恩和我希望他能够塞点钱到箱子里）。

客人们一起向他们走去，围成一个圆圈，有人拉着我，把我推到了中心。

带着铃鼓的男孩向我点头致意，然后贝恩出现在我面前，同样有些不自在。他顺从四面八方的起哄声，挥动手臂，围着我跳舞。他比我跳得好，但这重要吗？我看着他：我的新婚丈夫。我把自己托付给他。

"脱掉鞋子！"有人喊道，然后他弯下腰解开了我的鞋带。我赤脚站在地上。这可能是客人们等待的信号，因为我们周围的圈子被打破了，所有人都开始跳舞。

贝恩在我耳边低声说他是世界上最幸福的男人。然后，就好像光告诉我一个人还不够，他喊道："我是世界上最幸福的男人！"

人们插到我们中间，我已经看不见贝恩了，我发现自己在和别人一起跳舞，甚至跟爸爸一起跳舞，有人把他推入了这场狂欢。我跳了很长时间，疯了一般。最后我感觉头晕晕的，走路磕磕绊绊，然后我抓起鞋子，所有人都小心翼翼避免踩到它们，我穿过人群，走到藤架下。

厨房里堆满了平底锅、装着剩饭剩菜的盘子和脏兮兮的陶器。合作社的男孩们混乱地搬运着，带着敬畏轮流向我微笑。

我走进浴室。我看到镜子里已经乱了的发型，被玛丽娜称赞过的花已经被压扁了一半，我的脸颊现在是绛紫色的。我有点不喜欢自己失去了一开始的端庄，我看见自己从妆容精致的新娘变成了粗鲁的农妇。我用湿毛巾擦了擦脸。

这时，门打开了。

从镜子里，我看到了尼科拉，他同样头发散乱，领带结半开着。他没有退出去，而是关上了身后的门。

"我很快把厕所让给你。"我说，但是他没有动。

他沉重地呼吸着。他又上前一步，抓住我的胳膊，把脸埋在我的后颈，仿佛要咬住它。在我挣扎之前，他抬起头，激烈地吻着我的脖子。推开他时我的手腕撞到了水槽的边缘。

"出去！"我说，但尼科拉还是没有离开，他转动眼睛，不是对着我，而是对着镜子里的我。

"出去，尼科拉！"

他坐在水池边缘，环顾四周，仿佛在和房间对话。然后他用双手遮住脸。他的肩膀猛地抬起，但我不确定他是不是在哭，看起来像是在局促不安地抽搐。

我感到有点内疚，是我让他变得如此绝望，但我担心如果靠太近他又会做出什么。

"你怎么了？"

他没有回答。

"你喝得太多了。你为什么不带斯黛拉一起来？你本可以带她来的。"

他又摇了摇头。他站起来，打开水龙头，迟钝地看着流动的水。

"你的感情总是那么简单，对吗？"他咬紧牙关说，"太纯粹了。但是你什么都不了解，特蕾莎。无论是我还是这个地方，还是你嫁的那个男人。"

我把湿毛巾放在洗脸池方便他使用。

"我们到外面去，尼科拉。"

我打开门，朝走廊两边看了看，以确保没有人看到我们，这场我没有加入的背叛里没有目击者。

然后是蛋糕时间。我还没从震惊中恢复过来。我看着两个男孩推着装饰着各种水果的圆形蛋糕，一层果冻闪闪发光。他们把它推到栎树下，那儿桌子已经准备好了。我不知道贝恩计划在那里切蛋糕。我再次感觉自己被拉了一下，人们又一次在我周围围成一圈。

贝恩爬上长凳，他向我伸手，拉我上去。口哨声和掌声响起，玩得最疯的是丹科，他闹我们发表演说，其他人也加入。我一句话也说不出来，贝恩把头埋在我背后。客人们安静下来，他们真的希望我们中的一个可以说些什么。

就在这时，切萨雷上前说："如果新人因为激动说不出话来，我想我可以替他们说点什么。当然，如果他们允许我这么做。"

栎树，贝恩和我，装饰着一圈水果的蛋糕，然后是切萨雷，前面还有等待的人群：我记得那最美好的一刻，也许比其他任何时候都美好。

"谢谢，切萨雷。你救了我们。"我说道，在贝恩想到阻止他之前。他又花了一点时间整理思路。

"特蕾莎和贝恩不愿在主的指引下举办婚礼,"他最后说,"然而,这并不意味着上帝不在这里,在这庄重的一刻,上帝俯看着他们,也俯看着我们所有人。即使没有受邀,他也用他温暖而坚强的怀抱拥抱我们。你们感觉到了吗?"

他转向客人,伸出食指指向高处,指向天空中的什么。

"你们能感受到这种温和的氛围吗?我感觉到了。这是来自他臂膀的抚摸。"我担忧地观察着客人的脸,但只有丹科讽刺地交叉着双臂,露出一抹嘲笑。其他人似乎已经被切萨雷庄严神圣的讲话俘虏了。我伸手拉贝恩,但是他很平静。

"我想给你们讲一个故事,"切萨雷继续道,"你们可能没听过这个故事。守护天使的故事。"

就这样,他谈到了守护天使,他们的叛变,以及他们被人的美丽吸引而降临地球,他们如何结合,他们结合后诞生的怪物巨人。

然后是巨人如何与人类战斗,使大地上充满杀戮和痛苦。

守护天使如何教会人们抵御他创造的后代,教他们法术,分辨植物的特性和打造武器。他对我邀请的客人讲了又讲,但这些人只是来寻开心的,又或许顺便窥探一眼我们奇怪的生活,他们或出于好奇或因为礼貌继续聆听着。

然后他说:"我看到你们中的一些人有些困惑。你们肯定在想,这家伙为什么要讲一个如此可怕的故事。他是来砸场子的吗?他到底想告诉我们什么?"

有人窃笑，甚至切萨雷自己也笑了。他现在充满激情。

"人类的每一项光荣事业都源于叛逆和罪恶，就是这样。人与人之间的每一次结合都是光明与黑暗的结合，甚至这场婚姻。请不要愤慨，我恳求你们。这对新人还是孩子时我就认识他们了，他们就像我的孩子。我知道他们内心的纯洁。但先知以诺想要警告他们，他们的内心也存在阴暗，也许他还不知道。特蕾莎，贝恩，永远记住它：我们的婚姻是美德和罪恶的结合。如果你们现在还不明白，那是因为你们尚在激情中眼花缭乱，以后你们会明白的。它总会在某一个时刻发生。那时你们必须记住彼此在今晚的承诺。"

他在用目光寻找弗洛里亚娜。他盯着她看了一会儿，好像他也在谈论他们自己，重申重要的事情。然后他背对着客人，只面向我们，贝恩和我仍然站在长凳上，在演讲台上看起来有些滑稽。

"你们彼此认识时还只是孩子，但是也许那时你们已经相爱了。弗洛里亚娜和我讨论过，是这样吗？我们当时觉得你们只是不愿告诉我们，"他又说，"今晚你们互相承诺要彼此守护，永不改变。"

他向后退了几步，离开了人群中心。有人鼓掌，但没什么信心，掌声很快停止。

在这种茫然不知所措中，贝恩从长凳上走下来，越过桌子，走近切萨雷，将头靠在他胸前。在他的黑发上方，切萨雷招手让我加入他们。我小心翼翼地走下去，他把我们俩都抱在怀里，在他的祝福中，我们发现原来我们如此想念他，尽管在这之前我们并不知道。

科琳娜和托马索是最后离开的，他喝醉了，东倒西歪的，以至于我们不得不护送他到车上，并包容他由于被禁止开车而爆发的怒气。当只剩贝恩和我两个人的时候，我们坐在摇椅上，一点儿也不担心它会被我们的重量压垮。丈夫和妻子。我们挂在树上的彩带掉落在地上，弄脏了。

在桌子上还剩下一些糖果盒，我起身拿了一个，然后回到秋千上。我用牙齿把杏仁糖分成两半，另一半给贝恩，但在那个瞬间他哭了起来。

我问他怎么了，但是他哭得气喘吁吁，无法回答我。然后我用双手捧起他的脸。

"停下来，我求你，你吓到我了。"

他的脸还是扭曲的样子，眼睛下面有红印，难以呼吸。他结巴地说："如此美好……我人生中最美好的一天……所有人都在这里……你看到了吗？所有人。"

他说话的感觉像他已经预感到这样的场景再也不会发生了。那一刻，我第一次感受到他强烈的思念，他思念每个人：他的母亲和父亲，切萨雷和弗洛里亚娜，托马索和丹科，也许甚至是尼科拉。

我站起来。

"你要去哪儿？"他惊恐地问道，好像我也要消失了。

"我去给你倒杯茶。"

"我不需要。"

"喝杯茶对你有好处。"

进了屋子，我手撑在桌上。礼服上都是污渍，还脱丝了。我去了我的房间，脱了衣服，穿上牛仔裤和薄毛衣。我差点儿把衣服留在地上，但最后还是把它放在了床上。

贝恩平静下来，轻轻地摇着摇椅，向前望着。他拿起茶杯，然后吹了吹气。我还是坐在原来的地方。

我们就这样待了一会儿。他没有问我怎么换了衣服，也许他根本没注意到。他似乎也忘记了自己难以克制地哭泣的那十分钟，忘记了填满小农场的所有那些人，就在刚刚，他还觉得自己一个也不能失去。最后，他站起来，举起钱箱，把它扔向院子的水泥地，如此用力，以至于碎片散了一地，像小虫子一样。

我们跪着将钞票和支票从信和碎片里挑出来，最后我们拆开所有信封，把钱从贺卡中拿出来，我们甚至没看那些祝福。最终，大半张桌子都摆满了钱，一阵北风让这些钞票颤动起来，有几张被吹落到地上。

我们开始唱歌。切萨雷不想在农场里用钱，而现在我和贝恩正贪婪地数着钱。我们的客人绝不会知道我们的新婚之夜与他们想象中的有多么不同！白色的棉质桌布下还铺着弗洛里亚娜的塑料桌布，还有那张被烫出圆形痕迹的地图，上面放过几盘热菜。

"九千三百五十。"在我把最后一张钞票递给他之后，贝恩说。他朝我靠过来，终于吻了我一下。"我们做到了。"一股无与伦比的满足感充斥着我们的内心。所有那些钱，都是我们的。

我们走进家里，轮番去洗了澡。还没擦干身体，贝恩就爬到我身上插了进去，笨手笨脚地，甚至没把嘴从我的嘴上挪开。我们的性生活早已变得毫无意义，充斥着对失败的恐惧和过量注射的荷尔蒙，但那个九月的夜晚不同。尽管我们比十七岁时躺在湿漉漉的芦苇丛中更加自信，贝恩吮吸我舌头的方式并不让人惊喜，还有我突如其来的性高潮，和他咬紧牙关屈服于自己高潮的样子，没有丝毫不同，但我们的身体突然变得狂热起来，就像是一次新的启示，在那几秒里，我们没有考虑未来。在那个夜晚，只有我们存在。但那是唯一的一次。

几天之后我们给圣菲利斯带去了喜糖。他吃了一颗又一颗，贪婪地嚼着。接着，他用粘满糖汁的手指翻了翻日历说，我们应该等到一月再去旅行。十月的月经周期已经过了，十一月被排满了，十二月他得带着妻子和孩子去滑雪度假。

圣菲利斯读懂了我们脸上的失望，为了缓解尴尬他更加热情地说："不过一月也很棒！有雪，基辅会有一座座的雪山。雪是好兆头，成功率会急剧上升的。"他在电脑上查图表时我们就静静地待在那里，接着他把电脑转向我们。

"就是这儿，二〇〇八年二月。百分之百怀孕。"

贝恩和我都不敢问雪是不是会给所有人都带来好运，还是这种运气只会降临在他身上。而这又是为什么呢，有科学依据吗？我们是那么迷茫，内心恐惧与希望并存。百分之百没问题，医生承诺道，他说雪给他带来过好运，让我们相信他。而那时，我们愿意相信一切。

"你们已经订好宾馆了吗？我有些不错的建议。我住总理宫酒店，但有人觉得那儿太贵了。那里还有个水疗中心。胚胎移植前的确需要好好按摩一下，有助于放松组织。而您就不需要了，"他转向贝恩说道，"您不需要按摩，只需要用些肘部润滑液就够了。总之，加油！希望到时候会下很大的雪！"

后面几个月的事我几乎没什么印象了。只记得当时我又接受了另一项激素治疗，那次和以往不同，感觉没那么虚弱了。医生的秘书给我们打来电话说了买飞机票的事，她说她会打理好一切。那么我们要选另一家宾馆吗？我们真的确定了吗？差价并没有那么高，而且医生在总理宫酒店，能让我们安心些。我们想要跟导游参观整座城市吗？从星期二开始（收集精液的那天）到星期六早上（胚胎移植的那天）并没有太多要做的事。医生建议大家都去参观一下，他的客户们常会低估基辅的美景。

新年的时候我们去了科琳娜和托马索家，但他们看起来有些奇怪，女儿在家里出了点小意外进了医院，因此费了他们不少的精力。他们竖着耳朵听对讲机里的声音，接着又跳起来去查看在另一个房间的孩子。

丹科垄断了谈话，而当他终于说完的时候，其他人也都不想说话了。还没到午夜，茱莉亚娜就已经不害臊地打起盹儿，我们都被她的困意传染了。

祝酒词一结束，贝恩和我上了车，我们恶狠狠地斜着眼，充满了嫉妒。"他们有一台切冰机,"他说道,"你能想象那会浪费多少不必要的电吗?"

当时已经到收拾行李准备出发的时候了。在机场,贝恩满脸惊奇地晃荡着。对他而言一切都是那么新鲜。我几乎全程牵着他去办理登机手续再排队安检。

当他看着我们的行李被传送带运走时,咽了口唾沫。到达登机口时,他让我看窗外的波音飞机。当贝恩看到它沿着跑道加速,接着轻盈地飞离地面时,笑得像个孩子。我想,有谁会在二十九岁时才第一次坐飞机呢?

我让他坐在了舷窗旁边的座位上。大部分时间他都在看泡沫状的云层。"想象一下在上面走动。"说着他用手指了指那片云。

为了省钱,我们选择了让人饱受折磨的中转航班,我和贝恩在法兰克福等了将近九个小时。他拒绝去快餐店吃饭,因为那里的肉肯定产自集约化养殖场,而其他地方又都太贵了。我们先吃了巧克力,又来了点面包配芥末黄瓜。终于坐上第二架飞机的时候我都快饿疯了,直接吞下了空姐提供的三明治,接着又吃光了贝恩剩在桌上的食物,而他已经睡着了。

想到套管我就备受折磨。几天前,圣菲利斯尝试过插入套管,"轨道测试",他是这样定义的。他盯着超声波屏幕进行操作,嘴里谈论着一些无关紧要的话。他让我也看看,但我闭上了眼睛。其实并不疼。只是令人抓狂。"这样的宫颈绝对是个挑战,"他说,接着他发出胜利的欢呼,"好了!我们准确地把它放在这儿了,坏东西!"

再来一次恐怕就没这么轻松了吧？于是我们选择移植最大数量的胚胎：一次性移植三个。要是能生下双胞胎就更好了。

我在飞机降落前惊醒。食物正在我的肚子里翻江倒海，芥末让我感到反胃。

"你准备好了吗？"贝恩问道。气氛有些凝重，就好像醒来后他已经紧张地思考了好几分钟。

我掩饰着腹部尖锐的疼痛。

"当然，我准备好了。"

鲍里斯波尔机场外，风夹着冰卷起尘埃，锋利的冰点打在脸上。我的手指都冻麻木了，几乎戴不上手套。我们的陪同纳斯蒂亚走在前面，但是她没有像我们那样弯着腰躲避暴风雨。

"这是一天中最暖和的几个小时。"她带着军国主义式的意大利语口音说道。她的头发非常短，染成夸张的红色，唯一的一绺长发垂在一边。她粗鲁地笑着。"昨天比今天低二十度。第一次来乌克兰，是吗？"

贝恩仿佛被催眠了一样，走向停车场中间的一个环形交叉路口，那里的雪有十厘米厚，并没有圣菲利斯说的反应堆，只有一层坚冰。贝恩没戴手套，把手贴了上去。

"我不记得了，"他说道。

我不想回应他对雪的惊奇，那个时候我的腿和脸都冻僵了，那个女人正在车旁等着我们，而我肚子里像是被一把铁钳压着。

纳斯蒂亚边开车边和我们说着话："你们知道匈牙利骑兵是什

263

么人吗？"她将所有的"s"音都弱化了，"他们是马背上的军官，一群酒鬼。听听这个故事。骑兵上校在他女儿生日那天邀请了团里所有人。在派对开始之前，他指示这些人说：'你们不准像马一样喝酒，不准像猪一样胡吃海塞，不准说脏话。'这样一来，所有骑兵坐在餐桌边时都十分僵硬，他们都不高兴，因为他们既不能吃又不能喝，也不能发表评论。"

她观察着贝恩的反应，贝恩点头示意她继续讲下去。

"上校的妻子也在餐桌上，她的声音又细又小。她向充满怨气的骑兵们打着招呼并说道：'我买了这些美妙的比利时蜡烛和漂亮的威尼斯烛台。但是亲爱的来宾们，我现在有个问题。这里有十九支蜡烛而烛台上只有十八个洞。那么你们说说，我该怎么处理这支多余的蜡烛？'那一刻，上校起身喊道：'全体，肃静！'"

贝恩笑了。他似乎被那个女人吸引住了，被她那种鲁莽的说话方式所吸引。

"你们看起来很焦虑。"纳斯蒂亚说道，她的语气变了。

"没有。"

"有的。你们的脸上充满了恐惧，你们看这儿，"她翻了翻包，扯出手机，把两个孩子的照片展示给我们看，"这两个孩子都是费德科医生的功劳。我丈夫塔拉斯的那个精子还是醉醺醺的。"

她用夸张的神情模仿着丈夫的精子。照片里的孩子们拿着一个装满钞票的托盘，看上去喜气洋洋。

"那里有一千三百美元。在赌场赢的，"纳斯蒂亚尖声说，"塔拉斯总是想要男孩，男孩，只要男的。你们选择性别了吗？"

车窗外，郊区庞大的宫殿前排起了长队。那些拿卵子换钱的女孩们是住在这样的水泥大楼里吗？

看到结冰的第聂伯河时，贝恩激动起来。

"看！看那里，"他碰了碰我的手腕说道。山上有一排金色的塔尖。

"洞窟修道院，"纳斯蒂亚插了句话，"明天我们就去参观。那上面有一座钢铁女人像，是赫鲁晓夫让造的，也是苏联时期最后一座雕像。看到那对巨乳了吗？俄罗斯人特有的。"她用双手做出个粗俗的手势。

疼痛一直在扩散，一路上我只能弯着腰。如果在短时间内还去不了卫生间，那将是一场灾难。

"你怎么了？"贝恩问道。

"离酒店还有多远？"

纳斯蒂亚模糊地指了指前方。"过桥之后就进入市中心了。还要再听一个关于骑兵的笑话吗？"

"现在最好还是不要了。"贝恩礼貌地回答道。他担心地盯着我。

纳斯蒂亚自言自语："她的小脸看上去害怕极了，的确如此。"

酒店大堂的柱子上覆盖着一层塑料，模仿大理石的纹理。到处都铺着红地毯。所有工作人员都穿着制服，他们坐在角落里，昏昏欲睡。我们递护照的时候他们的目光紧追着我们，我们在登记表上填了姓氏和名字，并听取了纳斯蒂亚最后的几个建议。

"五点钟在这儿见，带着一罐完美的精子。"纳斯蒂亚的建议是：先喝一小杯伏特加，只喝一杯，再来一片猪油。这样会让精子更强壮。这是塔拉斯的秘诀。

我们把行李箱推到了电梯上。我感觉每个人都像是知道我们为什么在那里。

一楼的房间只有一扇窗户，透过窗户能看到一个满是破烂儿的停车场。在另一边有一座坍塌的建筑物，抑或是还未建成。

我把自己锁在浴室里，贝恩躺倒在铺着雪尼尔绒线床罩的床上。我给浴缸放满水，躺了进去，融在水里，虽然从管道流出来的水像其他一切一样，似乎对我没什么好处。但至少水很热，可以驱除寒冷。

贝恩信了纳斯蒂亚的话。我想待在房间，在毯子里等他，但他强迫我穿好衣服，说我们必须得找到猪油。

室外，西伯利亚的冷空气朝赫雷夏蒂克街袭来，寒冷而凛冽。我们先绕过公园，接着又走上通往火车站的下坡路，足足走了一个半小时。前方的广场结了厚厚的冰，看上去危机四伏，那里挤满了人，只有戴着帽子的男人，帽檐很低，遮住眼睛，贝恩带着我迅速离开了。

我们又回到了原来那条街上，走进一家咖啡馆，那家店看上去已经有一个世纪的历史了：窗户上挂着蕾丝窗帘，每一面墙上都装了木板，还有一闪一闪的圣诞灯。贝恩成功用手势点到了猪油。老板娘将猪油拿到他面前，切成了厚片，旁边放着腌黄瓜。

"看起来很恶心。"我说。

"这都是为了事业。"贝恩开玩笑地说着，接着他用拇指和食指抓起一条猪油，放进嘴里。我的肠子又开始痉挛了。贝恩把盘子里的猪油吃了个精光。

从咖啡馆出来后还有些时间，他想去走走。第一次出国旅游让他显得十分激动，这儿离斯佩齐亚是那么遥远，在此之前，他只和他父亲去过德国，那算得上是神秘的一年，但那时候他还太小，什么也没记住，有的也只是一闪而过的混乱印象，因此他也从未提起过。就连从我们嘴巴里呵出的冷气对他而言也让人兴奋。我决定让自己也像他一样兴奋些。毕竟这是我们的蜜月旅行，虽然整个过程十分荒诞，充满担忧，但也总是属于我们的蜜月旅行。对于丹科和其他人而言，我们正在布达佩斯旅行。至少我可以假装如此。

当我们回到酒店时，其他几对夫妻都聚在大堂休息室里，他们围着纳斯蒂亚。女人向我们伸出双臂，粗鲁地大声喊道："就差你们了，罐子，快点儿！"

她问贝恩是否需要报纸或照片，她包里有很多。贝恩拒绝了，尽管他挺喜欢她的放肆。他让我在那里等他。

纳斯蒂亚将我带去座椅那边，她几乎是拽着我让我坐在了唯一的空座上。我旁边的一位夫人转过来对我说："昨天我的子宫内膜有十四毫米厚。圣菲利斯说那简直完美。"

她没告诉我她叫什么，没有和我握手，甚至连招呼都没打就开始说话了，她只告诉了我她子宫内膜的厚度，接着补充道："这是我们第七次来了。但我的子宫内膜越来越薄了。您看到路上的雪有多厚了吗？"

然后她转过头，听站在中间的纳斯蒂亚讲话，她讲的依然是关于匈牙利骑兵的笑话，而几个小时前我在听她讲的时候，一点儿也笑不出来。我盯着大厅尽头关着门的电梯，直到贝恩出现。他穿过空旷的大厅，当着所有人的面把样品交给了纳斯蒂亚，没有一丝尴尬。

"迟到喽，"纳斯蒂亚说道，接着她背着光研究着罐子，"很好，有很多。你们知道这在基辅怎么说吗？有备无患，总要为黑暗的日子做些准备。因为早晚要来的。总是要来的，黑暗的日子。"

第二天早上，一对夫妻返回了意大利，他们是那种有足够的钱能来回飞的人，而像我们一样的其他人只能在酒店里徘徊。但我们并没有太多的交流。彼此之间就像进行着一场沉默的竞赛。

暴风雪把我们困在房间里，整整两天，一阵阵风猛烈地刮着，玻璃被吹得噼啪作响。这股风名叫"布兰"，而旋起的暴风雪名叫"布加"，贝恩和我都很兴奋，我们不停地重复着：布兰，布加，布兰，布加。

我什么也做不了。只能躺在床上，盯着室内装饰品上潮湿的斑点，试着去猜它们最初的颜色。贝恩坐在我旁边，以他对所有书籍一贯的专注研究着旅游手册。有时候他会大声读一些东西，接着找一根铅笔，把感兴趣的地方划出来。

到了第三天，也就是离开的前一天，阳光灿烂，并不很暖和，但下过雪的缘故，一切看上去都有些刺眼。纳斯蒂亚在大厅等着我们去旅游景点。我并不想去，但贝恩不明白为什么：我们都已经来了，也已经准备好把整座城市游个遍，况且天气如此明媚。

"勇敢点孩子们，"纳斯蒂亚看着我们说，"我们现在就走。"

这座城市对我而言跟开始一样充满敌意，面目可憎：地下通道里让人窒息的商店，醉醺醺的流浪汉，以及下行的地铁自动扶梯，陡峭而又漫长，感觉像是要将你带往地心。车站名都用让人难以理解的字母组合起来。贝恩和纳斯蒂亚总是快我几步，聊着我无力回应也并不想掺和的话题。每栋楼里都很闷热，外面则冷得让人麻木，我努力用围巾裹住嘴巴和鼻子。

在安德里耶夫斯基大道上，我跟跄了两次。贝恩转过来用异常冷漠的眼神看着我，还差点儿生气。他被那些小摊吸引住了，来回地逛着，想要买一个冷战时代用过的防毒面具，纳斯蒂亚还帮他试了试。

"丹科会喜欢的。"贝恩说，但我们的钱不够了，也不确定在布达佩斯有没有这种东西，我们还是把它放回了原处。

我看着路上的姑娘们。她们和圣菲利斯曾经担保过的一样漂亮、纤细、苗条，拥有乌黑的头发和白皙的皮肤。可能是她吧，我自言自语，迎上了一个路人清澈的目光。她会叫什么名字？娜塔莉亚？索罗米亚？柳德美拉？她还会有别的孩子吗？我无法控制我的思绪，也不敢对贝恩倾诉。他会告诉我不要做蠢事，他会像引用赞美诗一样引用圣菲利斯的话。

我说服他乘出租车回酒店。纳斯蒂亚一直说明天我应该休息一下。

当我们在绿树成荫的大道上行驶时，汽车电台里正在播放一

269

首我熟悉的歌。我跟着小声哼了一段。

"什么歌?"贝恩问道。

"罗克塞特乐队的《兜风》。"我从小时候就开始听了。

司机该是听到了些什么,因为他说:"罗克塞特,是的! 你喜欢九十年代的音乐吗?"

我回答他是的,我喜欢,但大部分是为了不打击他的热情。

"我也是,"他透过后视镜看了我一眼说,"听。"

在重新进入赫雷夏蒂克街之前的那段路途中,他选了一首又一首的歌放给我听,每次都要我点头确认是否喜欢:先是《不要说话》,接着是《一曲销魂》,然后又放了《迷墙》。我望着窗外,太阳已经落下一段时间了,离路灯较远的人行道上一片漆黑。

在宾馆的入口处,纳斯蒂亚说道:"明天你们记得钱的事儿。要欧元。"

一只鹳栖息在诊所的推拉门顶上。那其实是只石头做的鸟,但实在太逼真了,一开始我错以为它是真的。圣菲利斯按姓氏字母顺序给那些女人排了序,我们是第三对。

穿过推拉门,我们发现自己进入一个现代化的空间,在这片古老破旧的街区里,竟然有这么个充满未来感的所在。纳斯蒂亚抓着我的胳膊,就像我要逃跑似的。在我踏过门垫之前,她给了我两个尼龙袋。

"鞋套。你也是。"她和贝恩说道,贝恩正静静地跟着我们。她对他比前一天更加粗鲁了,就好像在那一刻贝恩只是个障碍般的存在。

我用蓝色的塑料套住鞋子。这般谨慎的医疗行为本该让我安心，但相反，紧张感愈发强烈，当我沿着光滑的楼梯往上走时；当贝恩被带去另一条通道，我们甚至都没来得及道别时；当我填写那张预先打印好的单子时，那是一份冷冻胚胎的同意书，胚胎冷冻期限为十年。单子是用英语写的，上面充满了语法错误。

护士们用乌克兰语交谈着，也或者是俄语。若是恰好碰上我不知所措的目光，她们便会亲切又职业地冲我微笑，我不禁问自己，对她们而言，我算不算是个另一个物种。

后来我躺在了一间配有器械和灯具的手术室里，那里的瓷砖一直铺到天花板。手术台的一边站着费德科医生，他留着金色的小胡子，出奇地高大，另一边站着圣菲利斯，他还是那么愉悦，只是比往常多了一丝严谨，像是受到了他那权威同行的影响。

"我们有了一些很具竞争力的囊胚，"他说道，"都是 3AA 级的。可以这么说，**您之前的囊胚**只是 B 级。"

与此同时，费德科正准备推进套管，他在寻觅着进入我体内最好的路线，他的手法比圣菲利斯在实验中做得更加精准。整个过程瞬间就结束了，医生向我表示祝贺，即使我压根不明白在祝贺什么。我似乎凝住了，没有其他任何感觉，就像这一切并没有真正发生在我身上，或者对我而言那只是转瞬即逝的事情。

我被带到另一个更小的房间，房间里有扇大窗户。我在那里等了一会儿，那段时间对我而言似乎格外漫长。透过那扇窗可以看到雪山，在那片白茫茫的雪山中央可以看到洞窟修道院镀金的塔尖。我们前一天去参观了，但从远处这样看去，它显得更为迷人，像是海市蜃楼。

我有点冷。贝恩在哪里呢？一瞬间，我确信他已经不在这座楼里了，或许他都不在这座城市了，一切都变得如此遥远，像山顶修道院里那幅袖珍画般遥不可及。

接着门开了。圣菲利斯、费德科医生还有两名护士进来了，而在他们身后，那个看起来好像缩小了的人，是他。有别人在的时候，他不敢往床边靠，后来他帮我坐起来，又帮我穿上衣服，那些衣服是我之前脱在等候厅的，天知道是什么超自然之手把它们放进了这个房间的壁橱。

没有人陪送，我们穿过几条不同的走廊。贝恩在我不在的时候熟悉了这条路，他似乎花了很长时间跟那只鹳一起在这座蜿蜒曲折的诊所里探路。我们走下楼梯，来到大厅。纳斯蒂亚弯腰摘掉我脚上的尼龙鞋套，指了指外边正等着我们的车。

当时正值冬日，农场里的植物蔫着脑袋。汁液非常缓慢地在植物内部流淌着。贝恩和我像我们周围的大自然一样，被晾在一边。

他沉默地观察着我，搜寻着我身体的变化，我新陈代谢的变化，我睡眠的变化。我因为琐事和他争吵，比如他没有打扫庭院的水泥地，或是树叶堵住了排水管。实际上，我想朝他大吼：别再跟着我了，别再问我感觉怎么样，别再无论我走到哪里都寸步不离地盯着了！那个生命在子宫深处孕育着，却无法窥探。但我确信，我的神经绷紧了弦，我变得如此灵敏，任何变化都逃不过我的感知。事实是我感觉和以前没什么两样，只是变得更提不起兴趣，更易怒了。

圣菲利斯一边在我的子宫内旋转探头，一边查看着监视器，屏幕上只有一片模糊的黑影，他说子宫里什么也没有，没有任何活动的东西。对这一切，我毫不吃惊。

"真遗憾。那是些不错的胚囊。所以下次旅行应该是在三月。"

贝恩没有陪我来看诊，他说："就假装跟平时没什么两样。"

我给他打了电话，他正在马尔蒂娜-弗兰卡的市场招呼着一位顾客，让我等等。我听着他们之间的对话，然后想象着他跪在地上，藏在桌子底下避人耳目。我们之间早已习惯了这种密谋。

"怎么样？"他低声问。

我没做开场白就直接把结果告诉了他，甚至有些残忍。我很快又后悔了，补充道："对你，我感到很抱歉。"

"没什么。"他回答道，但听上去筋疲力尽。

"我对你感到很抱歉。"我重复着。

"为什么这么说？为什么要为我感到抱歉？"

"我如今才意识到。但是真的。相比我自己，我更替你感到遗憾。"

"别那么想，特蕾莎。你只是有些心烦。压根儿别那么想。"

"你应该再找个女孩，贝恩。另一个有生育能力的女孩。"

在接下来那段沉默的间隙，我明白我没说错，在贝恩回答我不是这样，我不该这么说，我说的一切都是胡话之前的那段间隙；

那个停顿极其短暂，短到根本来不及犹豫，只是一个深呼吸的时间。他在考虑我提供给他的可能性。在那个瞬间他衡量了天平两端无法同时承受的重量：对于我的渴望和对孩子痛苦的渴望。这是有可能发生的。人的一生总会拥有不可调和的欲望。那并不公平却又无法避免，这种事恰恰发生在我们身上。

他的不确定让我清楚地知道了这两种欲望中谁占了上风，虽然他后来否认了这一点，并强调说那是因为我们在闹哄哄的市场里讲电话。我没有生他的气。相反，我感到平静，像痉挛的那晚一样清醒。实际上，我已经什么也感受不到了。

我接着说："也许你现在没有意识到这一点。但再过五年、十年或二十年，多晚并不重要，你迟早会发现我让你失去了什么，你也会因此而厌恶我的。因为我毁了你的生活。"

"你这样说不对，特蕾莎。那只是你以为的失望。现在就回家去。回家休息一下。我们还能再旅行一次，再做一次尝试。"

"不，贝恩。不会再有其他旅行了。我们走得太远了。没有用。不要问我怎么知道，但我就是知道。"

他的四周环绕着市场的嘈杂声。我仿佛能看到他，贝恩，他在桌子底下缩成一团，越缩越紧。

"我们结婚了，特蕾莎。"

他严肃地说出这句话，好像这足以让讨论结束。但并没有奏效，没那么奏效。贝恩坚持我们回家再聊，如果有必要，他甚至可以苦苦哀求。他会一句接一句地用他精准的语言试图弥补那条裂缝。他黝黑的瞳孔里散发出的光芒会最终让我屈服，我们又会从头开始。花钱进行另一场荒唐的尝试，再做一次治疗，又去往地球上最不适合居住的地方进行一场无意义的旅行，接着又是一场失望，就这样无限循环，直到我们将彼此摧毁。

我看到一个女人面无表情地坐在基辅酒店的扶手椅上，年复一年的愤怒让她变了样。我不想最后是这样的结果。我们还年轻。

我说道："我们犯了个错。"

"别再说了！"

我们之间的角色发生了奇怪的逆转，这是我始料未及的。对于这一切我都始料未及。从一开始，我就是那个做好准备被抛弃的人，我像个傻瓜一样不远千里地爱着他，然而他搞出了一个又一个麻烦。也许正是由于那段压抑的回忆，那个夏天的沉默，让我知道如今该做些什么，如何打破困住我们的漩涡，当托马索和科琳娜跟我们讲着他们的孩子时，漩涡启动，引诱着我们也幻想起自己的孩子。是的，只有一种方式可以让贝恩解脱，让我也找回自由。

"我有了别人。"我说道。

"别人？"他几乎是在低声重复着。

我很了解他，知道这是唯一的出路。我十分清醒并且知道自己在做什么。我筋疲力尽，充满愤怒，甚至感到心碎。我不会停下。

"是的。别人。我的人。"

"你撒谎。"

我没有再回答，因为如果我这样做，他就会明白。接着，他的声音发生了变化。几秒之后，贝恩完全变了样，成了那个我从未见过的他，那个愤怒的他。

"是他，对吗？是他吗，特蕾莎？告诉我，究竟是不是他？"他吼道。

"他是谁并不重要。"

那是那段时间我们最后的对话了。"他是谁并不重要。"这是我们短暂、荒谬、不幸的婚姻里的最后一句话，尽管有过一场无与伦比的婚礼。

我没回小农场，而是坐着车闲逛了好几个小时，直到日落。后来我甚至想不起自己在弗兰卡维拉郊外都做了什么。我走在乡下一条条交织的土路上，有些路会突然被栅栏封住，看门狗冲向篱笆，疯了似的叫着。

最后我回到斯佩齐亚，但我不能回家，因为有种预感，贝恩可能在那里，等着亲眼验证我电话里告诉他的是不是真的，等着当面质问我，而不是只听声音。

只有在外面过夜，我所承认的不存在的背叛才会具有可靠性。

真的是他吗？

是他吗？

在走上通向小农场的小路之前，我拐向奶奶的别墅。我一边按铃，一边等着电动门打开，房顶的灯一闪一闪照亮了村子。

里卡尔多出来接我，他穿着一身运动服。我问他我能不能在那里待一晚，住在门房就行。我知道这个请求很过分，甚至可笑。

但是我的状况确实是如此糟糕，里卡尔多对我说："当然可以，但是住在门房的话你会冷的。"

"没事的。"

"客房还是空着的。进来吧，我去给你拿被子。"

客房就是我从前的房间。里卡尔多给了我被子和毛巾之后，还问我要不要吃些东西，我拒绝了，接着里卡尔多跟我说了声晚安，离开了房间，他好像察觉到他在房间里会让我感到不自在。

就这样，我又回到了我离开的地方，回到了我小时候待的房间。别墅里的灯都关了，我仍然很清醒，没有丝毫睡意，只剩疲惫，强烈的疲惫感反而让我无法入睡。我躺在床上辗转反侧。

夜幕中有一道微光照进来。我想是月亮升起来了吧。但是那不可能是月光，因为那道光在动。我起身下床，推开窗子吹着冷风，我看着那团火，火光摇曳，看着袅袅的烟雾升起，因为没有风，所以它笔直地上升，直到消散在黑夜里，消散在小农场的夜空中。我既没有听到着火的声音也没有闻到着火的味道，只看到树木之间的火光跳动。

我的第一反应是要冲到那里，但是很快我就发现那只是一个信号而已。那是贝恩最后一次在夜里发出信号，为了让我去找他，并且否认之前在电话里说的一切。他在打赌：火焰燃烧的时候，我会等在这里，我会相信你说的一切，我会忘记一切；但是当火焰燃尽，火光消失殆尽的时候，你所说的一切将永远无法改变。

我在想他是用什么东西放的火，燃烧的是放工具的茅草屋还是暖棚，或者说就是房子本身，那座保留着我跟他的记忆和过去的房子。转天，我发现他烧的是木头，他把全部的备用木材都烧了。但是在别墅里时我还什么都不知道。那一刻我只能继续看着发生的一切，只是站在冰冷的地板上，而不是回到床上，裹住被子，我只是看着这一切，看着火势减弱，直到黎明时分火全部都熄灭了。

两天后，我回到都灵。我知道我在斯佩齐亚的生活已经结束了。我想重新开始生活，重新开始年少时我放弃的那些事情，但是现在已经太晚了。

我连一个月都没有坚持下来。繁忙而又冷漠的城市生活节奏，下雨，三月天的阴晴不定，尤其是父母对我小心翼翼的容忍，他们对那段失败的感情闭口不提，这一切都使我处在崩溃边缘。现在我在普利亚大区，我又回到了那里。既没有少女时代的惴惴不安，也没有近几年来的自在，而是感到无奈，就像是除此之外再也没有其他的选择。当然，我很确信贝恩已经不在那里了。

好几次我因为恐惧睡不着觉。脑子里全是我之前听过的关于乡村的恐怖故事：一个男人在自己家里被绑架，手和脚都被捆起来，被人用烙铁折磨了几个小时。这肯定只是传说，但在那样漆黑寂静的夜里，还是让我感到害怕。一天夜里，我听到在我家不远处的外面有敲打金属的声音。我颤颤巍巍地打开门。原来是一只狗正在倾倒的垃圾桶里翻找着什么，它在离开之前还盯着我看了几秒钟。

最终我还是习惯了。在某种程度上，自从丹科和其他人离开之后，我就在慢慢学习习惯孤独，现在我终于学会了。我接受了大自然给予的粗暴安慰。为了多少排解一点寂寞，我买了一只山羊，让它在院子里随便跑。我开始常去城里转转，报名兴趣班，参加业余排球队和教会合唱团。我在小农场安装了电话线和网络。公司的技术员是一个留着长发的小伙子，他把头发扎成马尾。为了找到最好的安装位置，他拿着一根金属棍子转来转去，看上去像个术士。他给我安好了天线，我对电脑一窍不通，这一点让他感到惊讶。他告诉我基本的使用方法，并且给了我一张他的名片，以备不时之需。

奶奶以前的一个学生，现在在小学教书，他想在小农场组织一次参观。"我们发起的这个项目意义重大，"他说，"可以传达出我们对传统、对土地的尊重。"一开始我充满疑虑。我没有任何教学的经验，我不觉得自己可以对小农场的原则侃侃而谈。之前这些都是贝恩和丹科的事，除了模仿他们，我什么都不会做。但没有想象中那么困难。我给孩子们解释为什么使用地膜可以节省百分之九十的水，为什么这样做至关重要。我给孩子们解释为什么螺旋式菜地比他们常见的长方形菜地更高产，我临时提议进行一项比赛，孩子们把眼睛蒙上，通过触摸和闻味道，猜出香草的名字。我让他们种菜和浇水，当我想让他们发发牢骚的时候，就给他们展示旱厕的功能，告诉他们怎么使用旱厕施肥。只有最勇敢的小孩敢靠近难闻的粪坑。

关于贝恩，我知道他在外流浪过一段时间，在托马索和科琳娜也分开之后，他和托马索住在塔兰托的公寓里。我没有再听到过关于他们的消息，这些是丹科告诉我的。有一天丹科受贝恩的委托，来小农场取他的东西。

"他可以自己来的。"我脱口而出。

"在你对他做了那样的事情之后吗？"

或许他也意识到有些尴尬，因为他接着说道："不管怎样，这跟我没关系。"

他照着贝恩给他写好的清单，从容地在房间里走着，就好像这还是他的家一样。

"他过得怎么样？"我问道。

"他很好。"

知道他安然无恙本该让我感到安慰，但是我发现自己没有那么大度。突然间我感觉累极了，我坐在厨房的桌子旁，看着丹科在抽屉里翻找着东西。

"贝恩生来就是做大事的，"他突然说道，"我们谁都没有权利限制他。"

"你觉得我这样做了吗？我限制了他？"

丹科耸了耸肩。"我是说在你来到小农场之前我们就有这个计划了。现在我们可以重新开始。"

"你说的计划是什么？我想知道。是放了那些牛，还是放了那些羊？"

他转过身来看着我："特蕾莎，这个世界上还有比我们自己更重要的事情。而你只是关心自己的幸福。"

但是我并不打算听他的说教，绝不。

"那你们打算用卖掉我奶奶别墅的钱完成这个计划吗？把咖啡

壶给我放下，放好！那是我买的，是我的咖啡壶。如果贝恩把它列在了清单上，那是他弄错了。"

丹科把咖啡壶放回原处，说道："按你说的来。"

我等着他把东西都收拾好。我就一直坐在那里，愤怒让我像个傻子一样。

丹科在走之前朝我挥了挥手。在藤架下的桌子上，我找到了贝恩写的那张清单，纸的背面写着托马索的新地址。

我有一年多没再听到贝恩的消息。直到一天早晨，天微微亮的时候，我被小路上一阵急促的汽车声吵醒。

门被大力敲响时，我已经等在门口了。开门之前我没有问是谁，只从衣帽架上抓了一件大衣，披在睡衣外面。

我看到一个警察站在门口，名字我已经忘记了，或者说我根本就没有记住他的名字。他问道："您是科里亚诺夫人吗？"

"是的，我是。"

"您是贝尔纳多·科里亚诺的妻子吗？"

我又点了一下头，尽管在这样寒冷的早晨听到这个回忆里的名字有点奇怪。

"您丈夫在家吗？"

"他不住在这儿了。"

"最近几个小时之内您见过他吗？"

"我跟您说过了，他不住在这儿了。"

"您知道现在在哪里可以找到他吗？"

模糊的保护他的本能让我回答了不知道。我还收着丹科留下的写着地址的那张纸，况且我反复地看过那张纸，已经把地址背下来了。但我还是告诉他我不知道。

你们互相承诺要彼此守护，永不改变。

"夫人，我们能进来坐一会儿吗?"

"不可以，我更喜欢站着。就在这儿说吧。"

"就按您说的来。我想您还不知道昨晚发生了什么事情吧，"警察摸了摸下巴，好像很难开口似的，"您的丈夫涉嫌一起谋杀。"

大衣的缝线硌得我脖子不舒服。没穿高领毛衣或者披肩就会这样。

"你们搞错了。"我说道。我紧张地笑了笑。

"因为砍橄榄树的事情他和别人发生了冲突。他是抗议者之一。"

那一刻真是荒谬。乡下的太阳泛着昏暗的白光。

"什么谋杀?"我问道。

"他杀了一个警察。警察的名字叫尼科拉·贝尔帕诺。"

五

　　托马索还是保持把手放在床单上的姿势没变。他一动不动地盯着自己的手，只有眼珠在转动，就好像这样他就能透过它们完整地看到布料上红蓝菱格的几何图案一样。他张开的手指好像在说："这就是全部了，没有别的需要知道的了，这次我什么都没有遗漏。"

　　当中有我知道的故事，也有不为人知的秘密。在那个不为人知的故事里，有一个女孩和她的孩子死去了。但是贝恩从来没有跟我说过这件事，直到最后他都守着和别人的承诺。不是一个故事，是两个，两个真实的故事，跟我和托马索一样真实得有血有肉。我们在停了暖气的房间里待了很长时间。两个故事的版本就像是盒子相对的棱边，不靠想象，永远都不可能同时看到它们。我一直固执地拒绝将这种想象力用在贝恩和维拉丽贝拉、他们的孩子，还有其他男孩的身上。我就像看不到也听不到一样，或者更严重，我顽固地拒绝这一切。

283

但我什么都没有说。我甚至都没说一句：所以事情就是这样啊。自从托马索说出维拉丽贝拉被绑在橄榄树上，我就一直保持沉默。现在他也沉默了。就这样五分钟过去了，或者更多。

然后他问道："你可以照看一下阿达吗？"我松了一口气，站起身来。

我朝沙发走去，直到能够看清楚阿达身上的被子随着呼吸缓慢而有节奏地起伏。那一刻，全世界都在这一呼一息之间安静下来。我照看了一会儿阿达，然后又回到托马索那里。我不知道是该接着坐在那把不舒服的椅子上，还是干脆站着。

"她睡着了。"我说。

他已经把手收了回去，托马索的手一直都是苍白的，他把它们交叉放在床单上。

"还有一件事需要你帮忙，"他说，"你能不能带美狄亚出去遛遛。"

我看了看缩在床角的狗，好像是缩在托马索的脚上。

"我看它睡得很香。"

"我去吧，我带美狄亚出去。"

他掀起被子从床上下来。毛衣下面只穿了一条白色短裤。一下子看到他裸露的双腿让我有些不知所措。他站了起来，但是站得很不稳，仿佛下一秒就要倒下。

"还是不太好。"托马索重新躺回床上，说道，"我只要一动，就感觉晕沉沉的。"

我不情愿地拿起床头柜上的狗链。一听到声音美狄亚就跳了起来。它跳下床，在托马索命令它安静之前，叫了两声。

"如果遇见其他的狗，一定要抓紧美狄亚。就算那些狗在栏杆后面，你也得抓紧它。美狄亚跳得老高了。"

我朝着港口走去。美狄亚一边走一边在道路两旁嗅来嗅去，嗅着之前从这里经过的狗留下的气息和每天从这里卸下的鱼的腥味。这是我人生中过得最离奇的一个圣诞节。

美狄亚快要把牵引绳挣开了，我使劲儿往我这边拽，差点把它给勒死。它恶狠狠地瞪了我一眼。如果维拉丽贝拉同意留下那个孩子呢？如果那天早上她不是一个人，如果第一口泡了夹竹桃的水就让她觉得恶心，她会不会把剩下的都倒掉？知道自己的命运竟然取决于另外一个人的选择，她一时软弱的决定，这种感觉很奇怪。就像被骗一样让人沮丧。"思想、语言、行为和遗忘。"祷文是这样说的。但是没有人会担心那些被人遗忘的事情。我和贝恩也一样。

然而，独自牵着美狄亚去港口散步的这段时间，也是这几个月来我第一次不是孤身一人。现在我已经知道了一切，就好像我的人生在各个角度得到了延伸，甚至可以进入维拉丽贝拉、贝恩和那些男孩的人生。就好像我终于和他们一起跳进了相遇那晚他们偷偷游泳的泳池。也许贝恩比我更能说清楚那种感觉。

我看到美狄亚在人行道中间拉了屎，我决定弯下腰用系在牵引绳上的小袋子把地面收拾干净。

托马索坐在那儿打盹。在那个荒诞的晚上，托马索跟我说只有保持这个姿势，他才不会一闭上眼睛就感觉像要昏倒一样。我伸手推了他一下，但他没有醒。之后我又使劲推了他几下。

"怎么了？"

"所以你们也不确定。"

"你知道吗，就算在关塔那摩监狱，他们也不会强迫像我这样的人一直醒着。"

"你们也不确定那个人是谁。"

"大家都觉得是自己的，大家也都觉得不是自己的。没有人能把这件事情说清楚了。"

"所以你们决定通过扔石头来决定孩子的父亲是谁？"

托马索待在那里一动不动。事情就是说的那个样子，我不停的重复让他抓狂。

"不过贝恩是故意那样做的，"我继续说道，"他想有一个自己的孩子。"

或许维拉丽贝拉也想有一个孩子，但是他们两个谁都没有说出来。

美狄亚回来后又缩回床角，就好像从来没动过一样。

"维拉丽贝拉也没有说什么吗？她不能说她喜欢谁吗？"

"贝恩之前和她谈过。我想，他一定这么做过。"

"要是她能和你们三个中的任何一个有个好结果就好了。那有可能是你吗？"

托马索扭过头来看着我。整个聊天过程中他都没有这么刻意地看过我，我有点吃惊。接着他又慢慢地把目光转回床单，或许是因为突然动了一下，让他感觉头疼。

"我想他和维拉丽贝拉说过他的想法，他承诺会把石头扔得最近。是他们一起开始的，也要一起结束。他们就像往常一样约定好了。我不清楚，我也没有想太多。现在我想，维拉丽贝拉一定是明白了我们三个她谁都不爱。她是个奇怪的女孩。你可以在这样一个女孩身上做任何设想。"

托马索搓了一把脸，接着他把手捂在眼睛上。

"我想知道那晚在驻扎地发生的事情。"我说道。

"那晚我不在那里。"

"那时候贝恩在这儿，对吧？和你在一起。他们去小农场找他，但是出发之前贝恩在这里。"

"已经两点了。"

但我不为所动，托马索应该看出了我不会放弃。所以，一大段沉默之后，他投降了："好吧，不过，你要去拿点酒来。洗碗池下面应该还有一瓶打开的酒。除非我忘了我已经把它喝光了。"

"你在开玩笑吗？"

"这对我有好处。我跟你说过了，我是专业的。还有，今天不是平安夜吗？"

我找到了酒，给他倒了一杯，然后又回到房间里。房门虚掩着，床头柜上的灯还开着。他的下唇很干，最初苍白，现在还有点出血。

"你还记得蜜蜂的事儿吗？"

"跟蜜蜂又有什么关系?"

"出事的前一天晚上科琳娜跟我说她怀孕了。她怀了阿达。她总是这样在事情发生之后才告诉我。自作主张地承认偷纳奇东西时也是这样,总是在无形之中让我亏欠她。要不是这样的话我不会回去找她的。我现在也不怕把这件事情说出来了。我是不会去她投宿的小旅馆找她,也不会让她跟我回小农场的,更不会把她作为女朋友介绍给贝恩。说得更明白些,这一切都是科琳娜操控的。我们第一天到那里的时候,是科琳娜主动抱住我,吻了我。她想说:'我现在已经是你的女朋友了。别忘了你欠我的。'"

"我觉得你还是爱科琳娜的。"

托马索长叹了一口气。

"我想有些事情比我们想的更复杂。总之,科琳娜没有问我的想法就不再吃避孕药了,她一如既往盲目又自私地做了决定。但是,阿达,女儿,并不是她真正想要的。这就是科琳娜。需要很长时间才能看透一个人。真的,这时间太长了。"

"我们就像是光明和黑暗结合在一起。"

"对,我觉得切萨雷说的是有道理的,有些话他说得没错。至少,科琳娜没想过要有孩子,她根本不在乎。怀孕只不过是让我离开小农场的手段,一种一劳永逸的手段。我知道这样说听上去并不公平。也许最近她也给你讲了我许多不堪的事。"

"我很久没见过她了。"

"但她不这么觉得。她根本就不喜欢小农场。用来跟她父亲斗气的时候,还都是好好的。但是在那之后它就显示出了本来面目:

既不干净又不舒适，令人难以忍受。无意冒犯，后来它不一样了，你和贝恩打理得很好。但是当我们刚回去的时候，那里已经废弃了太长时间。确实如此：既不干净又不舒适，令人难以忍受。"

他又开始小心翼翼地讲了起来，这次他似乎有好多话要说。

"后来，科琳娜再也受不了丹科了，她忍受不了他的傲慢和指责。但是她知道我是不会仅仅因为她的要求就离开那里的，虽然我已经把她当成女朋友了。我从来没想过，或者说很少去想这一切是怎么开始的，可能就是从你来到农场的时候开始的吧。"

"为什么是我？"

托马索用指甲勾画着床单上的菱形花纹。

"那个时候我们都成双成对，不是吗？但是科琳娜清楚如果她要求我离开的话我是不会答应的。所以她也没有这样做。她只是把药停了，停了一周、两周，还是几个月，我不知道。反正是足够实现她计划的量。即使月经已经迟了五六天，她还是什么都没跟我说。这些都是我在后来才想明白的。突然有一天，她不再闷闷不乐，甚至每个动作都透露着不满意，于是我也放下心来。

"她没跟我说是什么时候确定怀孕的。但她已经和她父母说过了，他们带她去医院做了个检查，他们一家三口去的医院。他们给我们选好了房子。然后她才告诉我，她怀孕了。她只是看起来有一点愧疚，更多的是得逞的高兴。她说我们得尽快离开那儿。她已经选好了一套在顶层的房子，几个星期之内就能准备好，只差一点儿家具了，她想和我一起去挑。她又说道：'你不用担心，我爸爸已经替我们安排好了一切。'她似乎想用那简单的几句话，就让我忘掉她说过的关于她爸爸的那些可怕的过去。那天晚上我清楚地记下你们在房间里的一切。我跟自己说：你要牢牢记住这一切，因为这是离开之前的最后一夜了。我似乎已经感觉到科琳娜肚子里孩子的呼吸，那个小生命当时还仅仅存在于她的宣告里。"

托马索讲得越来越投入，我却在想：这就是他选择的人生。然而他也别无选择，他只有一个选择，他也不能随心所欲地选择。科琳娜和托马索还有他们不完美的爱情都能进展得很好，我和贝恩却不行。

"转天是周日，"他继续说道，"但我还是在清晨就离开小农场出去工作了，这样能消解一些我的绝望，这样我就不用一直和科琳娜躺在一张床上，不用再想夜里那些悲伤的念头了。在知道要离开后，还要和你们大家一起坐在藤架下，这个想法让我害怕。所以我从床上跳了下来，急忙抓起衣服穿上出去。在到达芦苇丛之前我四处闲逛了一会。阳光透过叶子照下来。我看着蜂箱。在此之前我确实没这么想过。甚至当我打开蜂箱盖子的时候也没有仔细想过，我被箱子里蜜蜂熙熙攘攘的样子迷住了。蜜蜂们并没有受到惊吓，它们只是由于紧张而飞来飞去，好像云投下的阴影让它们感到吃惊。我小心翼翼地伸进一只手，接着又伸进另一只。它们落在我的手指和手腕上，像是在找着什么。我突然死死握住拳头。其他的我就什么都不知道了，我只记得在医院里贝恩坐在我的病床边上，跟你现在坐在这儿的样子差不多，只是他坐在我对面，因为我得把头扭到右边去看他。我全身都在颤抖，但是我感觉不到疼痛，只是看不太清楚贝恩，因为全身都是肿的，甚至连颧骨和眼皮都是肿的。我想要跟他说些什么，但是我的舌头不听使唤，而且贝恩要我安安静静地待在那里，睡一会儿。他保证不会在我睡着的时候离开。除了他我不想要任何人。我希望这么说不会让你感到不高兴。"

我会不高兴吗？听他这样说我会嫉妒吗？可能不会，这是第一次我没有这样的感觉。我们之间的竞争是多么愚蠢。就好像在所有人的心里只有一个位置，留给唯一一个人。就好像贝恩的心不是布满孔洞的蜂箱，我们每个人都有自己的位置。

"你接着说。"我说道。

"顶楼的房子有太多柜子，我和科琳娜的衣服甚至都没装满一半。有一个月，我们除了买东西什么都没干。她等着我从海滨驿站回来，然后我们一起去城里逛商场。我们主要是要给孩子买衣服，也给我们自己买衣服，买电器，因为厨房基本上也是空的，我们买了搅拌器、烤面包机、酸奶机和爆米花机。都是科琳娜付的钱，她用一张新的信用卡结账。我们从一开始就是如此不同的两个人，但是谁都没有发现这一点。我们从来不会聊小农场，也不会聊你们。说实话，我不是完全不幸福。我还是有解脱的感觉，因为终于摆脱了丹科。还有，我又回到了城里，那么多年过去了，那里还是一样混乱。我喜欢看到科琳娜开心的样子、调皮的样子，在小农场的时候她是不会这样的。我们给宝宝选好了名字，而且我们已经习惯了这样叫她。一切都变得越来越真实……但也不是这样。也并不全是真实的，"托马索重新说道，"我被割裂开来，分成两半。"

他的心不在焉和神游让我感到生气，他很累，一直在喝酒。

"因为我同时属于科琳娜和贝恩。"他又说道，接着他开始大笑。

"你这样会把阿达吵醒的。"

"不是的，"他一边大笑着一边改口说道，"我只属于贝恩就够了。这才是我真心想说的。而我当时却没有想明白。听我这么说你会生气吗？你有资格生气的。"

他揉了揉额头，好像要理清思路一般。

"早晨海鸥的叫声把我吵醒。科琳娜还在我身边睡着，我告诉自己：不要再想那些了，相信命运的安排吧，一切都会变好的。这就是你往后的人生了，日复一日，从今天开始。因为……在科琳娜身边，我睁开眼睛就是数日子。我数还有几周她就要生产，距离预产期还有五周的时候，我告诉自己还剩五周，到时候我还会有其他的事情要烦。你不知道我说的其他事是什么吧？做爱。如果不是非要做爱，也许还好些。但对于夫妻来说，这是很重要的，对吧？不，不是这样的。你知道另外一件事吗？我一直在想象你和贝恩之间是什么样子的。我知道这很恐怖。但现在我们都在这儿了。特蕾莎，这就是事实。我总是会想象你和贝恩之间会是什么样子的，我不会病态地想那些细节，我不关心那些细节，虽然有时候我也会想到那些东西。我想要的是那种我从没有体验过的感觉，幸福而又充实地沉醉其中的感觉。

"我还是天天数着日子，休战期终止前的日子。因为我可以很爱科琳娜，我爱她，但不能提做爱这件事。我承认性有着重要的

292

意义。她也知道，我相信，从小农场时期她就知道，但她确信自己能够改变我、修正我。即便不是她，至少习惯会让我改变。一般来说，她很果敢，没有让她害怕的话语和话题，但是关于性，她从来不提。

"还有五个星期，我对自己说，然后是四个星期，然后是三个星期，直到某一天，休战期结束，某天晚上我们又回到那个房间，像从前一样，科琳娜忐忑不安地问我：'怎么样？我们要做些什么吗？'"

托马索看着我说："我让你尴尬了。"

"并没有。"我说了谎。

他倒了点酒，把杯子端到嘴边，但是他没有喝，他拿着酒杯犹豫了一会儿，就像正在深呼吸，好继续讲下去。

"一天晚上，我们邀请科琳娜的父母共进晚餐。科琳娜说：'他们送给我们这套房子，还有这里其他所有的东西，而我们之前从未正式邀请过他们。'这种措辞让我想笑。'正式'，的确是科琳娜家的说法。她的父母是区分正式和非正式邀请的那类人。

"她至少问了我十次要做什么吃，她焦虑不安。根据我的直觉，她在她父亲那儿夸大了我的厨艺。但我没有责怪她。她已进入孕期的最后一个月，腿抽筋折磨着她。她似乎总是在濒临崩溃的边缘。

"她的父母带着一束粉白相间的花束出现。她父亲递给我一瓶红酒，让我立即打开。我没同意，因为晚餐的主菜是鱼。'我还是

更喜欢喝这个,'他说,'帮帮忙吧,托马索。'

"饭做得一般般,但是科琳娜坚持为我争取更多的赞美。他们也就迁就她,不吝赞赏之词。有时候我的视线与她父亲的视线交汇,他微笑,但这种微笑里充满了暗示,好像在告诉我:我们什么都为她做了,对吗?他说几天前他们去了市中心新开的价格昂贵的餐厅,也许我可以试着给那里递简历。

"'这应该是这位外交官第一次惊讶于一位服务员的才华。'当他们离开后我对科琳娜说。

"她正用手指收集面包屑:'你总是低估自己,我一直这么对你说。'她带着一丝悲伤反驳着,就像那时候她才注意到有什么东西在那个晚上丢失了。

"'如果他对我们没有那么热情的话,我会更相信他。'

"她用愤怒的目光看着我,费力地从桌子旁站起来,走进卧室。

"然后阿达出生了,离预产期还有两天她就出生了。我们凌晨四点跳上车,不到一个小时她就在科琳娜的怀里了,而我正在楼下填表格。

"她带给我出乎意料的幸福,但并没有持续很长时间,几周,也许几个月。我不是说之后我就不开心了,不是这样。但是阿达出生时的狂喜很快就消失了,每天都会少一点惊喜,多一点不安。我的本性重新占据上风。我一直对自己重复着切萨雷为了安慰我们在栎树下讲的话:所有人都经历过这一切,同样的步骤,一直如此,因此你们也一样,有能力度过这些艰难的夜晚。

"与科琳娜的休战结束了。

"我们又开始互相伤害，好像我们从未忘记过和她父母一起吃饭的那个晚上，我站在水槽边，她在整理桌子上的面包屑。我经常问自己是否真的爱她，有多爱。当你这样问自己的时候，多少会有点恐慌。"

他停了一会。脸上带着充满启示的表情。

"有那么两三次，我觉得除了她我不需要任何其他人，但有时候我又希望自己再也不要见到她，希望她在我眼前消失，或者消失的人最好是我。我会偷看她给阿达喂奶，她的锁骨暴露着，当她认为没有人时，会低声对孩子说话，那个瞬间，我想要跪在她面前，她们面前，向她们请求原谅。但我不用出声，仅仅是目光带来的轻微气压改变，科琳娜就能感受到我的存在；可是只要她快速地抬起头，我的爱慕就会变成拒绝。我只有在海滨驿站才感到平静，能够远离家，远离她们。"

"我很遗憾。"我说。

但是托马索没有听到我的声音。现在他沉浸在自己的记忆深处。

"晚上我把阿达抱在怀里。我摇着她哄她入睡，我觉得她的体重在不知不觉中增加。我看着她脸颊的颜色，有一种难以置信的感觉。这不可能是我的孩子，如此正常，如此完美。我仔细检查她的每一处，我看着她灰色的眼睛，直到我被自己正在做的事吓了一跳，然后我把她放回摇篮里。如果她哭了，我就让科琳娜照顾她。

"接着，我开始窥视她。就好像她是一个敌人。哦，以后她会报复的！她以各种她能做到的方式羞辱我。但是无论如何，同女儿出生的第一年里我各种充满敌意的想法，还是不能比的。

"怀孕让她的眼睛下面留下了紫色的眼袋，很明显她一直在失眠，但我的目光没有给她任何安慰。她坐没坐相，头发经常不洗，像鳄鱼那样打哈欠，握叉子的方式也不对，太靠后了，甚至连说话的音量也发生了改变。只有一种方法。只要喝得够多，我在公寓里的生活就还可以忍受。起初我只是在回家之前，去街上的酒吧喝酒，他们总是端上来一碗我从不碰的花生。我喝三杯桃红葡萄酒，就像一种解药，然后我重新回到车里。"

"看起来你是在为自己辩护。"

"也许你是对的，我在为自己辩护。但我对你说的是在我身上真实发生的事，就像一天晚上我和贝恩说的那样。他非常严肃。他说他都觉得丢脸，我浪费了自己的好运气。不，他甚至没有说丢脸，而是用了他那些感觉是特意选来为了刺伤我的形容词。'十恶不赦'，他是这么说的。然后他补充说，如果我不为自己的女儿感到喜悦，我真的不配有女儿。这当中……是的，这牵涉到你们的问题，我现在已经意识到了这一点，但我向你保证，在他发表这番评论之前，我完全没有将这两件事联系起来。"

"我们什么问题？"我说。

托马索已经沉默了很长时间，很明显他不想回答，他低着头。

"什么问题？"我重复了一遍。

"我不应该这么说。"

"你不应该说什么?"

我想抓住他那双苍白而柔软的手,想捏碎它们。

"授精。基辅。等等。"

我站起身来。美狄亚突然打了个喷嚏。

托马索转身看向我,没有同情,也没有内疚。然后他说:"坐下吧,求你了。"

我也实在没有其他地方可以去,所以只好听从他的话,甚至美狄亚也安静下来,又把鼻子放到爪子上。

我说:"很显然,秘密并非都有相同的价值。"

"贝恩和我,我们彼此分享……"

"每件事,是的,我知道。"

托马索咳嗽了下,然后清了清嗓子。

"我还有用来挨过周末的灵丹妙药。伏特加。这方面我与我父亲不同,他不喝烈酒,只喝葡萄酒,他让自己慢慢地喝醉,然后完全迷失在酒里。从某种意义上说,我是有进步的。"

他给了我一个讽刺的笑容,但我并没有给他任何回应。

"我回想着贝恩说的话,所以我创造了一句敬酒词:敬上帝的礼物和十恶不赦的男人!我已经习惯了,所以我现在仍然这样做。我在脑子里重复着这句话。

"我不知道科琳娜是不是多少意识到了这一切。可能比我愿意承认的还要多。但她什么都没有说。有时我还是能抓住她转瞬即逝的惊恐表情。科琳娜的另一面真是个新奇的发现。关于她如果有什么事是我猜不到的，就是她竟然也会害怕。我告诉自己：她有理由害怕我。

"那晚和贝恩聊过以后，我很久没再看到他。如果是以前，我应该无法让自己这样平静，但这是第一次我没那么在意了。我们的友谊只不过是整个崩溃中的一部分。我只有通过调整酒量来忘却这种痛苦。

"直到有一天他毫无预兆地出现在我眼前。

"那是初夏，科琳娜和她的父母还有女儿去了海边。"

"'我开两瓶啤酒吧。'我说道。

"'我只能待一会儿。'

"'你有什么急事吗?'

"突然之间，我们俩都觉得这段距离、这种互不信任毫无意义。我有种想要抱住他的冲动，他注意到了，对我笑了笑。然后他躺在沙发上说，啤酒要是冰的，他也很愿意来一点儿。我们慢慢啜饮着啤酒，很安静，好像我们已经适应了这种亲密。我感觉很好。很平静。

"'桑椹已经成熟了。'他突然说道，我仿佛又看到了农场里的那棵大树，而我们还是小孩，试图去够长在树顶的果实。我很感谢他让我想起那个画面。

"'有什么庆祝活动吗?'

"但他不再提桑树了。贝恩说:'特蕾莎和我要结婚了，在九月。我想请你在那天帮个忙。'

"他现在要请我当他的证婚人了，我对自己说，可以，我当然会接受。我站起来，像兄弟一样拥抱他，像在这种情况下两个成年人应该做的那样。

"然而，贝恩又说：'我希望你能来安排茶点。我们没有多少钱，不得不尝试所有方面都能尽可能节省些，而你擅长这种事情。'

"'当然。'我机械地回答，就像我刚刚预想的回答一样，即使是不同的问题。

"'特蕾莎已经有想法了。也许你们谈谈会更好。我和丹科正在处理其他事。'

"他离开的时候，太阳已经有一半从海平面落下，像公寓里灼热的灯泡散发着橙黄色的光。我一直站在那里，直到天黑，然后，我麻木地行动着。我打开公寓里所有房间的灯，我让所有的家用电器都运行起来。

"洗衣机、洗碗机、空调、吸尘器、排风扇，甚至搅拌机都开到最大速度。我从冰箱里拿出一瓶白葡萄酒，把冰箱门敞着，因为这样连冰箱也在痛苦地嗡嗡作响。我又坐回沙发上，双手握着瓶子，所有这些发出震动声的东西让我的生命更加新鲜，更有价值，但同样也是它们侵入和摧毁了我生命的一切。

"嗯，那真是一场特别的婚礼！自始至终都有一种轻快的迷乱感。我这么说希望没有冒犯你，但我印象中的确如此。这可能都是我奇特的视角造成的。我躲在桌子边喝着饮料，可以说在参加婚宴，也可以说没有，我更多的是在观察，而不是在参与。我出发之前已经喝了酒。必须编个理由，让科琳娜开车从塔兰托到斯佩齐亚。我给自己灌了点甜乎乎的东西，可能是百利甜酒，感觉有点反胃。幸运的是，科琳娜对贝恩感到愤怒。'选了丹科作为证婚人来代替你，'她不停地说，'还真是像他那样的混蛋干得出来的事。'在那天晚上让我为婚礼服务，更加令她怒不可遏。第一次，我很高兴听到她对农场的吐槽，对你们所有人，我很高兴她站在我这边。我把手放在她的手上，即使后来她不再说话我也依然放在那里。

"从结婚仪式回来的时候，你们很幸福，但有点疲惫，就像我撞见你们从芦苇丛中出来的那一天，那时我还没有完全喝醉。客人们三三两两地过来，问我怎么取餐，我勉强应付着他们。当看起来一切就绪，我说服自己放下工作去跳会儿舞。我们也一起跳了舞，你和我。科琳娜赤脚移动着，她抓住我的领带。我给了她一个吻，一个比我们其他任何时候交换过的吻更确信的吻。有一刻，我们在人群中一动不动。

"我记得我当时想：所有这一切都可以这样进行下去，我原以为不行呢，可实际上是可以的。明天起我将改变自己，是的，明天起。当时贝恩说得对，他应该骂我的。然后我把科琳娜留在那里，自己回去看着自助餐。

"就在那时，尼科拉过来了。如果不是因为我当时过于放松，也许他就不会让我如此措手不及。也许我可以用不同的方式来应对。我发现他正在桌子底下找什么东西。

"'你需要什么？'我问他。

"'啊，是你。'他边说边自己爬了起来。他的神情有点不知所措：'哪有烈酒？'

"我把放在夹克里面的小酒瓶给了他，他说我是妓女的儿子，他知道和我一起很安全。他说这话的时候几乎情真意切，然后他一下子干了小酒瓶里的酒，打了个嗝。

"'拿着，服务员，'他盯着我补充道，'对了，感谢服务员是不礼貌的，对吧？他们只是在完成自己的工作。'

"我确信他是为激怒我而来的。我身上有什么东西让他感到恼火。桌子上有两瓶打开的酒，就在我们之间。他打量了一下，用食指将它们推倒，先是一瓶，然后是另一瓶，就像九柱游戏一样。酒洒满了桌子、我的裤子和鞋子。

"'哎呀！'他说道。

"'你有病吧。'

"'反正你现在有人给你买新衣服。'

"我不知道他从什么地方了解到我的生活，我们已经很久没见面了。很久之后我才意识到，他从来没有停止过对我们的窥视，任何时候，当我们一起在农场时他也在监视着我们。

"他说，看到一名服务员将葡萄酒打翻在身上真的很不愉快，幸运的是，贝恩选择了别人作为证婚人，而不是我。

"他很了解我，他知道怎样刺痛我。我一句话也没有回应，我只是抓起桌布清理身上的酒渍，仅此而已，但他往前跳了下，像一头野兽。他抓住其中一个瓶子，举到空中，好像要把它砸到我头上一样。他保持这个姿势几秒钟，然后笑了起来，好像一切都是在开玩笑。

"这时贝恩过来了。他只看到了最后一刻，尼科拉笑的那一刻，因为他脸上没任何震惊或不安的表情。经过那么多年，我们三兄弟终于又聚在一起。如果是在不同的情况下，我会珍视那个神圣的时刻。

"尼科拉搂着他的脖子。'这是新郎。新郎万岁！'他大声说，'服务员，三个杯子，快。让我们一起向新郎敬酒！'

"我们一本正经地敬了酒，贝恩像在做梦，尼科拉则越来越兴奋。忽然他说：'你们在这儿很愉快？一次也不邀请你们的大哥来吃饭？'

"贝恩低下头没有回答。然后尼科拉看向周围，像是在寻找什么东西。

"'那是我们扔石头的地方，对吗？就在那里，我觉得。托米，你的扔到了那棵橄榄树的位置。是这样吗？我记得很清楚吧，贝恩？'

"'尼科拉，现在不要这样。'我请求他。贝恩仍然沉默着。

"'为什么？为什么现在不要这样？不会再有这样的机会交换那些美好的回忆了！再敬新郎！把酒杯满上！'

"我们又喝了一杯，有点累了。

"'好吧，新郎，你来和我们讲讲，'他好像拿了个话筒放在贝恩面前要采访他，'在这个被诅咒的地方办神圣的婚礼，你是什么感觉？'

"贝恩深吸了一口气。他把杯子放到桌子上，准备回到跳舞的地方。但是尼科拉还没完。突然，他的表情严肃起来。他问贝恩：'至少她要知道她办婚礼的地方是个什么地方吧？'

"'我们已经发过誓了。'贝恩慢慢地说。

"尼科拉向他靠近了一步:'如果她不知道,我应该向她说明。'贝恩也靠近了尼科拉。他抬头看着他,没有丝毫的恐惧或屈服。他清清楚楚地说道:'如果你敢和她说一句话,我会杀了你。'

"他这样说,并不是那种不确定的威胁,他的态度冷漠,是他专属的风格,每个措辞都完全表达了他要表达的意思。

"尼科拉紧张地笑了笑说:'我提醒你记得我是警察。'

"他们僵持了好一会儿,装饰着巴洛克风格图案的彩灯忽明忽暗。贝恩转身,再次准备离开。但是尼科拉还是没完没了。他冲着贝恩背后又说了些话。"

托马索沉默了。也许他正在寻找一种方法退到幕后,重现最后的对话。

"说了什么?"

"已经不重要了。"

"告诉我说了什么,**托马索**。"

"他说:'我听说你和你妻子有一些问题。'贝恩没有转身,但是他停住了脚步,手臂垂在身体两侧。'也许上次我们搞砸了。如果你有需要吹个口哨就行。我们就像以前那么干。'贝恩依然没有转身,好像他不想直面最后一次挑衅。过了几秒钟,他又开始走路,非常慢,然后消失在客人们中间。

"之后是蛋糕环节,还有切萨雷的讲话。说的都是《以诺书》上的蠢话。谁能真正理解呢? 只有我们:贝恩,尼科拉和我。因为除了我们三个人，还有谁是守护天使？从天堂坠落，从切萨雷创造的天堂，沉入淫乱之中，将被永远诅咒。他借此机会想告诉我们他没有忘记，他知道的远远超过我们所以为的，只要我们依然固执地保守秘密，就没有可能获得救赎。山上的布道，他的最后一次布道。那是个很棒的派对，是的。我品尝了蛋糕，听了切萨雷的演讲，看着烟花绽放，我目送它们的余烬坠入橄榄园的黑暗中。但我再也无法享受任何东西了。我对于明天的美好愿望已然消失。"

"尼科拉一直在窥视我们，这是什么意思？"

我还停留在这句话。后面的话我也听到了，但没明白是什么意思。

"我们和丹科他们一起占据了小农场后，他就一直在监视我们。包括之后，我想，只剩你和贝恩的时候，他也在监视。"

"包括之后。"我说，这句话更多是说给自己听，而不是给托马索。

贝恩一夜之间把所有库存的干柴烧光，然后离开了。后来，我一个人睡在家里，周围都是乡下夜间的各种声响，以及更令人害怕的寂静，那时我总觉得外面有人在盯着房子。我不必出门去看就很确定，也不用支棱着耳朵去听。但我以为是贝恩。虽然他的骄傲受到了伤害，但他仍然忠诚地履行着切萨雷在婚礼那天给予我们的诫令。

我应该是大声说出了自己的想法，因为托马索说："不，不是他。据我所知，贝恩只去过一次。他当时已经住在这儿了。而且他发现尼科拉的汽车停在路边，但尼科拉不在车里。所以他才确定你们……"

"我们什么？"

"这不关我的事儿，"他停顿了一会儿，"况且我也试过说服他事情并不是那样的。"

另一个房间里，阿达的呼吸声变了。现在她呼吸地更重了，好像一个大人。

"我越来越不明白了。"我说道。

"你得让我按照顺序说。"托马索冷冷地说道。他把右手放到嘴上，不停地敲着毫无血色的嘴唇，好像这样能帮他说出话来。

"你还记得我们发现的被破坏了的光伏电池板吗？当时我们以为可能是哪个农民捣的鬼，谁知道哪个竞争对手呢。但那个人是尼科拉，他和他的几个同事干的。"

"你是因为讨厌他才这么说的吧，就像贝恩一样。"

托马索平静地摇了摇头。

"那你是怎么发现的？"

"是他跟我说的，尼科拉跟我说。婚礼结束的几个星期后，我在海滨驿站又看到了他。他就这么出现了，没有提前通知。我走近餐桌准备为客人点餐，是他，穿着一件浅褐色的运动外套笑着坐在那儿。他傲慢地把我介绍给跟他一块儿去的三个同事，好像我就是他们从巴里来到这里的原因。那时候快到冬天了，所以餐桌都搬到了室内。或许是十一月？不重要。他拉着我的胳膊跟他的同事们说：'这是我的兄弟。'然后他解释说我们不是同父异母，也不是同母异父，我们没有血缘关系，但这都无关紧要，因为我们甚至比亲兄弟还亲。他还说：'我们喜欢一起自慰。'他的同事们很喜欢这样打趣。其中有个人还说我应该更投入些，看肤色就知道我很少出门，然后他们笑得更厉害了，尼科拉也跟着一起大笑。但他最后用食指指着那个打趣的人说，谁都不许取笑他的兄弟。我不明白。上次，就是在婚礼上，他除了挑衅我之外什么都没做，和贝恩也几乎打了起来，而现在，在海滨驿站，在其他警察面前，他却突然扮演起大哥的角色。

"他们点了两瓶凯歌香槟酒。没有人会在海滨驿站点香槟喝，因为价格太贵了。整个晚上我工作的时候都有些不自在，觉得尼科拉的目光一直没从我身上移开过。或许情况正相反，是我不能忘记他在那里。我远远地看着他，想把桌上那个开心的男人和婚礼上的疯子合为一体，也和男孩时的尼科拉合为一体。

"整个大厅都空了，只剩下他们几个。已经很晚了。我留了两瓶烈酒，他们看上去还想接着喝。纳奇示意我也加入进去。'你的朋友们想要打牌。是你跟他们说的吗?'很明显，尼科拉还记着之前在斯卡罗的时候我跟他说过这事儿。纳奇看了他们一会儿。

"'我不知道你脑子里在想什么。他们可是警察，上帝！算了，我不管了，但你得把他们带到小包间去。'

"'我想回家。'我说。

"他凑近我：'听我说。是你把我们卷进来的。现在你的朋友们喝完所有的香槟后要打牌。而我们不能扫他们的兴，对吧?'

"就这样我留下来给尼科拉和他的同事做庄。他们玩二十一点玩到凌晨五点。每个人都花了至少两百欧，但他们走的时候都很开心。我把他们送上车。田野间升起了雾。尼科拉抱着我的头，在我的嘴唇上吻了下。他还对我说了些深情的，甚至是煽情的话。那会儿他醉得真的很厉害。

"从那以后，他们开始每周六都来。他们在这儿吃晚饭，然后打牌。纳奇开始把他们当作贵宾，并经常跟他们聊天。他按赢钱的比例给我付小费，就像过去一样。

"科琳娜肯定不会给我好脸色。她知道我在玩牌，但我没告诉她是跟尼科拉玩的。最糟糕的似乎不是赌博或酗酒，甚至也不是熬夜到这么晚，然后几乎睡一整天，而这本该是我一周里面唯一可以好好陪她和孩子的一天。最糟糕的是，那样通宵达旦的中心人物是我的一个兄弟。

"过了几个星期她再也忍不住了，决定直接跟我说。那是个星期天的下午，我还在床上。科琳娜走进房间，但跟我保持距离。

"'你有必要这么做吗?'她问。

"'能赚更多的钱啊，我们会过得更舒服些。'

"'我们根本不需要钱。我们存的钱够花了。'

"'不，是你存的比我们花的钱多。我银行账户上的数字一直没变过。'

"我冷冷地说道。我是故意这么冷漠地对她的。她站在房间中间，而我甚至都不需要装模作样，就这么躺着。阳光试图穿过紧拉着的窗帘，然后沿着帘子边缘照了进来。我觉得科琳娜哭了，在半明半暗的房间里我不确定，但我不管，就一直躺着，直到她走了出去。"

托马索抬起毯子下面的一只脚去挑逗还睡着的美狄亚，对它微微一笑。

"尼科拉和他的朋友们，他们知道怎么找乐子。有天晚上我在卫生间意外撞见他们中的两个人在轮流吸可卡因。他们对我点头示意，但我走开了。我跟纳奇讲了刚刚看见的事情。我觉得我自己的一部分想离他们远一点。

"'你成道德家啦？'他回应道，'就让他们玩儿吧。不然你还想把警察关进警察局吗？'他笑着说了句玩笑话便走开了。对我而言，他的反应就像一张免罪符。从那天晚上起，我就放任自流了。我经常用自己的钱去玩扑克，我把所有的加班费都输掉了。如果有酒喝，我就去喝，我用纳奇的私人卫生间，就像排着队去朝圣一样。尼科拉就是在卫生间里告诉我的。不是因为他感到抱歉，也不是为了挑衅。那时候我们之间相当真诚，好像之前的账都一笔勾销了，我们之间一直受到贝恩妨碍的兄弟情谊，终于有机会表达。

"'你还记得那些光伏电池板吗？是我和法布里奇奥弄的，我们花了近两个小时。'

"'你为什么这么做？'

"'你们从不叫我来。那么长时间里一次都没叫过。我看着你们，看你们在做什么，看你们晚上一起待在藤架下面，那里本该也有我的位子。'

"圣诞节前几天，他们租下了海滨驿站，所有的布置都按照庆祝大型节日的规格。我帮尼科拉做准备工作，现在我专门帮别人组织聚会。我们拟定了一份以鱼为主的菜单，还找了个DJ；一天早上我陪他去加利波利城外的一家批发商店，在那里我们买了酒和很多小玩意儿：只要断开就能变成荧光棒的小棍，带毛绒耳朵的发箍，鞭炮，还有带皮筋的银色、金色面具。我们戴着面具在收银台买单，就像两个孩子。我很开心。

"在回去的路上，尼科拉跟我讲了他正在交往的女孩儿斯黛拉。他讲了些非常私密的细节，或许是为了让我震惊。他说他们之间达成约定：每个人轮流拥有完全支配对方一个月的权力。当尼科拉掌权的时候，他可以随时命令斯黛拉做任何事情，反过来也一样。当然，几乎所有的指令都与性有关。别的情侣也经常参与进来，甚至单身男女也可以加入，不过他们是付费的。在他说这些的时候，既不是在炫耀也不像是在开玩笑。这在他心里是很严肃的事情。他向我倾诉是为了减轻内心的负担。

"'你喜欢这么玩吗?'我顿了会儿，问道。

"尼科拉眯起眼睛，紧盯着穿过葡萄园的弯弯曲曲的道路。他说：'如果我不这样做，我就很麻木。什么都感觉不到。'他非常悲伤地说出了这些话。然后又补充道：'你不是也一样吗?'

"但我避开了这个问题：'你把她介绍给切萨雷和弗洛里亚娜了吗?'

"他大笑起来：'我会把她带给他们看吗？天哪，当然不会！不，这个想法本身就很荒唐。'

"'那你还很想她吗?'

"我仍然无法相信尼科拉和我会亲密到如此危险的地步。我甚至一直认为我们是无法有什么亲密关系的。但是多年来我误解了他。我甚至从来没有试图去弄明白。当我问他是否还很想她的时候,我指的是维拉丽贝拉。但尼科拉回答:'现在她都结婚了。我还能做什么呢?'"

我猛地站起身:"你介意我开会儿窗户吗? 屋里有点儿闷。"

"开吧。"托马索说道。

冷风迎面拍打着我的脸,隐约夹杂着大海的味道,虽然从这里看不到大海,只能看到其他楼房,一片漆黑。我深吸了几口这样的空气,然后关上窗户再次坐下。托马索耐心等着,全神贯注。

"你感觉好些了?"

"是的。"

"如果你愿意,我可以停下来。"

"你继续说吧。"

"你也可以喝点酒。"

"你继续吧,我都说了。"

"聚会一共来了八十多个人,所有的警察都带着自己的女伴儿。吃晚饭时候他们举止端庄,显得有些尴尬,尤其是那些年轻一点的。随后 DJ 调高了音量,灯光暗下来,荧光棒和毛绒发箍分到每个人手上。所有人都起身跳起了舞。纳奇待在门口数着从他鼻子底下拿过去的凯歌香槟的桶数。

"尼科拉和他的朋友们爬上桌子，在那个临时搭建的舞台上跳起了舞。斯黛拉也在。当我看到她的时候，我觉得她并不是尼科拉跟我说的那种人。

"那天晚上，我不知道什么时候，也不知道是怎样被拉进去的。我筋疲力尽，我狂吸卫生间里藏着的可卡因，狂喝杯子里剩下的酒，那些酒杯多到数不清，然后我把它们翻过来放在洗碗机中。我记得自己当时在想什么：应该让科琳娜的爸爸看看我现在的样子，他肯定会哑口无言，当时我闭着眼睛都没法儿摸到自己的鼻尖儿，却还能举着装有三十个高脚杯的托盘给别人送酒。我发现自己站在桌子上，好像有人用力把我拎了上去，又或许是我自己上去的。站在桌上看到的大厅是我从没见过的，尽管我已经把大厅的每个角落都走了上千遍。

"尼科拉在我身后跳着舞，他举起我的双手挥舞着，我就好像个木偶，由着他摆弄。我快被他和斯黛拉玩儿坏了，斯黛拉摘下毛绒发箍给我戴上。然后其他人也爬了上来，都是些强壮的小伙子，穿着被胸膛撑得紧绷绷的衬衫。我现在已经对自己的肌肉不感兴趣了，却被那些强壮的身体吸引着。

"然后我就断片了几个小时。

"我记得我走进了一个又窄又长的房间，像条走廊似的，屋里有一面涂黑的墙，可以用彩色粉笔在上面写东西，我便写了点别人看到会觉得好玩的东西。外面已经亮了，但太阳还没升起来。我们一共有五个人，那会儿至少是第二天早上了。

"我醒来的时候发现自己躺在地毯上。那种恍惚的感觉跟在斯卡罗时一模一样。但这次还多了恐惧的感觉。

"我走到大街上。那天就好像是个普通的十二月的星期天早上，明亮而温暖。我发现那儿离家不太远。我走进一家酒吧，在卫生间里尽量重新整理自己，我看上去有点迷糊。当科琳娜看到我的时候，几分钟里都没说一句话。她不停地在房间之间走来走去。

"'十一点了。'她终于开口，就好像在给时间一个个地取名字一样。

"'聚会结束得很晚。我睡在了海滨驿站，为了不吵醒你。'

"'为了不吵醒我？是吗？我八点钟的时候给海滨驿站打过电话，他们跟我说你已经走了有一会儿了。'

"我靠近她，摸了摸她的胳膊，但她浑身僵硬，好像我让她害怕。

"她说：'我得出去了。换你带阿达了。好好照顾她。'

"然后她拿起东西就走了，仍然保持着那种焦虑不安。

"我很不解，也很累。我的手有些发颤。我很清楚宿醉产生的影响，如果只是因为这个的话……但我还吸了可卡因，我甚至都不知道吸了多少。脑中只闪现过昨晚的一些回忆。我坐在沙发上，可能很快就瘫倒了。阿达的哭声把我唤醒，她实际上是在小房间里尖叫，我不知道她要这样闹多久。我把她从小床上举起来抱在怀里。我很饿，在聚会之前我什么都没吃，但当我要把她放到地上的时候，她又立马开始哭，所以我重新抱起了她。我把装着水的锅放在火上，去冰箱找剩下的果汁还有面条。我把阿达抱在左手上，我已经这样抱过数百次了。可能是她突然动了一下，朝后翻了过去。我都顾不上关冰箱门。

"阿达流了很多血，我甚至都看不到伤口。急救医生说她缺氧了几秒钟，但不是因为碰伤，而是因为哭喊得太激烈了。她因为受惊而缺氧窒息。科琳娜来了，她的父母还有其他那些我不知道为什么过来的人也来了。有人给我从自动售货机上带了杯茶，是浓缩柠檬味儿的，我喝了一口就把它放下晾着了。我继续寻思着为什么科琳娜不朝我发火。医生跟她谈过之后便走了，也没说什么让我们要有信心、有希望之类的话。我记得我对此很失望。我想起了切萨雷，痛苦地思念着他。在那样的情况下，他总会说些我需要的话。

"晚上阿达头上的肿块消了。科琳娜回家休息去了。护士让我离开病房一会儿。科琳娜的父亲在走廊里，衣着光鲜，胡子也刮得干干净净的。他把手放到我肩上。或许这是头一回他这么刻意地碰我。他和蔼地说着话，几乎显得很平静。这才是真正的外交官，我想着，这样的人知道应该怎么得体地对话。他说早上发生的事情已经无可挽回了，并简述了一下整个事件的前后，好像我已经忘了似的。我很不自在，尤其是我还这么邋遢、浑身发臭地站在他旁边。他说，他从没见过他的女儿像现在这么痛苦，即使在她还是小女孩儿的时候，在最糟糕的情况下都不曾如此。他从来不叫她的名字，他总是说'我的女儿'。现在到我该接受治疗的时候了，我的问题已经严重到令人担忧。我的问题。'现在你很后悔，你肯定想把事情处理好，你确信刚才的惊吓会给你力量去这

313

么做。但事实并非如此。你可以回到她身边并向她保证，从现在起一切会变得不一样，但你和我，我们都知道这不是事实。'

"接着他跟我讲了一下他刚刚想出的解决办法，有可能他已经准备了很久，只是在等着好的时机说出来。他解释道，房子已经空出来了，就是我们现在住的房子。为了我能继续住着，他已经支付了几个月的租金，但他不会问我要这些钱。我可以把这当作是他帮我重新开始。当然，我可以继续见到阿达，在法官面前所有的事情都能很平静地得到判决。也许见面时我应该允许他的妻子和我们在一起，至少在刚开始的时候，我需要重新调整自己。另一方面，如果他们有意为难我，那就太容易了，看看事情是怎么发生的，不是吗？但是一个人不该因为一桩意外就受到惩罚，也不会仅仅因为有缺点就被取消做父亲的资格。谁没有缺点呢？

"作为交换条件，他只要求我不要告诉科琳娜这段对话，并且能完全负起实现这个计划的责任。他说，刚开始她会有些痛苦，但最后她会认可这种做法。因为女人能知道男人什么时候有勇气做出决定。如果他是我，他会等几个星期，让大家从惊吓中缓过来。如果他是我，他会等过完新年，但不能再往后拖了，因为越拖事情就越麻烦。如果他是我……于是我就当他是我了。"

托马索又停了下来。我觉得他正在思考什么事情，终于，他让我去给他拿根烟来。

"抽烟不会让你更难受吗？"

"不，不会更难受了。"

我去了另外一个房间，找到了香烟盒，然后回到卧室。我替托马索点着香烟，然后给我自己也点了一根。我们把他的酒杯当作烟灰缸。

"其实，那正是我想要的。抽出身来，摆脱科琳娜以及所有她那些我无法满足的期待。我已经还完债了，还完很久了。但是刚开始的几个星期很糟糕。不待在海滨驿站的时候，我就去港口对面的酒吧。我在那里跟阿达见面，跟她一块儿来的是科琳娜的妈妈。

"'为什么我们不去你家里呢?'见了几次之后她劝我,'让孩子看看现在你住的地方很重要。这样她就不会觉得她的爸爸没有地方住。'

"'她爸爸就是没有住的地方。'我回答道，她便不再坚持了。

"那样的见面很痛苦。或许只有阿达体会不到。她在酒吧的桌子间转着玩，客人们都对她笑。科琳娜的妈妈总是带着一些玩具，那些玩具都是我离开前给阿达买的，但她不知道。谁知道科琳娜都跟她讲了什么呢。她教我怎么玩玩具，而我只是看着。她们一离开，我就点酒来喝。就这样过了几个月，但我觉得过了很久很久。我坐在酒吧里，看着老虎机屏幕上的画面。后来贝恩来了。就像每次毫无征兆地出现一样，他进了酒吧，这个世界上最不适合他的地方。他观察了一会儿，然后走近我。

"'走吧。'他说。

"'为什么?'

"'够了，我们走吧。'

"我很轻易地起了身，好像从一开始只要有人命令我就够了。

或者因为是他命令的我才这么做。

　　"'你是怎么知道的?'出来之后我终于问了他。

　　"'是科琳娜,她很担心你。'

　　"'我不信。'

　　"'你住哪儿?我把包放在车上了,但我得在天黑前把车开回丹科那儿去。'

　　"所以他守住了多年以前的诺言,那天晚上他站在农场的窗前,许诺要照顾我。

　　"第二天我们撕掉肮脏的糊墙纸,把最破的家具扔去垃圾场,然后到大百货店买了新家具。贝恩说了很多话,几乎就没停下来过。他最近都跟丹科住在像野营地的地方。'驻扎地',他是这么叫那个地方的。从叶缘焦枯病开始流行的时候,丹科跟不少人就组织起抗议砍伐患病橄榄树的示威。他们组建了一个激进的小团体,驻扎在农舍周围,睡在圆顶帐篷里。而农舍的主人就是他,他让其他人相信消灭这些树是没有用的,背后肯定有人因为经济利益在操控着一切。他用硫酸铜和石灰来医治病树。贝恩跟我说这些事情的时候充满了激情,是他的声音,但好像是丹科在讲述。他一边说一边撕下糊墙纸,把光秃秃的墙面涂成可笑的玫瑰色,但孩子应该会喜欢的。你怎么这样看着我?"

　　"我根本就没看你。"

　　托马索把烟头摁到杯底掐灭,然后把临时烟灰缸放到大腿上。

　　"不,你就是这样看着我的,因为我没讲任何关于你和贝恩的事情。我一点儿都没讲贝恩跟我说的东西。但他没说太多。这是真的。只是有天晚上，当我们坐在地上吃着中国菜的时候，他说："追逐自私的欲望让我们支离破碎。"然后他把错都归到你们的医生身上。几天前他去找过医生。我想他应该在那儿大闹了一场，用一些荒唐的方式去威胁了医生。他到处跟人讲他干的勾当，还跟报社说了。"

"是贝恩跟你这么说的吗？他去圣菲利斯那儿威胁他了？"

"他有些惭愧，我觉得。或许也不觉得惭愧。但他那样做的时候肯定已经失去了理智，所以他没跟我提太多细节。他只是说他闯进了诊疗所，打断了别人的会面，秘书想拦住他，他便对着医生大喊大叫。我们都脏兮兮地坐在地上，身上沾着玫瑰色的油漆。我们传递着一次性饭盒，里面的中国面条坨成一团。然后贝恩说："特蕾莎跟他在一起。跟尼科拉。前几天的一个晚上，我看到他的车停在农场外面。'"

"那你怎么说的？"

托马索转向了窗户。

"你什么都没跟他说吗？你那会儿已经跟尼科拉谈过了。你知道他是去农场偷窥我们的。你为什么什么都不跟他说？"

他怔住了，好像没听见我说话似的。我抓住他的胳膊，但他猛地甩开了。

"看着我，托马索！"

他的眼神变了，现在他的眼睛睁得更大了，里面满是愤怒和恐惧。

"你为什么不跟他说实话？"

"我不能够确定。"他低声回答。

我深吸了一口气，然后一字一句地指责他说：

"不，你没跟他说尼科拉的事是因为你想让他跟你待在一起。你保持沉默，让他继续相信事情是他所认为的那样。"

托马索仍然睁大双眼盯着我。

"是吗？"

"我觉得就是这样。"

我起身去了厨房，拿了两个干净的杯子，往里面倒了些葡萄酒。我很想穿上外套离开，我什么都不想听了。但这次我不会这么做。我要听到最后，把所有一切都听完。我回到房间，把酒递给托马索，他慢慢地呷了口酒。

"然后呢？"

"没了。至少当时就这么点儿要说的了。几个星期后，我们已准备好房间迎接阿达。科琳娜的妈妈过来查看情况。她站在一边看着，而阿达围着贝恩转，叫着'贝恩叔叔'。他说那时候他不该在的。贝恩宠溺孩子，孩子也喜欢他。要是其他人，我肯定会吃醋，但对他，我不会。那几个月他们都很开心。或许是他们最开心的几个月。"

"就像美梦成真了。"我尖酸地说道。

就在那一瞬间，托马索哭了。他倒在床上，一只手捂着眼睛啜泣着。我看了他一会儿。

"对不起，我不该这么说的。"

他几乎是不出声地哭着。我等他把手从脸上拿开。

"每个人都有权……"但他没把话说完。

他喝了点酒，用手背把嘴唇擦干净。

"贝恩把我带到了驻扎地。病树的树干中间都用红色油漆标了个叉叉，它们在等着被清除。丹科和他的同伴发誓不让任何人靠近那些树。"

"到了晚上，我们在室外用一个油腻腻的黑色烤架做了汉堡。说实话，在那儿没什么事可做的。没有迫在眉睫的威胁，也没有什么计划。许多人都是大学生，他们都躺着把书摊在肚子上看。天黑了他们就点起篝火。丹科会来一段他的演讲，那些演讲实际上有点儿颠三倒四。但其他人都比他年纪小，都被他的话吸引着。我想回家，但贝恩坚持让我睡在那儿。他去了丹科和茱莉亚娜的帐篷。我和另外两个人睡在一个散发着汗臭的睡袋里。

"第二天，贝恩和我早早地出发了，其他人都还没醒。我们喝了些保温瓶里剩下的凉咖啡。

"'你喜欢这儿吗？'贝恩在车上问我。

"'那些橄榄树有些可惜。'

"'不是可惜，是罪恶。'他看着路面说道。

"所以现在我和贝恩以及孩子在家里睡过，在驻扎地睡过，跟尼科拉和他的朋友们一起疯狂过。我过的日子都是彼此分离的，而他们彼此毫不知情：这就是我的专长。

"病害迅速向北部蔓延开来。有几个记者来到驻扎地采访丹科，那天我也在那。有文件规定要砍掉每棵病树周围一百米范围内的橄榄树。这场灾难到目前为止肆虐范围广泛到需要砍掉整个地区的橄榄树。丹科大发脾气，朝着记者们大喊说，这些都是谎话，还跟他们大谈跨国公司和游说议员的团体。我们都觉得这么说会起作用。

"晚上大伙儿都聚集在农舍。消息很快便传开了。丹科在采访中很确定地说叶缘焦枯病是媒体编造出来的，但他的片断被剪成了几秒钟。视频中他很激动，脸都涨紫了。随后一个政府官员也接受了采访，这位官员提供了一些关于这场灾难蔓延的准确数据。

"我们怀着挫败感回到帐篷里。贝恩走到其中一棵橄榄树下坐了下来，就那样一直睁大双眼直到深夜。

"六月，阿达满三岁了。她先和科琳娜还有外公外婆过了生日，然后跟我和贝恩一起。我们做了一个蛋糕，并且都穿得很讲究，显得有点滑稽。晚饭快结束的时候，我关了灯，拿出蛋糕，我们插上生日蜡烛，用生硬而响亮的声音唱着生日歌，一点儿都不觉得难为情，阿达很开心。贝恩给她买了些积木，上面刻着字母和数字。阿达对这些小木块不怎么感兴趣，他有些失望。当他看到我送的洋娃娃的时候，就更加郁闷了。'这些都是塑料做的。'他生气地说。

"然后他就出了门，把我们晾在家里。几天后他回来了，我们没再提生日的事儿。

"就这样，我们度过了整个夏天和秋天。贝恩总是在驻扎地待得更久些，但他隔阵子就会来我这儿。他只字不提那里发生了什么，而我也不太关心。甚至在肩膀包着绷带出现的时候，他也依旧含糊其词，但那次他在这儿待得更久些。现在回头想，一切都是显而易见的，我本该发觉他那段时间在准备着什么。

"十二月，病害蔓延到了萨拉切尼的海滨驿站。事实上，纳奇从来不关心那些植物，只是查看了一下，并给我指出变黄的树枝。这些树枝可能是因为太阳的暴晒或者干旱而发黄，但纳奇决定要清理掉一部分橄榄树。他已经开始准备了。

"'病害相关规定允许他这么做。'一天晚上我告诉贝恩和丹科。

"'但这是为什么呢？'丹科激动地问道，'真不明白，这对他来说也是一笔损失啊。'他绞尽脑汁也猜不出纳奇能得到什么好处。所以我添了句：'他处理掉橄榄树是因为他想造一个高尔夫球场。'

"大家都沉默了。丹科和贝恩互相凝视着。这正是他们一直等待的大事。他们已经受够了把树干上用油漆画的十字标记擦掉，受够了跟无知的农民一起喝劣质啤酒，一起等着天知道什么事情发生。这将是一次大型、重要且实实在在的行动。

"那晚之后我便再也没见到贝恩。几个月过去了，毫无他的音讯。几个月，是的，因为当我再次在家里看到他的时候已经二月份了，他总是这样突然出现。我立马注意到长沙发旁边的大盒子，我问他里面装的是什么。

"'一点儿东西，'他躲躲闪闪地回答我，'你别碰，拜托啦，我很快会带走。'

"当然，他一离开我便看了看里面是什么。我小心翼翼地撕开胶带，好让它还能照着原样粘回去。里面有些装着硝酸铵的袋子，我很了解，因为我们在海滨驿站用硝酸铵来施肥。

"两个星期后，贝恩又回来了，当时我和阿达在家里。他进来的时候甚至连外套都没脱就直奔那个大盒子。第二天，铲土机会到海滨驿站来。

"'你要跟我们一起去吗？'他问道。

"'你知道我没法去。我在那儿工作。'

"在那一瞬间我才意识到，我应该趁他不在的时候把那些东西都扔掉的。

"'把盒子留在这儿吧。'我说。

"'你要不要加入我们？'

"'把它留这儿吧，贝恩。太疯狂了。'

"他低下了头。'从现在起，这事儿跟你无关了，托米。'

"我坐在那个大盒子上面，像个孩子一样。

"'你让开。'贝恩说道。

"他的声音已经变了，变得没那么严肃了，变回了那个令人动容、伤感的声音，是那个在大栎树下求我不要读《马太福音》的声音，也是那个让我去偷海滨驿站的入账的声音。

"他把我拉了起来，然后俯身搬起盒子。'你可以跟我一起，这一次我们可以重新一起做事，最重要的大事。'

"但并不是这样的。那并不是我最重要的大事。阿达坐在沙发上，沉浸在动画片的世界里。

"'不了。'我说。

"贝恩点点头，他抱着大盒子，门已经开了。

"'帮我摁个电梯。可以吗?'

"我从他身边走过，按下了电梯。等电梯的时候我们都没说话。电梯门开了，贝恩上了电梯，然后电梯门又关上了。我再也没看到过他。"

托马索突然掀开床单，露出毫无血色的腿。他起身下床。

"小心点儿。"我说。

他仿佛突然间恢复了自控力。他光着脚走出房间，进了卫生间。我听到里面传来撒尿的声音，然后是冲水声和水龙头放水的声音，持续了很久。他已经没有必要再说什么了。剩下的事情我都知道，从他在贝恩跟丹科受审时的证词里。我是从所有证人的证词和报纸上的报道中知道的。

事发当晚，托马索给尼科拉打过电话，他惊慌失措，不知道还能打给谁。或许他应该能够说通贝恩和其他人，让他们不至于遭到逮捕。作为朋友，无论如何，他们曾是兄弟。

尼科拉和他的同事法布里奇奥一起去了海滨驿站，他们两个那天都不当值，却都武装齐备。当时铲土机已经准备开进海滨驿站了，驻扎地的年轻人们手拉着手围成一道警戒线，他们把帽子压低盖住眼睛，把围巾围在嘴上，寒意袭来。

正好在纳奇把手伸向丹科的时候，他们到了。纳奇，是他先把手伸向丹科的脸去扯嘴上的围巾的。丹科猛地推开他，尼科拉把他们拉开了。尼科拉说他是警察，然后抓住丹科的胳膊给他戴上手铐。这时贝恩朝他的兄弟扑了过去，以解救他的朋友，而尼科拉的同事法布里奇奥则扑向贝恩。纳奇趁机跑回了海滨驿站。

与此同时，激进分子围成的警戒线四分五裂。开铲土机的两个男人因为耽误了太久很是恼怒，他们困倦着发动了机器，穿过断开的缺口朝前挺进。有个男孩惊慌失措，尽管在整个调查过程中一直没有查出究竟是谁。总之他引爆了一个匆忙制造的爆炸装置，他们先前已经布置好了。爆炸并不是很强烈，没有炸翻铲土机，但足以让它们停下来，并让那些激进分子在橄榄树林里四散逃开。有两个激进分子受了点皮外伤。

尼科拉和他的同事掏出了手枪，但他们甚至不该持有枪支。法布里奇奥去追那群激进分子了，而尼科拉跟贝恩和丹科待在一起，当其他人都逃走的时候，那里只有他们三个人。

只有开铲土机的一个男人看到了接下来几秒内发生的事情，但隔着地上扬起的还未消散的尘土和烟雾，他看得不大清楚。

他看到贝恩躺在地上，尼科拉拿枪指着他，跪在他身上。然后他就听到一声闷响，不是枪声。尼科拉倒下了，丹科拿着铁锹站在他旁边，他紧紧攥了会儿铁锹，然后把它扔了。

就在这时，那个男人从铲土机上下来去救尼科拉。当他跑到尼科拉旁边时，丹科已经跑了，而贝恩满脸惊愕、不可置信地低头盯着他兄弟的身体。那个男人想至少抓住贝恩，但连贝恩也跑了，他沿着下坡跑向橄榄树林，树林很快就将不复存在，变成那片天空下铺着柔软明丽的草坪的高尔夫球场。

托马索从卫生间里出来了，但他在客厅逗留了一会儿。我想他应该是去看了看熟睡的阿达吧。他带着一股淡淡的牙膏味儿回到房间里。

"我们可以睡会儿。"他说。

"现在我得走了。"

"这会儿太晚了。留在这儿吧。那半边床一直都是干净的。美狄亚，快下去。"

我已经很累了。如果当时开车回去，我得一直撑着睁大双眼开到家。或许我是不想在听完这一切之后，在几个小时之后，在圣诞节的清晨再次孤独地醒来。

托马索趴在床上，完成将美狄亚的毛从床单上掸掉的工作。

"好啦，"他说道，"我已经至少一个星期没看到臭虫了。"

"什么？"

"我开玩笑的，别紧张。"

他把整晚都压在他银白色的脑袋下面的枕头抽出来。他试着想把它恢复到原来的形状，但没多大效果。

"这样就好了，"我跟他说，"你别操心了。"

他睡下了，为了尽可能地给我腾出空间，他贴着床边。我脱了鞋，穿着衬衫和牛仔裤钻进被窝。

贝恩、丹科和茱莉亚娜后来碰面了，谁知道他们在橄榄树林里是怎么跑的呢。或许他们有个会合点，或许他们策划得比检察院想的精细一些。在斯卡罗的塔楼里发现了他们的一些衣服。

托马索背对着我，他一动不动，好像已经睡了，但他一直没睡着。从一开始他便是我的情敌。我把一只手放到他肩上，我之前一直无权这么做，我也从没想过能这么做，但现在我做到了。他等了一会儿，然后他把他的手放到我手上。就这样我们终于睡了一会儿，也就几个小时，但这么多年来，我从没睡得这么好过。我旁边的灯还亮着。外面已是黎明，但我没看到。

第三部分

熔岩冰洞

六

我至今还记得那天早上警察到达时周围的沉寂。那是一种不同寻常的寂静，似乎所有的鸟儿都叫不出声，所有的蜥蜴都在草丛中静止着，只为听一听人们口中传说的那个消息："她的丈夫好像卷进了一场杀人案……杀了那个叫尼科拉·贝尔帕诺的人。"

警察在进家门前征求了我的同意。我已经想不起来自己为什么阻止了他，或者说没有马上让他过去。他应当是又征求了一次许可，然后侧身从我肩膀和门框的缝隙之间穿了过去。他的同事跟在他后面，经过时尴尬地低着头。

我看着屋里那些也应该同时映入他们眼帘的东西：从前晚起就乱作一团的桌子，只放着一个人的餐具，靴子上粘着泥，扔在地毯上，毯子堆在沙发上。谁也不想被人看到这不修边幅的一切。

"我们能上去吗？"

"我还没有铺好床。"我笨拙地回答道。

我靠在壁炉的那面墙上，本想说那里什么秘密也没有，没有他们要找的东西：贝恩很久没回过这里了，但实际上每晚我独自入睡时始终都想着他，想着能看到他大步跨过来，想着和他聊天，大声地聊天，就是那样。但那个时候，我只能待着看警察们沉默地走来走去，接着他们拿来了梯子。

"好像是他的丈夫……死的人叫尼科拉·贝尔帕诺。"

我差不多能明白每个单独的句子，但总是抓不住这些句子之间的联系。就像是两个摔碎的花瓶的各一半，两个完全不同的花瓶，而我正在试着把一个花瓶的碎片拼到另一个的剩余部分上，但边缘和断口并不匹配。

我没给警察倒一杯咖啡或水。当时仅仅是没想过要这么做而已。

当我们再次回到门口时，两个人中看上去有发言权的那个说道："我相信我们会回来进行更深入的检查。或许就是今天。如果在接下来的几个小时内您不离开的话，我将不胜感激。"

接着他们就走了。

我坐在摇椅上，感觉无法思考，但我有想法，我敢肯定，彼此重叠在一起毫无意义的想法。我有种莫名其妙的惊慌感，一种全新的感觉，每过去一分钟，这种感觉就愈加清晰。快要坍塌的摇椅在吱吱作响，尽管我觉得它并没有晃动。

我意识到这种安静很快就会被打破，但在那一瞬间，还是什么都没发生：周围只有我和小农场，伴着一些说话声，以及空气中吹过的风声。

"……参与谋杀。"

九点多钟时家里的电话响了起来。来了，我告诉自己，现在要开始了，但我仍然没有动。突然间，我对自己所做的每个动作有了意识，而在这之前我对此毫无察觉：起床，走路，抓着电话，回答。

打来电话的是个呼叫中心的女孩。我等她说完，记录下她说的一切，都是些关于体育频道商品折扣以及解码器租用之类的无用信息。接着我告诉她我没有电视，我声音中的某些东西应该吓住了她，她匆匆地挂断了电话。

我盯着电话沉默地看了一会，像是在等对的来电。接着我又坐回藤架下。警察之前要求过我不要离开，我并没有那么做。我就一直待在藤架下，直到确认我在黎明时听到的那些荒谬的事似乎是真的。

"他叫尼科拉·贝尔帕诺。"

下午早些时候他们回来了，有三辆车。这次他们有搜查令，态度和早上也大不相同，显得更加坚定，几乎是在挑衅。

我更乐意在外面待着，家里的每样东西都被他们碰过了，他们将它翻过来，打开，再清空。我过去坐在栎树下，注意到长凳上点缀着一些黄色的叶子。我举起一片叶子逆光看着。

早上和我聊过天的那位警察过来坐在我旁边。"我们从头开始，好吗？"

"如你所愿。"

"今天早上您说您丈夫已经很久没来过这座房子了。"

"三百九十五天。"

他看起来十分诧异。很明显他被惊到了。我当时在想，我们结婚的那天晚上，贝恩正是站在他现在坐的地方。

"我猜您和您丈夫已经不在一起了？"

"我觉得你可以这么想。"

"但在户口登记处显示他的住址还是这里。你们实际上还没有正式分居。"

我本应该向他解释贝恩之前已经宣布过要分居了，就是那样，他是对着烧了一整晚的木柴堆说的，那堆火旺极了。如果你仔细看的话，或许还能辨认出地上残留的黑影。我也本应该向他解释，贝恩不会搬去世界上任何别的地方，因为这里留着他的灵魂，在那些植物之间，在那些石头之中。但相反，我沉默着。警察用笔在笔记本上打了钩。

"您能告诉我您的丈夫最近这一年都住在哪里吗？"

我撒了谎，就像几个小时前回答相同的问题时一样。但是，如果早上是出于一种类似本能的谨慎，那么现在我则是出于直觉认为有必要撒这个谎，现在我是为了保护贝恩，故意撒了谎。无论他曾经或许做过的任何事情。

"我不知道。"

从那一刻起，讯问变得紧张起来。警察试图保持友好，但很明显，我们并不是站在同一边的。我知道我丈夫和那些极端环保组织的关系吗？我和那些组织也有联系吗？有没有我丈夫经常会去的地方，或是他经常说起的地方？他经常会说到的人呢？我见过他制造武器吗？他对爆炸装置的构造感兴趣吗？

不，不，不，除了"不"我再也回答不出其他的话。远看，那位警察和我，就像切萨雷和曾经轮流坐在他身边的男孩们，他说着话，时不时还会破音；而我沉默着，目光停在前方或是脚上。笔记本和开始一样依然空着，只有最上方写着那个不可思议的数字：三九五。

"科里亚诺夫人，我建议您配合工作。这样对您好。"

"我正在配合。"

"所以贝尔纳多·科里亚诺和极端团体没有关系。"

"没有。"

"那丹科·维利奥内呢？关于他您有什么要告诉我的?"

"丹科是一个和平主义者。"

"您说得好像您很了解他似的。"

"我们在一起生活过。在这里，两年。"

"我明白了。您，科里亚诺，丹科·维利奥内，还有谁?"

"丹科的女朋友。还有另一对。"

"茉莉亚娜·曼奇尼、托马索·弗利和科琳娜·阿尔真蒂耶里。"

"既然您已经知道了。为什么还要问我?"

但警察忽略了这个问题。

"您看。我觉得您这样描述维利奥内很奇怪。这个和平主义者，甚至被判过罪。"

我感觉有些无法呼吸："判罪？"

"啊，您不知道这件事吗？"

警察向后翻了几页笔记本。读道："二〇〇一年因为严重伤害行为。二〇〇二年因为在罗马攻击公职人员妨碍公务。在国际峰会期间，他和其他人脱光衣服。很奇怪，不是吗？您的室友竟在监狱待过几晚。我想，您并没有意识到这一点。"

有人正在我卧室里翻找着，我看到他从窗户的一边走到另一边。但他应该发现了，那里只有些怀旧的东西。

"至于茱莉亚娜·曼奇尼，"他继续说道，"这位女士和维利奥内一起被抓过几次，信息诈骗也有她一份。如今她似乎也销声匿迹了。"

他舒展了一下肩膀。将笔记本面朝下放在大腿上，就好像放下了武器。

"我很好奇的是，你们在一起时到底都在做些什么呢？"

"我们收橄榄。在市场上卖我们的产品。"

我们实现过一种乌托邦式的生活。但我并没有说这件事。

"所以总之，你们就是一些农民。那您的丈夫，科里亚诺，他也是个和平主义者吗？"

"贝恩有他自己的信仰。"

"您得向我更好地解释一下。他到底信仰什么？"

什么？他曾信仰一切，也不再信任一切。那一刻我也不知道了。

我说："他很信任丹科。"

警察看着我，目光中闪出一丝胜利的曙光。如果贝恩是丹科的追随者，而丹科是一名罪犯，那么贝恩也就成了危险人物。我这样回答是不对的，但已经迟了。警察沉默着，或许在等着我透露更多的信息，等着我再往下说些什么，但我没有说话。栎树下，空气中弥漫着些树脂味儿。

"他是怎么死的?"我终于问了。

"他们打碎了他的头骨。用铁锹。"

他故意用了那种血腥的表述，我想，是为了反击我的沉默。的确奏效了，因为那些画面仿佛映入我的眼帘：尼科拉的头被铁锹击碎。他再也动不了了。

"你们已经和他父亲说过了吗?"

"和贝尔帕诺的父亲吗? 现在有人和他的父母在一起。您为什么要问我这个?"

我注视着他的眼睛。

"您碰巧认识他吗?"他问道。

他看起来束手无策，或许他认为自己和一个错的人聊了这么久。

"尼科拉和贝恩实际上是兄弟。他们是一起长大的。你们或许会觉得是贝恩伤害了尼科拉，但你们错了。他的父亲，切萨雷可以证明一切。"

警察告诉我不要离开。我看到他走开，接着打了通电话。他用食指堵着另一边空闲的耳朵，没有再回来问我其他问题。

他们走后农场又恢复了以往的平静。我打开圈着山羊的围栏，看着它走出来懒洋洋地吃着冬草。它正在寻找隐藏在石柱之间的风铃草。

我进了家，想象着房里应该会乱七八糟，正相反，一切都井然有序，那种整齐略显冰冷，似乎并不属于我，警察像是想通过这样有序的归置，来羞辱我的不修边幅。我坐在电脑旁。消息首先出现在了《午邮报》的网站上：在反砍伐示威期间，警察受伤致死。嫌疑犯在逃。

可以点击那个报道标题或是其中任何一个深入报道的标题：地方冲突——病害交互式地图——一条奉献给国家的生命。

没有任何报道提及尼科拉和贝恩之间的关系。我开始阅读那篇头条文章，但我抖得太厉害了以至于我不得不站起来，出去来回走了几分钟。

电话又响了，我冲过去接了起来。听到妈妈的声音有点奇怪。从贝恩不住在这里起，从贝恩这个障碍消除起，我们每周至少通两次电话，但今天不是往常的日子，也不是往常的时间。

"噢！该死，特蕾莎！该死！"

她正在哭。我求她别再哭了。我随时都会崩溃。某种巨大且无法修复的东西就要在我体内爆炸，我知道假如我继续听她这样哭下去的话，那我可能真的要爆炸了。

"收音机里也在谈论这件事。"她说道。

"当然。"我回答，而我想的是我父母从不听广播。但我不在的时候，事情可能会发生变化。或许他们现在听广播了。

"来这边吧，特蕾莎。回家来。我去旅行社给你弄一张票。"

"我不能离开。警察要求我留在附近。"

"警察"这个词对她来说是致命一击，她变得歇斯底里。但这一次对我没有任何影响。

"爸爸不在吗?"

"他去睡觉了。我劝他吃颗安定。他有点焦躁。"

"妈妈，我得挂了。"

"等等，你爸爸说等等，他说，告诉特蕾莎，我们不相信。我们不相信，你明白吗? 我们了解他的。他应该不会伤害任何人。"

第二天，风吹散云层。我以为又是灰蒙蒙的一天，没完没了的雨水，跟我的心情一样消沉的景象，相反天空很晴朗，阳光照耀着农场，带来了新的温暖。春日的第一天，提早一周到来了。

镇上小报亭外报纸的大写字母的标题十分显眼：一出斯佩齐亚家庭悲剧。所以这个先前不为人知的消息也传开了。

"人们在哪里谈论这件事的?"我问报亭老板毛里齐奥。

"四处。但尤其在这儿。"

我匆匆地看了眼《普利亚日报》和《米兰日报》的标题。在两份报纸的首页都印着尼科拉的照片，正是我前一天在网上看到的那一张。我在包底翻找硬币。

"这些就够了。"毛里齐奥叠着报纸说道。

"我不明白为什么，"我给了他一张五十欧元的纸币，"我只有这个了。"

"下次再给我。"

337

"我跟你说了不。"

他从收银台拿走了剩下的钱。与此同时进来了一些其他客人。我认得他们，就像他们也认得我一样。我能感觉到他们的目光，从报纸的标题移到我脸上，接着又重新看了一眼标题。毛里齐奥缓慢地数着钱。当他抬起头时，他的表情与刚刚不同了。他说："他们从还是男孩时就常来报亭，瞪大眼睛看着所有东西。我爸爸总是说起这事儿。"

在车上我读了《米兰日报》的文章，说的似乎都是我已经知道的事，但令人困惑的是那句对逃犯的搜寻扩展到整个普利亚大区。那个词让我印象深刻——"逃犯"——还附上了贝恩、丹科和茉莉亚娜的几张照片，文章号召所有人配合。

我注意到尼科拉的年龄是错的，是三十一岁而不是三十二岁。他一个月前满三十二岁了，二月十六日，我给他发了短信祝贺，他回复了我谢谢，还加了很多个感叹号。这些年来我们也仅限于此，一些毫无意义的问候短信。

我找到了讣告那一版。他的在第一个。他父母的悼念文字，下面的方框中是警察局的同事。没有提到任何关于葬礼的事。我拿起《普利亚日报》，重新读着同样的新闻，同样关于尼科拉年龄的错误信息，但在这里补充写到，由于尸检的缘故，葬礼被推迟了。我从报纸中抬起头时看到了一位老先生，他是广场的常客之一，他骑着自行车，停在了离车几步远的地方，盯着我。

我回到家，发现校车停在农场前面。孩子们围在四周，每个人都带着自己的野餐包。我已经完全忘记了那天早上预约的访问。

艾尔维拉和她的同事搓着手在藤架下等我，我因迟到感到抱歉，含糊地解释着是因为出了些意外。听上去十分滑稽。

"我们不确定你是否已经听到那个消息。"艾尔维拉说道。

"一切都会好的。"

"我相信一切都将会得到澄清，特蕾莎。"

她轻轻地握住我的胳膊，突然的触碰吓了我一跳。我转向孩子们："你们找到小山羊了吗？昨天我一直开着围栏呢。你们快去加油找它。一般它会朝那个方向去的。"他们开始朝着我指的方向跑去。

后来，我看着他们雕刻南瓜，橙黄色的瓤倒得满地都是。我给他们分发胡萝卜的种子，每人一颗，我看着他们用手指在地上挖出个坑，将种子放在里面，再埋起来，他们看起来满怀希望。我承诺会照顾好这些幼苗，尽管我知道我甚至不会给种子浇一次水，会让它们全都枯死。

"现在去做你们想做的事儿吧，"我说道，"跑，爬树，撕树叶。"

我没有跟老师们告别就进了屋子。我关上门，让自己瘫进沙发里。当校车沿着羊肠小道开走时，我还在那里，完全清醒。

与最初的假设相反，尼科拉的死因并不是铁锹击打。根据尸检，那一击只让他的头轻微受伤。撞在一块尖锐的石头上才导致了更剧烈的内出血，但单纯的跌倒不足以造成那种程度的撞击。据新闻稿报道："一股外力猛烈地将贝尔帕诺的头撞向了石头。"

还有一股外力。在太阳穴的另一边，有厚底鞋留下的淤青，那印记看起来像一只靴子，可能还是水陆两用的靴子。一定是有人用脚将他的头踩在了石头上。

就在宣布葬礼日期的那天，丹科的吉普车在海岸上被发现了，车停在一片空草地上。根据网上的文章所写，这种地方在冬天鲜有人迹，而在夏天，则变得熙熙攘攘，因为这儿距离一个有名的年轻人聚会场所只有几步之遥——斯卡罗。读到这个名字的时候，我感到有些头晕。我似乎看到了很多年前，和尼科拉一起在那里，当时我不想单独和他待着，而他则一直在找借口想留住我。

调查人员认为贝恩、丹科和茱莉亚娜已经在同伙的帮助下逃往海上。他们之中并没有人精通航海知识。在破旧的塔楼里，距吉普车一百多米的地方，警察找到了一个装有衣服和食物的袋子。据记者报道，他们是畏罪潜逃。那个贼窝，记者坚持这样称呼那里，说明他们是有预谋的。

切萨雷的处境让我感到痛苦。我要给他发封电报吗？现在发的话是不是已经晚了？网上有很多这种情况下的客套话，我一遍又一遍地读着，但我觉得每一句话都不是那么合适。

"我知道你们的痛苦……"

"这种记忆是不可能忘掉的……"

妈妈时不时地就会给我打电话，她一直问我有没有给切萨雷发电报，但是我怀疑她也拿不准。事情到了这一步了，已经没有讲情面的余地了。终于，我完全不去想这件事了，连妈妈也不再提了。

我一直都拿不定主意，甚至连去不去参加葬礼我都拿不定主意。葬礼开始前的一小时我还在小农场，穿着工作服，漫无目的地打转，只希望时间能往前走三个小时，或者往前走十年也行。后来我冒着滂沱大雨沿着高速公路发疯般地向前飞驰，一边用手整理头发，努力想要将这几天来一直在我脸上挥散不去的混乱窘迫抹去。

警方坚持要为尼科拉举行国葬：明确表示要和警察团结一致。奥斯图尼教堂的长椅上坐满了人，甚至连教堂的后面和中殿都站满了人：警察和他们的家人，穿着礼服的宪兵，还有为尼科拉鸣不平的市民们都来到了葬礼现场。

对那些可能认出我的人，我躲得远远的，尤其是切萨雷和弗洛里亚娜。但是无论怎样我也走不到他们身边，他们被人群围在尼科拉装饰着鲜花的棺材旁。

我看到托马索背对着教堂靠在柱子上，我想他也和我一样，不想被人发现，但是他那不自然的苍白和乱蓬蓬的头发让他在人群中更显眼。我看着托马索，托马索也一样看着我。但我们只是这样相互看着，谁都没有开口说话。眼神里流露出的更多的是敌意，而不是感动，因为当时我们之间还没有信任可言。因为惊慌，这种不信任显得格外明显。

葬礼的仪式很安静，很庄重，就好像有人从上面监视着我们一样。主教将一位年轻的神父叫上讲坛，他名叫唐·瓦莱里奥。我听到他说："我拜访过几次尼科拉生前和他父母同住的家，这些年来，我一直都在为这个家庭祈祷。"我这才记起切萨雷曾在八月闷热的一天跟我讲过他在洛克罗通多做牧师的朋友的事情。

现在，唐·瓦莱里奥站在讲坛上，他的窄额头才刚刚高出讲坛一点。他眼神坚定，眼里满是怒火。他把小农场称为这个世界上的一方净土，那里是纯洁无瑕的，没有丝毫的罪恶可以玷污那里。他还说道，但是罪恶仍然会化身为蛇去玷污伊甸园。

主教坐在那里，闭着眼睛听神父的演讲。唐·瓦莱里奥继续说道："有些事情是我们不能接受的。主难道没有以我们的孩子之名向我们承诺永恒的生命吗？现在他好像把那个承诺收回了。今天切萨雷和弗洛里亚娜是有权利向上帝提出质疑的，但我知道他们不会这样做。因为他们的所作所为都显示了他们对上帝的虔诚。仔细聆听在这悲痛的日子里他们教会了我们什么吧，尽管这是天地同悲的痛苦的日子：只要我们对耶稣和永恒的生命是虔诚的，那么这痛苦的每一秒就都是有意义的。如果我们不再信仰上帝，那样还不如让我们在角落里就这样死去算了。"

唐·瓦莱里奥停了很长一段时间。主教低下了头。我在寻找托马索，但是已经看不见他人了。唐·瓦莱里奥把麦克风的话筒朝嘴边移了移，但是当他重新开始讲话时，声音反而低了下来，就好像全身的力气都被抽光了一样，他说："这几天我听到了很多传言，也听到了很多指控，像以前经常发生的一样，人们根本就不知道自己在说什么。我们每个人都喜欢说闲话，事实不是这样吗？但这样的暴力凶杀案滋生的谣言有什么意义呢？这么说吧，我看到过尼科拉和他所谓的兄弟在一起，和贝尔纳多在一起。"

这个名字在教堂里引起一阵混乱。一提到这个名字，拥挤在教堂里的人们都感觉脊背发凉，浑身发抖，木椅子吱吱作响，不知道是谁咳嗽了一声。

"我认识他们的时候，他们还是两个完全不会伤害别人、更加不会彼此伤害的孩子。在这样充满爱的环境中长大，使得世间的罪恶永远不会玷污他们。但是，也可能是我错了。我跟你们说过了，连亚当和夏娃都能被蛇引诱乃至堕落。但是，请大家谨言慎行。我们期待真相大白的那一刻。事情不会就这样结束的。现在只是悲伤和祈祷的时刻。"

在他的演讲之后还有一场演讲，尼科拉的一个同事颤抖着双手拿出了一张纸，断断续续地读了起来。他把尼科拉描述得和现实中完全不同。听了他的描述后，我已经回想不起那个到小农场来找我的真正的尼科拉的样子。那一天阳光明媚，令人印象深刻，我甚至因为觉得他很迷人而感到羞耻，但即便是在那时，他身上还是带着难以磨灭的忧郁，好像幸福已经被他丢了在什么地方。婚礼那天他亲了我的脖子，像是要把我身上的毒液吸掉一般，就好像只有去掉那些东西我才能明白自己是属于他的。但是，我永远都不会属于尼科拉。尼科拉在我人生中就像是背景板一般的存在，今天他躺在离祭坛几步远的地方，这一次他真实地出现在我的生活里，比之前许多年都要真实。

那个警察走下台阶，回到他的座位上。在主教对着棺材祷告的时候，教堂里只能听见雨落在穹顶的声音。这一刻，不公平的感觉达到了顶峰，甚至和教堂穹顶一样高。

接着一阵哀嚎声响起。动物般的哀嚎声从远处传来，当天本地的新闻节目也报道了这件事，转天继续做了相关报道，就这样一连报了好几天。当弗洛里亚娜想要冲上前的时候，切萨雷伸手拦住了她，弗洛里亚娜并不是朝着棺材冲过去的，而是朝着只有她才能看到的东西。

我从一动不动的人群中穿过，他们因为愚蠢而愤怒不已。我并没有朝着弗洛里亚娜走去，我往另一个方向走去，向着挤满人的门口走去。

外面也有人。我在雨伞之间艰难地移动着。主教又开始讲话了，扬声器使他的声音飘向远处："主啊，让他永远安息吧……"

突然有一只手抓住了我的肩膀，我试图甩开，但他却抓得越来越紧。我回头看到科西莫正瞪大了眼睛盯着我。

"你们对他做了什么？你们对那个可怜的孩子做了什么？"

他那满是红色斑点的脸和我的脸贴得很近。他一头白发都是湿漉漉的，雨水让夹克的垫肩像泡了水的海绵。

"不关我的事。"

他还是抓着我的肩膀，旁边有一位女士看到了我们之间发生的一切，但是她并没有阻拦。

"像你们这样的人只能下地狱。"

我终于挣脱了他的束缚，也有可能是他松手了。但他的话语还是如影随形，他滔滔不绝地说着："混账，你和那些畜生都是混账！"

我从人群中挤了出来。那时我也浑身湿透了。我把伞忘在了教堂里，但是我根本不想回去取。下过雨之后，地上很滑。我还摔了一跤，扭伤了脚踝。有个人过来要扶我一把的，但我已经站了起来，并且比之前更猛地逃走了。

我朝着小农场开去，一路上我都很想忘记葬礼上冒出来的想法，忘记弗洛里亚娜的哀嚎，忘记唐·瓦莱里奥和科西莫的话，忘记棺材上潮湿的花环。雨刷快速地刮着挡风玻璃上的雨水，但是就算调到最快，还是擦不干净。雨下得太大，甚至连前面的路都看不清。

葬礼过后的那几个星期我记不太清楚了。我只记得还是在下雨，一开始下很大的暴雨，后来就断断续续地下，地上全是积水，最后雨终于停了，积水也都排干了。然后就轮到青蛙悲鸣了，夜里，我一直想着和贝恩初识的那个夏天。

四月，斯佩齐亚主路的围墙上出现了一句标语，上面写着"尼科拉不朽（NICOLA VIVE）"，没过几天，"不朽（VIVE）"中第二个 V 被红色的 L 盖住了，变成了"卑鄙（VILE）"，在他名字中的字母 A 外围还画了一个同样颜色的圆圈，看起来就像一个无政府主义者的标记。

五月，我依然如坐针毡。西洛可风刮了好几个星期，人们说道，再这样热几个月，田里的庄稼就都毁了。这个春天很反常，闷热干燥，除了待着什么都做不了。

警察的搜查让往事重现。我找到一本原本属于贝恩和其他男孩的《圣经》。我花了好长时间才读完。在书页的边上，用小写字母做了些批注来解释那些难以理解的字词，批注是用三种不同的笔迹写的：

外国人（另一个国家的人）

王冠（一种头饰）

恶臭（很臭）

洞窟（洞穴）

滴落（滴滴答答）

早逝的（注定活不长）

缰绳（勒马的绳子）

恶魔（有邪恶的想法的人）

磨难（灾难，严重的事故，常指因为罪过受到的上帝的惩罚）

浪人（无处可待的人，所以四处流浪，就像是一个孤独落寞的流放者一样）

"浪人。"我低声重复了一遍那个词。我不断地问自己贝恩在哪。只有贝恩的回归才能让时间和季节都恢复原位。

他们在我身边布置了监控。说实话，我什么都没找到，甚至根本没有去找，但是我知道它们就在那里，我的家里遍布监控。我知道我的通话也是被监听的，时不时地就会有便衣警察开车到我家来，他们会在门口侦查一会儿，然后离开。他们这样做是有道理的，他们那么激动是有道理的。被杀的是他们的同事，所以我的丈夫才被通缉，他们已经发布了对贝恩的国际通缉令。

然而，监控收集的线索根本就不够。不仅是因为贝恩不曾出现，他连电话都不曾打回来，而且他们根本对小农场一无所知，对它从前的样子一无所知。他们从我的谈话中寻找暗语，分析周围的那些声响，但是他们并不能理解我和贝恩在一起时那无数的幸福时光：早上，我们一起在床上慢悠悠地吃早饭，任由自己被窗外胡椒树的沙沙声响催眠。他们不能理解当时我们六个人一起住在那里的快乐时光——那段时光是我们引以为豪的记忆——也不能理解我们六个人之间的深厚情谊，最起码在开始的时候是这样。他们不能理解从切萨雷那个时候起小农场里就蕴含的希望。所以那些隐蔽的监控话筒也只能监听到我如今寂寞的生活。在一片死寂中偶尔听到刀叉碰撞碗碟的声音、水流的声音和敲电脑键盘的声音。

茱莉亚娜的父亲是第一个出现在电视采访中的人。他说了一些我已经知道的事情，例如，他已经十年没有和他女儿联系过了。但是大众对丹科和茱莉亚娜并没有多大的兴趣。吸引大众的是当初亲密无间的表兄弟如何反目成仇到自相残杀的地步。贝尔纳多和尼科拉。尼科拉和贝尔纳多。这足以使他们成为大众茶余饭后的谈资，以至于在意大利的每一个角落，只要听到这两个名字就知道大家谈论的是什么事情。或者，直接说斯佩齐亚就够了。关于小农场的流言四起，记者和摄影师就像发现了丑闻的孵化器，不顾一切地冲到我家门口进行采访。当我把他们赶走之后，我看到他们挪到别的地方，想要找到最好的角度来拍摄取景。他们还想把我也拍进去，并且他们真的做到了。

在小农场的教学网站上有电话和邮箱，大多数情况下是电视台通过邮件和电话联系我，但有时候也有侮辱中伤的邮件和电话涌进来。父母又在劝说我回都灵，他们想让我回去避避风头，过得安稳一些，等事情平息下来。

斯佩齐亚的报刊亭外面继续展示着封面印有贝恩和尼科拉的周刊，沾沾自喜地摆在那里。我不再去那个报刊亭，随后镇子里的所有地方我都不再去了，我去几公里外一家由移民老板开的超市买东西，而且还是在人少的时候才去。

就在新闻媒体上不再有新的素材报道，人们对贝恩和尼科拉的关注也降低了的时候，弗洛里亚娜上了一个电视节目。节目在周三的黄金时段播出，有超过一百万的观众观看了节目。除去广告时间，访问持续了一个多小时。

因为小农场里没有电视，所以播出那天我开车去诺曼的圣维托看了节目，那里没有一个人认识我。单行道上挤满了车辆。我经过一家酒吧，透过玻璃窗我看到挂壁电视上的节目。我把车停了下来。除了服务员以外，酒吧里只有男人，女服务员胖胖的，胳膊上有纹身，穿了一件黄色紧身背心。当我在桌子之间穿行的时候，他们默默地观察着我。

我坐在离电视最近的地方，背对着所有人，但我还是感觉到大家一直在盯着我看。我点了一杯咖啡，但我没注意到服务员是什么时候端过来的，因为弗洛里亚娜已经出现在屏幕里了，画面只拍到她的上半身，她身后的灶台小门是我之前没有见过的。

她向主持人点头打了个招呼，然后主持人开场："或许很多观众都不记得弗洛里亚娜是谁了，但是我还记得她。对于我们七十年代末的这一代年轻女性来说，弗洛里亚娜是我们的典型代表。在她所生活的普利亚，弗洛里亚娜·利戈里奥是反对雇佣制暴力行径的先锋女性。您能给我们说一说您的经历吗？"

"有这么一些女孩，"她照着准备好的稿子说道，但又突然停了下来。

主持人帮她展开话题："哪些女孩？"

"那些在田地里干活的女孩子，"她平静地回答道，"尤其是在西红柿地里干活的女孩子。她们需要工作十二个小时，有时候还会被雇主打骂，甚至被强奸。好多人因为中暑和拥挤死在路上。二十个人挤在只容得下九个人的小货车里。官方的说法是她们死于交通事故。就是这样，我成立了这个组织。"

画面交替切换弗洛里亚娜和主持人的镜头。

"你们做了什么事情？"

"我们去马路上拦截货车，试图劝那些女工下车。"

"那她们下车了吗？"

"很少有人下车。她们都是些穷苦人，害怕丢了饭碗。她们在家里也会被打。"

"但尽管如此，你们还是坚持这样做了。有一次雇主叫来了警察，警察把弗洛里亚娜带走了。"

她点了点头，没有回答主持人的话，因为刚才的话根本算不上一个问题。主持人继续说着，她转过身直接面对观众："当时有一张照片很火。我们找到了那张照片。就是这张。那位被警察押着的女士就是弗洛里亚娜·利戈里奥。"

照片在视频里停了几秒，接着画面就切换成弗洛里亚娜和主持人在桌子前交谈的镜头。弗洛里亚娜很平静地看着那张照片，就好像连她都不确定照片里的人是不是自己。

"您看到这张照片的时候想到了什么？"

"我想的是我们做了好事。我们是在拯救生命。"

"有的时候需要为了正确的事情而斗争，是不是，弗洛里亚娜，甚至是和警方作斗争？"

"他们押着我，我试图挣脱，就只是这样。"

"在当时的一次采访中，您把警察摄像师称为'流氓'。"

"我们进行的是正义的斗争。"

"您怎么看待发生在您儿子尼科拉身上的事，假如在今天，在这样的照片中，您的儿子也会这样押着一位女士吗？"

弗洛里亚娜突然抬起了头，说道："他不会这样做。"

"您能给我描述一下你们的关系吗？"

"如果他周日不当班的话，就会回来和我们一起吃饭。"

"你们之间就没有冲突吗？显然，你们两个人的想法大不相同。您是异见者的代表人物，而您的儿子尼科拉却是一名警察。"

"母亲懂得接受自己儿子的选择。"

主持人从她前面的几张纸中抽出了第一张。她看了一眼，然后把它放在别的稿子旁边。

"据尼科拉警局的同事说，在尼科拉进入警局之后你们之间就差不多断了联系。他们之中的一个曾经这样说过，我给您复述一下：'尼科拉的父母从来就没有原谅过他的选择,他讲了很多次,他为此很困扰。'"

"这和这件事有什么关系吗?"弗洛里亚娜语气平淡地问道。

"还是说尼科拉周日根本就不回去吃饭?"

"有时不回来。"

"最后一次是什么时候?"

"我不知道。我记得是圣诞节。"

穿着黄背心的女服务员走到我的座位旁,问我是不是咖啡不合口味。我告诉她咖啡很好。

"您根本就没喝。"她端起咖啡杯说道。

电视机上,主持人捕捉到了弗洛里亚娜的紧张,她让她紧张了,现在她尽可能让弗洛里亚娜平静下来,告诉她所有人——包括她自己——一直站在弗洛里亚娜这边,和她分担这种残酷的失去亲人的悲痛。

"但现在,这是唯一能够理清事件所有头绪的机会。我们必须勇敢,弗洛里亚娜。在案发现场有许多游行示威者,他们表示看到尼科拉和他的同事以一种暴力、挑衅的态度出现。有人说自己遭到了语言攻击,其他人说尼科拉一直用挑衅的方式摸着自己的手枪。"

然后弗洛里亚娜失去了控制:"我的儿子被杀死了。我的儿子尼科拉被一群恐怖分子谋杀了。他死了!这才是我们应该讨论的!"

"所以您是这么认为的?恐怖分子?"

"不然是什么?"

"好吧。我们稍后再继续这个话题，弗洛里亚娜。稍事休息后我们再回到这里。"

广告以更大的音量播放着。与此同时，酒吧里挤满了人。一个穿着裤装、脸上沾着干油漆的大个子在讲笑话，酒吧服务员粗鲁地笑着。

我把椅子挪向屏幕，但还是听不清。我起身让自己更靠近屏幕。直播又开始了。主持人总结了已经说过的内容，然后提醒观众，造成尼科拉·贝尔帕诺死亡的主要嫌疑人是丹科·维利奥内和死者的表弟贝尔纳多·科里亚诺。他们的照片被展示出来，她问弗洛里亚娜，贝恩在过去是否有什么事情，也许是一些片段预示着他可能成为一个有暴力倾向的男人。

"他有他奇怪的地方，这跟所有孩子一样。但他的成长过程里没有父母的参与。"

"您是想说贝尔纳多是孤儿吗?"

"也不完全是孤儿。"

"请您给我们解释得更清楚一点。"

"切萨雷的妹妹，玛丽娜……"

"切萨雷是您的丈夫，对吗?"

"是的。"

"因此我们现在聊的是您的小姑子。我只是想让观众听得更明白，弗洛里亚娜。您继续说。"

"玛丽娜怀孕的时候非常年轻，只有十五岁。"

"十五岁?"

"然后她跑来找我们，因为她也不知道该去哪里。如果她告诉家里这件事情的话……我的公公婆婆都是很严厉的人。当时尼科拉正好出生了，我们在乡下买了一座小房子，定居下来。那儿甚至连一口井都没有。我们必须每天去镇上的喷泉用桶取水。"

"你们是嬉皮士吗？"

"不。或者说，我们不这么认为。嬉皮士是不信仰上帝的。"

"然而您和您的丈夫是非常虔诚的信徒。"

"是的。"

"您的丈夫甚至创立了一个教派。"

"他不希望别人这么说。"

"我们接着说玛丽娜，您的小姑子。她来向你们寻求帮助，因为她怀孕了。这么年轻，在意大利南部，在那个年代……这件事可不好办。"

"她希望找到一个解决方法。"

"怎么样的解决方法？"

"她只有十五岁，她很害怕。"

"您是说她想要流产？"

"切萨雷为她感到难过。他是她的哥哥，比她大了十岁，并且在他们家……他总是像玛丽娜的父亲一样。尽管他自己也非常年轻。我们都很年轻，我们都没有钱。一天晚上，切萨雷离开了，在外面待了一整晚，回来的时候他说无论付出什么代价我们都要照顾玛丽娜的孩子。"

"那晚他去做什么了？"

"祷告。"

"您的丈夫就去做了这个？在外面一整晚只是去祷告？"

"有时他会这么做。"

"在你们的孩子去世以后他也去祷告了？"

"是的。"

"因此切萨雷决定让他的妹妹把孩子生下来。没有询问您的意见，也没有询问玛丽娜的意见，他只是说这是你们必须要做的事情。"

"他收到了这个指示。"

"收到了这个指示？您是说来自上帝的指示吗？"

"是的。"

"因此我们可以说贝尔纳多的出生多亏了您丈夫的祷告。"

"多亏了切萨雷的祷告。"

"我们可以说，在那次祷告中，您的丈夫拯救了三十年后杀死自己儿子的孩子吗？"

弗洛里亚娜碰了碰眼镜透明的边框，仿佛在确认自己还戴着。出现了几秒钟的沉默。主持人翻了翻采访稿。

"我想回到我们刚刚还没有解答的问题。在贝尔纳多的童年时代有没有什么特别的事情，可以被当作一种预警信号？行为，或者片段。"

"他非常容易激动。"

"很多小孩都容易激动。您给我们举个例子吧。"

"有一次他抓到一只野兔。他用剪刀把它割喉了，只是为了了解那种感觉。尼科拉哭着来找我，他很不安。他求我不要让贝恩知道是他告诉我的。他担心贝恩也会对他这么做。"

"您是否因为这些行为而决定将他送到德国，他父亲那里。"

"这是之前发生的事情。我们询问贝恩的父亲能不能让贝恩和他生活一段时间。他父亲住在弗莱堡。也许改变环境对他有好处。"

"贝尔纳多的母亲也同意了？"

"她信任切萨雷。"

"切萨雷要她做什么，她都会做吗？"

"切萨雷是她的兄长。"

"所以你们决定把贝尔纳多送到德国，他父亲那儿？他父亲是怎么样一个人？"

"我们不是很了解他。"

"但是你们选择把孩子交给他。"

"毕竟他是孩子的父亲。"

"那么在弗莱堡发生了什么？"

"贝恩一开始表现得很任性。他不想适应那里。几个月后那个德国人往小农场寄了一封信给我们……"

"那个德国人？"

"就是贝恩的父亲。"

"他给你们寄了一封信？为什么不打电话？"

"小农场没有电话。"

"请您给我们解释一下，我们不太明白，弗洛里亚娜。我们现在聊的事发生在一九八七年，对吗？"

"大概是的，我觉得应该是。"

"一九八七年你们还没有电话?"

"我们更喜欢让小农场不受外面的污染。"

"污染? 电话也会造成污染?"

"所有来自外界的东西都是污染，也包括通过电话来的。"

"因此贝尔纳多在德国一直都不能和你们联系，因为你们没有电话。"

"他可以给我们写信。"

"他能和他妈妈说话吗?"

"他也可以写信给他妈妈。"

"一个八岁的孩子可以写信?"

"贝恩信写得很好。他很早就开始学了。"

"我们回头聊聊在德国发生的事情。贝尔纳多在那儿和他父亲一起……"

"贝恩。我们所有人都叫他贝恩，没有人喊他贝尔纳多。"

"贝恩，当然。请您原谅。所以贝恩现在和一位他不了解的父亲在一起，在一座他一点也不了解的城市，然后他表现得很任性。"

"有一天他开始不吃饭了。这是他爸爸在信里写的。早上，他去工作前给贝恩留了牛奶麦片，当他回来时依然放在那里。一天晚上他发现贝恩晕倒了。于是他决定把他送回来。信正好在贝恩回来的几天前到了。"

"当他回来的时候他已经九岁了。"

"是的。"

"玛丽娜，他的妈妈，已经开始工作了，对吗?"

"是的。"

"那么你们不能把贝恩送到他母亲那儿吗?"

"他最好还是由切萨雷继续照顾。我和切萨雷。玛丽娜是个很棒的女孩，但她不是……我们更加有经验。"

又一段广告打断了直播。当直播再次开始时，已经不是在采访弗洛里亚娜了，取而代之的是斯佩齐亚市中心的画面：把小镇分成两半的街道、酒吧、杂货店和很久以前我参加奶奶葬礼的小教堂。

一辆汽车突然驶入我熟悉的乡村小路，道路两边都是干石头墙。它尽可能绕最长的路线，最后到达了农场的栅栏门前。

新闻记者毫不犹豫地走下去，然后在属于我的土地上沿着小路走着，后面跟着电视摄像机。他来到了一座房子，房门和窗户都是关闭的。

主持人说："您丈夫更愿意亲自负责尼科拉和贝恩的教育问题，为什么呢?"

"切萨雷是个有文化的人。"

"尽管如此，但是很多有文化的人仍然会送他们的孩子去学校。"

"我们有我们自己的信仰。现在依然相信。"

"也就是如果可以重新开始，您还会做同样的事?"

"是的。或者，也许不是全部。不是全部。"

"看看后来发生的事情，您会不会觉得是这种隔离改变了贝尔纳多的性格?"

"贝恩。"

"是贝恩,对不起。"

"切萨雷给他们所有人最好的教育。比他们同龄的孩子接受的教育更好。"

"他强迫他们背诵《圣经》里的内容,这是真的吗?"

"不,不是这样。"

"当我们第一次交谈时您和我说过……"

"我说的是贝恩他自己学着记住《圣经》里的一些内容。是他自己想要这么做的。切萨雷从来没有强迫过他。只是让他记得一些简短的、必要的片段。"

"什么是必要的?"

"为了让他们明白。"

"为了让他们明白些什么?弗洛里亚娜?"

有一瞬间画面切到了主持人,她正皱着眉。

"弗洛里亚娜,我相信您能解释清楚,这一点非常重要,不惜一切代价让孩子们明白什么?"

"信仰的原则。行为的……原则。"

"对拒绝学习切萨雷认为有必要的内容的孩子,是否会有惩罚?"

弗洛里亚娜摇了摇头,她好像在发抖。

"在我们第一次的对话中您和我说如果有人不听他的话,会有严重的后果。"

弗洛里亚娜沉默了。主持人压低了声音。

"您的儿子尼科拉和贝尔纳多从来没有受过切萨雷的体罚吗？"

弗洛里亚娜刻意转过头，仿佛在寻找某个人。然后镜头一转，突然转到她旁边的半杯水。她的上唇有点潮湿。主持人比之前表现得更加严厉。

"在尼科拉死后您就决定和他分开。您是认为您丈夫也有一部分责任吗？"

弗洛里亚娜喝了一口水，无神地看着水杯，然后她点了点头。

"为什么您今天决定在这里分享您的故事？"

"因为我想让大家了解真相。"

"真相让我们得到解脱，是吗，弗洛里亚娜？"

她停了很久没有说话，好像这个话题让她突然想起了一些回忆。她睁大了眼睛，然后又恢复了正常。她坚定地说："是的，我认为是这样。"

"如果现在贝恩正在看着我们，您想对他说什么？"

"我会告诉他要承担他的责任。就像他以前接受的教育一样。"

"如果可以的话，您想对尼科拉说什么，弗洛里亚娜女士？"

"我……"

"能给弗洛里亚娜拿一块手帕吗？别担心。您需要多少时间都可以。喝点水。您想继续吗？我们现在要谈论尼科拉。我找到您时，您对我讲过，关于天主教，切萨雷有一些很个人的想法。他相信灵魂转世。那么，如果您闭上眼睛……闭上您的眼睛，弗洛里亚娜。尝试着去想象：您的儿子会变成什么？"

359

弗洛里亚娜张开嘴，电视画面突然变了，切换到了音乐台。

我来到吧台，但是酒吧服务员没有注意到我，她正专注于听那个脸上沾着油漆的人说笑话。

"请换回那个采访频道。"

"没人感兴趣。"

"我感兴趣，我正在看。"

遥控器就放在柜台上，有一瞬间我想要去抓住它。

"要喝咖啡，您也可以在自己家看着电视喝。"服务员反驳道，然后转向讲笑话的男人。男人一句话也没有说。他把啤酒放到嘴边啜了一口，也盯着我看。

"我也要一杯啤酒。"我说道。

"您来这儿是为了博取同情吗?"

"这很重要，求您了。"

她拿起遥控器，没有换频道，而是把它放到身后的架子上，摆在瓶子前面。

"咖啡已经喝过了。您现在可以走了。我们知道您跟那群人是朋友。"

我走了出去。昏昏沉沉地游荡在圣维托的街道上，现在已经空无一人。我没有找到另一家酒吧，只有一个卖西瓜的小摊，一台小电视机高高地挂着，但是我看了一眼坐着的人，不敢靠近。我想随意按个门铃，但我已经疯够了，我累了，筋疲力尽。

到最后我也没有看到采访的结尾。几个月后我才知道弗洛里亚娜对于那个问题的回答:

她说她从来不相信来生，多年来她一直被丈夫蒙蔽，但是现在不会了。她说主赐予我们的生命只有一次，就这么一次，不会再有别的了。

八月的一个下午，我透过卧室的百叶窗看着一个入侵者。他没有带摄像机或相机。敲门后，他在院子里徘徊了一会儿。他绕着房子走来走去的时候，我看不到他了，后来他又出现了，直直地看向我所在的窗户，仿佛感觉到了我的存在。他坐在藤架下的桌子旁边，一半身体隐藏在茂密的葡萄藤中，他待在那里不动。

半小时过去了，也许更久，但他仍然没有要离开的迹象。我突然生起气来，我下楼，像疯子一样打开了门。

"走开！"我喊着，"您不能待在这儿！"

入侵者突然站起来。有一瞬间他似乎打算听我的话，但后来他还是站在原地不动。

"您是特蕾莎吗？"

他比我年轻，很胖，长着一张无害的脸。他穿着破旧的勃肯凉鞋和沾着汗水的 T 恤衫。

"你必须马上离开，"我重复道，"否则我就要叫警察了。"

不过他似乎没有离开的意思，而是鼓起勇气。他朝我走了一步，然后低头向我致意。

"我是他的朋友。"

"谁的朋友？"

"贝恩。他……"

我用手捂住他的嘴。我示意他跟我走向橄榄树林。

当我们和房子隔了一段合适的距离后，我的问题淹没了他，我激动万分。达涅莱耐心地回答，仿佛他已经预料到我的激动。他说，一年多以前，他在奥里亚的驻扎地认识了贝恩，从那时起就经常和他在一起。在萨拉切尼海滨驿站那晚也和他在一起，但他没有看到发生了什么。他说着，但是避免和我的目光交错。他把目光转向我右边的什么东西，时不时会用手擦擦自己涨红的额头。

"我们可以不站在太阳底下吗?"他一度问道。

我这才意识到我把他带到了暴晒的空地上，一片炽热的土地，就好像橄榄树上也装着监听器。

我们去了树下。他喘了会儿气。我问他为什么过了这么久才来找我。"我被软禁了四个月，警察认为我负责武器库，仅仅因为我是学化学的。但他们没有证据。学化学又不犯法。"

"真的吗?"

"什么?"

"你负责武器库?"

"武器库"这个词让我觉得有点可笑，达涅莱耸了耸肩。

"谁都能够制造炸弹。互联网上有成千上万个教程。"

他环顾四周，半眯着眼睛望向房子的方向，仿佛在找树丛那边的什么东西，然后他突然转身说:

"那儿就是菜园，是吗?"

"你怎么知道?"

"他总是谈到这个地方，小农场。他用一些线条和符号来描绘。你们在那儿养了蜜蜂，芦苇丛那儿。"

听他提到芦苇丛，我感到一阵眩晕。

"我正在攒钱，"他毫无察觉地继续说道，"等我有了足够的钱，我就去买块地。老实说我已经找到了地方。现在那里还是一片废墟，但能收拾好。以后它就会像这个小农场一样。"

"你想看看菜园吗？"我问他。

他的眼睛亮了起来。"你能带我去吗？"

但当我们从那些植物中间走过的时候，发现它们在三伏天的暴晒下已经打蔫儿了，我感觉达涅莱仿佛已经来过这里了。有可能趁我不在家的时候，他独自来找过。

"你从不给它们浇水吗？一滴水都没浇过吗？"

"这几天没浇。一星期会浇两次。"

他弯腰查看长着香草的树丛，并摸了摸。

"这里真的跟他描述得一模一样。"

我问他多大了。

"二十一了。"他回答。

他站起身："我从没遇到过像他那样的人。他给了我巨大的启发。"

"带我去那儿吧。"我说。

我从未想过会向他询问那天的事，我甚至都从未想过要到那里去。达涅莱看着我："哪儿？"

"就是事发地。"

他摇了摇头："现在还不能让他们在那儿看到我。"

一阵沉寂后，他继续说道："如果你愿意的话，我们可以去驻扎地，在奥里亚。"

"驻扎地已经清理掉了。"

他看了看四周："还有什么更好的事可做吗？"

"不管怎样，驻扎地是不会被清理掉的，"他在车上说过一次，"他们可以把我们赶走，但我们不会解散。这是贝恩教给我们的。我们已经在特里卡塞附近找了个地方，是个古老的凝灰岩洞。但我们还在等洞里水位降下来。"

透过带条纹的挡风玻璃能勉强看清路。达涅莱焦躁不安，紧握着方向盘，身体前倾，右手猛拉变速杆。

"我们中不少人还在被监视。有人甚至在大学里发现了便衣警察。有机化学课的教授还问便衣警察是不是新生。教授在黑板上写了个合成式问他懂不懂。那个警察脸涨得发紫，十分尴尬，几乎是逃出了教室。后来他甚至带了一个笔记本去记笔记。"

每次换挡的时候，汽车便猛烈震动。他清了清嗓子。

"然而我们是在南方，自古以来就没什么办事效率。你能想象监视我们每一个人有多费劲儿吗？不久便衣警察也就没影儿了。贝恩会喜欢岩洞的。当然，他总能想出好点子，而我脑袋里什么都没有。"

汽车收音机里放着重金属音乐。达涅莱不时随着节拍摇晃脑袋，无声地念叨着歌词。然后他问我："你对奥里亚了解多少呢？"

我看着窗外，有些尴尬。我对那里什么都不清楚，一无所知。

"我们当时一共有四十几个人，"他解释道，"我们会分成小组，进行全天巡逻，这很累。但即便这样，要是巡个遍的话，那片地还是太大了。上百棵橄榄树上都标着红色叉叉，你能想象得到吗？丹科准备了非常复杂的轮班表，来记录巡逻的时间和路线。如果某个小组遇到来毁坏橄榄树的某个团伙——这些团伙都是雇来的——就要有人离开，跑回来寻求支援。这样一来，留下来保护橄榄树的人更加所剩无几。更何况他们总是同时出现在好几个地方。总之我们被各个击破。"

"你说得跟打仗似的。"

达涅莱转过身来。"不然还会是什么？"

路上堆满了垃圾，那边的平地上长着一排排的番茄和橄榄树，从地平线处升腾起一片紫色的雾气。

"丹科的策略不顶用。他提出的解决方案越来越荒唐，派最年轻的人去测量橄榄树的间距。他说有张精准的地图就能够监控一切。而与此同时，叶缘焦枯病蔓延开来。我们陷入了僵局。"

能远远看到奥里亚的时候，我们开进了一条土路。我下意识地看了下手机：一点信号都没有了。达涅莱穿着凉鞋踩着离合器，又开始无声地念叨歌词。我上了一个陌生人的车，然后他把我带到乡下一个偏僻的、无法求救的地方，而我唯一能确定的事情就是这个人是贝恩的朋友。我问他我们是不是快要到了，他头也不回地说是的。

"贝恩当时并不起眼，"过了片刻他继续说道，"他是丹科的影子，就像他的侍从似的。我当时甚至都没注意到他。这看起来有些不可思议，但确实如此。"

我们下了车，四周一片荒芜，我们穿过一片已经收割完的小麦地，之前田边应该种过橄榄树。但现在只剩下平秃的树桩，还有成堆的树枝和干枯的树叶。这里已经没有一丝驻扎地的痕迹了。

达涅莱继续说道："有一天，我们所有人都很沮丧，陷入沉寂，大家盘腿坐着，有人捡起一根小木棍在地上随意画着。贝恩站了起来，开始走路。他挨个走过那些橄榄树，好像正在听从内心发出的声音，这个声音跟他说，现在从这儿转过身来，再走十步。接着我看到他紧紧抓住一棵古老而高大的橄榄树的树枝，但这棵树并不是最古老、最高大的那一棵。"

达涅莱转过身来看着我。他笑着指向离我们二十几米远的一个树桩说："就是那棵。"

我们走近那个树桩。他摸了摸树桩平整的表面，用一根手指沿着年轮画着圈。我本来也想那样做，但跟他一起分享对贝恩的思念让我有些尴尬。

"你能想象得到吗？"他说，"它曾经那么高大。贝恩爬到了上面。我们看着他爬到了最高的树枝上，高到我们都看不到他了。那天他就一直待在那里。有几个人试图劝他下来，但他谁的话都不听。只简短地回应了几个单音节词，或者干脆不理不睬，至少后来他们是这么跟我说的，因为我第二天才走过去看了看，他没什么太大的变化。贝恩还在树上，只是稍微换了个地方，这样过夜的时候可能更舒服点。那会儿我们所有人都聚到了那棵树下。

或许这便是贝恩想教给我们的第一课：一个标志性的动作比上千个显而易见、不断重复的行动更强有力。但我现在才会说这个。很多事情我到现在才明白。"

达涅莱沉默了片刻，好像此时此刻正在这么做：把之前遗漏的事情搞清楚。

"两天了，他什么都没说。贝恩没有从树上下来，我们必须临时做个滑轮，把吃的喝的还有挤了牙膏的牙刷传送给他。一天夜里，气温骤降，黎明时分帐篷都被露水沾湿了。贝恩要一个睡袋，有人回应说他最好能自己下来拿。当时的状况已经让部分人开始觉得恼火。他的态度让大家的行动显得很荒唐。连丹科也远离了那棵树，他尽量待在帐篷里填那些总是很复杂的表格，规划巡逻策略和远程通讯。而我没有避开贝恩。我直觉地感受到贝恩的举动所蕴含的力量，我能直接感受到这种表面之下的力量。所以我给他拿了睡袋，我把睡袋卷起来塞进袋子里，然后我爬上了树。'别到这根树枝上来。'他跟**我说**。我记得很清楚：'别到这根树枝上来，它承受不住我们两个人的重量。'就好像橄榄树是他身体延伸出去的巨大分支，他知道它的承受力，正如我们每个人都清楚自己胳膊和手指的承受力一样。我把睡袋放到了他指定的地方。我们盯着下面的一大片橄榄树看了一会儿，一言不发。过了好久贝恩好像才发觉了我的存在，他甚至都没注意到鸟儿落在枝头，然后又飞走了。他的眼里有些东西，那是一种坚定，一种激情。其他人在做晚饭，从那样的高度往下看，他们的忙碌显得毫无意义。然后贝恩说道：'明天我想要个桶和一块肥皂。'他没说'麻烦你'，也没问'你觉得可以为我备好这些东西吗'，为了表明他不想我再爬到他旁边，他又说道：'你可以用滑轮送上来。'"

达涅莱一直坐在树桩上。他又转头对我微笑，我看到他有些激动。于是我坐到他旁边。我感觉到树桩散发出一股异样的热量。

"我变成了他在地上的助手。他的助手，是的，其他人都是这么认为的。他是第一个这么信任我的人。没有我忠诚的协助，贝恩是无法一直待在上面的。他们可能会让他饿着，逼他下来，也许他会饿死，谁会去管他呢？不管怎样，我们无法成为现在的我们。但我现在并不确定所有的功劳都属于我。你会觉得荒谬吧，但我深信当初是他选择了我。每天早上我把他需要的东西都装进滑车里，然后送上去。当他拉动两次绳子的时候，我便把篮子拉下来取走。篮子里会放着第二天所需物品的清单。他自己在桶里洗衣服，然后把它们晾在更细一些的树枝上。白天，他会一动不动地待好几个小时，到了晚上他便钻进睡袋里，甚至下雨也没让他泄气。刚开始他就这么淋着。后来他请我给他一卷细绳和一些剪刀。这是唯一一次他加了个'请'字。我到处都没找到细绳，陷入一种莫名的焦躁中。那会儿我甚至都没想过贝恩可以下来躲雨。那将是极大的背叛。雨下得越来越大，最后我把我的帐篷杆抽掉了，在倾盆大雨中看着我的帐篷倒塌。我把绳子给了贝恩，然后透过滴着雨水的树枝偷偷望着他，大颗的水滴完全滴进我的眼睛里。我看到他很认真地挑选了一些树枝，然后将它们折下来，用一种极其复杂的手法编织着。不到一小时后，他已经编出了一个顶棚，至少能盖住一部分睡袋，这个顶棚相当结实，雨水偏到一侧，汇成一股大的水流流下去。他待在那下面，钻进睡袋里，然后再也没让我做什么了。"

我们又站起来继续走，在橄榄树桩之间随意转着。达涅莱一直在流汗，那时候我也同样在流汗。

"那些人深夜来到这儿，"他接着说道，"那是突然袭击的最好方式，我们都毫无防备。他们同时从不同方向围拢过来，当场抓住了我们。很快他们就表明了意图，并不仅仅是尽可能多地砍掉患病的橄榄树，还要一次性驱散驻扎地的所有人。他们中有宪兵，那是一次大规模的伏击。我们从帐篷里冲了出来。我们都很清楚要做什么，丹科已经训练过我们，所以我们分散成小分队，每个小分队负责一棵树，按照策略站到树下。'覆盖尽可能大的范围。'丹科总是这样说。天气异常地冷，地面因凝雾而变得松软，我们都光着脚，有些人只穿着短裤和短袖薄线衣，但我们仿佛预料到了似的很快站定，每个小分队负责一棵橄榄树，手拉着手，背贴着树干。从一个岗哨到另一个岗哨，我们辱骂着他们，也鼓舞着自己，试图盖过警报声和发动机的嘈杂声，而就在那时，他们启动了电锯，好像伐木工已经准备好了要把前进路上的所有障碍都锯成两半，如果必要的话，会连我们也锯开。宪兵已经顺利遣散了前面的小分队。那些小分队里都是很年轻的孩子，有些还未成年，只要威胁把他们父母叫来就足以赶走他们。我跟艾玛是一组，她是最先建立驻扎地的人之一。她的双手冰凉，嘴唇苍白，但她太愤怒了，自己都没意识到。我怕我一松开手，她便会跑向某个带头抓我们的人，对他拳打脚踢，试图阻止他。事实是，那样的反抗无济于事，所以我紧抓着她的手，而她一直挣扎着，但我们唯一能做的就是保护好那棵橄榄树。你从没听到过一棵百年古树轰然倒地的声音吧？那不是轰鸣声，而是一种爆炸声。大地都在颤动。突然间我想到了贝恩，他还待在树顶，从一闪一闪的蓝色灯光中我隐约看到了他。我很肯定他没有从原来待的地方挪开。他待的那棵树是由丹科和茱莉亚娜负责的，我有股冲动想跑到他们那儿去，帮他们加强保护，但我不能离开我的位置，不能违背计划。随后伐木工把电锯关了，向后退了十几米。宪兵们戴上防毒面具，扔出催泪弹。这样他们就能让我们所有人都离开橄榄树。他们收到的指令肯定很明确：毫不犹豫。他们允许我们从帐篷里拿出被子和衣服，我们被催泪瓦斯熏得睁不开眼，只能摸索着把东西拿了出来。他们逮捕了最激动的那些人，包括艾玛。我和丹科都觉得没必要那么激动，我们都明白那是没用的。我们看着那些戴着安全帽、穿着反光制服的园丁专注地一棵接一棵地砍伐橄榄树，他们非常镇定，带着一种满足感。"

达涅莱舒展了一下胳膊。

"能想象吗，这曾是一片树林，"他说，"在这儿，有成片的树。但现在你看，成了一片平地。几天后贝恩跟我讲述了他是怎么从高处看到橄榄树一棵棵地倒下。他告诉我，刚开始他哭了，但过了一会儿就停止了哭泣，悲伤后他瞬间充满了愤怒。那种愤怒不是针对砍倒橄榄树的人，也不是针对投掷瓦斯的宪兵，那是对更大、更抽象的力量的愤怒，树下那些人也同样是这股力量的受害者。他说，从那上面看不到砍树的人，只能看到一棵棵树消失了，就好像某个无形的东西正在吞噬它们，这个过程需要好几个小时，持续了整晚。最后只剩下一棵树没有倒下。宪兵先前从树枝间发现了贝恩还有他晾着的衣服、躲雨的顶棚、滑轮装置和桶。他们想把他留到最后对付。接近中午十二点的时候，他们返回来处理他了。宪兵命令他下来，否则他们会爬上去抓住他，并逮捕他。他一直没有回应。他从未回应过，仿佛不会讲他们的语言似的。宪兵商议着谁应该爬上去，最后有两个宪兵爬上了树，他们后面跟着一个行动敏捷、开过铲土机的伐木工。当他们离贝恩足够近的时候，他动了。他非常轻盈地继续往上爬，就像一只蜘蛛似的。他待在一根树枝上等着他们三个，当他们几乎爬到那根树枝时，贝恩开始向树枝末端移动，他用膝盖顶住并用手抱住枝干，双腿紧紧夹住最细的那根枝条。树枝有点弯了下来，它太细了，甚至承受不住一个小孩子的重量。贝恩还是一言不发地看着跟在他后面的人，但他的举动很清楚地表明了他想说的话：要是他们再向前一步，树枝就会断。我们所有人都站在树下。有人为他鼓掌，我们不断叫着他的名字'贝恩，贝恩，贝恩'。宪兵们不安起来。树下的宪兵命令树上的人退回来，不然他会自杀的。他们不停地命令他，但毫无把握，他们怕了起来。他们小心翼翼地往下退，尽量不晃动一片叶子。贝恩待在脆弱的枝头，直到树上的宪兵脚着了地。他赢了。我们赢了。不少人开心地互相拥抱，但我没有，我继续看着他，就这样我看到当他松开一只手想往前抓的时候，树枝突然断了，好像整个大树一直在忍耐着他，而那时忍耐达到了极限。在坠落前，他抓住了树枝，救了自己，但他的肩撞到树干上。或许可以从头再来，宪兵爬上树，而他试图躲到另外一根树枝上，但第三次或第四次他会真的摔下来。他的肩膀很疼，所以无法这样无止境地做下去。后来当我们在曼杜里亚急救中心等放射检查报告的时候，他才这样解释道。但当时看到他从树上下来，我很失望。"

太阳正从我们身后慢慢消失。风停了。整个田野都静悄悄地听着达涅莱讲述最后的故事。

"他们把那棵树也砍倒了。一片寂静。丹科走近贝恩搂住了他。他们都陷入沉思，或许这次行动失败了，又或许胜利了。我们去了曼杜里亚的医院，贝恩打上了绷带并用了止痛药。他对我的态度就好像不认识似的，很友好，是的，但仿佛他在树上的那段时间里，不是我在照顾着他。我有些受挫。他决定离开几天，去塔兰托的一个朋友家里。当他回来的时候，我们还没有勇气离开营地，他带来了一条消息，萨拉切尼海滨驿站将有场行动。他说那是座很壮观的橄榄园。他知道那些橄榄树并不是真的生病了。然后他说这次的行动应该会不一样。"

"怎么个不一样法？"我问道。我只能模糊地想出个原由，最后那句话让我感到胃里一阵痉挛。就像一个征兆，一个已经得到证实的征兆。

"他说他明白了，光是抵抗已经不够了。'从现在起我们要战斗，'他说，'而每场战斗都需要武器，即使这样会让你们感到愤怒，即使这跟你们想象的不一样。但你们看看四周。看看他们都做了什么！'当然这想法有些过分，但那时还仅仅是个想法，当我们所有人还没从中回过神来的时候，贝恩唱起了歌。他就站在树桩上，当着我们所有人的面唱了起来。那是我见到过的最鼓舞人心的场面。"

　　新学期开始以来，学校就不再组织学生来农场了。我给艾尔维拉打了个电话，但她没有接。几个小时后我又给她打了过去，然后第二天以及之后我一直打给她。当她终于接电话的时候，我没能控制住怒气。"我想了解一下秋季学期的课表。"我说。

　　"我很抱歉，特蕾莎。我们没有去农场的计划。"

　　"我想做一个大鸟笼，能容下这个地区所有品种的鸟类。红尾鸲、白顶鵖、鸫鸟。"

　　鸟笼的想法是在一小时前产生的。我甚至都不知道怎么着手去做，也不知道让不同种类的鸟儿住在一个鸟笼里是否可行。

　　"我很肯定孩子们会喜欢的。"我坚持说。

　　"教学委员会已经决定了，今年不会把农场安排进课外活动中。我很遗憾。"

　　"最后来农场那次很令人失望，我知道。当时到处都是乱七八糟的。"

　　我应该求她吗？求她能改变什么吗？但艾尔维拉没有给我时间恳求她。她的语调突然变了："你是怎么想的，你觉得我该怎么跟孩子们的父母解释会组织去一个……"她停下，没能说出那个词。

　　接着，她继续说着，就像要把一整个夏天的不满表达出来：

"你本应该告诉我那件事的，特蕾莎。"

"告诉你什么事？"

"我把孩子们带了过去，看在上帝的分儿上！那些都是孩子啊！我得负责任啊！"

打完那通电话后，我用不同的眼光打量着农场。在几个月前的暴风雨中房子上的瓦楞脱落了，马缨丹枯死了，菜地一片狼藉。至于我，看上去就像网站照片里那个围着围裙、戴着花环微笑的女人的远房亲戚。

我数了数茶罐里剩余的钱：四十二欧元。这么个数字让我猛地笑了起来。

连园丁都因为我没付工钱而变得不耐烦。他最后一次来的时候，确认栎树已经生病了，他带我去看树脂沿着树干一条条地流下来，就像是流着血的伤口。它会慢慢地死去，或许要几年的时间。我该让他回来把树砍了吗？我说就这样放着吧。我更愿意栎树还待在原地，一天一天地，慢慢地死去，就待在我身边。

我先卖了母鸡，然后是蜂房。我把一些工具也卖了，最后把山羊卖给了拉蒂亚诺的一个合作社。他们应该不会把它宰了，因为它太老了，但他们会让它怀孕，小羊应该会在复活节的时候出生。他们问我要不要一只小羊，他们可以给我留一只。但我说不用了。

最近几个月的干旱使得无花果大丰收。我从农场里的树上挑选了些水果，然后去奶奶的田里也采了些。里卡尔多两周前就出去了，他不会知道的。我把品相最好的水果依次排好，放到盒子里，为了让它们更吸引人些，我在下面和边上摆了些树叶。剩下的水果被我做成了果酱。到了晚上我的每根手指都黏乎乎的，得用卸甲油才能搓掉粘在手上的果汁。

第二天我把这些都装进车里，一路开到奥斯图尼和切利之间的广场上。我把车停在空地上，将待售的东西放在敞开的后备厢里，然后我便坐到了墙边的阴凉处。

就这样我成了一个流动商贩，就像在乡间卖西瓜的老人，他们敞着怀坐在路边。小时候，每当我看到这些老人便会寻思他们是怎么生存的呢，我常常让爸爸过去买点东西。他试图向我解释那些人是农民，不是穷苦人，但他没能改变我的想法。

不少人放慢脚步看看盒子，但很少有人停下来。乡下到处都是无花果，而唯一会感兴趣的游客们都已经离开了。有个人放下车窗，他戴着墨镜，用相当热情的语调向我提了个下流的建议。我认出他是斯佩齐亚的农夫，跟他妻子一起开着比亚乔 APE50 三轮摩托车，他们也认出了我。他们在农场那片儿有块地。他们毫无表示地开走了。

但在太阳落山前，我把盒子里的所有水果还有比较好的果酱都卖掉了。我应该快些想出别的东西拿来卖，同时将需求降到最低，这样还能再坚持几个星期。

有天晚上，我远远地看到邻居的比亚乔 APE50 停在栅栏前面。他下了车，把什么东西放在地上就离开了。我沿着杂草丛生的小路走了过去。我看到篮子里有新鲜的蔬菜、两包意面、一瓶橄榄油，还有一瓶葡萄酒。这是救济。我从没看透过这个地方，从没弄懂斯佩齐亚还有那里居民的规则，他们不断地在憎恶和怜悯之间转换，他们激烈的愤怒和他们同样生硬的关切。我煮了蔬菜，摆在藤架下面。这是几个月来我第一次能坐下好好吃顿饭。

去年起农场至少能连上网了，虽然信号断断续续，但网速还是能接受的。不管怎样，我并没有期待网速会更快：新网页加载出来之前，显示的界面是白色的，需要等几秒钟，这是单纯等待的时间，一点都不痛苦。

我主要看 YouTube 上的视频。我随意挑一个就开始看，然后任由视频一个接一个地播放，从不做决定。外面太阳落山了，屋里一片漆黑，只有长方形的屏幕是亮着的，我的眼睛由于长时间盯着屏幕而异常疲惫。但我会继续看好久，直到深夜。当我停下的时候会感到一阵眩晕，于是便拖着身体睡在沙发上。

一天上午，我被一阵噪音吵醒了，是车轮碾在土路上的声音。我还没有拉开百叶窗，即使那会儿肯定都快到中午了。阳光穿过百叶窗的小格栅，照在天花板上，我平躺着盯着天花板上的光。我听到一声敲门声，隔了几秒后又响了一次。

"有快递！"一个男人高声叫着。

我凑到窗户边，拉开百叶窗向下看，因为阳光照着，我眨了眨眼。送货员朝我挥了挥包裹。"您是加斯帕罗女士吗？您需要签个字。"

我穿上贝恩的一件旧毛衣下了楼。

"很抱歉把您吵醒了。"

"我已经醒了，但有点感冒。"我撒了个谎。

"这个地方没有名字，对吧？我费了好大劲儿才找到这里。"

包裹上印着亚马逊的标志。

"这是什么？"

"或许您记不得您订购的东西了。"送货员笑着说。

"我什么都没订。我甚至都没注册亚马逊账号。"

他耸了耸肩，并指着电子屏让我签字。

"请用手指签名。签得不好也没关系。"他把那个小玩意儿收进裤子侧边的口袋里，"那就是份礼物，一般里面会有张卡片。"

他离开以后，我打开了包裹。里面放着个小瓶子，瓶身标签上画着一株植物和一只放大版的蚜虫。很明显这是园艺用品，但是说明书是德文和其他我甚至都没法辨认的语言。

应该是搞错了。不管怎样，反正我也没事可干，所以我坐到电脑前面，耐心地把德文一句一句用谷歌翻译器翻译了出来。结果有些令人费解，但是我能确定它与一种天然的抗寄生虫药有关。一瓶盖这种液体需要用十升水来稀释，每隔一天浇到生病的植物上。园丁最后还是对我，或者对栎树产生了恻隐之心。又是救济。我给树浇了第一剂药，这让我感觉好多了。

有一天，达涅莱回到了农场。我们在藤架下坐了很久，一边啜饮着烈酒一边吃他带过来的角豆。当我们起身的时候酒瓶已经空了。

我醉得很厉害，我把他带进家里，上了楼，一直来到我和贝恩的卧室。他一直跟着我。我看着他在床前脱衣服，他一条腿一条腿地站着脱裤子，站不太稳。他的肚皮松弛，我忍不住笑了起来。

后来不知道是什么让我主动了。我舔着他的脸，轻轻咬着他的肩膀，直到他求我停下来，因为我让他有些难受。然后我一下子失去了所有的力量，坠入悲伤之中。我泄气地躺在床上，一瞬间觉得自己离那里越来越远。我任由他做他想做的事情，直到最后。房间里的物件忽远忽近，就像我还是小女孩的时候看到的那样。

过了一会儿我才想起那些微型听筒。我寻思着那些监听的警察会怎么想呢，他们会怎么看待恐怖分子的妻子引诱了一个比她年轻的男子后，跟他聊了一小时自己消失的丈夫，向他坦白自己一直以来是有多想念她丈夫的身体，而且就在刚刚还在思念。还有，谁会知道他们又将怎么看待这个年轻男人呢，他一直听着我的自白，没有打断过，而且不停地抚摸着我的头发。

第二天早上我独自醒来。达涅莱已经在厨房里做好了早餐。他把昨晚我们用过的酒杯都洗干净了，倒放在水池边。默不作声地吃过早饭后，我立即让他离开，而且不要再回来了。他没有问我原因。

他的车从我的视线中刚一消失，我就后悔没有去追他。

几个星期后我收到了第二个包裹，那时候已经是十月份了。还是那辆大货车，歪斜着停在荒芜的菜园旁边，还是那个送货员。

"您终于注册了吧。"他边说边把包裹递给了我。

"注册了?"

"亚马逊账号。别跟我说这次又送错了,我可不信。"

"不过恐怕这次还是错了。"

"事实上亚马逊是不会出错的。您真的确定没有订购这个吗?"

我用手指在电子屏上签了名。

"如果我是你,我会看看信用卡,"他说,"至少为了安心。"

这次我没等他离开就拆了包裹。

"有纸条吗?"他问我,我正盯着书的封面看。

接着他离开了,他肯定是在某个时刻离开,虽然我不知道那究竟是什么时候,因为我仿佛对那段时间失去了记忆,只知道自己又是一个人了,我重新坐在藤架下,那本书在我手中颤抖,我的目光无法从那本书上移开,但也无法翻开任何一页。

那本书似乎并不是我所熟悉的版本,它的内容更丰富,更连贯些,但确实是同一本书,很多年前我试着读却没读进去的那本书,相同的作者,相同的书名:卡尔维诺,《树上的男爵》。

我坐在电脑边,点进亚马逊官网,输入了我的邮箱地址,我输了一遍又一遍,因为我的手指在不停地颤抖。我按照程序找回密码,却发现自己从未设过密码。验证码已经发送到我的电子邮箱,邮箱里塞满了未读邮件,都是些广告、折扣,还有荒唐的性服务邮件。

我输入验证码,如今我得重新设置一个密码了。我盯着屏幕看了很长时间,脑子里一片空白,无法确定任何字母和数字的排序。当我终于想好的时候，发现自己已经在一个亚马逊账户中了，一个我之前从未打开过的账户。

我点击"我的订单"，出现了两个订单：天然杀虫剂和《树上的男爵》。接着我点击了这本书的订单，新的页面出现了，页面显示我是在二〇一〇年十月十六日购买的。

应该是有付款界面的，但我费了会儿工夫才找到它。我清楚地认出了尾号，用的正是我的信用卡。

伴着越来越多的困惑，我走出家门，开着车去了斯佩齐亚唯一一台自动取款机。夏天的时候，那台旧取款机被一架起重机从底部挖起，但现在又有了一台新的。我的活期账户又有了入账，但我从没有存过钱。我打印了对账单。上面显示一个月前转入一千欧元，还有亚马逊上的两笔费用以及卡的维护费。是我父亲发起的转账。

后来我回到了小农场。名片应该还在墙架上的某个地方。长时间的放任不顾使这里乱作一堆：收据、广告单、空的食品包装盒，还有皱巴巴的塑料袋。我在那堆混乱的东西中翻找着，起初毫无办法，只能用手指拨，接着我把无关的一切都扔在地上。终于找到了名片："阿莱桑德罗·布雷利奥——IT援助"。我拨了号码，但是在拨最后一个数字之前我停了下来。可能有人正在监听。

一个小时后，我走进他们在布林迪西的实体店，里面塞满了显示屏和修了一半的键盘。那个男孩打量着我，使劲儿想着我是谁，但我没给他时间思考。

"有人能进入我的电脑，以我的身份做一些事情吗，比如买东西?"

他的眼睛亮了:"他们破解了电脑?确实有可能。"

"那么他们能从哪里做到这一切呢?"

他脸上泛起一丝微笑。"也有可能是从月球。如果您乐意的话,我可以去看看。我们有一个非常方便的软件包。"

"我需要追踪购买者。"

"我觉得这应该很困难。您可以找警察协助,但根据经验,我可以告诉您,他们不会听您的。坐吧,让我来给您解释我们的软件包是如何工作的。"

"我不想要软件包!"

他靠在椅子上,看上去局促不安,或许是我冲他吼的缘故。

过了一会他说道:"如果我是您的话,我会好好考虑一下。那些黑客是恶魔般的存在。如果他们想的话,他们甚至也可以偷窥您。您有摄像头吗?就是屏幕上方的那个小东西?就是这个。理论上来说,如果您开着电脑,他们就可以从这里偷窥您。"

我努力回忆了一下那晚带达涅莱回家的时候,我的电脑是否开着。

"那么您想让我看看电脑吗?"

但我已经转身准备离开商店了。

回家的路上,我开得很慢。很长一段时间我前面都行驶着一辆载着稻草的卡车,稻草丝掉下来飘浮在空中。我身后有一排汽车,但我没有试图超车。我想在那幅忧伤怀旧的画面里尽可能地多待一会儿。

一到家，我就打电话到都灵。是父亲接的电话。

"我只想知道你最近还好吗?"我说。

"等等。"

我听到他去了另一个房间，关上房门。

"我想谢谢你给我的钱。"我接着说道。

这也许是个失误。那个简单的句子，如果被谁听见了，可能会引起灾难性的连锁反应。而且如果那笔钱不是爸爸转的呢?我就像在黑暗中摸索。只有凭直觉相信自己，直觉和对贝恩盲目的信任。

他清了清嗓子:"我还在想你写给我的东西。"

接着他又说了一句话，他的声音听上去那么匆忙、害羞，他让我措手不及，以至于挂电话前我都不确定自己是否回应了他。他说了一个父亲对女儿说的最自然不过的一句话，对我们每个人来说都十分自然的一句话:你知道我也爱你。

接下来的几分钟里，我观察着散落在地板上的纸，就好像那堆杂乱中也包含了一条秘密的信息在等着被破译。

我开了一瓶普里米蒂沃红酒，把它拿到外面。空气温暖而芬芳，我能辨别出树枝上干胡椒的味道。前一年种的芙蓉灌木几乎爬满了半面墙。每一样东西都给我留下如此鲜活的印象，几近痛苦。

我读着贝恩寄给我的书，一行接一行，直到最后。我知道，这本书没有经过他的手，而是直接从仓库的货架送到农场的，但我还是将书凑近鼻子，闻着其中的气味。

我起身的时候天已经黑了。屏保上的拼图在半明半暗中拼接，分裂，就像呼吸一样。我点了点鼠标，显示器变回我几个小时前离开时的样子。网络摄像头的透明孔暗淡无比。贝恩就在外面的某个地方，而他却不能告诉我，但他已经用一种方式给了我暗示，也是唯一一种监听器无法监控的方式。或许那一刻他正在看着我。

　　我把外套扔在地上，脱掉运动衫。脱衬衫的时候，我转过身，将一系列动作做得很性感，几乎是带着玩世不恭，像是在对着镜子搔首弄姿。接着我开始摇摆，只是稍微扭动了一下，并不算真正跳舞，尽管我的脑海中一直努力浮现出一首歌。

　　解开牛仔裤的时候，我直视着冰冷的网络摄像头，我只穿着内衣，我解开胸罩，然后脱掉内裤，并确定那时贝恩正在看着我。摄像头就像是他黑色的眼睛。我还在扭着，努力以他会喜欢的方式扭着，那是我们之间独有的方式。有那么一会儿他的手仿佛就在我身上。

　　我每天都在等待新的订单。由于并没有任何东西送来，所以我进了我的亚马逊账户查看有什么变化。没有发生任何事情。

　　后来，十一月下旬的一个早晨，达涅莱和另一个男孩出现在农场。在他下车的同时，我朝他走去。

　　"我已经告诉过你不要回来了。"

　　"你得过来跟我们一起。"

　　"你在听我说话吗？你在我的私有领地里。"

　　"没时间了。上来！"

不容置疑，他的语气敦促着我顺从。他已经把座位翻过来为我腾出了空间。

　　"什么也不需要拿，上车就够了。"他注意到我朝着房子那边看去时犹豫的目光，我的包、钱包、钥匙都在那里。

　　汽车突然一转，扬起一股尘土。另一个男孩在手机上飞快地打着字。他没有看我。

　　"你听说了吗?"达涅莱问我。

　　"什么?"

　　"他们抓了丹科。"

　　正在发信息的男孩说道："他们就快到了。"

　　"妈的!"

　　达涅莱在一个弯道前冒险超了车，简直是在玩命。对面的车飞驰而过，几秒钟后，传来一阵汽车鸣笛的控诉声。

　　我在座位上东倒西歪。突然间，我激动起来。高速公路上十分拥挤，但我们弯弯曲曲地开着想要超过所有车。

　　"那贝恩呢?"我的嘴巴很干。

　　达涅莱摇了摇头说："我不知道。"

　　另一个男孩用手滑着电话屏幕。他放大了一张照片拿给达涅莱看，达涅莱点点头。接着他深吸了一口气，从镜子里看着我。"我们必须在他们带他到牢房之前赶到布林迪西。"

　　剩下的路途中他们像是忽略了我的存在，一直和其他的激进分子通着电话，或者是用我难以理解而且一点也不感兴趣的暗语交谈着。我靠在椅背上。默默地、热切地祈祷着他身上没有发生任何不好的事。祈祷贝恩是安全的。

在布林迪西，另一个男孩留下来看车，达涅莱和我朝警察局跑去。我们到达后不久两辆警车也到了。门前的台阶上站着一群人，我想或许是记者，但是警察下车了，后面跟着一个戴手铐的男人，还有两个人抓着他的手臂押着他走，正是丹科，他冲那一小撮人肆无忌惮地笑了笑，那些人手臂交错着组成一道人墙。

达涅莱把我往前推了推，但我没动。我看着丹科，他庄重地走向同伴时显得十分满足，而那道人墙像是被风吹过的绳子一样摇摆着，稍稍后退，却没有让出走路的通道，警察示意大家让开。

达涅莱又一次推了推我："走呀！"

"不。"

当他意识到我不会再挪动时，自己跑到了抗议者那里。双方都在默默地观望。丹科则对于发生在他身边的事表现得事不关己。

有一刻他把头转向了我，就好像知道我当时确切的位置。他盯着我看了一会儿，接着露出一丝笑容，那笑容似乎充满了悲伤。

两辆装甲车来了，穿着防暴服的警察一拥而上，毫不费力地冲散了人墙，开辟出一条通道。丹科就这样消失在警察局大楼里。

从那天晚上开始，新闻上每天都会报道丹科的缄默。丹科什么也不回应：他这整段时间都在哪儿，那些可能和他在一起的同伙的去向，以及他突然决定回来自首的原因。那种固执让每个人都感到惊讶，除了我。

后来一切都变得很明显，他只是在为自己的伟大时刻做着准备。当他决定要讲述他的故事时，我们已经迎来了新的一年。他在法官和记者面前宣读了声明，并要求得自始至终不打断地听他讲完。

丹科比我上次在警察局见到他时收拾得更整齐了些，头发和胡子都更短了。穿着黑色西装，西装口袋里没有装口袋巾，而是别着一个应该会引起许多评论员讽刺的橄榄枝。

他用强有力的声音朗读着，双眼从纸上抬起看向法官，没有一丝敬畏。他向出席庭审的人朗读着，同时也向随后将通过不同的方式聆听他的我们所有人读着，他知道我们人数众多。他读了自己在监狱里写的信，信中并没有忏悔或是投降，而是给盟友的信息。

他讲述了砍伐橄榄树背后的阴谋。他谈到了一位欧盟议员，名叫德·巴托洛米奥，他签署了第一份砍伐令，即指定了一种新品种来取代现有品种。转基因橄榄树，它可以抵抗叶缘焦枯病，并且在塞浦路斯的一家公司注册了专利，而德·巴托洛米奥的妻子恰好持有这家公司的股份。这个项目涉及数百万。他解释说，萨拉切尼海滨驿站的所有者纳奇贿赂了德·巴托洛米奥，使那里的橄榄树被纳入清除计划中。砍掉完全健康的橄榄树。而所有这一切，都是为了满足日益盲目、贪婪和无情的资本主义的需求。

他时不时地喝着杯子里的水。就好像那些停顿都是他精心设计的。他的律师坐在他旁边，充满挑衅地交叉着手臂。丹科指出，一直以来他都反对使用暴力，因此，他与当天晚上发生在萨拉切尼海滨驿站的"不愉快"毫无关系。

"关于尼科拉·贝尔帕诺的死，"他依然毫无感情地总结道，"我只能肯定不是我打碎了他的头。我当时在那儿，也看到那一切发生，但不是我做的。以上就是我关于这个问题要陈述的一切。"

冬天，水泥的裂缝中长满苔藓，柔软而富有光泽，它们在初夏时分消失，接着再度出现。

我重新粉刷了房子的外墙，因为雨水的缘故，到处都是褐色的污渍。贝恩和我画的那幅令人羞耻的画完全消失了，被一层层的石灰粉埋没了。我用手指刮着想重新找出点痕迹，但无济于事。

有关尼科拉死亡的最新官方消息是丹科在法庭上的陈述。检方指控尼科拉脸上淤青的伤痕与丹科穿的那双鞋相吻合，但辩方表示，那些瘀伤太模糊了，与任何人的鞋子都匹配得上。因此现在只剩丹科的证词，暗示贝恩有罪的证词，即使只是间接证词。但我知道，丹科说谎了。贝恩是无辜的，这一点烙印在我体内，就像我对我们在一起的那些日子充满信心一样。

我向布林迪西监狱申请了私人面谈。万般刁难之后，申请终于被接受了，但当我坐在会客室时，丹科并没有出现。我又做了第二次尝试，他还是没来。在第三次申请时，监管人员告诉我犯人不愿意接受探访。

电话里母亲重复着同一句话："你还年轻。"开始那是一种安慰，"你还年轻，可以重新开始"，但是随着时间的流逝，那句话变了味道，"你还年轻，但年轻的日子已经不多了，三十一岁，现在已经三十二岁了，你得从头开始了"。可要开始什么呢？

我感觉时间仿佛静止了一般。仿佛在尼科拉去世之前，在贝恩离开之前，或许是在我意识到自己的子宫有问题的那个时候，一切就已经停止了。时钟似乎永远停在了那一刻。

至少有钱会好过些。来自诺奇的一对男同性恋夫妻，他们是两个理想主义者，邀请我担任顾问。他们正在启动一个永续农业项目。我不知道他们是否知道我与谋杀警察事件之间的联系，有可能知道，但人们确实很久不再谈论这个话题了。

周围的一些土地所有者要求租用温室。支付的费用都很少，但钱按期到账。另外，如今我还有父亲每个月的转账。我了解到他到处说我是一位专业的农艺师。很长一段时间里，我都觉得他或许是唯一不能融入我生活的那块拼图。很长一段时间里，他都拒绝和我说话，以前我一直觉得，只要我们可以和解，我的生活就会完美无缺。而现在，我觉得这个想法太幼稚了。

已经快两年了：从丹科到警察局自首，一直到那次地中海之旅。弗兰卡维拉丰塔纳的一家旅行社打电话告诉我，我的机票已经出票，是次日的航班。

"你打错了。"我回答道。

电话那头的女士花了很久才跟身边的人确认清楚，接着她问道："现在和我说话的是加斯帕罗女士吗？特蕾莎·加斯帕罗，一九八〇年六月六日出生于都灵？"

"对，是我。"

"那么我们昨天通过话了。您真的不记得了吗？您跟我说帮您紧急预订航班。"

一阵肾上腺素涌上我的四肢。

"当然，我刚刚有点儿走神，抱歉，能请您给我重复一下航班时间吗？"

"二十点十分从布林迪西出发。在米兰的马尔彭萨机场转机，中途停留两个小时。飞往冰岛的航班是二十三点四十分。一点五十五分抵达雷克雅未克。"

电话响的时候我正在给草莓盆填土。肥沃黝黑的泥土塞满了我的指甲缝。

"我有点羡慕您，"电话那头的女人说道，"两年前我去过那里，那是我人生中最美妙的一段旅途。请您一定不要错过冰川融进大海的时刻，您可以乘船在冰川间游览。三天时间很短，但千万不要错过。"

我问她是否要去旅行社取机票。她说是电子票，已经发到了我的邮箱。如果我乐意的话，她也可以帮忙办理登机牌。她和我确认了只能带一个手提行李箱上机。

我不记得我们是怎么说的再见，或许只是我挂断了。晚些时候，我对着电脑屏幕研究了一会儿登机牌。我反复阅读用非常小的字体备注的运输条件，就好像有什么关键的线索镶嵌在其中。但除了座位号和一家酒店的广告，其他的什么都没有，那家酒店承诺提供蓝潟湖的打折门票，旁边是一对男女裹着毛巾的照片，他们正望着硫磺蒸气笼罩下的地平线。

我应该去测量手提箱的长宽高，塞满它，查看雷克雅未克的最高和最低气温，最近几个月我养成了用厨房剪刀自己修剪头发的习惯，或许我该剪剪头发，但我什么都没做，只是出去坐在了藤架下。夏天已经接近尾声，天总是突然黑下来，但在半个多小时的时间里，夕阳的光线笼罩整个村庄。

印着世界地图的桌布褪色得厉害，表面的塑料已经脱落了。我用手摸了摸代表冰岛的淡粉色锯齿状圆点。那是一座漂移的大陆。

七

降落时机轮冲撞跑道，我醒来了。我艰难地扭了几秒脖子。我本来决心在整个旅途中保持清醒，记录下再次见到贝恩之前的每一个细节，但是长时间的飞行和机舱内的缺氧让我身不由己。站在舷梯上，寒冷干燥的风将我包裹住。已经是深夜，然而天空依然清澈明亮，地平线上有一条光芒四射的黄线。我本应该知道的，可在我的想象里，自己应是在黑暗中降落在雷克雅未克。

我穿过行李托运大厅，机场商店的卷帘门已经拉下来了。跨过推拉门的时候，我的步伐变得有些犹豫，就像回都灵那次一样，有种害怕事情发生变化的恐惧感。

在栏杆的后面，一群人正在等着到达的旅客。他们穿着登山服，戴着羊毛帽，这与之前还在过夏天的我看起来完全不协调，而我被那个夏天甩到了这里。我寻找着贝恩，我一直在往前走，在那群颜色艳丽的衣服中寻找他的黑衣服。我在第一排寻找他，接着又在后排人群中找着，我看到一对举着写有姓氏的小牌的夫妇向我投来默契的眼神，就好像他们正是我要找的人。我在那座小机场里寻找着贝恩，但我找到的是茱莉亚娜，她神情沮丧地站在玻璃门附近。

我举起了手，那并不是个真正的问候，只是为了表达"在这里"的一种方式。接着她向出口走去。

我在外面和她会合。机场的广告灯牌显得光亮非凡，一切都非常明净，像是没有被一粒灰尘污染过空气。

"你只穿了这么点儿?"说着她低头看向我的夹克。

"是有点冷。"

我一遍又一遍地查过雷克雅未克的天气，但与斯佩齐亚相比，我无法设想会有如此大的温差。我感到不自在。是茱莉亚娜，她也在，这让我觉得不自在。她简短地说道："在车上我有东西给你。"

当我们沿着对角线穿过停车场时，我在她身后吃力地走着，有那么多悬而未决的问题，我本可以问她的那么多问题。最重要的当然是："他在哪儿?"相反，我们一路沉默着走到汽车旁，茱莉亚娜提起我的行李把它放进后备厢，这是她第一次碰到我的手指，我想她并没有注意到，再到后来，她从另一个包里拿出一件风衣，几乎是砸向我，让我穿上。

我们穿过一片现实中几乎不可能存在的平原，行进了几公里，信号灯照亮了荧光色的地衣和积满像牛奶般液体的小水坑。茱莉亚娜说我们将在邻近的一座城市——格林达维克——度过余下的夜晚。这会让我们的旅途变得更长，但也不会太长。这是她能找到的唯一住宿地了。

"我们要去的地方现在走起来太远了。我们明天再出发。"

接着她问我是否已经在机场换了外币。

"我没时间。"

"宾馆一般也收欧元，"她有些不高兴地地回答道，"但他们给的汇率低得像坨屎。"

也许她只是剪了头发，像男人一样把头发剃得又短又直，为了突出他们那棱角分明的头骨，但当我从旁边的座位上看着她时，我确信她身体里的某些东西也发生了变化。她好像缩小了。我想象着她那件红色防雪夹克底下瘦削到让人担忧的身子，手指也是一样纤细，紧张地握着方向盘。

我们来到一个有许多房子的地方，每座房子都很相似，有着彩色金属外墙，看起来十分完美，像是塑料模型。格林达维克。它给人的印象像是在一个晚上建造出来的。在远处，除了一座同样井然有序的港口外，还可以看到珐琅釉一般的海面。

在前台，一个金发男孩迎接了我们。或者准确地说，他并不怎么欢迎我们，因为即使在复印我们的证件时，他都一直盯着 iPad 的屏幕看电影，他拿走我的钱，并只给了我们两个人一把钥匙。

茱莉亚娜十分从容地丢给他一句话，不是英语，而是另一种语言。上楼的时候，我问她是否学过冰岛语。

"只学过最初级的一些话。"她回答道。

"你在这里多久了?"

当时她正忙着开磁力锁，一开始房卡没有被识别。"我们在这儿一年半了。"

房间非常小，墙壁装着木头护壁板。有一股奇怪的气味，也许是从地毯上散出来的。双人床比标准的要窄。至于浴室，就是很普通的那种。茱莉亚娜比我先进去，只待了很短的时间。

我刷了牙洗了脸，想看看能不能洗澡，塑料窗帘上满是黑色的污垢，底部潮湿地翘了起来。我穿上睡衣，感觉自己像剩下的行李般凌乱，接着我回到了房间。

茱莉亚娜只脱了夹克和鞋，把它们都扔在地上，现在她像胎儿一样蜷缩着，面朝窗户，背对着我。她没有动，像是已经睡着了。

我有点纠结要不要叫醒她，但最终我还是问了她："明天我们去哪儿？"

"去熔岩冰洞。"她回答道。

"在哪？"

"北部的一个地方。"

"他在那儿吗？"

"是的。"

从我那个角度看，她背身躺着，剃过的头让她更像一个男人了。她没有转过来，现在我也终于明白了，她不会转过来的。开始我只用一只膝盖跪在床上，不确定她是否能接受那种有些勉强的亲密，接着我的另一只膝盖也跪在了床上。

"他为什么没来？"

"他来不了。明天你就知道了。"

我不知道我怎么了，我开始摇晃茉莉亚娜，我想知道为什么，我现在就想知道为什么；我一直摇着她，直到她抓住我的胳膊然后同样用力地甩开我。

"你再敢碰我试试，"她把脑袋下面的枕头整了整说道，"现在要么睡觉，要么就在那待着，我无所谓。只要闭嘴就行了。"

她睡着了。我靠在浅色的木头护壁板上。我意识到从机场到这儿的路上我没见过一棵树。天花板上的烟雾探测器节奏规律地闪烁着绿色的光。窗户被塑料卷帘半遮着，因此有点透光。当时既不是白天也不算黑夜，而我在那里，在那片无尽的黄昏中，等待着未知的东西。

睁开眼睛的时候，我看到茉莉亚娜正在穿橡胶靴子。

"现在六点了，"她说，"我们得走了。"

她系好鞋带，起身开门。"我们楼下见。"

我听见她沿着楼梯下楼的声音，还有上衣袖子摩擦的沙沙声。我呆呆地停在原地，不知道该做点儿什么，然后我把散落的东西都整理好。离开之前，我最后看了一眼房间：被子弄乱了一半，大概是我不知道什么时候觉得冷，钻了进去，但我已经不记得了。茉莉亚娜那边的被子还是整齐的，床单有一点皱。

我去了趟卫生间，这次我清楚地闻到了硫磺的味道，几个小时之前我还不知道硫磺是什么，硫磺的味道从水管里散发出来，或者水本身就是这种味道的。

大厅空空荡荡。只有一台咖啡机，电源已经被拔掉了。我看到茉莉亚娜的越野车就停在大门口，她不耐烦地坐在驾驶座上。

"你早饭可以吃这些。"她一边说着，一边扔了一袋子东西给我。

我看了一下，里面有一盒三明治、一些零食，有熟悉的，也有叫不上名字的。

"怎么了，不合你胃口吗?"

"没有。"

我把三明治打开，里面有两块，我拿出一块，分给茉莉亚娜。她看起来放松了一点。咽下一口之后，她说道："这儿的一切都是垃圾，别挑了。如果你愿意的话，过一会儿我们可以停下来喝杯咖啡。"

我不知道还能不能复述我们在接下来几个小时里的对话。那些词句在我的记忆里混乱地缠绕成一团，不仅因为茉莉亚娜讲话的方式，她经常会变得很兴奋，话说得断断续续，还因为我突然觉得很困，在宾馆那一夜时间很短，我根本没有睡好。我眯了几分钟，醒来的时候，茉莉亚娜就接着跟我说话，或者是我问她问题，因为我可以肯定我打断了她很多次，但是与她跟丹科、贝恩作为逃犯的经历和最终只将他们两个人带到这座岛上的那些坎坷相比，我的声音就显得很苍白了。是的，我的大脑已经重新整理了事情发生的顺序，但是这些都不重要了，尤其是现在，这些完全不重要了。

沿途的风景变得越来越陌生。无边无际、一成不变的草地，消失在天际的农场，绵延的碎石，陡峭的峡湾和火山沙滩，还有那唯一的、没有任何保护措施的公路，光滑平缓地向前蜿蜒延伸着，仿佛没有尽头，茱莉亚娜宁愿看着公路也不看我。或许有一刻她说："嗯，我想你一定想知道。"我记得她说话的口气很恶劣。或许我回答了她："是的，我想知道。"

我唯一确定的是茱莉亚娜猛地松开了方向盘，她的脸都扭曲了，好像咬紧了下颌，说道："谁给你的权利知道那些事情？"

我垂下眼睛看了一眼我的结婚戒指，我转了转无名指上的戒指。戒指内圈刻着我和贝恩的结婚纪念日：二〇〇八年九月十三日。

我想就是这枚戒指给了我知道一切的权利吧。

"我们待了很长时间，"她努力打破沉默，说道，"我们就躲着。那段时间里我们三个人没有自相残杀也算是奇迹了。我们整天整夜地待在一个车库里，一连待了几个月。"

"在希腊？"我慢慢开口问道。

"希腊？你怎么会这么想的？"

"他们是这么说的。你们划着橡皮艇到了科孚岛。或者是都拉斯。"

她摇了摇头，笑容苦涩："我一定是错过了消息。好吧，丹科的主意最后还是成功了。"

"什么主意？"

"把吉普车扔在海边。我本来确信他们不会相信的。该死的救生衣在礁石上！太假了吧。就差留张纸条在上面写着'下来，我们就在这儿呢'。"

我在电视报道里看过那些画面，充满垃圾的雅典街头。那个背景在我脑海里轰然倒塌，然后我说道："所以你们没在塔楼里睡觉。"

"没，我们根本没在塔楼里睡过。我们从来没有去过希腊，我们根本就没想过要去希腊。我们从一开始就决定要往北走。"

我安静地听着，暗示她接着讲。往北走，那是哪里？去了多北的地方呢？和谁一起去的？用了多久？他们要找什么吗？

"通过我们的一个人，我们联系上了一个卡车司机，是波兰人，在亚得里亚海沿岸跑运输。看一眼就知道他和我们的事业没有任何联系，他不是环保主义者。他开着一辆汽车运输车。"

"什么是汽车运输车？"

这次茱莉亚娜连头都没有转过来："你真的不知道？"

她沉默了一会儿才向我解释，这片刻的沉默足以证明我们之间的隔阂，这种隔阂更加拉开了我们的距离。

"就是一种运送小汽车的卡车，那种有两层的车，你知道了吗？我们觉得这个方案是安全的。有个人开车把我们带到他出发的停车场。"

"谁带你们去的？"

"达涅莱。"

我不知道为什么当时没有对她说起达涅莱的口气感到不自在，就好像她理所当然地知道我认识达涅莱一样。

我觉得有点恶心，三明治的味道还残留在嘴里。与此同时，我觉得又困又紧张。

茱莉亚娜说："我不知道发生了什么。我只知道贝恩和丹科跑向橄榄树林，大喊着：'走！我们走！'接着我们就上了达涅莱的车，丹科不断回头朝后挡风玻璃望去，而贝恩头也不回地坐在前面。他以很奇怪的姿势把手放在膝盖上，就好像那不是他的手一样。直到后来，我们在停车场等巴齐利时，贝恩的姿势还是很奇怪，看起来有些僵硬。他问我要了一支烟，我递给了他，这才发现他一路上都把手指放在膝盖上的原因：他的手受伤了，上面还残留着干掉的黑色血迹。我用手帕给他擦，但不沾水根本就擦不掉。后来贝恩往手上吐了一口唾沫，顺从地把手朝我伸过来，那种顺从不像是他能做到的，他的手软绵绵的。我问他弄痛他没，他告诉我没关系，不用担心。把一只手上的血迹擦掉之后，我又给他擦另一只手，他身上没有受伤。我盯着他看，但他就那样面无表情地待着，一片寂静中，我们用眼神无声地交流。这就是事情的经过。这就是他们做的事情。我也点了一支烟，我们就静静地待在那个停车场里，什么都没有说，我们两个站着，丹科躺在地上。是他指出这是场意外，他说：'他们攻击了我们。'"

说到他们在至关重要的那一晚在停车场抽烟的事情，茱莉亚娜就又去衣服口袋里翻找烟盒，用车子的点火器点烟。她熟练地把烟头靠近火源。吐出第一缕烟圈后，她才问我介不介意。

"没关系。"我回答道。她把车窗打开了一点，之后就从车窗缝隙往外吐烟。

"巴齐利对于我们的事并没有感到很惊讶，"她继续说道，"他什么都没问。只是重新确认了一遍目的地，我们商量好价钱，每个人两百欧，并且要当场结清。因为不知道情况会怎么样，我们每个人都是带着钱去的海滨驿站。我们付了车费，他把钱团起来放进牛仔裤口袋里，然后给我们指了一下我们要坐的车，一人一辆，因为必须全程躺着，任何情况下都不能抬头。他用只有名词加动词的意大利语给我们解释了一下，比如怎么爬到第二层的过道，因为相比之下第二层更安全。那些车子都是雪铁龙的，我选了一辆白色的。我看着丹科和贝恩钻进各自的车里，我们没有打招呼，没有彼此祝福，甚至没有看对方一眼。我躺在套着尼龙布的座椅上。还没听到运输车启动时的金属撞击声，我就睡着了。"

"两三个小时之后，我被冻醒了，尽管外面天空晴朗，车里就像一个冰窟窿。我整个人蜷缩成一团，试图用座椅上的尼龙布把自己包裹起来，但还是很冷。巴齐利之前就抱怨过这一趟大概要花十六个小时才到，这么低的气温我是不可能挺过去的。之后，我想要上厕所。因为天冷和精神紧张，想上厕所的感觉就更强烈了。我忍了大概一个小时，但最后我坚持不住了。巴齐利没有说过要停车，他没有给我们留电话号码，而且丹科没收了我们的 SIM卡，因为我们不能用手机。这几分钟里，除了在前排的两个座位之间来回扭动，按按汽车喇叭之外，我也没有其他事情可做，同时，我还因为要忍住尿意而不断地抖腿。终于，我发现我们已经快到了，车停了，但是等巴齐利给我们把车门打开还要很久。'你他妈干什么？'他对我大喊。我跟他解释我必须得去厕所，接着他帮助我从车上下来，并且让我麻利点。

"从厕所出来时我遇见了丹科，但是我们装作不认识的样子。

很奇怪，我们之前并没有想过，也没有对这件事情达成一致，就像出于本能一样这样做了。我示意他我很冷，他去服务区给我找可以盖的东西，但是那里只有一些小孩穿的雨衣，样式很滑稽，上面画着超级英雄的图案。他从柜台拿了两件雨衣。我的钱都用光了。我在出口处拿了一包小点心，然后又把它放回原处。丹科把一切都看在眼里，他把小点心买了下来，还买了一包饼干。我们一前一后走了出去。

"当我们来到进入停车场的拐弯处时，看到司机和两个警察在一起。他比划着手势跟他们说着什么。我吓得一动不能动，后来我感觉到丹科拉着我的胳膊把我往后拖。我们就这样屏住呼吸站在那里，我们靠在墙上，警察随时有可能出现。贝恩没有从他的藏身处出来。这个时候，警察可能已经找到他了。我跟丹科说我们得离开，跨过护栏，往村子里跑。他告诉我抛下贝恩自己一个人是绝不可能的。当我们重新看向下车的地方时，警察已经不在了。巴齐利在汽车运输车旁边等着我们。

"'他们想干什么？'我问他，他只是招呼我们快点回到自己的位置里。他扔给我一个空塑料瓶子，说道：'下次用这个解决。'接着他指了指我手里拿着的食物，他的动作很直白地告诉我，如果我吃的碎渣把车子弄脏了他就杀了我。我觉得他是认真的。但我们也找不到更好的人来帮助我们了，没有人比他对树的命运、我们的命运，或者这个世界上的其他事情更加不感兴趣。但他对钱足够感兴趣。"

茱莉亚娜在我们俩之间的烟灰缸里把烟头捻灭了。里面已经有一些烟头了，很浓的烟味从烟头堆里飘出。她应该注意到了我的眼神，因为她说："我知道，我已经抽了十年的烟了。在这座岛上，烟的价格高得离谱。但现在还不是戒烟的时候。"

她把烟灰缸的小盖子扣上。

"你有口香糖吗？"

"没有。"

她不断地眨着眼睛，紧张地抽搐了一下，之前我从来不记得她会这样。为了避开从对面驶来的卡车，她把车往靠近最右侧的方向开，因为开得太靠右了，车轮都陷进了泥里，从高处飞来一块小石头砸在挡风玻璃上。

"你知道口香糖需要多长时间才能分解吗？"

"我不知道。"

"要五年的时间。碱性电池需要多长时间你知道吗？"

"我不知道。"

"猜猜看。"

"我们能不猜谜了吗？"

茱莉亚娜耸了耸肩。"我们在弗莱堡就这样玩。这是我们众多消磨时间的方法之一。"

"弗莱堡？"

"贝恩的爸爸在那里。我们去找他了。他让朋友去巴齐利放我们下车的地方接我们。他把我们带去了他的车库。"

"贝恩从很小的时候就没有见过他爸爸了。"我说。

茱莉亚娜扭头看了我一眼，但只是一瞬间。

"好吧，或许他是没有见过他，但是他肯定是想着他的。否则他也不会还记得他的电话号码。或许他不想让人知道，在某些事情上贝恩非常封闭，事实上已经不能说是封闭了，简直无法接近。我想他的父亲就是他封闭的一部分，但是我并不能责怪他。"

她这样评价贝恩，想让我觉得如今她比我更了解贝恩，这让她觉得开心。但是我还是忍不住问她这是为什么。

"他爸爸不是那种所有人都欢迎的邻居，我们暂且这样说，他的主要工作是倒卖来路可疑的艺术品。"

"你们偷东西？"

茱莉亚娜把大拇指放在嘴巴上，咬了一下。

"我确定他是为别人做事的，否则他会有钱很多。但是他有一个满是艺术品的仓库——尤其是有很多雕像——非洲和哥伦布发现美洲之前的艺术品，有面具、花瓶、雕像，等等。所有那些艺术品都被堆放在车库里。出于某些原因，车库里还配了卫生间和一台低矮的冰箱，就像宾馆里的一样。还装了网线。我们在那里待了很长一段时间。总之，我们在那里待了八个月。"

结婚之前，我问过贝恩想不想找到他父亲，邀请他来参加我们的婚礼，他在他的生命里建起了一座座高墙，为了走进这些高墙我费尽了力气。他摇头，用难以置信的表情看着我，就好像对他来说那个想法很荒谬一般。

但是，他的父亲一直都待在原来的城市，一直都在弗莱堡，他会给他打电话。他什么时候给他父亲打的电话呢？当我们不在一起的时候吗？当他自己一个人在橄榄树林里，就像在回答来自田野的难以抗拒的呼唤吗？

"我们在德国的时候，"茱莉亚娜冷笑着说道，"在弗莱堡的时候。虽然在那座城市里我们没有看过太多的风景。我们偶尔轮流出去，但是必须要很小心。那个德国佬不同意。"

德国佬，盗墓贼。莫名地我感到很难过。但是茱莉亚娜并没有察觉到。

"因为他偷来的那些艺术品，丹科觉得不舒服。那些东西本应该放在博物馆里。他说待在这里的话，我们都会成为帮凶，好像那才是问题所在。但是丹科自己也搞不清楚。他总是会半夜醒来，无法呼吸，突然把被子掀开，我们三个人就这样暴露在外面，接着他气喘吁吁地在屋子里转悠。在大学的时候，由于考前紧张，他也出现过类似的情况，但是和这次比起来，之前的都算不上什么。"

"你们三个睡在一起？"我一直停留在那个无关紧要的细节上。

"那里只有一张床。"茱莉亚娜淡淡地说。

"丹科说不是他杀的尼科拉。"

说完这句话，我感觉整张脸都在发麻，接着这种发麻的感觉变成了烧灼感，蔓延到脖子和手臂。

"你见过他的律师吗？"茱莉亚娜说，"是他爸爸给他找的律师。维利奥内先生迫不及待地想帮他辩护。丹科一直都知道会有人为他善后。我想每个人都是这样：最后我们回到了我们出发的地方。对我来说这样更糟糕。"

她突然讽刺地笑了笑。我记得她们说的话，之前科琳娜和茱莉亚娜争吵比较谁的过去更糟时也这样说过。现在我对这些事情一点兴趣都没有，现在我对之前那个高傲的自己感到厌烦。她们的指责是有道理的。

　　"他在说谎，是不是？"我说。

　　茱莉亚娜在空中摆了摆手，片刻之后，她又重新握住方向盘。

　　"谁可以证明？"

　　"你可以做证明。你就在那里。你一直和他们在一起。"

　　"抱歉。这件事我帮不了你。我知道这对你来说很重要，但是对我来说不一样。"

　　此刻，我感觉她的身体有一点紧张，就好像要上战场一般。或者说准备上战场的是我？

　　"这不重要？你想说你从来没有问过他们到底发生了什么？"

　　茱莉亚娜摇了摇头。她继续看着前面的路。我就这样盯着她。

　　"你们一起在车库里生活了八个月，你们一直睡在一张床上，你们就从来没有聊过那一晚发生的事？"

　　"事情已经发生了。我们还能改变什么吗？我们要按比例分配过错吗？我们都在海滨驿站。我们还有其他三十个人都在海滨驿站。谁都有可能干出这件事。"

　　"你在开玩笑！"

　　"特蕾莎，你太激动了。"

　　"死去的是一个大活人啊！就是我认识的人！"

　　"是，这个贝恩也跟我们说过。你和那个警察，你们之间有一腿。"

"你有没有问过丹科在海滨驿站事情是怎么发生的？你有没有问过贝恩是怎么一回事？"

茱莉亚娜随意地捋了捋头发，剩下的头发。她好像很吃惊头发突然变短了。

"我们在这儿停车吧。"她边说边驶进了出口，"我们得加油了，我希望你身上还有现金。"

在服务区我们分开了。那里并没有真正的吧台，只是有个角落摆着很大的咖啡保温杯，旁边还有一摞纸杯。牌子上写着价格。如果有人喝完咖啡没付钱就走了，也不会有人发现的，但是在岛上这种事情可能不会发生。

我在货架中间逛了一会儿，接下来几天里我看到的都是同样的纪念品，但当时是我第一次看到，有雪豹玩偶、印花厚羊毛毛衣、斯堪的纳维亚风格的带角贝雷帽和迷你钓具。

墙上贴了一幅很大的冰岛地图，已经有点泛黄了。在显眼的位置摆了些旅游景点照片，有间歇热喷泉、火山、瀑布，每个景点的名字都很难发音。有一张照片里海上的冰山好像就是旅游公司的工作人员给我讲过的景点。很遗憾我没能亲眼去看看。

"我们差不多到布伦迪欧斯了。"茱莉亚娜说道。她端了两杯咖啡过来，递给我一杯。她用手指了指地图。"我们就是沿着这条路走的。这是一条环岛公路。我们得到这儿才行。"

那是一座在北边的湖泊，准确地说几乎是在中部地区。

"是米湖。"我看了一眼。

茱莉亚娜走到我旁边,她给我解释了一些冰岛语词汇方面的问题。我突然觉得和可以说不相干的人待在那样一个商店里很荒谬,我和这个人待在售卖纪念两年前发生的、波及半个欧洲的火山爆发的冰箱贴的商店里。然而,我发现和茱莉亚娜在一起,一起前往那个我连名字发音都不清楚的地方的旅行,是我这么长时间以来,第一次如此刺激的经历。

"为什么是这儿?"我问道。

"我们想找一个没有被人类污染的地方,一个纯净的地方。"

"你们找到了吗?"

茱莉亚娜突然转过身,背对着我和那幅地图。

"是的,他已经找到了。我们走吧。"

有一会儿,我们各自沉默着。我盯着我右边的云看,云朵很高很厚,就像核爆炸之后形成的浓烟,在天空中一动不动。即使是云也有各不相同的地方。当我们往前走的时候,云就静静地待在那里,摸不到,却也避不开。接着,茱莉亚娜说道:"这是一种微妙的平衡,你要试着明白这一点。我们没有人遇到过这种情况,甚至没有人想过事情会变成这样。"

她深吸了一口气。她不小心把汽车雨刷器的开关打开了,雨刷在干燥的玻璃上摩擦,发出尖锐刺耳的声音。那一刻,她好像陷入了困惑。

"我们到那儿一个星期之后,德国佬来看了我们。他还没张口说话我就认出了他。他站在贝恩面前，父子俩惊人地相似，除了头发和眼睛的颜色有区别：德国佬大部分头发都白了，眼睛也是浅色的。他张开双臂，贝恩也朝他走了过去，就像有磁场在吸引着他，他就这样走向了他父亲。我不知道为什么会因为这个动作而觉得感动，我们的情况还是一团糟，一个星期过去了，我们还没有出过那个车库，也没有听到任何风声，作为嫌疑犯，我们只能等别人给我们送吃的来，但是那个人又不肯和我们说一句话。而现在，贝恩的爸爸就在这里，他像抱孩子一样拥抱着贝恩。

"那个德国佬跟我和丹科握了握手。他问我们有没有觉得无聊。而我们甚至都没有觉得那种日子是无聊的。然后他又问我们有没有玩电脑，同样地，我们连想都没想过。接着，他坐在写字台前，告诉我们其实可以放心地上网。这里的网络防火墙设置得就像美国五角大楼一样，而且 IP 地址也是无法被追踪的。他并没有说这些精密设备是用于贩卖违法艺术品的，但是我们已经看明白，或者说，至少我是看明白了，我认为丹科也一样，让贝恩自己一个人蒙在鼓里就够了。那个德国佬坐在电脑前，我在他的身后，贝恩在我后面，丹科站在最后，他想和他保持距离，但是又很好奇。紧张焦虑了那么多天之后，第一次放松了一点。

"德国佬问我们知不知道'洋葱路由器'。我知道，我在大学的时候用过几次，主要是为了买烟，在那些年，即兴黑客表演多少是件有面子的事。

"'好，你坐我这儿来，'他说，'你们这些孩子恐怕需要些改变，如果不想一直待在这里的话。虽然不能帮你们改头换面，但我至少可以给你们弄一个新身份。'他站起身，我坐在电脑前。操作过程很简单。只要拍张照片然后上传至网络，几个星期之后我们就会收到三本新护照，我们可以自由选择国籍，但是德国佬建议我们：除非熟练掌握一门外语，否则还是继续当意大利人的好。他还给我们带来一台照相机。做好的证件会寄到信箱里，他所有的货都寄到那个信箱里。他说话时语气出奇地平静，就像是在开玩笑一样。他继续和我们待了一会。他给我们讲了鉴定和线上贩卖艺术品的系统，显然，他对那个复杂的系统感到自豪，他又跟我们承诺说会尽快回来看我们。离开之前，他揉了揉贝恩的头发，就像所有父亲都会对儿子做的那样。

"贝恩提议大家都用一样的姓，就像是兄弟一样。我们商量了一下，但我觉得那个提议不是很好，反而会更冒险。接着我们又讨论了一番如果有了新证件，我们要去哪里。很明显，我们要离开欧洲。我和贝恩说了一些想法，然后我们就在谷歌地图上查那些地方，每天晚上我们都以为找到了最理想的地点：古巴、厄瓜多尔、老挝、新加坡。但是第二天早上，所有的一切又重新开始。那时丹科已经不参加讨论了。他坚持办假护照是犯傻。天知道是什么见不得人的犯罪组织在帮我们！他始终很顽固地遵守着他的道德标准。他不知道我和贝恩心里都很清楚，现在我们已经越过了那条界线。从那个角度看来，丹科捍卫的道德标准根本不值一提。"

朱莉亚娜伸手往前排座椅处够她的包。她在里面翻了翻，但是没找到想要的东西，然后她把包拿过来放在腿上继续找。

"你看。"她一边说着，一边掏出一本护照递给我。

护照页反光复层纸上印着的是她的脸，头发是修剪过的。边上是她的新名字：卡泰丽娜·巴雷西。

"我们到那儿的时候，你要叫我这个名字。"她很认真地说道。

"他选了什么名字？"

"托马特。是弗留利地区方言，很有辨识度。除了是弗留利地区方言以外，很适合贝恩。但是他不想放弃自己本来的名字，所以还是留下了贝尔纳多。丹科的事情是最难解决的。我们得偷偷给他拍照片，我们花了好几天的时间才给他拍到一张合适的照片。他和贝恩的关系变得越来越僵，现在他们连话都不说了。三个人住在一个车库里，还有两个人不说话，生活就变得很艰难了。在我看来，丹科应该为这件事情负责任。"

现在，我们在峡湾边缘，悬崖前有两座一模一样的房子，房顶都是倾斜的，并且和其他房子隔得很远。

"在海滨驿站那事之前他们就已经闹僵了。丹科不认同武器的想法。他说，发生的一切都和他的信仰相悖，没错，我知道。但是事情也和我的信仰不一样，或者说和贝恩还有驻扎地里所有人的信仰都相悖。但如果必须这么做的话，我们又能改变什么呢？有的时候，为了实现更崇高的目标，是需要打破常规的。新秩序孕育在混乱的旧秩序中，是贝恩让我们明白了这一点，但是丹科不认同这一点。"

我想到了丹科拿着贝恩列的清单来到小农场的那一天，想到了他的眼神，在他的眼神里我看到了犹豫，但是当时我并不明白。

"但是，在奥里亚的驻扎地，有一天贝恩和丹科去已经被砍光的橄榄树林里散步的时候，贝恩把丹科说服了。"

茉莉亚娜摇下车窗，迎着风吹来的方向把手伸了出去，然后为了让脸也吹到风，她又往边上挪了挪。

"或者说，至少看起来是这样的。"她苦涩地说道，"你开一会儿可以吗？"

我没听清楚她说了什么。我还是昏昏欲睡，再加上胃里三明治的酸味和不久之前那杯糟糕的咖啡。而且我知道我没有勇气在那样的路上开得和茉莉亚娜一样快，每一次转弯都像要把我们甩出去一样。

"半个小时就行，我得眯一会儿。"她坚持说道。

我们交换了位子。上车前，茉莉亚娜弯下腰抓住她的脚踝，这样子保持了约二十秒，牛仔裤下的肌肉绷紧着。她又做了一系列放松身体的运动，好像是一种武术。

在最初的几英里，她闭着眼睛，头像雕塑一样一动不动，但我知道她没有在睡觉。当她再次睁开眼睛时，她说："我想念橄榄树。我想念几乎所有的一切。特别是温暖。这里的夏天都持续不了一个月。由于全球变暖，在格陵兰岛融化的冰川冷却了墨西哥湾暖流。当世界上的其他地方被太阳融化时，我们却在八月里冻僵。"

"我去过驻扎地。"我说，也许是为了安慰她，或者相反，我想要加剧她的思乡之情。

"我知道。"

"你知道?"

"达涅莱他和我说过。"

"你和达涅莱聊过?"

茱莉亚娜瞥了我一眼:"我跟他每天都有交流,不然他怎么找得到你?"

之后她的情绪立即有了变化。她突然变得更加温和,补充说:"我们在抵达弗莱堡几个月后恢复了联系。过程一点儿都不简单。如果说我的计算机技术不行的话,那么达涅莱就更加糟糕了。怎样不留痕迹地跟他接上头,是个难题。我从亚马逊网站得到了灵感。达涅莱被软禁了,所以通过互联网订购一些东西是完全合情合理的。所以我帮他买了一个电动牙刷,这是我们很久以前一起开玩笑时提过的。他告诉过我他母亲强迫他带一个电动牙刷,是的,甚至在驻扎地,在乡下,他周围总是围绕着这种嗡嗡的响声。

"我花了一点时间才进入他的电脑和信用卡。但当他收到电动牙刷时,立即就明白了。我通过一系列电子邮件向他发送使用说明,任何人都会错认为是垃圾邮件。几天之后我们就有了可以直接通信的安全网络。"

她把一只脚放在仪表板上,整个人从座位上往下滑。

"我甚至不知道为什么要告诉你这些事情。你可以回到意大利向警方汇报一切。"

"贝恩对我也是这样做的。"我说,"他寄了一瓶天然杀虫剂和一本书。"

"贝恩和我一起给你寄了那些东西，"茱莉亚娜讽刺地看着我，强调道，"甚至，那个杀虫剂，是我、贝恩和丹科一起。贝恩一个人连电脑都开不了。"

"但为什么不让达涅莱告诉我你们在哪里，既然你已经与他联系过了？"

"天哪，我怎么就没有想到！"她笑了起来。

"到底为什么？"

"是达涅莱不想告诉你。他观察了你一段时间，最后他断定你不可信。"

他是观察了我。他还和我上床了。

"你们能看到我吗？"我问道，越来越紧张。

"是的，当你打开电脑显示器的时候。我觉得你有两条内裤是我的。"

她带着恶意再次大笑，有点刻意。我放慢车速在一片鹅卵石空地上停下越野车。

"你要干什么？"

我下了车，走进石楠灌木丛中。这座岛很贫瘠，迎面看不到任何东西，完全是一片荒芜，我可以不停地走下去，不会遇到任何障碍。我听到汽车门砰的一声关上了。

茱莉亚娜喊道："喂，快回来！我很抱歉，我不想冒犯你的，你回来吧！"

但我并没有停下脚步。植物之间的土壤是深色的，几乎是黑色的。茱莉亚娜跑了起来。

我发现她到了我旁边，然后到了我前面，挡住我的路。

"我们还有很长的路要赶。如果现在浪费时间，我们将不得不等到明天。明天可能太迟了。"

"什么太迟了？"

我继续往前走，于是她不得不跟在我后面。

"你就要看到他了。现在我们走吧。"

"贝恩在哪儿？在你告诉我他在哪儿之前我是不会上车的。"

"我告诉你你就要见到他了。"

我抓住她喊道："那个混蛋在哪里？"

"他在一个岩洞里。"

"一个岩洞里？"

"他被困在里面了。也许他坚持不了多久了。"

我停了下来。茱莉亚娜也停了下来。风吹过我们，不是斯佩齐亚那种一阵一阵的北风，是持续不断的风。

我没有很惊讶。贝恩在岩洞里：他是能干出这种事的。这些年里我已经习惯了他那么多古怪的言行。破旧不堪的塔楼，没有电的房子，树上，他都待过。我只是问了一句："多久了？"

"将近一个星期。"

"他出不来吗？"

"对，出不来。"

风持续不断地猛烈地刮着，长在岩石缝里的石楠随风摇曳。茱莉亚娜伸手抓住我夹克的衣角。

我任由自己被她带回越野车。她回到驾驶座，我没有反对。

我蜷缩在椅子最里面，尽可能离她远一点，但是我们没有开很长时间。她把车停在一个比周围其他建筑物都要巨大的建筑物前，在山丘顶上。

"在这儿我们还能吃点像样的东西。"她说，"我觉得我们需要吃点东西。"

壁炉正燃着。墙上悬挂着动物头的标本，所有的装饰都好像是对阿尔卑斯山风格的滑稽模仿，因为应该没有人会想把真的动物做成标本。我们坐在一个角落，我靠在窗口。疲惫充斥着我的四肢。当他们把菜单拿上来的时候，我根本没有力气去翻阅。一切看起来都太从容、太正常了。一个无法开口的、不能开口的问题让我动弹不得：如果他不能出来，会怎么样呢？

茱莉亚娜给我点了菜。他们好像认识她。但是也有可能他们认识的是卡泰丽娜，而不是她。在桌子旁服务的女孩，面容干净，动作很有条理，她给我们送上了奶油浓汤。有几片深色的东西浮在汤上。

"那是蘑菇，"茱莉亚娜说道，"希望你喜欢。"

我的脸应该很苍白，甚至比苍白更糟糕，忧心忡忡，因为没有一种忧虑适合这样的状态。我不记得是她把我的手放到餐具上，还是我自己这么做的，但是我喝着汤，一勺接着一勺，咀嚼着坚硬的蘑菇片，没有味道，好像聚苯乙烯的碎屑。

我感觉稍微好了点，但是端上来的三文鱼我一口也没吃。只是看着它就突然产生了呕意。我很快去了厕所，然后吐了。

我在镜子前面待了很久，看着自己都认不出的脸，脸颊通红，也许是因为餐馆里的闷热，也许是因为外面的寒冷，或者是由于惊慌失措。当我回到茉莉亚娜那里时，桌子上的东西已经撤走了。她问我是不是好点了，我没有回答。

她朝那个女孩招了招手，几分钟后她带着账单过来了。跟之前一样，她等着我拿出钱包为我们两个人的午餐结账。当我正要拿起茶碟里的冰岛钱币时，茉莉亚娜阻止了我。

"留下来当作小费吧。"

开始下雨了，淅淅沥沥的。我看着自己的袖子，没意识到那不是雨，而是雨夹雪。在八月末。我想起在基辅，贝恩朝着结冰的停车场走去，他把手放在上面，眼里充满了惊喜。

"为什么你们要给我寄那些东西？"我说，"杀虫剂，还有书。为什么，如果你们不信任我？"

"是贝恩坚持的。你的表情是那么悲伤，他为你担心。他也担心那棵树。你在论坛发帖询问怎么治疗那棵树，他们只是回答了一些蠢话。显然，杀虫剂是丹科找到的。很难得他会去敲键盘，并和我们交流。他那会儿几乎不怎么和我们说话。晚上做着可怕的噩梦，或者根本不睡觉。我让那个德国佬给我带了点安眠药，有时候我会把药弄碎放在他的食物里。想起这些我有点羞愧，但是我这么做是为了他好。我真的害怕他会被头疼折磨死。"

"所以说达涅莱知道你们在哪里？"我没办法放弃在这个问题上纠缠。

"我们迫切地想要做点什么。现在我们有了新护照，新的无污

416

点的身份。达涅莱向我们发送了一张萨拉切尼海滨驿站公园的照片。那里之前是个橄榄园，而现在高尔夫球洞取代了橄榄树。刚开始的几个星期里还有人谈论我们，搜索我们，我们能感觉到周围人的活动，但是当秋天来临，这种单调的生活就变得难以忍受了。'他们摧毁了一切，而我们却待在这里变胖。'贝恩说。"

她叹了口气，好像已经讲过那个故事十几次了，很难再说一遍。

"有一天，我进入了纳奇的电脑。就像我对达涅莱和你做的那样。他的密码太简单了，我在试第五次或第六次时就猜中了。我在那里发现了一系列肮脏的事情。最重要的是，我发现他与那个欧洲议会成员德·巴托洛米奥的通信，这证明我们一开始关于高尔夫球场和其他一切事情的判断都是正确的。如果有一个人肯听我们的话，那么，那些已经发生的事情也许就不会发生了。"

她所讲述的这一切突然激怒了我。

"你们真正遗憾的是什么？你们会为尼科拉被杀感到遗憾吗？你们对那些橄榄树感到遗憾吗？或者你们只为自己感到遗憾？"

茱莉亚娜第一次疑惑地看着我。

"那时橄榄树真的是最重要的东西。"她小声嘀咕着。

"橄榄树？你真的认为橄榄树比一条人命更重要吗？"

"那时我是这么认为的。我相信，我们都是这么认为的。也许我们错了。"

"是的，你们错了，大错特错！"

但是这句话我并没有说出口，而是用同样责难的语气说："你们制造了爆炸。"

她耸耸肩，好像这件事并不重要。她沉默了几分钟继续说："对纳奇事件的调查好像让丹科振作了起来。他突然又开始多话了，幻想着我们最终如何揭露真相。事实上，他那时已经决定去自首，我们完全没有想到。我从来没见过像丹科一样能伪装的人。"

茱莉亚娜在上衣口袋里翻找，然后打开了一包口香糖，拿出一片放进嘴巴。她左臂弯曲放在车窗上，把头靠在上面。

"一天早上贝恩和我醒来，发现丹科不在。谁都没有预料到会有人不事先与其他人讨论就外出，德国佬嘱咐过我们的，最重要的是，那不是合适的时间，街道上到处都是正要去上班的人。我们等了他两小时，我们越来越紧张，然后贝恩再也受不了了，就出去找他了。当他回来时，他露出非常疲惫的神情，被遗弃的神情。他明白了。

"从那之后，他有些不一样了。我并不确切地知道是为什么，但是我相信是由于他看到丹科在电视机里，铐着手铐，被人带进警察局。他问我：'你不觉得他很自由吗？''自由？'我问他，假装不明白，但是的确。丹科虽然戴着手铐，看起来却是自由的，比我们困在这个车库里自由多了。但是已经没有时间去考虑我们的感觉。我们必须马上离开。也许丹科已经供出了我们的藏身之地。我们打包好行李。

"贝恩不想通知德国佬。在第一次那个拥抱后，他们再也没有彼此亲近过，没有任何迹象显示他们是父亲和儿子的关系。他只是写了一张告别的纸条，看了它很久，然后握在手心揉皱。他甚至无法按照自己的意愿向父亲告别。令人心碎。"

茱莉亚娜放空了自己,她变得柔软了。她的眼眶里含着泪。看见她如此激动,陷入关于贝恩和他父亲的回忆,我明白了。并不像是明白一件之前觉得特别神秘或不可思议的事,而是像长久地追踪和注视之后,抓住了在空气中飘动的一团灰尘。我明白了我已经知道却不愿意承认的事情。从我到达机场,在人群中寻找我的丈夫,却只找到她的那一刻起,我就明白了。

我说:"你为什么剪这样的头发?"

她又做了一遍前一天晚上重复过很多次的那个动作,用手指触摸已经不存在的头发。

"我不知道。"

"为了不被认出来?"

"是的。"但她立刻改正道,"也许吧。我想……我更喜欢这样的发型。"

"是贝恩更喜欢这样,对吗?"

是的,在到达这座偏远寒冷的岛屿之前,我就知道了。茱莉亚娜一开始在小农场迎接我时的敌意从未真正消退,她的眼睛注视着贝恩,她有一个坏习惯,在一天的工作结束时,她有将双手放在贝恩的肩膀上为他按摩肩胛骨和颈部的坏习惯,而贝恩只是闭上眼睛;一种友好的姿势,仅此而已,我对自己说,然而每次我都必须找事情做,好不去看他们,不去看他脸上显露的放松的表情。

"你们在一起过。"

茱莉亚娜仍然没有说话，只是默认，依然是我开口说："甚至是在那之前，在我到农场之前。"

"现在还有什么不同吗？"

她找到一包香烟，抽出一根点燃，她的手指颤抖着。

"当我在那儿的时候呢？"

"别再纠结了。"

我抓住她的胳膊。我尽可能地用力握紧。

我无意伤害她，只是不让她逃跑，就好像她的身体与她拒绝说出的真相紧密相连。茱莉亚娜的肌肉都僵硬了，但她没有试图挣脱。

"我有权知道。"我慢慢说道。

"只有两次。一开始的时候。"

我放开她的胳膊，向后退去。

"那丹科呢？"

茱莉亚娜耸了耸肩，这可能意味着丹科对于她来说一点儿也不重要了，或者意味着丹科也知道。所有那些事，他突然离开贝恩，甚至他自首，也许都与他知道的事有关。因为茱莉亚娜，他们之间有些东西变质了。橄榄树，炸弹，甚至是谋杀：一切都与它有关，或者也无关。

突然之间，我有种奇怪和熟悉的感觉，一些事物在消失变小，这次不是它们要消失，而是我自己在以极快的速度向后退，我的脑海里打开了一条隧道。

"停车!"我命令茉莉亚娜,但她还在继续开,我没有时间再说第二遍,酸味从我的胃里涌上来,充斥着我的嘴巴,我捂住嘴。茉莉亚娜停了下来。我把门推开,吐出了剩下的汤,所有那些有毒的蘑菇。

她递给我一块手帕,因为我没带,她把它放在我膝盖上。我擦了嘴。

然后我再次靠在椅背上,闭着眼睛,心跳慢慢恢复正常。我点头示意她可以重新出发了。

我听到越野车重新回到车道上,速度越来越快,但我没有睁开眼睛,我不想知道所有的一切都在与我不可挽回地分离。

两个多小时后我们到达一座湖边。天空开阔,现在能够感觉到是在夏天了。

山的缝隙中飘出浓重的雾气,还有硫磺的气味,比宾馆里更加强烈。

沿着岸边继续行驶,水面闪闪发光,到处都有覆盖着草地的小岛屿浮现。这是一个特别好辨认和令人安心的地方,与我们之前几个小时穿越的人迹罕至、仿若外星球的自然相比。

茉莉亚娜拐弯把车停在一个平缓的斜坡上,熄了火。

"那里有厕所。"

我感到很虚弱,昏昏沉沉的。我问我们是不是到了。

"我们需要换一辆吉普车。这辆车开不到岩洞。"

新换的越野车车轮很大,不是正常的尺寸,仿佛有人开玩笑一样给它充足了气。它属于一家旅行社，车的内部写着"冒险"或者"户外"的字样，我不记得了。但是我记得车的侧面印着一群人正在漂流的团体照片，在他们微笑的脸庞边是飞溅的浪花。

茱莉亚娜向我介绍了导游乔纳斯。他最多二十五岁，尽管是这样的温度，他仍穿着短袖，把防水外套系在腰上打了个结。他们用快速、生硬的英语交流，我根本听不懂。然后乔纳斯很热情地问我有没有带手套，我脚上的鞋子是不是我唯一的鞋子。茱莉亚娜回答说我可以用她的装备。乔纳斯帮我登上吉普车非常高的踏脚板，而茱莉亚娜在下面看着，没过一会儿我们就又出发了。

我们重新驶向环湖路，开了大约半个小时，乔纳斯转向右边一条没有路标的土路。

茱莉亚娜和我没坐在同一排。吉普车内共有十二个座位，除了我们以外都是空的。

我看着风景，我开始习惯那种空旷无际。我让自己想象贝恩第一次看到这片土地时的感受，他一定感受到了惊讶，在他身上，惊讶总是超出想象。

"我们在寻找一个没有被人类破坏的地方。那里有纤尘不染的东西。"

我想让茱莉亚娜更好地解释给我听，但我再也不想忍受她谈到贝恩，至少现在不想。

几公里后，道路变得更加崎岖。一开始的崎岖山路变成了只有几乎看不见的两道车辙的土路，很可能是与我们乘坐的吉普车同款的车轮留下的。路中间长着草。让我想起小农场门口的羊肠小道，但是这里更危险、更杂芜，像是洪水过后的场景。有下陷、洼地和突出的岩石，吉普车迟缓地晃动着，好像要翻车一样。

我从后视镜看到乔纳斯向我做了个手势，让我抓紧车顶的塑料手柄。我刚刚抓住，就遇到一个很深的坑让我从座位上弹起。

又往前开了一点，他停了下来，他走出吉普车，弯腰检查轮胎。我看到他走了一圈然后打开后备厢。他带着工具箱来到轮胎旁。

"爆胎了吗？"我问茱莉亚娜。本能地我转身看向她，这个简单的动作意味着休战，我很快就后悔了。

她几乎没有看我："他必须要减小轮胎的压力，才能提高抓地力。后面的路况会更差。"

等乔纳斯完成对所有轮胎的操作后，我们再次出发。

我觉得路况应该不可能再恶化了，但我错了。在接下来的一个小时里，我不得不一只手紧紧握住手柄，另一只手扒着座位底下。

强烈的震动成功掩盖了一部分发自我内心的颤抖，对于我们正在靠近的地方的恐惧。不，那不是真的：那不是对一个地方的恐惧，而是在那么久再次见到贝恩的恐惧。那种颤抖，几乎是抽搐，尽管从外表看不出来，在颠簸突然停止之后依然在继续；我们继续在深色的沙子铺成的地毯上行驶着，我们到了通往火山口的山脚下。天空依然比其他地方奇怪，一种暗淡的蓝色，白色的线条向各个方向延伸交叉。

乔纳斯对轮胎进行了相反的操作。我专心致志地望着那些低矮的树，很像杜鹃花丛，它们生长在火山脚下。然后我发现远处有一辆野营挂车，在这杳无人烟的地方唯一的人类的痕迹。

挂车里面，木头架子上摆着按号码顺序排列好的靴子。另一边，防止被淤泥飞溅的头盔杂乱地扔在大箱子里。

"我们换鞋吧。"茱莉亚娜说道。

"我可以继续穿这双鞋。"

就目前这种情况，要我接受她的帮助是不可能的。但她回复里的那种坚持让我屈服了。我解开阿迪达斯的鞋带，穿上她的橡胶底靴子。

"鞋带在鞋面上交叉着系。尽可能拉紧。"她用像刚才一样不容辩驳的口气命令我。

然后乔纳斯给了我另一双靴子、一顶头盔和有汗臭味的羊毛长袜。他向我解释说进入岩洞之前我需要穿上所有这些东西，要走半个小时才到。他指向我们要去的地方。

"熔岩营地。"他说着转向我们面前延伸的宽阔平坦的岩石。小峡谷穿过岩石，像岩石上的纹理一样。岩洞位于中间的某个地方。贝恩在这中间的某个地方。

徒步持续的时间超过了预期。也许因为我比乔纳斯想的要慢，或者我们前行的道路过于弯曲，因为他们也是根据本能前行，脑海中有确切的位置点，但不是在岩石间的精确路径。

我累了，简直筋疲力尽，然而紧张感一直让我绷紧着。我把一只脚吃力地放在一块石头上。茱莉亚娜已经准备好从后面撑住我防止我倒下，我不得不停下休息几分钟。乔纳斯在我面前蹲下，让我把腿放在他的膝盖上，解开靴子的鞋带然后小心地转动我的脚。他询问我是否能继续，进入岩洞之后更需要灵活的行动力。脚踝很疼，但我说是的，然后我尽量不让他看出来我在一瘸一拐地走路。

在洞口，我们看到另外两个男孩。他们搭起了一顶帐篷，坐在一张桌子旁露营，面前有两个保温瓶。他们简短地做了介绍，又和茱莉亚娜聊到了推迟行动，他们说也许这个时候不适合前往，最好是明天。但茱莉亚娜坚持。他们达成了共识，我们只能在里面待不超过一个小时。

他们讨论时，我走近火山口的边缘，大约十米宽，但看不到它延伸到哪里。尽头，覆盖在一堆岩石上的苔藓在闪闪发光，可能是已经打开的通道坍塌的残骸。山坡上有一架铁梯，只有一根绳索作为扶手。

我往前走了一步，想要看得更清楚，但是我感觉一阵头晕，不得不又退了回来。

我没怎么认真听乔纳斯嘱咐的注意事项。我既疯狂地想要下到里面，又疯狂地想尽快离开，然后回家。我知道岩洞内部被冰覆盖着，橡胶靴鞋底的钉子是为了保持抓地力，我必须更加小心。乔纳斯问我是否有幽闭恐惧症，他用英语问了两遍。

接着我们出发，他走在前面。茱莉亚娜没跟着我们，她和其他男孩一起留在入口。我爬了几级梯子，问她："你不来?"

她抱着双臂，眼睛亮闪闪的，或许只是光照的。

"他想跟你说说话，"她说，"这是他要求我的，所以你去吧。"

然后她转过身，我能感觉到她花了多大力气才和我说出那句话，她花了多大力气才能去机场接我，和我共用一张床，然后在同一台车上待了十个小时，所有这一切都是为了带我来到那个我们默默争夺了很多年的男人身边。我对她产生了一种负罪感。

在梯子尽头，光线很差，但能看到一扇金属栅栏门，标志着岩洞的入口。我们距离冰面几步之遥。乔纳斯让我穿上羊毛袜、铆钉靴子和头盔，他把装在头盔前的手电筒也替我打开了。他还加了一件毛衣。我已经很热了，但他强迫我穿上，里面的温度接近零度，很快我就会意识到这意味着什么。

入口是最难走的一段，但我还不知道。需要爬上一块光滑的岩石，然后匍匐通过大约半米的裂缝。乔纳斯在我前面，让我看着该怎么做，但我还是试了五次才过去。

后来我不得不弯腰在隧道里前行。我觉得自己已经缺氧了，心脏像失控了一样加速跳动。也许我的感觉不是真的，也许我有幽闭恐惧症。我记得贝恩带我去塔楼的那晚，黑暗的台阶和恐惧让我恳求他带我们快点离开。

冰很坚固，光束揭示出困住我们的洞穴的形状，彩色的鹅卵石在结晶层下闪闪发光。

在隧道的下坡，乔纳斯告诉我要抓住绳索自己往下滑。他会帮助我着陆的。有一瞬间我的手臂拒绝放开，但我听到他鼓励的声音，声音非常遥远，我强迫自己继续往前。

最后，我发现自己进入了一个空间，一个巨大的裂缝，地面都结着冰，还有黑色的岩石悬在我们头上。乔纳斯嘱咐我小心，不要撞到散落在各处的石笋，有些只有几根手指那么高，有些竟能达到我额头的高度。他说它们花了数百年的时间才形成，但是只要一脚擦过就足以打碎它们，我必须精确地复制他走过的路线。

一开始我迈着很小的步子走，直到我足够熟悉光滑的地面。我们穿过整个空间，从一个岩洞口进入另一个岩洞口。我转过头来衡量它的大小：比第一个小，这次没有能看见的出口。它看起来像是岩洞的尽头了。

乔纳斯举起一只胳膊，指着我们面前的东西，在上面，这时我才发现一条狭小的水平裂缝。

"他在那里。"

他把手圈在嘴边，喊着贝恩。他的名字在狭小的空间无尽地回响着。

回声还没有结束，贝恩便回答："在这儿。"

我再也克制不住自己，无法抑制的泪水充斥着我的眼眶。在那之后，之后的很长时间里，我都记着那一刻，后来我想，我滴落的泪水大概加厚了那片永恒的冰层，但在当时，我什么都没想。在那一刻，只有岩石另一边的贝恩，那岩石的厚度是我无法想象的。

乔纳斯协助我向裂缝爬了几米。他指着一块石头让我坐下，再往高处爬对我来说几乎是不可能的，但从那里贝恩能够听到我的声音，只是我得大声说话。他留在下面，而不是冒险让我一个人待着。

"贝恩。"我说道。

没有人回应。乔纳斯让我大声点。我重复叫着贝恩的名字，几乎是在嘶吼。

"你来了。"不一会儿，他回答道。

我感觉他似乎是在比我低的地方，因为他的声音是那么遥远、低沉，但或许我的感觉并不对。现在我该对他说些什么呢？

然而这时贝恩说话了："你来得很及时。我知道你一定会来的。我不可能再也听不到你的声音。"

"贝恩，你为什么不从那后面出来？回来吧，我求你了。"

寒冷让我喘不过气来。洞穴内的空气厚重，令人难以呼吸。

"噢，特蕾莎，我想出来，但怕是已经来不及了。我没办法爬出来。我掉进来的时候应该是摔坏了哪里，我觉得是胫骨。我的一根胫骨应该已经断了，而另一边的疼痛时隐时现。有几个小时我甚至已经感受不到疼痛了。"

"会有人来接你的。会有人进来接你。"

乔纳斯在某个黑暗的地方。他关掉了头盔上的灯，或许是为了营造出一种只有我和贝恩两个人的幻觉。

贝恩似乎没听到我说话。

"这边有一堵又高又光滑的墙。就像一块纯银的板子一样，上面挂着一层非常薄的水滴。几乎就是一面镜子，当光以某种特定的角度照过去时，我能分辨出我头的轮廓，尽管手电筒的电池已经撑不了多久了。特蕾莎，我多么想你也能够看到这种奇观啊。

你知道我会怎么做吗？我会假装我隐约看到的脸是你的，而不是我的。你也会为我这么做吗？"

"当然。"我低声说着，但这样他听不到我的话，所以我冲他喊道。

这大概是世界史上最奇特的告别，那些我们原本会窃窃私语的话现在被迫需要喊出来。

"看看四周，选一个形状，选一块像脸的岩石，像我的脸的岩石。"

我把洞穴墙壁上的石头看了个遍，疯了一般，除了那个恐怖的地方的边缘、尖角和凸起，我什么也看不出。

贝恩沉默着，他给我留了时间，随后他问道："你找到了吗？"

"是的。"我说谎了。

"好，这样现在你就可以看着我了。你可以听到水滴的声音吗？如果我们沉默地待一会你就能听到了。它们就像是一个个音符，像是木琴轻轻敲打出的音符。但我们得关掉手电筒，因为这样我们的想法就不会被看到的东西扰乱。特蕾莎，这些眼前看到的东西总是抓走了我们所有的注意力。嘘，你听。"

我照他说的做。我拧了拧手电筒，熄灭了光源。洞穴彻底陷入一片漆黑，那种绝对的黑暗是我从未经历过的。

过了一会儿，我听到水滴的滴答声。有些滴答声听上去很尖锐，像是鼓槌，另一些则发出有着规则间隙的音符声。不断有新的水滴声加入，我的大脑似乎已经慢慢习惯去捕捉这些声音了，就好像我的耳朵将水滴声从沉默中夺了过来。最后声音变得饱满起来，就像是一场有上百种乐器演奏的音乐会，我觉得仿佛又看到了新的水滴，这是我以前从未有过的感觉，一种整个宇宙都环绕在我周围的感觉。

"你听到了吗?"贝恩问道，现在相比那些水滴声，他的声音像是在咆哮，"这种奇观只有上帝能创造出来。"

"贝恩，你又相信上帝了吗?"

"全心全意地相信。我从未真正停止相信过，即使现在事情已经完全不同了。我全身心地相信上帝，从里到外。我不应该再做任何挣扎。你听过那句话吗，特蕾莎?'我从你手中逃了出来，但还是落在了你手里。'你知道吗?"

"不，我不知道。"我心碎地说着。

"那是切萨雷最喜欢的话之一，当我们惹他生气时他就这么说。有时候我们是故意这样做的。而他只是假装没有发现，当然他也肯定知道我们会再次回到他身边。每当那时，他就会在我们耳边低语:'我从你手中逃了出来，但还是落在了你手里'。"

在每句话之间，他常常要停顿很久，好像接不上气。

"跟我讲讲小农场吧，特蕾莎。求你了。你想象不出我有多么想念那里。我在这个山洞里没有什么别的念想，除了见到你。还有小农场。跟我讲讲你离开时的样子吧。"

"无花果熟了。"

"无花果。你摘了吗?"

"我把能摘的都摘了。"

"那栎树呢? 你治好它了吗?"

"是的。"

"真是个好消息。我之前一直都很担心。然后呢？跟我说说其他的事。"

但我已经哭到无法再跟他说些什么了，我的喉咙哽住了。

"石榴树也结出了很多果实。"我朝着那个裂缝嘶喊。

"石榴树，"他重复道，"那还得等一阵子，至少得等到十一月。但你了解那棵树。收成非常好，成熟前一周果实会自己裂开。过去切萨雷常这么说。他说石榴树的根部有问题，也许是因为附近种了胡椒。但我不确定是不是果真如此。第一股寒流来的时候你得包好它。"

"我会的。"

"你知道我最喜欢的是什么时候吗？我们散步的时候。临近黄昏，当我们结束一天的工作。以前我总习惯在你走来走去的时候，坐在板凳上等你一会儿。接着我们会一起去小路上散步。越过栅栏，我们通常会往右走，尽管并不是每次都往右走，有时候我们也会往左走。但我们从未犹豫过。我们总是知道该往哪边走，就像之前已经做好了决定一样。西垂的太阳把我们从头照到脚。我还能感觉到它，你知道吗？那光线很微弱，但我仍然能感觉到它。如果无花果成熟了，我们也会从别人的树上摘果子。因为实际上所有的无花果都属于我们，难道不是这样吗，特蕾莎？"

"是的，贝恩。"

"所有的东西都属于我们。树木和风干的墙，还有那片天空。那片天空也属于我们，特蕾莎。"

"是的，贝恩。"

我所能重复的唯一的话就是："是的，贝恩。"因为我的思绪有些恍惚，那一刻我已经没法再听他说话了。

在包裹着我的一片漆黑中，乔纳斯说到离开的时间了。我假装没有听到他的话。他怎么能这样说走就走呢？他怎么能打断我们的对话，留下贝恩一个人呢？但我知道我坚持不了多久，我的脚在冰冷的靴子里冻得僵硬。我的手指已经没法动了。

"我得问你件事，贝恩。关于尼科拉的。"

他沉默了一会儿，接着缓缓说道："你说大声一点儿，我听不见你在说什么。"

他是真的没听清我在说什么吗，还是只想让我重复一遍？或者他已经看出来我的勇气正在慢慢消磨殆尽，他还是那样，比任何人都更了解我。

为了不让他假装听不见，我又喊了一遍，我的喊声在岩洞里产生阵阵回音，每一声回音都加重了我的疑心。"我想知道关于尼科拉的事。贝恩，是你做的吗？"

我能想象出黑暗中他狭长的眼睛，他的表情。我不需要寻找任何一块跟他相像的石头，因为我已经把关于他的一切都刻在了心里。

"我很想跟你撒个谎，我想跟你说那不是我做的。但是我跟你保证过，我不会再骗你了。"

"贝恩，你为什么要这么做？"

"有东西推着我的脚朝他踢过去，那个东西很大。尼科拉的头在石头上面，那股力量抬起我的脚朝尼科拉踢了过去。上帝阻止过亚伯拉罕，但是在橄榄园里，上帝并没有阻止我。那个时候上帝并不在那里，是撒旦，是他抬起我的脚踢向尼科拉的头。特蕾莎，我很想告诉你这一切都不是真的，这是我最想做的事。"

"我不明白，他是你的兄弟。"

"他……你们两个……"

"那不是真的，贝恩，不是真的！我只有你。"

"但是尼科拉已经说了。"

"他说了什么？"

贝恩又沉默了。

"贝恩，他说了什么？"

"是他把叶子给维拉丽贝拉的。他摘下夹竹桃叶子，放到她手中。他这么做就是为了保护自己。"

"什么叶子？贝恩，你在说什么？"

"特蕾莎，有时候我们自己也会迷失方向。"

远处乔纳斯的手电筒亮了起来，他正在朝我走来。"我们得走了。"他说。

"不，我不走。"

"我们必须得走了。"

他拉着我往外走，出去的路更难走。因为又冷又痛苦，我已经到了崩溃的边缘。我试着把脚踩在乔纳斯指的凹陷处，但是我的靴子已经没有抓地力了。我什么都感觉不到。我滑了一跤，乔纳斯拉住了我。他说我们得快点离开，我的体温太低了。

岩洞里又一次传来贝恩的声音："你还回来吗?"

我告诉他是的,我还会回来的。这之后我们穿过岩洞往外走,在细细的冰柱之间穿行,沿着斜坡往外爬,屈膝从隧道中穿过。乔纳斯好像怕我会消失一样,一路上都拉着我的袖子。

接下来的事情我都不记得了,当我醒来时,已经躺在熔岩营地的一块大石头上,身上还盖着两条被子,头顶是跟昨天一样的明亮的夜空。茱莉亚娜从高处看着我。她说我在爬梯子的时候失去了意识,差点滚下去。

当我能坐起来的时候,他们给我喝了一点咖啡。过了半个小时,可能还不到。

"他会死吗?"我问。

茱莉亚娜移开了目光。她又往热水瓶里倒了些咖啡。"再喝一点。"

"这几天他是怎么坚持下来的?"

"他有很好的装备,有食物,有水。这些足够他在里面生活一个星期。而且贝恩的意志很顽强。"

"但是你们为什么不把他拉出来?"

"没人能进去。就算有人能进去,也不知道怎么把他拉出来。"

"他们可以砸开岩石,打出一条通路。"

她眼神一暗:"岩洞是保护区。"

"但是贝恩在里面!"

茱莉亚娜抚摸着我的脸,她的手冰凉又粗糙。"你永远都想不明白,是不是?"

在那个漫长的黄昏里，我们和两个男生一起回到湖边。我觉得回来的路比去的时候要短。

他们在导游住的房子里给我留了一个房间。房间没有装饰，就像病房一样，叠好的羽绒被放在床上。晚饭的时间已经过去了，茱莉亚娜说没有一家餐馆还开着门，但是一楼有自动售货机，如果我饿了，售货机里有吃的。

为了驱寒，我冲了好长时间的热水澡，我觉得寒气已经渗进了我的骨头里。当我出来的时候，房间里充满了白色的雾气。我甚至都没有力气去行李箱里拿一套干净的内衣换上，直接就裹着羽绒被睡下了。

那天晚上我梦到了小农场。梦里小农场的门上了锁，我进不去，但是我知道贝恩就在我们的房间里，他正在床上睡觉，我在院子里喊他，但是他没有回应我。忽然，从打开的窗户飞出一块鹅卵石。我从地上把鹅卵石捡起来，然后扔了回去。或许贝恩已经想好了要用这样的方式和我交流。之后石头就一块接一块地从窗户飞了出来，石头越积越多。接着下起了雨，雨水夹着冰雹砸向灰蒙蒙的大地，瞬间就淹没了房屋和田野，我仿佛置身于无尽的沙漠。

早上我们回到了熔岩冰洞。昨天守在岩洞外的两个男孩只去了一个。他坐在前面，一直和乔纳斯聊天，会用那种有很多喉音的可恨的原始语言。有时候他们会笑起来，但是很快就止住，好像觉得在我面前这样笑是不得体的。

早饭的时候，茱莉亚娜走过来。在放下那份可怜的饭菜之前，她问我是否想一个人待着。我跟她说坐吧，但是语气很冷淡。吃饭的时候我们随意地聊了一些无趣的东西，聊到对我们意大利人来说，现在这个时候吃烟熏鲱鱼是多么难以想象的事情，即使她已经在这里住了好几个月，仍然难以置信。

在吉普车里我们重新聊了起来。我问她为什么来冰岛，为什么去那个岩洞，为什么去那个难以到达的岩洞裂缝。

"因为卡洛斯的话。"

"谁是卡洛斯？"

茱莉亚娜往下拽了拽衣服袖子，直到把手指都遮住。

"一个巴塞罗那人。离开弗莱堡之后，我们去了巴塞罗那。在那里我们和一个组织取得了联系。"

"什么组织？"

"大杂烩组织，一些独立主义者，穿一身黑的那种游行示威者，正在等待时机展开运动。我们是开着租来的车去的，我们以为被跟踪了，所以就一直往前开。幸运的是，我们没有遇到任何阻拦。但是我们并没有在那里逗留太久，因为我不喜欢那个地方，贝恩甚至比我更焦虑，他的不安爆发了。"

她把腿伸到座椅下面。我盯着她的腿看了几秒。

"他不肯走出屋子。'外面的一切都病入膏肓了，'他说，'你看不到吗？你看不到我们把世界破坏成什么样子了吗？'这些事情我们已经讨论无数次了，但是现在他又有了别的想法，我并不能完全理解他的想法。有一天他开始讲他和他的兄弟们在树上睡觉的事情。

"他说服他们留在外面看流星。他盯着黑暗的天空，感觉到有什么东西悬挂在自己头上。他讲得非常详细，尽管我觉得他说话时已经变得不像他了，但那一刻我能感受到他内心充盈的爱。他不仅爱树木，还爱所有人和所有事物，这份爱让他不能呼吸，让他窒息。听起来很疯狂吧？"

我并不觉得疯狂。这是我听过的对贝恩最确切的描述。可见茱莉亚娜是真的爱他。但我不再因此而难过。我接受了它。

"总之，这个加泰罗尼亚组织的一个负责人找到了我们，这是一个突破口。这个名叫卡洛斯的男人曾在北极的绿色和平组织的船上工作过。他们聊了很久。贝恩很着迷。正是卡洛斯第一次提到了人类世。"

"人类世？"

"就是我们生活的地质时代，这个时代里行星上的一切，每个角落，每个生态系统，都因为人类的出现而发生了改变。我在其他地方已经听过这个概念，但贝恩没有，对他而言这就像一个新发现。在接下来的几天里，他没有谈论过任何其他事情。他开始希望至少能发现一个例外：或许还存在一个没有被人类发现和破坏的地方，一个纯净的地方。"

"因为这个你们来到了这里？"

茱莉亚娜傲慢地看了我一眼。

"冰岛与这种纯净恰好相反。几个世纪前，维京人砍掉了岛上所有的树。从某种意义上来说，冰岛是人类世的最大成果，尽管人们来这里是为了寻找未受污染的空间。卡洛斯就是这样。他说'冰岛'的时候，就跟说'亚马孙雨林'一样，贝恩简直把它当成了通关密语。我们来到这里是为了找寻一个例外。钱很快就用完了，才两个礼拜不到我们就一贫如洗。我们在峡湾的农场工作了几个月，一个非常偏僻的地区。"

一种嫉妒油然而生：贝恩和茱莉亚娜在一座彩绘金属板房子里面，被雾气包裹着，里面温暖，外面寒冷，他们之间的性事。我尽可能不去想那个画面。

"冬天过后我们搬到了湖边。我们遇到了乔纳斯和其他人。因为旺季他们需要更多的工作人员，什么都肯干的人。他们组织的旅行有时很危险。但是贝恩仍然坚持他的计划。我们和乔纳斯一起参观了岛上最偏远的地方，但事情并不顺利。仅就我们还能够抵达这一点来说，就是不够标准的明证。直到我们发现了岩洞。"

"但是岩洞也是能够进入的，那儿甚至有道金属栅栏门。"

"到你走到的地方是可以，但没有人去过下面的空间。人们知道它的存在，但是进去实在是太危险，困难了。"

"于是贝恩决定要做第一个。"

"也许是最后一个，看看现在这情况。"

"为什么没有人阻止他呢?"

茱莉亚娜飞快地瞟了我一眼，然后又看向外面。

"这些男孩子当中的每一个都希望去做他做的事。他们想要发现那里有什么，至少他们会成为发现中的一部分。由于研究过熔岩冰洞内部的气流,他们确信在里面存在一条出路。就在熔岩营地。"

"所以贝恩可以找到出来的方式?"

"如果他的一条腿没断的话,也许。现在不可能了。"

我们沉默了一会儿。我们行驶在路况最糟的路段,吉普车从减震器上弹了起来,但这一次,猛烈的晃动并没有让我感到惊讶。

也许是为了打破降临在我们之间的那种令人痛苦的预感,茉莉亚娜说:"在这条路上游客们玩得很开心。有些人会开始尖叫,好像在游乐设施上一样。贝恩也喜欢。他对在岛上看到的一切都很感兴趣。当他最后一次进入岩洞时,他笑了。尽管他知道也许没有好结果,尽管他陷入神经质和决绝之中。但我从没有见过他那么幸福。也许只有在你们的婚礼上。"

直到现在我也不确定茉莉亚娜是不是为了让我开心才这么说的,但那时我选择相信她。

"神经质?"

"他减掉了近二十磅。那里可能连一个孩子都过不去,更别说像他这样的成年人了。但他确信他能做到,他是对的。几个月里他一直在练习一系列的动作、必要的柔术。我们已经测量了每个山口的尺寸,每一处突起和不规则的地方——只要是用手电筒可以看到的位置,他还制作了完全相同的石膏模型。他把它放在房子后面的院子里。现在还在那里,重达一吨。从房间我能看到他的训练。"

"从你们的房间?"我打断她,我没能克制自己。

"从我们的房间，是的，"她用疲惫的声音说，"他好像正在练习一种武术。他在笔记本上记录下一切。当他不训练的时候，就盘腿坐在草坪上，好像在冥想或祈祷，等待着身体最后的脂肪分子融化掉。禁食对他来说没有压力。有一次他告诉我他舅舅在年轻时连续禁食了一个月，所以他可以轻松地继续下去，每天喝一杯蔬菜汁，吃一些水果。让他吃其他东西是不可能的。"

"为什么？"

"他在食物中都看出了人为操纵。晚上，他列出人们是怎样改变自己周围的环境的，包括食物。"

"他总是专注于这些事情，"我说，"至少从他认识丹科起。"

"你也是。"我想要追加一句，但我没有那么做。那是多余的。

"也不是，"茱莉亚娜接着说，"他现在不吃番茄，因为在人们把番茄带到冰岛之前，这里是没有番茄的。遗憾的是，在人们把食物带上岛之前，冰岛压根没有任何可以食用的东西。因此他只喝些当地青草榨的汁。如果是我做饭，我会悄悄加些肉。我确信如果他发觉了也会假装什么都没发生。他变得格外温顺。你能感觉到你可能会伤害到他，只是一句不合时宜的话就足以摧毁他。这不仅是因为他变瘦了。但当他做好了进到那里面的准备、完成所有训练之后，在我和乔纳斯为了保暖一起给他穿上足够多的衣服之后，在为了帮助他在岩石间滑行给他抹上鱼油之后，他很幸福，他笑了。"

那天茱莉亚娜还是留在外面等着。也许在我到达之前她已经和贝恩道过别了，之后我不会问她了。还是乔纳斯陪着我。我灵活了一些，到达岩洞底部只花了一半的时间。我坐在平坦的岩石上，在那间有回音的荒谬忏悔室内，我呼喊着贝恩。

他只回答了我第三次或第四次的呼喊，我的心已经因为恐惧而失控了。他的声音更微弱、更遥远了，好像昨晚他又沿着冰坡滑下了几米，我想象着他被黑暗包围。

他没有立刻叫出我的名字，他说的第一句话是："好冷。"

我问他能不能试着动一下腿站起来，但他没有回应，好像有什么他更在意的东西。他说："这不是我一直想要的冒险，特蕾莎。我想要的是跟你一起去冒险。"

但那不是他在说话。贝恩不在里面，是个幽灵在以他的口吻说着话，他的声音回荡在那个满是冰和石头的岩洞里。

有几秒钟的时间，我只听得到"滴答滴答"清脆的水滴声。最后他大叫了一声："原谅我！"那是他说的最后一句话，是最后能够攀上岩峰，穿过石缝，然后传入我耳中的声音。仿佛仅仅为了发出这一声，他坚持了一个晚上和一个上午。

后来我一遍遍地呼喊着他，不知叫了多久，直到我旁边出现了一束光，直射进我的眼睛里，然后有两条胳膊从后面抱住了我，可能是乔纳斯以某种方式把我从那里拖了出来。

那天上午茱莉亚娜中止了游览活动，但由于正值夏季旅游高峰，下午便恢复了原先所有的活动。大约三点的时候，一队十几个人的旅游团来到了这里。我看到他们每个人都戴着安全帽，抱着长筒靴，一个挨着一个地穿过熔岩营地。他们知道那下面有个人吗？有个垂死的人。

茱莉亚娜留在我身边，有个导游在讲解参观岩洞的注意事项，我前一天已经听过了同样的讲解。我觉得他好像时刻注意着我，防止我做出什么不当的行动。但我所做的就是在他停止讲解的时候，靠近他问，我能不能跟旅游团一起进去。乔纳斯过来了，他温和地跟我谈了谈，但态度很坚定。去找贝恩的是另外一个小伙子，应该是他的员工。如果贝恩有回应，他会再带我进去一次。

时间过得如此漫长，一个小时过去了。我用小树枝的尖头在地上挖出一个水洼，然后把它填上了，接着又挖了一个更深的。当导游从金属梯子顶端再次出现的时候，他没看向我，又一次看向了乔纳斯。他摇了摇头，我明白了贝恩没有回应。

我们回到吉普车上。我坐在最后面。整个行程中，我都暗自对那些游客怀有一腔怒火，对他们的愉悦和厚颜无耻感到愤怒，他们传递着一块巧克力，竟然也递给了我。没有任何意义，他们毫无触动，他们感觉不到我的怒火。茱莉亚娜坐在我旁边，但并没有给我带来安慰。

现在我已经没有任何理由再待在冰岛了，但我将回程的机票改了又改。总之，我在房间里待了两个星期，一直看着外面平静的米湖。我给爸爸打了个电话，让他去小农场照看一下菜园和其他的事情。我不能告诉他我在哪里，也不能告诉他发生了什么，但他听到我在电话里痛哭不止便知道了事情跟贝恩有关。他答应我当天就出发去农场。我说等他到了那里就告诉他该做什么。

我没有再回到岩洞里去。每天早上我都穿戴整齐，好像要进去一样，我会去吉普车出发的地方，但每当游客们开始聚集过来，看到在这严寒之地充满热情的年轻情侣、洞穴爱好者、无论如何也无法挤进岩洞的超重女人，我就会瞬间失去勇气。我感觉自己是个局外人。于是我走向乔纳斯或者轮班的导游，提醒他再进岩洞里叫一叫贝恩。最后甚至我都没必要再跟他们说话，他们向我作出一个保证的手势，让我耐心等待。我觉得他们很快就不再去叫贝恩了，但我只能强迫自己相信事情并非如此：除了继续坚持，我也做不了什么。

我不清楚乔纳斯对于贝恩和茱莉亚娜为何会来到这里知道多少，但他终于不再坚持去通知当局贝恩已经去世，好像他感觉到了那个冒险进入岩洞禁区的男人确实存在，但不存在于外面的世界。好像他感觉到了，除了我，不会再有人来求他去找那个男人。

为了活下去，我沿着湖边走了很久，上午顺着一个方向走，下午就反向走。一般我是独自漫步，但有时候茱莉亚娜会陪着我，至少刚开始的那几个小时她会留下来陪我一起走走。我俯身去看水里有没有鱼，但一条都没看到，只有水藻摇曳着拍打湖岸，然后便是迅速坠入黑暗的湖底。

离开的前一天晚上，有人敲打房门把我惊醒。我仍躺在床上，毫无把握，疑心自己是不是在梦里，但紧接着又一阵敲门声响起。我起身拉开了门闩。是茱莉亚娜，她裹着很多外套，穿着橡胶底靴子。

"你穿上些衣服，然后出来，快点儿。"

还未等我问她为什么要这样做，她就已经跑下铺着绒地毯的楼梯。我穿上牛仔裤和羊毛衫，羊毛衫是在当地买的，用来在那段时间里御寒。

所有人都聚集在草地上。乔纳斯指着上面。天空中悬挂着闪着绿光的光幕。

"从未在这种季节看到过这种景观。真是奇迹。"

所有人都拿着手机，寻找着最好的视角拍摄，激动不已，虽然毫无疑问我才是唯一一个第一次看到这样景观的人。绿光好似从地平线的某处发出，然后烟雾一般在空中飘散开。

"好像是特意为你出现的。"茱莉亚娜说。当她这么说的时候，我也相信确实如此。

我没有问她，也没有问乔纳斯绿光是不是从岩洞的方向发出来的，因为我确信如此：那股能量是从熔岩营地中间的火山口散发出来的。

他们一个接一个地看倦了，便回到屋里。最后乔纳斯和茱莉亚娜也走了。绿光还在空中，如此缓慢地变幻着，让人难以察觉它在移动。我回到房间，把塑料窗帘拉了上去，还能看得到。早晨当我醒来的时候，极光已经消失不见了。

在机场出发前，茱莉亚娜和我吸着同一根烟，我并不想那样做，但我想让那一刻再久一些。

"你会留在这里吗？"我问她。

她看了看四周，好像要当场做决定似的。

"现在我还想不到有别的地方可以去。你呢？回农场吗？"

"现在我也想不到有别的地方可以去。"

她对着我笑了笑，把香烟点着的部分碾碎，然后把烟蒂放进了口袋里，那个滤嘴要好多年才能分解吧。任何事物都有终结的时候，迟早会发生，即使是我们共同拥有的那份痛苦。

"或许哪天我会出现在你那里。"她说。

拘谨地贴面告别后，我就进了机场。回头的时候，我只看到了玻璃门，没再看到她。

我的口袋里还留了些硬币。我又去逛了逛纪念品，它们还跟我第一天来的时候看到的一样，随处可见。我买了个小精灵的塑像，是个拄着拐杖、满脸皱纹的小老头，正一脸讽刺地看向一边。

在飞机上，我感觉到有双眼睛从座椅间一直盯着我，是个三岁的孩子，也许四岁吧。我也看着他，然后他把脸藏了起来，几秒钟后他又回来看我。我们就这样玩了一会儿：他的眼睛又看了过来，我假装没看到，然后突然转过来盯着他，他又受惊又开心地躲开了。当我玩累了，他还不尽兴，站在座椅上转向我。他刚露出头，便向前探出身体。他妈妈企图拦住他，但他躲开了。我们互相模仿着对方，直到我伸出一只手，他抓住了我的食指，这个动作引得他大笑。最后他终于满意了，转回去坐了下来，再也没有转过来。下飞机的时候，他从妈妈背后向我挥了挥手告别。

八

　　每天早上，在小农场，爸爸都一遍遍地说："这里不再需要我了，我最好还是回到你妈妈那里去吧。"但是一天天过去了，他还留在这里：他得帮我摘西红柿，门轴也需要修，有时候他还想用随手捡来的木头打一把充满艺术气质的椅子。我跟他讲了在冰岛发生的一切，讲得杂乱无章，连自己都惊讶于我讲的那些奇怪的事，甚至怀疑自己所说的话。但是爸爸一直在倾听，最后把我紧紧地搂在怀里，我倚着他痛哭流涕，这样的事在我印象中从未发生过。

　　一年前他退休了，提前退的，因为经济危机缩减了公司的订单。电话里妈妈开诚布公地跟我说了她的抑郁症。我想，这首先是因为父亲待在小农场，迟迟不肯离去，我内心中总有一部分还是相信，他这么做是为了离我近些，仅此而已。这是我们一起在奶奶家度过好几个夏天之后，第一次单独在一起。

　　白天越来越短，黑夜迫使我们停下手头的工作，我们一起做饭。晚饭后，我们早早就去睡觉。失望和沮丧在卧室里等着我，日复一日，但是我知道，父亲就在同一条走廊的另一间屋子里，甚至透过虚掩的房门我都能听到他在打呼噜，那声音曾经让我难以忍受，而现在却被我视为救命稻草。于是我想起贝恩在冰岛幽暗的熔岩冰洞里对我说的："我从你手中逃了出来，但还是落在了你手里。"这同样也发生在我们身上，我和我的父亲。

当他真正离开的时候，我已经做好独自生活的准备了。我把他送到布林迪西，他说："你得通知他的父母。"

"我不确定。"

"他们毕竟是他的父母。"他又强调了一次，好像这就足以驳回所有的反对。

又过了几个星期。并没有什么人来看我，除了一些工作上的预约：周一和周四送菜，日常维护的预约，以及隔天下午来帮忙的人。夏天的尾巴非常温和，秋天还没有到来，茄子的植株却好像在不停地生长，都快要像小树一样了。我几乎整天都待在户外，忙忙碌碌，并不觉得辛苦。劳动的时候，我就可以不想那么多，只考虑一些实际的问题。不过，有时我也会待在菜园里发愣，两眼放空。早晚总会有一些问题来烦我：现在会发生什么？我要从哪里开始？我才三十二岁，这意味着还有一大片时间的汪洋大海要去填满。我要一直留在这片土地上，承受四季的摧残吗？

我看到一辆车从羊肠小道上钻了出来，当时我正在工具房旁边整理木柴。来的这辆车我并不认识，只看到车的前脸撞了个坑。

我走过去，脱下手套，车停下来时，我认出了切萨雷。他向我招手。在他身边坐着他的妹妹，她没有跟我打招呼，而是径直走到我面前，向我伸出了那双柔软纤细的手，跟婚礼那晚一模一样。

"你们进来吧?"我说，"我看快下雨了。"

切萨雷张大嘴巴，深吸了一口气，就好像在品味和咀嚼空气一样。那是小农场的味道：我非常清楚他在寻找什么。

"我想先让你带我们四处转转。"他说，眼神中光芒四射，"是的，我想了解一切，如果你不介意的话。"

于是我带着他穿过这片曾经属于他的土地，我跟他解释这里的每一处变化，就像当初贝恩和丹科跟我讲的一样：水渠灌溉系统和滤水系统，以及长着各种香草的木墙和稻草墙。每一条信息都好像深深地吸引着他，他背着手听我讲，有时会评价一句："棒极了。"

玛丽娜跟在我们后面，她的目光四处徘徊，每次切萨雷鼓励她说说自己的看法，她都躲开了。

"你们让整个地方得到了重生。"最后切萨雷说，带着他标志性的肃穆庄严，这种感觉放在其他任何人身上都会让人觉得好笑。

我们坐在藤架下。他带着惊讶和迷茫，或者还有些怀旧的复杂心情，仔细看着印有世界地图的桌布，然后他用同样的目光看向我。

"我从没找到更好的替代品，"我说，"不过，现在应该到时候了。"

我端上一个凉水壶、一瓶打开的葡萄酒和一些烤扁桃仁。

"我收到了你的信，"切萨雷说，"我们收到了。玛丽娜非常感谢你能告诉我们这一切。不是吗？"他轻轻碰了碰妹妹的胳膊，她还是一如既往地羞涩，点点头。"那孩子是个干大事的人。但找到那个岩洞还是让我大吃一惊。"

"在尼科拉的葬礼之后，我没再去探望你们。我很抱歉。"

"真正的痛苦比千万种姿态更有价值，特蕾莎。比所有的通话和慰问更有价值。我了解你的痛苦，感同身受。"

他们没喝水，也没喝酒。我应该给他们的杯子里倒上的，但是我好像定住了一样。"弗洛里亚娜呢？"我问。

"哦，我的弗洛里亚娜。痛苦荼毒了她的心灵。我真想找到治愈她的灵丹妙药，但是我找不到。也许是耐心？时间？我无法想象我们还要继续这样长久地分开，你知道的。或许上帝能满足一个日渐衰老之人的祈求吧。"

他笑了笑。他说的都是真的，近几年的时光都刻在了他脸上，在他的额头和嘴边挖出几道沟壑，在他慈爱的双眸周围布满皱纹，发际线后退，一头中长发看起来并不像刻意留的，只是任它们像以前那样长长，就好像再没人提醒他要时不时收拾一下自己。

"你呢，过得怎么样？"他问。

我还没准备好坦诚相对："这儿有很多活儿要做。"

切萨雷默默点头，像是在想这回答是否能让他满意。

"你打算什么时候收橄榄呢？"

"我想十一月份开始吧。不过要是下大雨的话，可能就得提前了。九月的雨水对橄榄没好处，"一说完我就为自己的班门弄斧感到不好意思，"这一点你比我懂。"

"有一句俗语就是说这个的，"他皱紧眉毛，"不过我好像想不起来了。"

所有这些虚情假意的客套，这种好似悬崖边上的小心翼翼的交谈都让我感到难受，尤其是跟他。但是我们就这样继续着。切萨雷问我只用枝头采下的橄榄来榨油，还是也用掉在地上的。我跟他说那些掉在地上的我会卖给榨油坊。

"那你肯定能榨出质量上乘的橄榄油。"他说，然后我们就沉默了，很尴尬。我看到他把目光转向他的妹妹，像是要征得她的同意，于是我看到她紧张地张了张嘴。

"玛丽娜和我，"他用更加低沉的声音开口道，"我们来是想让你帮个忙。我们明白贝恩去世时的情况肯定不会允许他的尸体回到这里安葬。但是你也知道这对我们有多重要。下葬是唯一能让他的灵魂获得自由的方式，只有这样他的灵魂才能再去寻找新的归宿。你记得我们在这里埋葬青蛙的事吗？那是你第一次来小农场找我们。"

"记得。"

"那好，玛丽娜和我确信，贝恩也希望有一个形式上的葬礼，这是我们唯一能做的，要在这里办。你同意吗？"

"我们还不知道他是不是死了。"

"从你给我写的那些，从你信里表达的内容来看，我感觉是的。"

"不行，对不起。"我又重复了一遍，这一次非常坚决，不过我没再看他，而是看向了玛丽娜。

"灵魂困在一具失去机能的身体里，是一种巨大的折磨，"切萨雷坚持道，"它被囚禁在里面。"

"我知道，"我犹豫了一下，然后说，"但这些只是你的想法而已。"

不过他的话让贝恩的样子清晰地浮现出来，令人心碎，他躺在漆黑的岩洞里，已经折断的腿在冰面上弯成一个不自然的角度，脸上的皮肤僵硬，圆睁的双眼是那里的空气和岩石的颜色。贝恩不会再变好或变坏，永远不会。

"我们俩可以失陪一下吗，玛丽娜?"切萨雷站起身说道，"特蕾莎，请跟我来。"

"去哪儿?"

"来这么半天了，你还没带我去看栎树呢。我们去那边坐一下吧。"

我跟着他走过去。看着他走在前面，我发现他髋关节的问题更严重了，走起路来步履蹒跚。每次重心落在左脚的时候，都好像是整个人坠了上去。

我们坐在长凳上。切萨雷伸手摘下一片叶子，仔细看了看叶子的边缘，然后皱起眉，看向树干。

"我正在给它治疗。园艺师说它已经恢复了。"

"谢天谢地。不然可真是无法估量的损失了。"

他拿着叶柄摇了摇树叶。

"贝恩和最后跟他待在一起的那些男孩，"他说，"他们对树有一种特别的崇拜，不是吗？"

我点点头。

"我从报纸上看过些东西，不过我想我并没有完全理解。我想他们也没错，要是贝恩当初能跟我聊聊这些就好了。也许我们能达成某些共识。从前我们聊得挺好的，我和贝恩。他对于信仰问题非常有天赋，只是有些鲁莽。树木可以激发神圣的感觉，这一点我不否认，但是它们并不具备像我们一样的灵魂。哪怕它们繁盛而壮观，不是吗？仿佛上天的馈赠。看看我们头上。"

我照他说的做了，虽然我本就知道会看到什么，我知道这棵树一年四季的样子。

"你在对我隐瞒什么，特蕾莎。"

"没有。"我回答，不过也许我答得太快了。

我们陷入长久的沉默。我看向房子的方向。切萨雷轻轻地摇晃着上半身，前后摇着，那片树叶还在他手里。我觉得他在笑，但我不能确定。我越来越没有耐心了。

最后，他从一开始就期待的事情发生了。我的坦白在头脑空白的瞬间脱口而出，我缴械投降："是他杀了他。"

这是我第一次说出这些字，之前我甚至没有勇气跟父亲说。它们点燃了那个下午的空气。

切萨雷把一只手放在我的手上："可怜的特蕾莎，你不得不背负了多少重担啊。我知道你有多爱他们两个。"

他艰难地吸了几口气，然后说道："我真的认为我们的贝恩会希望葬在这里。"

我看着他，有些分神："你听到我刚才说什么了吗？"

"我听到了。"

"那你为什么还要操心为他安排葬礼？这是什么意思？"

他又抬起头，看向天空。他闭上眼睛，再睁开的时候仿佛满怀感恩之情。我清楚地记得他年轻时的模样，从他的身体里散发出高贵的智慧。

"因为他是贝恩，我的孩子。"

"可是他杀了尼科拉！那才是你的儿子！你怎么可能原谅他？"

"想想看，特蕾莎。如果我现在连原谅贝恩的能力都没有，那我教给你们的所有那些东西又算什么？"他思索片刻，接着又开始背诵，"'主啊，我弟兄得罪我，我当饶恕他几次呢？到七次可以吗？'耶稣说：'我对你说：不是到七次，乃是到七十个七次。'①七十个七次。我都还没开始呢，你看到了吗？我真的希望你能帮帮我。"

我强迫自己不再失态："他们知道那个岩洞有个出口，他们非常确定。也许他还活着。"

切萨雷专注地盯着我："你的这个希望打动了我，上帝一定会赐予福报的。现在我只请你考虑一下。如果一切都不会改变，如果你觉得时候到了。"

"为什么你们不自己办呢，如果这么重要的话？你们根本就不需要我。"

---

① 见《圣经·新约·马太福音》（18：21—18：22）。

"我觉得那不一样。你是他的妻子。比起任何其他人,他肯定更希望你能在场。"

"我们回去找玛丽娜吧。"

我没等他回答。我在他前面,向着藤架走去。

"准备好了吗?我们要走了。"切萨雷问他的妹妹。

她站起身来。像刚来的时候一样,她向我伸出了手,但这一次她还探过身来,亲吻了我的脸颊。

"我希望能更加了解你。"她喃喃地说。

我抓起装着扁桃仁的罐子,就好像急着要把它拿进去,然后我又傻傻地愣住,把罐子放回桌上。玛丽娜拿了一颗扁桃仁,放进嘴里嚼着:"好吃。"她说。

我把他们送上车。切萨雷系上安全带,发动了汽车:"再见,特蕾莎。"他摇下车窗对我说。

但我不想让他们就这么离开。

"贝恩还提到过夹竹桃的叶子。"

他皱起了眉头:"我不懂。"

"也许他只是迷糊了,但好像还挺重要的。是跟尼科拉有关的什么事。什么严重的事。"

他闪开目光,望向那边的橄榄树林。更准确地说,虽然我并不能确定他的目光投向哪里,但我感觉是向着芦苇丛,那片树林后面看不见的、窸窣作响的芦苇丛。

"他可能在说那个女孩。维拉丽贝拉。"

我的胃里又涌起了过去那种翻江倒海的感觉,有尴尬,也有害怕。

"维拉丽贝拉?"我慢慢地重复了一遍。

"她是个可怜人。而男孩们那时还那么年轻。从那以后贝恩就不一样了。我相信他跟你讲过。"

"当然……那是一定的。"

之后他们就走了。如果在这个世界上真的存在类似于启示的东西,对于我来说,就发生在那一刻,切萨雷的车消失在小路上,而他带来的磁场还充溢在空气中,磁场是在听到那个已经遗失的名字时出现的——维拉丽贝拉,这个名字在多年后又回来了,就像从地里突然冒出来的野草。这个名字,这个为我们的生活打了一个死结的名字,在我脑海里突然之间就清晰起来。

那天晚上我去找托马索。从冰岛回来以后我一直没去找过他。我也知道托马索有权利知道贝恩发生了什么,但我一直下不了决心去面对他。现在不能再拖延了:如果真的有谁可以一次性说清楚关于维拉丽贝拉的事,就只有他了。

雨最终还是下了起来。司机们对这场雨猝不及防,交通堵塞,我也被堵在刚进塔兰托市的公路入口。车窗外,右手边的湖面幽暗平静。我打开收音机,但是音乐让我很烦躁,谣言和广告也让我烦躁,于是我关上收音机,任凭自己被雨水落在车顶的巨大声响包围。

我把车斜着停下,打开双闪,挡住了一部分别人的车位。我应该只停一会儿,够我办事就行了。呼叫器上的名字大多是外国人的：斯拉夫人、阿拉伯人、中国人，六七个这样的名签围绕在一个标签夹的周围。中间是被撕得乱七八糟的一张黄纸条，用透明胶带胡乱贴着，上面写着的首字母是 T. F.。我按下按钮，托马索立即开了门，什么也没问。

我不知道电梯在哪儿，于是步行上楼。到了四层，延时灯突然灭了。右手边的门虚掩着，从里面透出一缕微红的亮光。听到里面有声音传出来，我向那扇门走去。四个男人围坐在一张铺着绿色桌布的餐桌旁，玩着牌。他们抽的烟形成一片烟雾。托马索突然出现在我面前。他手里拿着几张钞票，看起来有点狼狈。

"你来这儿干什么？"

"你给我开的门。"

房子里爆发出一阵笑声。其中一个人说了些什么，另外几个人的声音立刻就盖过了他的。托马索溜了出来。就在他闪身出来的一瞬间，再没有什么遮挡我的视线，我看到一个女人，她光腿穿着一条短裤，金色的头发披在背后。她像幽灵一样闪过那道门缝。

"你该走了！"托马索说。

"他们是谁？"

"关你屁事。几个人。"

"我看得出来是几个人。"

"我正在工作。"

"这就是你的工作？"

"你找我干什么，我能知道吗？"

他抓住我的肩膀，但这种接触让我们两个都感到局促不安，于是他很快收回了手。

"维拉丽贝拉。"我说，任由这个名字在他的脸上产生反应。

"不知道你在说什么。"

他突然间打开门钻了进去。就在他把门在我面前摔上的瞬间，我用一只手及时挡住了。

"告诉我发生了什么，托马索。"

"要是你这么感兴趣，就去问贝恩发生了什么。现在，滚吧。"

"贝恩死了。"

几个小时前，我还用尽所有力气在切萨雷面前否认这个事实，那天晚上，当着托马索的面我一吐为快。他眼睛里所有的光亮都在那一瞬间熄灭了。他微微低下头。

"你不要再来这儿了。"他低声说道。

我松开抓着门的手，他关上了门。我听到里面的一个人问披萨饼在哪儿，然后又是一阵阵的笑声。也许过一会儿托马索会来开门，他会问我到底是怎么回事，应该是他来恳求我进到屋里去。只用再等一下就好。我在墙上找了找走廊灯的开关。

过了几分钟，走廊的灯又灭了，我又按了开关。电梯启动了，有人停在楼上，能听到一串叮当乱响的钥匙声。我怎么会突然问他那是不是他在干的工作？我有什么权利这么问？这么久以来，托马索做的事根本与我无关，而且很有可能从来就与我无关。当走廊灯再次熄灭的时候，我离开了。

自从那次见面以后，我陷入了一种怪病。现在这么说我当时的状态，称之为一种怪病，好像是很自然的事，但是在那几周里，我觉得一切都是正常的。我常常看到贝恩。看得不是很清楚，他不是有血有肉地站在我面前，而是一种预兆，就好像每次我都处在就要看到他的血肉之躯的边缘。尤其是每当我开车回到小农场的时候。有那么一瞬间，就在刚要驶入小路的时候，准能看到他在院子里等我，歪坐在摇椅上，或者站着，背对着我。他的姿势每次都不一样，但是当他出现在我脑海里时，每个细节都异常清晰，随之而来的确定的感觉越来越强烈。当我走出一楼的卫生间的时候。当我在大棚里长时间弯腰劳作之后直起身来的时候。当一扇窗户拍在窗框上的时候。在每一个这样的时刻，我都毫不怀疑贝恩就在那儿。我心里默念，他在这儿，一点儿都不惊讶。如果说有什么让我惊讶的，那就是他没有很快走向我。但即便是这种失望也很微弱，就好像他只是迟到了，或者在其他什么地方，反正离得不远。

　　我一点儿都不害怕那些清晰的预兆。只是要当心不跟别人说起，一般情况下我也不跟别人打交道。到了十二月，我跟父母说不回都灵过圣诞节了。也许再过段时间吧，我对他们许诺。我应该表现得状态还不错，因为他们没有坚持。

　　我用四个灯环把栎树装点了一番，而这就是我为圣诞节做的全部准备工作了。尽管我对过节并不感兴趣，但在平安夜我还是陷入了与紧紧包围着小农场的悲伤进行的斗争。七点左右我躺在沙发上，黑暗从我躺下起就渗入房子，而我则在考虑自己能不能一动不动地躺在这里，直到明天，直到圣诞节过完，一切都回归常态。

这个时候电话响了，我没有急着起身，让它响了一会儿。

"是我。"一个声音传来，然后又含含糊糊地说了些什么，好像突然间将话筒远离了嘴巴。

"托马索？"

那边沉默了。

"托马索，怎么了？你为什么给我打电话？"

我听到他做了两次深呼吸："啊。特蕾莎。我希望没有打扰你的晚餐。"

他在开玩笑吗？栎树上的灯环发出的光一闪一闪地照亮房间里的物件。"一点也不打扰。"

"我也觉得。"

"你给我打电话就是为了嘲笑我的？"

"不。对不起。当然不是。"

呼吸声更重了，然后是喉咙发出的咕噜声。他再次把话筒远离嘴巴。

"我正在等阿达，"他清了清喉咙继续说，"今年的平安夜轮到我了。但我想我生病了。我就想，就是，你能不能来帮一下忙。"

这么说他是有求于我。在把我赶出家门以后，现在又需要我的帮助了。我停了几秒钟。

"怎么样？"他催促我。

我想表现出对他的敌意，但我做不到。他真的没有别人可以打电话了吗?

"我能来。"我说。

"阿达一个小时以后到。"

"我想我到不了这么早。"

"哦,那你就尽快吧。最好不要让她看到我这个样子。"

我摸黑穿上鞋和外套,拿起车钥匙。做这些事的时候,我碰倒了写字台上的笔筒,但我根本想都没想过去捡起来。在出门前的一瞬间我忽然想到,托马索也许还没给女儿买礼物。那个小精灵玩偶还放在那儿,从雷克雅未克回来就没动过,一直放在书架上的一个空格里。会吓到她吗?晚点儿再考虑这事吧。

我上到四层的时候,门是虚掩的,像上次一样,不过里面很安静。我小心翼翼地走进去。

"这边。"从房间里传出托马索的声音。

他半躺在床上,黑眼圈,蜡黄的脸。他想要抬起头,但面容扭曲。我注意到床下有一个塑料盆,也闻到空气中充斥的气味。

"你没生病。你喝醉了。"

"唉,唉……猜对了!"

他似笑非笑。一只狗蜷缩在双人床空着的那一边。它看着我,目光温顺。

"你在电话里为什么不说你喝醉了?"

"我害怕这么说你就不会同情我了。"

"我来不是因为同情你。"

"哦，不是吗？那你为什么来？"

"因为……"

我没能说下去。因为我们是朋友？

"真是个模范父亲，哈？"托马索说道，"圣诞节和烂醉的老爸。已经够呼叫社工了。科琳娜巴不得呢。"

他再次尝试坐起来，但是他头晕得厉害，差点儿滑到床底下，我不得不一把扶住他。

"待着别动！"我有点慌了，"我真不明白你到底喝了什么，喝成这副样子。"

"我犯了饮酒者的一切忌讳。"他把一只手掌按在额头上，好像要让什么急速旋转的东西停下来，"不要混酒，不要从高度酒喝到低度酒，不要空腹喝酒。尤其是，不要从下午五点以前开始喝酒。"

"你是从几点开始喝的？"

"六点，准确地说。不过是昨晚六点。"

我又听到他在打电话的时候也发出的那种笑声。

"我从没见过喝成这样的人。"

他小心谨慎地放下手，就好像拿开手的同时，在确认脑袋还留在身体上。"这么说我们是很久没有来往了，特蕾莎。"

他让我把他锁在卧室里。他不确信自己能在里面锁好门。我只得向他保证，阿达来的时候，任何情况下我都不会打开这扇门，哪怕她再哭闹着要进去也不行。

"如果她看到我这个样子，一定会讲给她妈妈听，而如果她讲给她妈妈……"

"是，我懂。她来的时候我得下去接她吗？"

"开门就行了。她自己上来，这样我和科琳娜就不用见面了。你在对讲机里什么也别说，拜托。开门，这就行了。如果她听到一个女人的声音……"

"可是她总会跟她妈妈讲这儿有一个女人啊。"

托马索一拳砸在床垫上："对啊。混蛋，简直一团糟！真他妈的糟透了！"

"别激动。"

他已经完全泡在酒里了，真烦人。他的眼皮颤抖着。我给他拿了一杯水，再把他关在卧室里，然后我尽量把客厅布置得舒适温馨。在那一晚之前，我总觉得家里堆满空酒瓶是影视剧里的夸张，但我真的从各种意想不到的角落里翻出好多空瓶子。美狄亚，那条狗，一直跟着我，是托马索让它跟我在一起的，他说有狗在能让小姑娘安心一些。

从对讲机的黑白屏上我看到阿达兴高采烈，想着就要见到爸爸了。科琳娜在她身后几步远的地方，只能看到她的腿。我按下了开门的按钮，什么也没说。

很明显，她允许阿达自己上楼，但不能坐电梯。我听到她的脚步声越来越近。她一开始在跑，不过现在慢了下来。我站在楼梯口，每次走廊灯熄灭的时候就重新按下开关。每次灯重新亮起的时候，她都会停下来，好像是为这个小小的奇迹感到吃惊。

她应该还记得我吧，哪怕只是很遥远的记忆。不，很可能不记得了。她出现在楼梯口，冰雪可爱，戴着一顶有绒球的羊毛贝雷帽，洁白的肌肤，但不是她爸爸那种，这一点我很确定。她的眼神里写满疑惑，在想自己是不是走错了门，走错了楼层，走错了楼，或是弄错了日子，有些不知所措。她准备转身下楼，我赶紧对她说："是这儿，阿达。别担心。"

她听到自己的名字，皱起小脸。

"我叫特蕾莎，你爸爸的朋友。他今晚不太舒服，有点儿发烧，所以我就来了。"

她还在犹豫：所有那些不要相信陌生人的叮嘱在她的贝雷帽下打转，与此同时，她又别无选择。

"我们见过的。"我说。

阿达慢慢地摇了摇头。

"不过那时候你还很小，大概这么大。"

也许是我的这个手势让她觉得可信，因为她终于松开了抓着楼梯栏杆的手，向我走近了一步。走进门，她看了看是不是爸爸的家，然后向托马索的房间跑去。她想要打开房门，但是没有用。

"他在休息。你晚点儿可以看到他，我保证。"

但是阿达对着门把手大发脾气，像所有孩子遇到打不开的门时一样暴躁。幸亏美狄亚从厨房出来了，来到她身边，叫了两声，任她抚摸，还用鼻子蹭了蹭阿达的脸。

我利用这一刻说："你想要给圣诞老人做点儿饼干吗？我们可以把做好的饼干跟牛奶一起放在窗前。"

她没有回答我，甚至没有给我一个和善的眼神。我曾经照顾过整整一班的孩子，而现在只有一个小女孩，缄默不语，却能让我尴尬得想死。她倒进沙发里，还穿着她的小大衣，戴着贝雷帽，看起来一脸失望。就在这时，从墙那边传来了托马索的呼噜声。我必须要做点儿什么，掩盖住呼噜声，于是我走上前，喋喋不休地说着圣诞老人，说他也可以从窗户进来，我甚至不知道自己在说什么，但我大声地说着，而以这种方式我竟然说服了她，因为当我停下的时候，她有点儿不一样了，平静下来。她说："我饿了。"

有事做了，太好了，这样我们就可以离开客厅，转移到厨房。我终于让她脱下外套。我打开冰箱和橱柜。那儿还有几个空酒瓶。

"橄榄油意面。这就是我们的圣诞菜单了。你觉得怎么样？"

阿达点点头，我甚至觉得看到她露出了一个微笑的表情。餐桌上，她吃饭的时候一直盯着角落里小小的圣诞树。时不时地，她把手伸到桌子下面，把一片面包皮喂给美狄亚。

两个小时后，阿达在沙发上睡着了，有节奏地磨着牙，我从口袋里掏出钥匙，打开卧室门。

"她睡了吗？"托马索问。

"睡了。我还以为你也睡着，或者说你已经死了。我有点担心。"

"我醒着。至于是否还活着，我觉得无法保证。怎么样？"

"挺好。我们一起做了饼干，画了画。"

"她是个很甜的小姑娘。"他说，就好像宿醉掏空了他。

"你得喝点儿水。我这就去给你拿。"

我把一杯水放在床头柜上。我帮他整理了一下被单和床单，然后我扶他起身，在他背后又垫了一个枕头。托马索好奇地看着我的手在他身边移动。"这可是我万万没想到的。"他说。

"我也没有，这一点你可以肯定。"

等他看起来好一点了，我直起身，从高处俯视着他："维拉丽贝拉。"

托马索闭上了眼睛："你就可怜可怜我吧。"

"我现在就可以去把她叫醒。"

"你不会这么做的。"

于是我大声叫了他女儿的名字，虽然不是最大声，但也足够真的叫醒她。托马索吓了一跳。

"闭嘴！你疯了吗？"

"维拉丽贝拉。我只跟你再重复这一次。接下来我就会去给科琳娜打电话。"

对我的怒火在他身上集聚，唤醒了他从前的力量。托马索在床单上握紧了拳头。

"好吧。"

"我等着呢。"

我害怕自己会随时失去这份决心。

"你把椅子搬过来。"他指着衣柜旁的一把椅子对我说，椅子埋在衣服下面。

"需要很长时间？"

"搬过来。看你站着我又开始头疼了。"

我走近那把椅子，抓起扶手上的衣服扔到地上，然后把椅子搬到床边。托马索又闭上了眼睛。

整个房间都包裹在一片寂静之中，只有美狄亚湿润的呼吸和隔壁房间里阿达轻微可闻的呼吸声。过了一会儿，什么也没有发生。托马索张了一下嘴巴，但是他犹豫了。也许那不是他想讲的开头。他所用的时间比我之前想象的多得多。

"学院，"他说，"真是个野蛮的地方。"

尾声

黑暗的日子

许多年前，奶奶对我说过，识人这件事，永远也没个头。当时我泡在齐腰深的泳池里，而奶奶则躺在躺椅上，她挠挠膝盖，看着自己的身体改变的样子。

"永远也没个头，特蕾莎。有时候最好就不要开始。"

那天下午我并没有听进去。那时我只有十八岁，受不了这些说教。妈妈就经常批评我，说我冲动又固执，愣头青，什么也做不好。但是奶奶的话一直活在某处。在托马索家度过的那一夜，是一个极其漫长的不眠之夜，一切仿佛都静止了，只有怨恨和不满，在那一夜之后，我经常会想起奶奶的话。

"识人这件事，永远也没个头……有时候最好就不要开始。"

关于人的真相。我想，奶奶指的是这个。我们永远也达不到确定了解某个人的那个点。关于贝恩的真相，关于尼科拉的、切萨雷的、茱莉亚娜的、丹科的，关于托马索的，还有关于贝恩的真相，一直以来，尤其是他。现在，我已经把他故事的空白部分都填上了，或者说"我们"故事中的空白，可是我能说自己真的了解他吗？我敢肯定，奶奶一定会说不，任何明智的人都会回答说不：因为关于人的真相，不管他是什么人，都不存在。

或者说，就算从托马索和茱莉亚娜，以及所有那些在我不在的时候有幸陪在贝恩身边的人那里知道了那些关于他的事，我所相信的真相依然一成不变，跟开始的时候一样，虽然我怕奶奶生气没有对她说，但我当时的回答，也是现在的回答，一直都是：我了解他。我当时是了解他的。除我之外，别无他人。

因为关于贝恩需要知道的一切，我都是在那个瞬间一次性获得的，当时他为自己犯下的可笑错误前来道歉，从他在大门对面投过来的第一瞥目光中，我知道了一切。关于他的全部真相都包含在他深邃却狭长的双眸之中，我看到了。

圣诞节的早上，我醒来的时候，托马索没在房间里，门关着。他那半边的被单卷作一团，枕头也对折放着。也许他半夜起来吐过了。冬日的光，布满灰尘，湮没整个房间。前一天晚上所讲的故事让我心里泛滥的喧嚣，如今也只剩下疲惫不堪的痕迹。

我听到了他的声音，然后是阿达清脆的声音，就在那边。还有什么东西撞击地板的声音，不止一下。门铃响了，他们出去了。一片寂静。我起床，卷起百叶窗。我触摸到的每一个物件的实体，都像什么新东西冲击着我。我打开窗，十二月的空气倾泻而入。

四层楼下，是人行道，科琳娜在那里，穿着乳白色的大衣。这种优雅很适合她。托马索和阿达出现在她面前，我看见他们在说话。接着托马索弯下腰亲吻了女儿。他直起身，有些冒失地向科琳娜探过身去。他们贴贴脸，然后她就牵着阿达走远了。

托马索回来的时候，我正在准备咖啡。

"我没让她跟你打招呼，"托马索对我说，"我觉得最好别让她看到你一早出现在这里，解释起来有点复杂。"

"你觉得怎么样了？"

"就好像有人砍掉了我的头，然后在给我装回来的时候装反了。"

的确，他看起来有点糟糕。他靠在厨房的料理台上。

"你送给她的那个小魔鬼让她很得意。"他说。

"那不是魔鬼，是精灵。"

"她跟我说起你。讲你们一起给圣诞老人准备的饼干。"

"我想，我干得还不错。不过饼干很难吃。你冰箱里连黄油都没有，你知道吗？"

我们喝了咖啡。我知道，该我了。不过我没有说太久，不像他那么事无巨细。我跟托马索说的，比在信里写给切萨雷的多不了多少。我跟他讲了岩洞上的那条缝，以及贝恩是怎么想方设法钻进去的，就好像他想让整个大地受孕，但是关于他和我隔着潮湿的岩层所说的那些话，我并没有讲。我也没有讲德国之行，没有讲贝恩的父亲，没有讲茉莉亚娜。

托马索脸上的表情没有丝毫变化，他没哭，最后也什么都没问。

这之后我去找我的包。我想起一句常说的玩笑话，关于像我现在这样一大早从一个男人的家里出来，不过由于某种原因，讲出口会让我们俩都难过。那种沉默是不该被捅破的窗户纸。在我们之间还隔着贝恩，他现在的缺席就像他曾经的存在一样，侵入到我们中间。

托马索问我午餐有什么打算。

"没什么打算，不吃了。你呢？"

471

"一样。"

在楼梯间，我想这也许是我最后一次见到他了，我最亲爱的敌人。

"谢谢你昨晚救了我，"他说，"我觉得应该报答你，但不知道该怎么做。"

我不想回家，所以我开始游荡。我穿过老城，从摇摇欲坠的建筑和荒芜废弃的院落间走过。我来到吊桥，走了过去。城里的酒吧和商店都关门了，一路上只有做弥撒回来的一个个家庭，有人手里拿着鲜花和装满礼物的袋子。我来到科琳娜家楼下，而我之前并没想过要这么做。远远地，我看了一眼窗口，玻璃上透出人影。我想她了，科琳娜，我想念她的声音和她锐利的笑容。也许有一天我会去找她。我慢悠悠地往回走，已经过了午饭的时间。我并不害怕孤独，只是觉得这样更容易。

等我走上羊肠小道，已经是两个小时之后了，我已经准备好见到贝恩惯常出现的预兆，但那一天，并没有发生。不管他的魂灵最近这几个月栖身何方，是在小农场周围的田野里，还是仅仅存在于我的脑海里，那个圣诞节的早上，他走了，而且可能再也不会出现了。屋里的每一样东西都跟前一天晚上分毫不差。从写字台上掉下来的钢笔散落一地，有的笔帽都脱落了。我捡起来，放回笔筒里。

关于托马索，我以为不会再见到他了，可是我错了。时隔几个月，是我去找他的。春天来了，我买了一大盆开花的绣球，把它移栽到光秃秃的院墙下，那里的树冠应该可以提供足够的阴凉。绣球需要很多的水，但我一直想要一盆，也许是我已经厌倦了院子的干枯乏味。况且，这也不会伤害任何人，不会让土质恶化，而且每次看到繁盛的白色花瓣组成的花球，我都感到安慰。

我给托马索打电话，问他说过要报答我圣诞节救了他的话还算不算数。他回答说算数，不过说得很谨慎，就好像我会提出什么让他为难的要求。

"你能不能陪我旅行一次？"

"远途旅行吗？"

"挺远的。不过费用全包。"

二月，我回了圣菲利斯的工作室，在弗兰卡维拉。我没有提前跟他预约，就那样出现了，然后等待他两次问诊中间的空当，新来的秘书小姐过来仔细地盘问我，那是一个活力四射、很有礼貌的姑娘。如果按照他那一系列手续来办，也许就没有勇气走到最后了。所以我直接去了。

一看到我，圣菲利斯就僵在椅子上，满脸的警惕，一只手已经搭上电话，随时准备求救。

"他没来，"我说，"您别担心。"

他收回了搭在话筒上的手，还不太放心。"他上一次来的时候，吓坏了我的病人，也吓坏了我，说实话。您看到纸卷了吗？他就那么抓起纸卷，开始破坏屋里的一切。"

他摇了摇头，想要抹去眼前又浮现出的景象。然后，他发现让我还站着，就邀请我坐下来。他竭尽全力表现出惯常的风度。

我看到放着孩子们照片的相框玻璃上横贯着一条裂痕。是贝恩摔的吗?

我对圣菲利斯说,我还想再试一次。

"您丈夫同意吗?"

"我跟他说了,他不在。"

也许他犹豫了一下,不知道该不该继续问下去,但还是决定不了。我跟他说,我和贝恩在基辅签的文件里,有同意冷冻胚胎的内容。也许它们还在那里。

"嗯,这个我们可以马上就确认。"

他抽出记事本,拨了一个电话号码,又用英语跟费德科医生说了几句,向我做了确认的手势。

就这样,四月,在跟贝恩一起走过这条路四年之后,我穿过第聂伯河上的新桥,看着它在寒冷的一天中闪闪发光,那几乎是让人无法忍受的光亮。桥下的小船缓慢地移动着,来来往往,在水面上画出一个个扇面。

我发现纳斯蒂亚从后视镜里充满敌意地看了托马索几眼。从机场开回来的路上她没说几句话。

"我知道你在想什么。"我说,"但他只是个朋友,贝恩来不了。"

"啊,我对别人的事不感兴趣。"她语带刻薄地答道,但我知道,这番声明还是缓解了她的戒心。

"我来这儿是因为黑暗的日子来了。"我说。

"什么黑暗的日子?"

"是你跟我说的。总要为黑暗的日子做些准备。现在已经是了。"

她对我笑了笑:"这么说,我很高兴曾经说过这句话。"

手术过后,托马索悄悄走进他们安排我休息的房间。

"我没睡,"我说,"你进来吧。"

托马索脚上套着蓝色的尼龙鞋套,身上还穿着一次性防护服。他的热心打动了我。

"你看到那边那几个圆顶了吗?"我指给他看,"那就是洞窟修道院。贝恩特别喜欢。"

但托马索只是专心地打量着我,带着明显的担忧:"你还好吗?"

"是的。"

"那现在呢,会发生什么?"

"现在我们回家。麻烦你,帮我拿下衣服。应该就在衣柜里。"

我觉得自己就是在那一刻决定的,当托马索帮我把毛衣的袖子套上,轻柔地套上,也许还在为与我半裸的身体接触而感到尴尬。我决定实现切萨雷的愿望。

但我还是等到五月结束,接着六月也结束了,才给他打了电话,等到约定的那一天来到的时候,已经是盛夏了。

切萨雷脖子上围着一条浅紫色的襟带。"你选了什么地方?"他问我。

"桑树。"

我们走到那边，贝恩和他的兄弟们曾在那里有一个藏身之处。切萨雷和我走在前面，玛丽娜在后面紧紧地跟着我们，托马索走在更后面。阿达在他身边蹦蹦跳跳。

橄榄树林里蝉声不断，一直伴在我们左右，每一样东西都跟我刚到这里的最初几个夏天一模一样，在那个季节专属于我的斯佩齐亚。

切萨雷挖土的时候，玛丽娜帮他拿着襁带。

"让我看看你带来了什么。"他说。

我转向托马索。他从裤子侧兜里掏出一本淡黄色的书，书页的边儿都卷起来了。

"我找到了这个。"他说。

切萨雷从他手里接过《树上的男爵》的印本，那是贝恩小时候读的。他翻了翻书页，还蹲在地上，突然被一句划线的话吸引了。

"很合适。"

他把书放在小坑里。他先是背诵了一段《赞美诗》，然后是一段《约翰福音》，最后他问有没有人想再说点儿什么。我们都沉默着，眼睛盯着那本书的封面。

于是，由于没人说话，切萨雷唱了起来。他的音色比从前略有逊色，有时甚至好像有些破音，尤其是遇到高音的时候，带着我一直都记得的一点儿鼻音，但在炽热的空气中播散开的歌声里带着的那份果断却一点儿都没变。我本以为他会一个人从头唱到尾，没想到唱到第二段时托马索也和了起来。他们一起唱完了那

476

首歌。

我想阿达凭直觉感受到了那一刻的庄严。她抬头看着爸爸唱歌，就好像那个简单的举动让她发现了父亲身上有什么出乎意料，却又非常重要的东西。

我们重新填上了那个坑。切萨雷让我们去捡了一些石头，放在埋着书的地方，搭成一个小金字塔。永别了，我的爱，我在心里默念着。

切萨雷和玛丽娜离开后，托马索和我又在橄榄树林里走了走，而阿达则在一边追着一只野猫。

"你还会来吗?"我问他。

我确信他也跟我一样，目光所及之处都是过去的人和物。"阿达很喜欢这里，好像她对这里已经有了感情。"

"往后我还会需要帮助。免费的。"我又说。

托马索笑了笑："免费的。"

但我们并没有承诺什么。这样就很好了。我跟他讲贝恩去世之后湖面上空出现的绿色光幕，我之前从未对他说过，但出于某种原因，我觉得应该告诉他。

"在那个季节极光是很少见的，他们跟我说。"

"但是你并没有觉得特别惊讶。"

"是的，并不吃惊。有时候我觉得自己是个疯子。看看我们刚刚做了什么，我们埋葬了一本书。"

托马索伸出食指，在空中胡乱画了一下。

"也许是疯了，"他说，"有可能你看到的只是一种大气现象，有着确切的成因。只不过这样想的话太令人心碎了。"

"你知道吗，丹科听到这里一定会大叫的。"

"愚蠢！恶劣的反动分子！"

"该死的倒退分子！"

我们大笑起来。接着托马索说："我听说他回罗马了。"

"是，这个我也听说了。"

一只喜鹊从地面飞了起来，停在枝头。有那么一瞬，我们的目光交汇在那上面。

我们又跟阿达玩了一会儿，然后他们也走了。我坐在摇椅上。突然觉得很累，就好像全身所有的血液都被吸引到一个点上。圣菲利斯跟我说过可能会这样，尤其是在前几个月。我等待这几分钟过去。

夕阳西斜，暮光完美地笼罩了一切，让我想要时光不变，永远留在这一刻。这样的时刻，你会爱上这片土地，无可救药。我想起每次贝恩在夕阳中欣赏乡村景色时深受感动的样子。那种感动会传递下去吗？会写在某一段基因编码中，还是说会消失不见？我不知道。但我希望它不会消失。我所能做的一切就是，有一天，告诉我的女儿她的爸爸是谁，试着跟她解释他热爱什么，以及都犯了什么错。告诉她在他短暂的一生中，他爱过从天到地的一切，永不停歇，带着男人天生的冲力，不顾一切。

PAOLO GIORDANO
Divorare il cielo

图字：09‑2015‑037 号

图书在版编目(CIP)数据

逆光之夏/(意) 保罗·乔尔达诺著；杜颖译.
—上海：上海译文出版社，2021.8
ISBN 978‑7‑5327‑8711‑1

Ⅰ.①逆… Ⅱ.①保…②杜… Ⅲ.①长篇小说—意
大利—现代 Ⅳ.①I546.45

中国版本图书馆 CIP 数据核字(2021)第 134488 号

逆光之夏　　　　PAOLO GIORDANO　　　出版统筹　赵武平
Divorare il cielo　[意] 保罗·乔尔达诺　著　责任编辑　张　鑫
　　　　　　　　　杜颖　译　　　　　　　装帧设计　COMPUS·汐和

上海译文出版社有限公司出版、发行
网址：www. yiwen. com. cn
200001 上海福建中路 193 号
上海文艺大一印刷有限公司印刷

开本 890×1240　1/32　印张 15.25　插页 5　字数 234,000
2021 年 11 月第 1 版　2021 年 11 月第 1 次印刷

ISBN 978‑7‑5327‑8711‑1/I·5377
定价：82.00 元